rowohlt
POLARIS

TILL RAETHER

NEUNAUGE

KRIMINALROMAN

ROWOHLT POLARIS

Originalausgabe
Veröffentlicht im Rowohlt Taschenbuch Verlag,
Reinbek bei Hamburg, Oktober 2017

Umschlaggestaltung HAUPTMANN & KOMPANIE
Werbeagentur, Zürich
Umschlagabbildung Zoltan Sabo/EyeEm/Getty Images
Satz Apollo PostScript bei
Pinkuin Satz und Datentechnik, Berlin
Druck und Bindung CPI books GmbH,
Leck, Germany
ISBN 978 3 499 29149 4

Für Christine Hohwieler

Neunauge, das, –n. Aalartiger Fisch, der sich mit spiralförmig angeordneten Zähnen an sein Opfer heftet, um sich von dessen Blut zu ernähren. (…)

Mikrone Fischerei-Lexikon, 1962

1. Kapitel

«Habibi! Jetzt renn doch nicht so.»

Er rannte gar nicht. Aber stehen bleiben wollte er auch nicht.

«Hey, Habibi! Digger! Wart doch mal!»

Echt? Konnten die sich nicht entscheiden? Habibi? Digger?

Wenn mittwochs nachmittags die Theater-AG vorbei war, wollte Niklas schnell nach Hause. Zu wenig los an der Schule: keine Lehrer, die dazwischengingen, wenn Linus und Brook ihren Scheiß machten. Aber dann hatte er doch wieder getrödelt, und das rächte sich jetzt.

Niklas straffte sich, vielleicht gewann er so einen Zentimeter oder zwei an Höhe. Und er ging langsamer. Denn merken, dass er Schiss hatte, sollten Linus und Brook nicht. Schiss, na ja. Das war so ein Erwachsenenwort für Kinderprobleme, die zu groß für Kinder waren. Niklas fand, er war in Sorge.

Zwischen ihm und Linus und Brook lag kaum die Hälfte des nicht besonders großen Schulhofs, Hochsommerhitze, die Ferien waren spät dieses Jahr, noch zehn Tage Schule und nächste Woche die Aufführung. Der Schulhof schimmerte, man dachte, wenn man raufspuckt, würde es zischen, Vollkornpausenbrote wurden hart, bevor sie den Boden der Mülleimer trafen.

Das alte Problem: Wenn er jetzt losrannte, hätten sie keine Chance, ihn zu kriegen, aber er wäre für immer der

Lappen, der weggerannt war. Aber wenn er tat, als wär nichts, kriegten sie ihn. Er drehte sich ein bisschen um und winkte lässig über die Schulter.

«He, Habibi, bleib do' ma' stehen!» Die nannten alle in der Klasse Habibi, außer Walid, der war als Einziger Araber, mit dem redeten sie gar nicht. Niklas auch nicht, wenn er ehrlich war.

Er näherte sich dem Schatten, den die Wand des alten, rot geklinkerten Schulhauses warf, dahinter stand sein Fahrrad, er musste da hin. Andererseits sah ihn da gar keiner mehr, wenn Linus und Brook ihr Ding machten, und zwar an ihm. War das da vorn der Hausmeister, der Richtung Fahrradkeller im Haus verschwand, die kleine Treppe runter ins Kühle? Niklas speicherte das, für den Notfall. Er ging noch ein paar Schritte, bis er im Schatten stand, dann drehte er sich um. Er konnte nicht anders. Da war was Unwiderstehliches in Linus' Stimme oder in Brooks, er konnte die kaum auseinanderhalten.

Denk an deinen Selbstverteidigungskurs, hatte seine Mutter gesagt. Das eine Mal, als Niklas den Fehler gemacht hatte, ihr doch was zu erzählen.

Ja. Genau. Danke, Mama.

Jetzt stand er. Als ob er sowieso hätte warten wollen auf die. Sie schlenderten auf ihn zu, beide waren mitten im Stimmbruch, darum klangen sie mal so und mal, also ähnlich. Linus hatte diese langen ungeschnittenen Haare, die sie alle in der Grundschule toll gefunden hatten, aber er trug sie immer noch, als wären sie das Einzige, was ging. Er sah mehr nach zehnter als nach achter Klasse aus. Skaterklamotten, die enger an ihm saßen, als sie sollten, dadurch wirkte er noch größer. Brook, blond, Undercut,

Jack & Jones, superdünn, das dickste an ihm war die Zahnspange. Als sie vor Niklas standen, stellte Brook sich gleich so ein bisschen auf die Seite, das machten sie instinktiv, sie nahmen ihn in die Zange.

«Alla, gib ma' Telefon», sagte Linus, jetzt in diesem superschlecht nachgemachten Türkenakzent. Leute, die so sprachen, kannten sie nur von YouTube.

«Hab ich nicht», sagte Niklas, schon in der Defensive. Jetzt auf keinen Fall da hinfassen, wo das Telefon saß.

«Diggi, ich lauf zwei Kilometer hinter dir her, ich seh doch deinen Arsch, ich seh doch, dass du Telefon in deiner Arschtasche hast. Diggi. Als ob.» Linus, leicht empört: Wir sind doch Freunde!

«Guckst du Nicki auf'n Arsch, ja, du Schwuchtel», sagte Brook zu Linus und lachte heiser. Brook durfte das.

«Ich fick den gleich in'n Arsch, wenn er sein Telefon nicht rausgibt», sagte Linus. Niklas atmete durch die Nase. Er wusste, dass es kein gutes Zeichen war, wenn sie anfingen, über ihn in der Er-Form zu reden. Dritte Person Singular: Eine passendere Bezeichnung hätte man sich nicht ausdenken können für ihn, fand Niklas.

«Dann bist du ja'n Arschficker», sagte Brook. «Quod erat demonstrandum.» Klar, dass die beiden Latein genommen hatten.

«Nee», sagte Linus, «das wär ja ein Straffick, ich würde den ja nicht in Arsch ficken, weil ich da Bock drauf habe, sondern weil das für den die ultimative Strafe wäre. Endboss. Endboss Arschfick. Ne, Nicki?»

«Ich glaub, der fänd das geil», sagte Brook. «Nicki ist doch 'ne alte Schwuchtel.»

«Du meinst, dann ist das kein Straffick für den?»

«Nee. Der freut sich schon.»

«Scheiße, Alla, it's complicated.»

Niklas spürte, seine Optionen gingen gegen null. Als wenn er mit der Maus über die Menüleiste fuhr, und alles war hellgrau, nichts konntest du anklicken. Jetzt doch noch rennen? Wohin. Und Brook hatte Beinstellen geübt seit der Vorschule, der machte das in der Studienstufe als Profil.

«Die Dicke sagt, du hast unsere Telefone gehackt», sagte Brook und täuschte einen Ausfallschritt in seine Richtung an, sodass Niklas zusammenzuckte und sich sofort darüber ärgerte.

«Ganz ruhig, du Keck», sagte Linus. «Gib Telefon und gut ist.»

Aus verschiedenen Gründen war es Niklas unmöglich, auch nur in Erwägung zu ziehen, den beiden sein Telefon zu geben. Erstens, weil er es dann nie wiedergesehen hätte. Zweitens, weil es einen Chat gab, den sie unter keinen Umständen sehen durften. Mit Jannis. Den er zwar als «Janina» gespeichert hatte, aber Jannis hatte Fotos geschickt. Oberkörper. Bisschen Pose. Beim Gedanken daran wurde Niklas rot und ahnte, dass es wie Angst aussah, aber eigentlich, das merkte er wie von außen, war er einen winzigen Augenblick glücklich gerade.

«Ich glaub, der will echt, dass du ihn in'n Arsch fickst», sagte Brook.

Niklas merkte, dass Brook für einen Augenblick abgelenkt war. Sich was überlegen, ehe Linus was erwidern konnte. Und Linus wartete drauf. Es war nur ein Wimpernschlag, aber Niklas ließ sich nach hinten fallen, drehte sich auf dem Fuß und war weg.

Sie riefen gar nichts, aber er hörte am Schotter, dass sie sofort hinter ihm waren. In der nächsten Phase, die begann, wenn sie ihn hatten, würde es kein Geplänkel mehr geben. Das mit dem Fahrrad konnte er vergessen, das war angeschlossen, und er sah, dass das Tor zu den Fahrradständern zu war, vielleicht nur angelehnt, vielleicht hatte der Hausmeister schon abgeschlossen, so spät am Nachmittag. Das Problem hatte er immer nach der Theater-AG. Niklas bog nach links und rutschte auf dem Schotter seitlich weg, in ihm dehnte sich was aus, das Gefühl, gleich packen sie dich, aber Linus und Brook hatten das gleiche Problem, und er hörte, dass einer von ihnen hinfiel und in zwei Stimmlagen kreischte und fluchte.

«Ey, jetzt mach ich dich tot. Guck dir die Scheiße an, ich bin voller Blut, Alter.»

Niklas setzte über das schmale Geländer der äußeren Kellertreppe, Hockwende, hatte er im Sportunterricht noch nie so makellos hingekriegt wie jetzt gerade eben. Im Keller waren ihre Requisiten, und Frau Schürs hatte zwar zu Lucie und Hannah gesagt, sie sollen abschließen, wenn sie fertig sind mit Aufräumen, und sie hofft, sie kann ihnen vertrauen mit dem Schlüssel, aber wer Kulissendienst hatte, vergaß fast immer das Abschließen, also, die Hälfte der Zeit, und Niklas wurde sozusagen eins mit dem Schloss und der Tür und konnte sie sich nicht anders denken als unverschlossen, aufdrückbar, sodass er abtauchen konnte in den feuchten, tröstlichen Kelleratem, magisches Denken hieß das, das hatten sie in der Siebten in Deutsch gehabt, Märchen, denn wenn die Tür zu war, dann saß er in der Falle.

Frau Schürs konnte sich nicht verlassen auf Lucie

und Hannah, aber er schon. Er spürte sein Herz bis ins Kinn, als die Tür aufging und der Keller ihn verschluckte. Requisiten, aufgegebene Kunstprojekte, ausgemusterte Matrizendrucker, Baumaterial, falls doch mal unter Elternbeteiligung der Musikraum renoviert werden sollte, alter Lehrkram, diese Schaubilder auf Leinwand, die keiner mehr aufhängte, seit sie in allen Klassenzimmern Smartboards hatten. Landkarten, von der Kaulquappe zum Frosch, der Sternenhimmel im Sommer, Fischarten, dutzendfach zusammengerollt und bis unter die schräge Treppe geschoben, die hinauf Richtung Aula führte. Okay, Lucie und Hannah waren hinten aus dem Keller noch mal raus, um eine zu rauchen, und hatten dann die Tür offen gelassen. Aber die Tür ins Schulgebäude, durch die sie den ganzen Kram für «Unsere kleine Stadt» gezerrt hatten, der jetzt noch halb auf der Treppe lag, sodass Frau Schürs Zustände kriegen würde: Ja, gut, die Tür zur Aula hatten sie abgeschlossen.

Im Grunde hatte Niklas es geahnt. Eigentlich gab es ja nie einen Ausweg, das deckte sich mit seinen Erfahrungen. Und er wusste, dass Linus und Brook gesehen haben mussten, wie er hier im Keller verschwunden war. Sein einziger Vorteil war, dass er sich hier besser auskannte als sie.

Wahrscheinlich würden sie zuerst unter der Treppe suchen, bei den Rollen von alten Schaubildern, die sahen aus wie das perfekte Versteck. Er musste was in der Nähe der Tür finden. Und dann abhauen, sobald sie tiefer im Raum waren. Eine Abdeckplane, darunter Bottiche mit Kalk und angetrocknetem Zement, da hatte der Hausmeister seinen Enthusiasmus für irgendeine aufwendige

Reparatur verloren. Tief im Dunkeln. Er kroch darunter und hatte Angst, dass die Plane im Rhythmus seines Herzschlags knistern könnte.

Dann waren die beiden drin.

«Diggi, mach mal Licht an.»

«Der Schalter geht nicht, was für ein Scheiß. Räudige Asi-Schule ist das.»

«Du schmierst alles voll mit deinem Blut.»

«Yo, Nicki-Ficki, ich mach dich tot, ich tret dir so den Kopf ab. Komm raus, dann hast du's hinter dir!»

Er hörte, dass es sie tiefer in den Raum zog, die Plane und die Bottiche waren im Schatten der Tür, das bisschen Licht, das sie jetzt hatten, würde sie hoffentlich zur Aulatreppe führen.

«Alter, die ganze alte Scheiße hier, guck dir das an, dieser Dreck hier. Voll die Nazikarten und so.»

«Mach das mal weg, die Sau hat sich bestimmt da unten verkrochen, der geht bestimmt in die hinterste Ecke wie so 'ne Küchenschabe.»

Die Karten fielen durcheinander, Niklas hörte, wie die Holzstangen, um die sie gewickelt waren, auf den Betonboden rollten.

«So eine Müllschule. Dass die den ganzen Nazischeiß nicht mal wegschmeißen.»

«Das ist nur die Nazischrift, hier die Fische, das sind keine Nazifische.»

«Die sehen voll nazihaft aus, die Fische. Hier, zieh dir das Maul rein von dem.»

Dann wurde es still. Gleich hatten sie ihn. Das war genau diese Stille, die entstand, wenn zwei sich mit den Augen verständigten und auf die Plane zeigten und dann anfingen, sich anzuschleichen, und wenn Niklas überhaupt noch eine Chance haben wollte, dann musste er jetzt …

Niklas riss die Plane von sich und erschrak über ihr ungelenkes Knattern, dann schlug er sich das Knie und war trotzdem gleich draußen an der Treppe, fünf Stufen, es war wie ein Wunder, aber da kamen auch schon Linus und Brook, er fühlte sich, als könnte er fliegen, aber die beiden waren noch schneller, und jetzt hatten sie ihn.

Aber die Welt stimmte nicht mehr, denn sie sprangen über ihn weg, statt ihn zu packen und zu treten, sie rannten weiter, bis an den Rand des Schulhofes, während er ungläubig mit pochendem Knie auf der Kellertreppe hockte und die beiden über die oberste Stufe wie über einen backsteinernen Horizont auf dem flirrenden Schulhof sah, ihre Füße und Unterschenkel verschwommen bis zu den Knien.

«Niklas!», schrien sie beide durcheinander, und er erkannte kaum seinen Namen, «Niklas, Alter, komm her, echt, geh da nicht rein, geh da nicht wieder rein!» Er verstand jedes Wort, aber nicht, was sie von ihm wollten, sie klangen, als hätten sie Schiss oder eben: als wären sie in Sorge, und er sah, wie Brook ein paar Schritte über den Schulhof auf ihn zukam, die Arme ausgestreckt, ich tu dir nichts, ich mein's ernst, und Brook rief dabei: «Geh da nicht mehr rein, Alter! Da drin ist eine Leiche oder so was, da ist einer totgegangen. Da ist voll die ranzige Leiche!»

Linus hinter ihm dabbte, und da wusste Niklas, dass irgendwas wirklich ganz und gar nicht in Ordnung war, denn der Dab war so was von 2016, den machte Linus aus Versehen nur, weil ihn etwas wirklich erschüttert haben musste.

2. Kapitel

Ich hab eine Übersicht über unsere Projekte des vorigen Quartals geschrieben ~~und bin dafür von meinem Chef sehr gelobt worden~~.

Die Mädchen und ich waren im Kino. ~~Es gab fast keinen Streit.~~

Leslie hat gesagt, ich soll es nicht «meine Wohnung» nennen, sondern «die kleine Wohnung», denn ich bin ja nicht ausgezogen, sondern schlafe nur während der Woche näher am Präsidium.

Was Besseres fiel ihm nicht ein? Was Schöneres hatte er nicht erlebt? Das war das Glück? Er hatte jetzt schon keine Lust mehr.

Hauptkommissar Adam Danowski saß in seinem Büro bei der Operativen Fallanalyse am Landeskriminalamt Hamburg und wartete auf das Arschloch aus München. Lindenblattfarbenes Sonnenlicht fiel durch die hohen Fenster. Die OFA war in einem der alten Gebäude der Bereitschaftspolizei untergebracht, hier war alles ein bisschen ab vom Schuss und grüner, fast beschaulich. Er war gerade zurückgekehrt an seinen Arbeitsplatz, denn die Kollegen hatten gesagt, die Sitzung im Haupthaus finge später an: Hauptkommissar Martin Gaitner verspätete sich, und sie würden dann Bescheid sagen. Wenn das Arschloch aus München endlich da war.

Wobei, wieso Arschloch, wo kam das jetzt schon wieder

her? Er kannte den Kollegen nur flüchtig, der Kollege war ihm unsympathisch, der Kollege nannte sich «Deutschlands berühmtester Profiler» oder widersprach zumindest nicht, wenn andere ihn so nannten, er trat im Fernsehen auf und schrieb Bücher, aber: Was ging das Adam Danowski an? Sollte der Kollege doch machen, was er wollte. Inwiefern beeinträchtigte das Adam Danowskis Lebenszufriedenheit?

Nach seinem Zusammenbruch vor zwei Jahren hatte Danowski sich vorgenommen, sich vor allem darauf zu konzentrieren: Zufriedenheit. Und die Arschlöcher Arschlöcher sein zu lassen, so egal, wie sie waren. Danowski fummelte an ein paar Unterlagen rum, unfähig, etwas Neues anzufangen oder etwas Altes weiterzumachen, während er warten musste und nicht wusste, wie lange. Der Zufriedenheitswille kämpfte in ihm wie ein Außenbordmotor, der sich in tiefem Schlick festgefahren hatte. Aber noch war Gemisch im Tank.

Danowski hatte sich neu erfunden, er lernte gerade, sich auf das Positive zu besinnen, jeden Tag. Aber daran, dass er sich immer wieder sagen musste, dass er sich neu erfunden hatte, merkte er, dass es bisher nicht so ganz geklappt hatte. Die These der Therapeutin war, dass er möglicherweise weniger hypersensibel war, sondern eher leicht depressiv. Sie sagte «hypersensibel» so, als hätte er das Wort erfunden, dabei war es ihm mal angeheftet worden. Er störte sich am Attribut «leicht» vor «depressiv»: Konnte er nicht einfach mal ganz regulär bekloppt oder okay sein, ohne weitere Einschränkungen? Das «Glückstagebuch», das er alle zwei Wochen mit zur Therapie bringen sollte, machte ihn wahnsinnig. Es sollte ihn «aus negativen Gedankenspiralen befreien» und ihn «am Grübeln hindern». Allein bei dem Wort «Glückstagebuch» musste er die Zähne zusammenbeißen. Und damit wollte er ja eigentlich aufhören, mit dem Zähnezusammenbeißen. Stattdessen lächeln, auch wenn's weh tat.

Drei Dinge, die ihn am Tag glücklich gemacht hatten.

Abends sollte er das aufschreiben, vorm Schlafengehen. Damit er nicht wach lag mit düsteren Gedanken oder die Geister heraufbeschwor, so wie vor zwei Jahren an der Nordsee seine tote Mutter, die er am Ende nicht mehr aus dem Kopf bekommen hatte. Bis sie ihn ein paar Monate weggebracht hatten, Kurklinik am Stadtrand, aber in der Akte stand vage was von «verdeckter Ermittlung», damit das Gerede nicht noch größer wurde. Der Arm seiner Chefin war lang gewesen, sie hatte ihn eine Weile noch aus dem Ruhestand beschützt. Dann hatte sie ihm gesagt: «Versuchen Sie, glücklich zu sein», seitdem war er wieder im Dienst. Es war das Letzte, was er von seiner alten Chefin gehört hatte.

Früher war er oft viel zu spät in einen unruhigen Schlaf gefallen, hatte nachts mit den Zähnen geknirscht und war am nächsten Morgen so gut wie gar nicht aufgewacht, zu schwer für diese Welt. Jetzt sollte alles viel leichter werden für ihn, aber er kam nicht nach mit dem Glücks-Geschreibe, heute war Mittwoch, er arbeitete noch am Glücks-Eintrag vom Montag, so war das überhaupt nicht gedacht gewesen, das war ihm schon klar. Es erinnerte ihn an die vierte oder fünfte Klasse, als sie in Sachkunde Wetterbeobachtung gemacht hatten, und am Ende der Osterferien war ihm eingefallen, dass er zwei Wochen lang die Windstärke, die Temperatur, die Bewölkung und den Niederschlag hätte aufschreiben müssen, mit speziell dafür vorgesehenen Symbolen, auf Millimeterpapier, und nichts davon hatte er gemacht. Rekonstruiere mal zwei Wochen Wetter oder finde es heraus, 1979 in Südberlin. Da gab's noch nicht mal Computer, um ins Internet zu gehen. Danowski schlug das schwarze Buch mit den roten Ecken zu, das so aufdringlich nach Tagebuch aussah. 2,49 im Ein-Euro-Shop, das machte ihn irgendwie auch wahnsinnig.

Zum Glück – und an dieser Stelle dachte er sich ein Ausrufezeichen in Klammern, wie immer, wenn er an Glück dachte, seitdem seine Therapie die Richtung hin zum Positiven gewechselt hatte –, zum Glück gab es ja immer noch den Fall. Oder die Fälle. Er wusste inzwischen, dass er den Platz in der Operativen Fallanalyse nicht wegen seiner kriminalistischen Verdienste bekommen hatte, sondern weil man ihn aus den aktiven Ermittlungen heraushaben wollte, ohne ihn allzu auffällig kaltzustellen. Weggelobt. Er hatte sich damit abgefunden und was einigermaßen Brauchbares daraus gemacht: Er arbeitete fleißig und zielstrebig an den eher uninteressanten Fällen, viel Aktenstudium, nur noch wenig Reisen. Er zweifelte zwar nicht daran, dass die Kollegen seinen Beitrag irgendwie zu schätzen wussten. Aber er merkte schon, dass außer ihm keiner in einem Einzelbüro saß.

Danowski ahnte, warum er den Verbindungsmann machen sollte für den Kollegen aus München, der ein paar Wochen lang auf ihre Ressourcen zugreifen sollte, um der Mordbereitschaft beim Schulkellerleichen-Fall zu helfen. Keiner hier in der OFA spielte gern den Roadie für einen Profiler-Rockstar, und keiner arbeitete gern mit Hauptkommissar Behling zusammen, der die Ermittlungen leitete. Danowski erst recht nicht, aber: Wenn man einmal aufgehört hatte, sich gegen Routineaufgaben zu wehren, machte man irgendwann die Drecksarbeit. War so.

Zwei Leichen in zwei Schulkellern, er fand das erst mal nicht so bemerkenswert. Die erste hatten sie im März in Tonndorf gefunden im Nordosten der Stadt, die zweite vorige Woche in Othmarschen im Hamburger Westen, Elbvororte. Beide mumifiziert, die erste ein Hamburger, nicht besonders vermisst seit sieben Jahren, seine Frau hatte gedacht, ihr Mann wäre einfach abgehauen. Ehen gab's. Die zweite Leiche ein Hamburger, der aus Kassel stammte und der seit zwei Jahren als verschollen galt, verschwunden bei einer Bergwanderung in Patagonien. Zumindest hatten das seine Eltern und seine Freunde gedacht, es gab E-Mails, die jemand in seinem Namen offenbar nach seinem Tod verschickt hatte, damit alle weiter in Patagonien suchten und nicht in einem schlecht aufgeräumten Schulkeller.

Die Unterlagen hatte Danowski auf dem Tisch, aber er fand, das war noch nichts für die Fallanalyse, und vor allem nicht für den großen Gaitner aus München. Aber die Polizeipräsidentin fürchtete eine PR-Katastrophe und wollte verhindern, dass Hundertschaften während der Sommerferien alle Hamburger Schulkeller nach weiteren Leichen durchsuchen mussten, «der Ruf», hatte sie gesagt, «ist ja schon laut geworden». Was für Danowski nur hieß, dass irgendjemand es im *Abendblatt* geschrieben hatte, womöglich als Leserbrief oder auf der Facebook-Seite. Jedenfalls war der Plan: Die Fallanalytiker kreisten einen Serientäter ein, während die Schulen den Sommer über geschlossen waren, und wenn die Schule wieder anfing, war der Täter gefasst.

Hoffma, dachte Danowski. So redeten seine Töchter. Zumindest die kleine, Martha, elf und vom Temperament her seit langem unberechenbar pubertär. Stella, fast vierzehn, keine Ahnung, was mit Stellas Pubertät war, die hielt sich abseits und lächelte überlegen. Als könnte man damit irgendwas kaschieren. Von wem sie das wohl hatte.

Danowski merkte, dass er seltsam unfähig war, die Mappe zu öffnen und sich noch einmal mit dem Fall zu beschäftigen, bevor das Arschloch aus München ihm und den anderen alles endlich ganz in Ruhe erklärte. Es war der zweite Tote, dessen Akte obenauf lag. Das Gesicht der mumifizierten Leiche war praktisch unkenntlich, die lederne Haut in dunklen Farbtönen über Erhebungen und Öffnungen gezogen wie das Gegenteil einer Frischhaltefolie, eher geeignet, menschliche Züge für immer zu verbergen, als sie hervorzurufen. Aber die Kollegen von der Mordbereitschaft hatten in der Wohnung dieses Toten ein anderes Foto gefunden, es zeigte ihn, als er noch ein Mann war und lebte und in sehr wenig Sportkleidung auf einem Felsen saß, der zu schartig aussah, als sich mit nur ein bisschen Lycra am Hintern daraufzuhocken. Drahtig, Muskeln, bisschen unscharf, obwohl er in Wirklichkeit vermutlich sehr kantig gewesen war. Danowski traute sich nicht, den Gedanken für sich klar zu formulieren, denn es konnte nichts Gutes bedeuten, aber: Der Mann kam ihm bekannt vor. Und nichts Gutes war, dass er entweder anfing, eine Scheinvertrautheit mit Mordopfern zu empfinden. Eine Art Empathie-Exzess, den er noch von früher kannte. Hypersensibel hatten sie ihn genannt. Definitiv nicht der neue Danowski, sondern eher der gleiche neurotische Scheiß wie früher. Oder es bedeutete, dass sein

Gedächtnis hin war, und eins passte ihm so wenig wie das andere.

«Na, feilst du dir gerade einen oder kann ich reinkommen?»

Andreas Finzel, genannt Finzi, sein alter Freund und Expartner, nicht mehr ganz so schwer, aber immer noch groß, gleich war das kleine Zimmer voll, und der Himmel verdunkelte sich. Konnte aber auch an Finzis finsterem Gesichtsausdruck liegen.

«Wie siehst du denn aus», sagte Danowski und lächelte schief, ein bisschen angeödet von ihren männlichen Begrüßungsritualen. «Haben sie dir wieder das Fahrrad geklaut?» Tatsächlich hatte Finzi sich im Frühjahr zum Gespött der ganzen Fahrradstaffel gemacht, als sein Dienstrad vor einer Eisdiele in Winterhude geklaut worden war, während er sich drinnen zwei Kugeln im Becher mit halber Sahne geholt hatte, und dann musste er sich von zwei Kolleginnen abholen lassen und in diesen dämlichen Radlerhosen in den Streifenwagen steigen.

«Nee.» Finzi konnte sich irgendwie nicht hinsetzen, er lehnte sich ein bisschen an die Fensterbank, verschränkte die Arme und schaute auf den Parkplatz, als wartete da jemand auf ihn. «Ich darf gerade gar nicht für länger aufs Rad. Bandscheibe.»

Danowski runzelte die Stirn. Es war nicht so, dass er kein Mitgefühl hatte, wenn andere Probleme hatten, im Gegenteil. Das Gefühl war da. Eher zu viel als zu wenig. Er musste sich nur immer wieder aufs Neue vergewissern, dass er die Lagerfläche für das Gefühl hatte und Platz zum Rangieren.

«Echt?» Mehr ging gerade nicht.

«Jawohl», sagte Finzi. «Seit drei Monaten.»

Danowski nickte, als wäre ihm das klar gewesen. So lange hatten sie schon wieder kaum geredet oder gar nicht. Er ertappte sich dabei, dass er dachte: Heute Abend schreib ich ins Glückstagebuch, dass ich mit Finzi geplaudert habe.

«Und nun? Ich meine, was macht ein Fahrradpolizist, der nicht mehr aufs Polizeifahrrad kann?» Es klang nach einem von diesen pseudophilosophischen Problemen, bei denen man am Ende das Gefühl hatte, man hätte was fürs Leben gelernt, aber Pustekuchen.

Finzi guckte wieder aus dem Fenster und sagte: «Dienstpläne. Fahrradtraining an Grundschulen. So was halt.»

Finzi setzte sich direkt vor Danowski auf den Besucherstuhl, der so gut wie nie benutzt wurde. Die meisten Leute, die zu Adam Danowski kamen, standen nur kurz im Türrahmen und waren dann auch schon wieder weg.

«Ihr macht doch jetzt diese Kellerleichen, oder», sagte Finzi.

«Na ja, das ist Behlings Fall.» Knud Behling, sein alter Vorgesetzter, der große alte Knacker der Mordbereitschaften. Wahrscheinlich Behlings letzter wichtiger Fall, der ging am 30. September in Pension und sorgte dafür, dass keiner das vergaß. Danowski fiel es leicht, sich das Datum zu merken, denn er war froh, sobald er Behlings graues Haupt, seine Polohemden und seine über die Schulter gelegten Kaschmirpullis in Pastell nicht mehr sehen musste.

Finzi verzog das Gesicht. Knud Behling hatte ihm mal das Leben gerettet, als Finzi Alkoholiker auf dem Höhebeziehungsweise Tiefpunkt war und sich aufhängen wollte, weil das Leben mit Alkohol so unerträglich geworden war wie ohne, und dann war Behling reingeplatzt und hatte ihm den Gürtel weggenommen, weil er sich als Einziger gefragt hatte, was Finzi eigentlich am Wochenende allein zu Hause in Hammerbrook so trieb. Aber selbst wenn einem Knud Behling das Leben gerettet hatte, konnte man ihn nicht unbedingt mögen.

«Ja, Behling», sagte Finzi. «Meta ist auch dabei.»

Danowski nickte. Meta Jurkschat hatte er auch lange nicht mehr gesehen. Seine zweite ehemalige Partnerin, die mit Finzi zusammen war, seit Danowski mit keinem von beiden mehr arbeitete. Ohne ihn kamen die Leute offenbar besser zurecht.

«Aber die haben die OFA dazugeholt», sagte Finzi, «damit ihr euch das anschaut, und wie man so hört, kommt sogar Gaitner aus München. Weil die Präsidentin ...»

«Ahrens hat gesagt, dass er mich mit Gaitner an der Sache arbeiten lassen wird.» Danowski atmete tief durch. Nein, er würde jetzt nicht darauf herumreiten, wie wenig Lust er darauf hatte. Er würde sich aufs Positive konzentrieren. «Wobei Gaitner wohl nicht länger als ein bis zwei Wochen hier ist. Wird sicher interessant, mal die legendären Methoden aus München kennenzulernen.»

«Hm», machte Finzi. «Interessant. Gut. Adam, hör mal zu. Was weißt du über den zweiten Toten?»

«Den die Schüler gefunden haben? Ehrlich gesagt noch nicht so viel. Ahrens möchte, dass wir da mit frischem Blick rangehen, darum wird Gaitner uns nachher neue Details präsentieren.»

«Du weißt, dass die Leiche identifiziert ist?»

«Das schon, klar. Aber ...»

«Hast du dir die Meldeadresse mal angeschaut?»

Danowski angelte nach dem Aktendeckel, aber Finzi kam ihm zuvor.

«Thorsten Stahmer», las Finzi vor. «Kommt dir bekannt vor?»

Danowski schüttelte den Kopf, aber jetzt wusste er, dass er recht gehabt hatte: Das Gesicht kannte er.

«Hier sind verschiedene Meldeadressen», sagte Finzi und fuhr mit seinem großen Zeigefinger über die nächste Seite, die, das wusste Danowski, danach leicht zerknittert sein würde.

«Barmbek-Nord, auch mal Wandsbek», sagte Danowski, um zu zeigen, dass er auch schon in die Akte geschaut hatte.

Finzi nickte, dann hielt er inne. «Hier, Meldeadresse von vor fünf, sechs Jahren. Rombergstraße 92. Kommt dir das irgendwie bekannt vor?»

«Eimsbüttel», sagte Danowski.

«Adam, klar. Das ist hier aber kein Heimatkunde-Quiz, kenne deine Stadtteile oder so was. Du hast da sogar mal geschlafen.»

«Hör auf.»

«Auf dem Fußboden oder auf dem Futon.»

«Auf dem Fußboden. Meta hat auf dem Futon geschlafen. Ach du …»

«Ja, Scheiße, genau.»

Danowski rieb sich die Stirn. Vor ein paar Jahren hatte er mit Hauptkommissarin Meta Jurkschat ein Tötungsdelikt im Elbtunnel bearbeitet. Zwischendurch hatte jemand angefangen, ihre Telefone abzuhören und sie zu überwachen, und für ein, zwei Nächte hatten sie sich in einer Wohnung versteckt, die Metas Freund gemietet hatte, in der er aber kaum noch war, weil er inzwischen bei Meta wohnte. Dieser Extremsportler, den Danowski nie kennengelernt hatte, aber er hatte Fotos von ihm rund um Metas Schreibtisch gesehen, die waren vom Licht und vom sportlichen Ausdruck her so ähnlich gewesen, immer Lycra auf Felsen.

Aus dem Augenwinkel sah Danowski, wie die Klinke seiner Bürotür langsam nach unten ging, und gleichzeitig klopfte jemand. Dann stand Meta Jurkschat im Raum. Typisch, dachte er, die klopft, aber kann's nicht erwarten reinzukommen.

«Okay», sagte sie zu Finzi, mit dem sie zusammen war, seitdem sie sich von Thorsten Stahmer getrennt hatte. Der nun seinerseits tot, mumifiziert und Danowskis Problem war. «Das hätte ich mir denken können, aber das ist ein Fehler. Dass du mit Adam darüber redest. Hallo, Adam.»

«Meta», sagte er und stand halb auf, denn seit sie mit Finzi zusammen war, hatten sie eine Umarmungskultur entwickelt, deren Etikette ihm nach wie vor nicht ganz klar war, aber er wollte sich sicherheitshalber bereithalten, «schön, dich …»

«Dann weißt du ja, was das … also.» Sie brach ab und griff in ihren Pferdeschwanz. Zwischendurch, bei ihrem Fall an der Nordsee, waren die Haare ab gewesen. Er hatte sie lange nicht gesehen.

«Dein Exfreund ist ermordet worden», sagte er. «Das tut mir leid.»

«Meta», sagte Finzi von unten aus seinem Stuhl, «bei Adam ist das sicher, und du brauchst irgendjemanden, der auf deiner Seite ist, also, der dich da …»

Jurkschat, wie Danowski sie in Gedanken immer noch

nannte, lehnte sich an die Wand. Sie war immer noch fünf, sechs Jahre jünger als Finzi und er, aber sie sah nicht mehr aus, als wären es zehn oder zwölf. Er fand ihr Gesicht spitzer, und weil er sich in Details verlor, fielen ihm die feinen vertikalen Falten zwischen ihren Ohren und ihren Wangen auf. Neu war auch der Ausdruck von Ratlosigkeit und mühsam wegverhandelter Panik um ihre blasse Stirn. Mit Erschrecken stellte er fest, dass er Jurkschat, seit er sie kannte, zu Unrecht für unerschütterlich gehalten hatte.

«Moment», sagte Danowski, «was sagen denn die Kollegen von der Mordbereitschaft dazu? Ist Behling irgendwie der Meinung, dass du was damit zu tun hast? Vielleicht magst du mir das mal von Anfang an …»

«Keiner weiß das», unterbrach ihn Jurkschat und sah ihn aus harten Kieselaugen an. «Woher auch.»

«Von dir?»

Sie schwieg und blickte hinunter zu Finzi: Siehst du, was für eine dumme Idee das war.

«Meta hat sich auf eine Leitungsstelle beworben», sagte Finzi. Danowski hatte davon gehört. Es war ihm so sinnvoll und folgerichtig erschienen, dass er es sich nicht gemerkt hatte. Jurkschat war in allem irgendwie gut und hatte keine Feinde im Präsidium, darum hatte sie Chancen. Sie machte ein gequältes Gesicht, aber Danowski wusste von früher: Es war nicht so, dass sie Versteckspielen nicht gut konnte. Geheimnistuerei passte nur nicht zu ihrem Selbstbild. Aber hier quälte sie noch was anderes.

«Und wenn du als Zeugin in eine Mordermittlung verwickelt bist, die sich womöglich bis weit in den Herbst hinzieht oder nie abgeschlossen wird, dann kannst du das vergessen», sagte er.

«Ist auch ein bisschen spät jetzt», sagte Finzi. «Wenn man einmal angefangen hat, Sachen zu verschweigen.» Wieder ein Blick. Bei den beiden war noch mehr los als eine alte Leiche, das sah er und hob es auf für später.

«Ich weiß nichts», sagte Jurkschat Richtung Danowski. «Nur, damit das gleich klar ist. Ich hab Thorsten seit drei Jahren nicht gesehen oder gesprochen.»

«Sein Leichnam hat seit etwa zwei Jahren da im Schulkeller gelegen», sagte Danowski.

«Ich weiß nichts über sein letztes Jahr», sagte Jurkschat. «Wir hatten keinen Kontakt mehr.»

«Komm, Meta», sagte Danowski. «Das glaube ich dir zwar, aber du weißt genau, dass du trotzdem unendlich viel mehr über ihn weißt als Behling und seine Leute. Alles, was du über dein Leben mit Thorsten erzählen kannst, ist ermittlungsrelevant.»

«Und da», sagte Finzi, «kommst du ins Spiel, Adam, mein Sohn. Meta erzählt dir das, und du lässt es über die Fallanalyse-Schiene in die Ermittlungen einfließen.»

«Ihr spinnt», sagte Danowski. «Ganz ehrlich. Ich weiß nicht, wie ihr euch das …»

«Wir sind Freunde», sagte Finzi. Es klang weniger wie ein Appell und mehr wie das Eingeständnis einer Niederlage. Danowski schluckte.

3. Kapitel

Scheffler, den sie Scheff nannten, war back on top, er hatte die Dinge wieder unter Kontrolle, die trüben Tage waren vorbei, jetzt ging die Party richtig los, und überhaupt war er bereit, der Welt ein zweites Arschloch zu reißen. Wenn die Welt verdammt noch mal nur wenigstens einen Augenblick stillhalten würde.

Scheffler hielt sich am Tresen fest, nicht, weil ihm schwindlig war, oh nein, Euer Ehren, sondern weil er sonst abgehoben wäre, schwerelos, bis direkt unter die Decke, deren Nikotin-Bernstein-Ton zu den Ecken hin immer dunkler wurde. Und Scheffler trank nur Cola, höchstens mal eine Spezi, Alkohol nie. Alkohol war für die Häschen, das war eine ganz klare Sache. Dann trank er vielleicht mal mit, aber das war dann was anderes als trinken, das war Strategie. Oder Taktik.

«Na, Scheff, gut drauf heute?» Leon machte im *King Horse* die Bar, seit die guten Jahre vorbei waren, Scheffs und die vom *King Horse*. Leon hatte diesen hart gönnerhaften Ton, an dem Scheff sich innerlich schubberte wie die Wildsau an der Baumrinde. Es tat ihm gut zu wissen, wer seine Feinde waren.

«Absolut, mein lieber Freund, absolut», sagte Scheff, ohne in Leons Richtung zu blicken. Er konnte nicht anders, als im *King Horse* Richtung Tür zu starren. Er war Ende dreißig, es war Jahre her, dass das hier ein Laden mit Hot Babes gewesen war, ein ertragreicher Jagdgrund.

Inzwischen saßen hier nur noch Ehemalige und Vormittagstrinker und Poser aus den Werbeagenturen in Altona, aber Scheff kam immer noch, weil hier alles angefangen hatte, und angefangen hatte es immer damit, dass jemand reinkam. «Große Sache am Start», sagte er.

«Nee, is klar», sagte Leon. Wischten Barleute nicht überall sonst immer den Tresen mit dem Lappen, während sie mit einem sprachen? Oder Gläser? Er hatte Leon noch nie mit einem Lappen gesehen.

Scheff merkte, wie seine Euphorie anfing, sich zu verflüchtigen. Wie immer fing er an, große Worte zu machen, als könnte er das Gefühl der Begeisterung damit zurückholen.

«Die Stunde der Rache ist gekommen», sagte er. «Arsch-ab-Tag. Jetzt wird abgerechnet.»

«Ja, nee, is klar. Mit wem denn?»

Scheff drehte den Kopf in Leons Richtung, als wäre es eine noch größere Anstrengung als in Wirklichkeit. «Kannst du dich noch an Thorsten erinnern?»

Leon war unfassbar. Der stand echt einfach nur hinter der Bar, ohne irgendwas zu tun, der verschränkte nicht mal die Arme über der Brust, der ließ die Arme hängen wie eine Hintergrundfigur in einem alten Computerspiel, «GTA 3» auf Playstation 2 oder so.

«Vielleicht», sagte Leon.

Scheff, der wusste, dass er im Laufe der letzten zehn Jahre dicklich geworden war auf die unproportionale Art von Dünnen, die zu viel rumsaßen und zu falsch aßen, riss die alberne 0,2-Colaflasche hoch, die sie im *King Horse* servierten, als würde er Leon zuprosten, und sagte: «Oh, vielleicht! Vielleicht kann er sich noch an Thorsten erinnern. Der Herr Leon spricht in Rätseln! Möchten wir uns interessant machen, hm?»

Leon hob kaum die wundgepiercte Augenbraue und wandte sich ab.

«Sie haben Thorsten gefunden», sagte Scheff, «hast du vielleicht in der Zeitung gelesen.» Abends kam immer ein Libanese durch auf seiner Verkaufstour und legte vorm Rausgehen die Nachtausgabe der *Mopo* fürs Haus auf den Tresen. Wenn Scheff vormittags kam, war sie immer schon fleckig.

«Ich sag dir: erst Fränkie, dann Thorsten. Verstehst du, Leon? Nee, oder? Und Ecki ist auch seit Jahren nicht mehr da. Wer weiß, ob sie den nicht auch bald finden. Von wegen ertrunken.»

«Ich versteh schon. Dass du ganz schön viel Scheiß redest.»

«Herr Leon. Sie wissen doch gar nicht, was hier früher los war.»

«Mehr, jedenfalls.»

Scheff nickte. Da hatte Leon allerdings recht. Aber er kannte die Geschichte nicht, die Story, die Legende. Wie alt war die tätowierte Fresse hier? Mitte zwanzig? Der hatte vielleicht mal gehört, dass das hier früher ein Aufreißerschuppen war, so hatten sie das genannt. Dann war das alles unübersichtlicher geworden. Bis es sich aufgelöst und zerstreut hatte.

«In alle Winde», sagte Scheff und schwenkte seine leere Colaflasche: noch eine.

«Was», sagte Leon und schob sie ihm hin.

«Ich dachte, die hätten sich in alle Winde zerstreut. So hab ich mir das erklärt. Passiert, wenn man älter wird.

Wirst du auch noch merken. Weißt du, Leon. Dass man sich aus den Augen verliert und so. Wenn der Wind bläst. Wind of change. Aber.» Scheff machte eine Kunstpause, auch, weil sein Mund colatrocken war, wogegen nur eins half, mehr Cola. «Aber die sind tot. Bäng. Mumifiziert. Na so was. Alle beide. Und Ecki haben sie nie gefunden. Von wegen, der ist in der Elbe.»

Leon sah ihn nachdenklich an, oder, vermutete Scheff, so wie Leon eben aussah, wenn er versuchte, nachzudenken und dabei vergaß, den Mund zuzumachen.

«Hast du mal so richtig auf die Fresse gekriegt?», fragte Scheff.

Leon sagte nichts.

«Ich schon», sagte Scheff. Mein ganzes Leben. Das fing in der Schule an. Von allen. Auch von denen, die mich gar nicht berührt haben. Nicht mal angeguckt. Und von den Häschen, klar. Immer auf die Fresse. In echt und metaphorisch, verstehst du. Aber das hört jetzt endlich auf. Ich hab jetzt wieder Oberwasser. Ich seh, was da abgeht. Und jetzt, mein lieber Freund, wird der Spieß umgedreht. Scheff schlägt zurück. Absolut.

Er räusperte sich, weil ihm einen Moment nicht klar war, ob er gesprochen oder gedacht hatte. Und weil Scheffler, den sie Scheff nannten, Fachmann darin war, die Bedrohung und die Opferbereitschaft in den Gesichtern der anderen zu lesen, merkte er die Veränderung im Gesicht von Leon. Irgendwie breiter, alarmiert, Leons Blick ging über Scheffs Schulter Richtung Tür.

Ist ja klar, dachte Scheff, da drehte man sich einmal weg von der Tür, um diesem unglaublich dummen Leon die Welt zu erklären, und dann kam da was von da. Langsam drehte Scheff sich um, denn man wollte ja nicht, dass wer auch immer da den Laden betreten hatte, merkte, wie interessant er war oder sie, vielleicht ein Häschen. Und ein bisschen Hoffnung spürte er auch in sich: Vielleicht war es Neunauge. Der war so was wie ihr Guru gewesen. Einer, den die anderen nie zu sehen bekommen hatten. Es hatte Jahre gedauert, bis er sich Scheff mal gezeigt hatte, und da waren Ecki und Frank schon verschwunden gewesen. Neunauge hatte hier plötzlich neben ihm gesessen und gesagt: Hey, ich bin Neunauge. Es war eine kurze Begegnung gewesen, Scheff hatte so viele Fragen nicht gestellt. Was ihm erst aufgefallen war, als Thorsten, dem er davon erzählte, ihm dafür auf den Hinterkopf haute, wie damals im Waldheim. Obwohl sie doch längst Männer waren.

«Ha!», kam es raus aus Scheff, so laut, dass er selbst erschrak, und er jagte seine Hände wieder an den Tresen, weil er sonst aufgesprungen wäre vor Begeisterung und vor Schreck. Er wusste es doch. Er wusste doch, dass er back on top war, Oberwasser, und dass der Spieß nur noch darauf wartete, umgedreht zu werden, und zwar von ihm. Von Neunauge und ihm. Alles passte zusammen, denn jetzt merkte er auch noch, dass er nicht mehr alleine war. Neunauge war da, und zusammen mit Neunauge würde er rausfinden, wer Thorsten und Fränkie auf dem Gewissen hatte und was wirklich mit Ecki passiert war.

«Meine sehr verehrten Damen und Herren», hörte Scheff sich rufen, «bin ich hier in einer verdammten Zeitmaschine oder was, gerade rede ich von Ecki, Thorsten und Fränkie, und dann kommst du, the one and only. Neunauge! Wie lange …»

Jahre, dachte er, bestimmt zwei Jahre.

Und wie weich und feucht von Dreck der Boden war, und die Kaugummis unter dem Hocker, graue Sterne vor grauem Firmament, Alter, schreib doch Gedichte, statt zu bluten.

Und war das sein Blut, oder von wem sonst?

Genau, von wem sonst.

Und was einem, dachte Scheffler, eben so durch den Kopf ging, wenn man richtig einen Schlag in die Fresse bekommen hatte, und zwar nicht als Metapher, sondern in echt, und wenn einem einer, den man zwei Jahre nicht gesehen hatte, mit der ruhigen Methodik dessen, dem das nicht in die Wiege gelegt war, sondern der das gewissenhaft hatte lernen müssen, wieder und wieder in die Seite und in den Magen trat, bis man ausfloss in einem kabbeligen Meer von Schmerz.

«Noch 'ne Cola, Scheff?», fragte Leon von ganz weit weg.

Scheffler, den sie Scheff nannten, drehte sich zur Seite und nahm kurz die Hände vom Kopf, um ihn in vorsichtiger, aber deutlicher Verneinung zur Seite und zurück zu drehen. Er hatte noch gar nicht ausgetrunken.

4. Kapitel

«Wo sind deine Sachen?», fragte Ahrens, sein Chef, bärtig-besorgt, doch unverbrüchlich jovial. «Läuft das alles?»

«Liegen schon im Konferenzraum», sagte Danowski gereizt, dabei mochte er Ahrens eigentlich mit seiner verblüffend langsamen Art, die doch immer zum Ziel führte, sorgfältig und abwägend: Erst mal sacken lassen. Was ein gutes Prinzip für die Arbeit in der Operativen Fallanalyse war, aber in jeder Hinsicht Danowskis Temperament widersprach: Er wollte die Dinge am liebsten loswerden, bevor sie Zeit hatten, einzusacken. Dann merkte er an seinen leeren Händen, durch die der warme Sommerwind pfiff, dass er die Akten, um die es eigentlich ging, auf dem Schreibtisch liegen gelassen hatte. Das ärgerte ihn zusätzlich.

«Ich bin auch noch mal zurückgegangen in die OFA, als es hieß, der Gaitner verspätet sich», sagte Ahrens, «aber meine Sachen nehm ich immer mit.» Wie zum Beweis schlackerte er ein bisschen mit dem Rucksack, der ihm an einem Riemen über der Schulter hing. «Sonst vermehren die sich am Ende. So läuft das doch.»

Danowski nickte gequält. Er war gereizt, weil er viel Energie darauf verwendete, sein Leben möglichst unkompliziert zu halten, aber jetzt verursachten seine Freunde Finzi und Jurkschat, dass dieses Leben sich wieder in eine einzige riesige Komplikation verwandelte. Er schwitzte, dabei waren es nur ein paar hundert Meter zum Haupthaus des Präsidiums, in den Fahrstuhl und zum Konferenzraum. Meta Jurkschat ging schweigend, zielstrebig, mit leicht hochgezogenen Schultern neben ihnen, und wenn Danowski zur Seite sah, wich sie seinem Blick aus.

Reg dich mal nicht auf, sagte er sich. Hat Meta was mit dem Tod ihres Exfreundes zu tun?

Nein, natürlich nicht.

Ist es nachvollziehbar, dass sie für sich behalten hat, den Toten zu kennen?

Nachvollziehbar schon. Aber völlig bescheuert.

Das war nicht die Frage.

Ja, nachvollziehbar.

Steht es zur Debatte, jetzt zu Behling zu gehen und dem borstigen Silberrücken zu sagen, er soll mal mit Meta reden, die weiß was über den Toten?

Nein, völlig absurde Vorstellung.

Also, ruhig atmen, nicht ärgern: Es geht erstens nicht darum, Meta bei der Vertuschung eines Kapitalverbrechens zu helfen, und zweitens gibt es keine Alternative.

Trotzdem. Allein der ganze Aufwand. Vorne den Fall analysieren und hinten Meta als Zeugin befragen, mit anderen Worten also: ermitteln. Und das auch noch unauffällig. Vom Risiko ganz abgesehen.

Muss ja nicht alles Spaß machen.

Nee, stimmt. Aber fürs Glückstagebuch wird's auch nichts abwerfen.

Ahrens hielt ihnen die Tür auf, was ein geschickter Zug war, denn inzwischen waren sie diejenigen, die zu spät waren, alle anderen waren in der Nähe geblieben. Dadurch, dass er Danowski und Jurkschat erst durchgehen ließ, konnte Ahrens hinter ihm unbemerkt im Dunkel des Konferenzraums verschwinden. Jurkschat setzte sich zu Behlings Team, wo sie ihr einen Platz freigehalten hatten. Danowski blieb in der Tür stehen, die mit einem resignierten Seufzen ins Schloss fiel. Er brauchte einen Augenblick, um sich zu orientieren. Um den ovalen Tisch die Rücken seiner übrigen OFA-Kollegen, ein paar Leute, die er nicht gleich einordnen konnte, und unverkennbar auch Behling, dessen grauer Haarkranz im Beamerlicht leuchtete. Der große Gaitner arbeitete mit Multimedia. Neben Behling das breite Kreuz von Kienbaum, der müsste doch langsam wirklich mal austrainiert sein. Aber wo hatte Danowski noch mal gesessen?

Leider genau da, wo jetzt Martin Gaitner stand, das Arschloch aus München. Wie konnte man mit Anfang fünfzig so viel und so dichtes und so dunkles Haar haben, und – nicht zu vergessen – so lang, lässig bis auf den Kragen wie bei einem Lebenskünstler in einem Siebziger-Jahre-Film? Danowski hatte im Rahmen seiner Neuerfindung auch versucht, seine mittlerweile recht angegraute Matte ein bisschen in die Länge wachsen zu lassen, Deckhaar züchten, nannte das die Friseurin, aber er wirkte dadurch nur verwahrlost. Im Rückschein der Beamerleinwand sah Danowski die markante Nase und das außerordentlich gut dazu passende Kinn und den leicht ironischen Zug um den Gaitner-Mund. Fast hätte er den Arm ausgestreckt, um den Münchner Jackettrücken zu berühren, Danowski glaubte zu riechen, was für ein herrlicher Stoff das war, und nicht nur, wie die Herrenausstatter bei ihm immer tröstend sagten, «ein strapazierfähiges Material». Seine Mischgewebejacken waren das Einzige, was an Danowski strapazierfähig war. Gaitner ignorierte ihn: Der Fachmann war ganz auf sein fachmännisch an die Leinwand projiziertes Fachmannzeug konzentriert.

«So», sagte Gaitner, und schon an dieser einen Silbe hörte Danowski was entspannt lebensklug Süddeutsches, das ihn mit Neid und Abneigung erfüllte, dem Gefühlscocktail des kleineren Mannes. «Ich hab das hier mal fotografisch aufbereitet auf die Schnelle, dann haben wir das alle direkt vor Augen.» Gott, der suchte und fand Rs zum Rollen, wo fast gar keine waren.

Danowski lehnte sich an die Wand: weggegangen, Platz vergangen.

«Ich möcht Ihnen gern die Gelegenheit geben, weil wir noch nicht alle zusammengearbeitet haben, mich ein bisschen besser kennenzulernen, vom Prinzip her möcht ich mich kurz vorstellen», sagte Gaitner, und Danowski fragte sich, warum auf der Beamerleinwand drei Gegenstände zu sehen waren, die ihm alle bekannt vorkamen, die aber fremd wirkten, weil sie mit Legenummern gekennzeichnet waren wie Spuren oder Beweisstücke an einem Tatort. Ein Notizbuch, ein Kugelschreiber mit Wahlwerbung für einen Hamburger SPD-Abgeordneten und ein etwas zu kleines Sonnenbrillenetui, aus dem ein dunkelbraunes Bügelende schaute.

Danowski schluckte. Das waren seine Sachen. Das Zeug, das er hier auf dem Tisch liegengelassen hatte, genau da, wo Gaitner jetzt stand. Der die Gegenstände offenbar geordnet und schnell abfotografiert hatte, um sie an die Wand zu projizieren. Das war verblüffend. Und beunruhigend.

«So, in der Sache geht es mir immer erst mal darum, im

Profiling zwei Prinzipien zu unterscheiden, von denen Sie sich am Anfang immer für eins entscheiden müssen. Das haben Sie so nicht gehört im Lehrgang, das ist ja work in progress immer, was wir machen, ich bin auch gerade erst dabei, das mal zu verschriftlichen. Also hören's gut zu, können's was lernen.»

Verblüffend. Allein die Dichte von Müncherismen, das rutschte dem doch nicht einfach so raus, das war doch gesteuert.

«Vom Prinzip her unterscheide ich immer gern zwischen der reduktiven und der additiven Analyse. Ist klar. Bei der einen nehmen's was weg, bei der anderen tun's was dazu. Nun ist das, was wir gelernt und gelehrt haben, im Grunde die reduktive Analyse: Wir schließen anhand von Spuren Dinge aus, die auf einen Täter zutreffen könnten. Hier sehen's zum Beispiel die Sachen, die der Kollege auf dem Tisch liegeng'lassen hat. Ich schließe aus, dass das eine Frau ist, denn das ist eine Männersonnenbrille. Reduktive Methode. Die sagt uns auch: Er ist nicht blind, denn er hat eine Sonnenbrille, die er in geschlossenen Räumen ablegt. Und er ist kein Analphabet, denn er hat mit dem Stift offenbar in das Notizbuch geschrieben. Das ist unsere sicherste Methode, reduktiv. Aber mehr kriegen's mit der Methode nicht raus: ein Mann, der gucken und schreiben kann. Aber jetzt zeig ich Ihnen einmal, was man mit der additiven Methode herausfinden kann. Ich weiß ja nicht, von wem des alles hier ist, darum können Sie das am besten für sich selbst überprüfen, ob des am Ende dann stimmt.»

Beunruhigend, denn wer wollte schon Gegenstand eines Persönlichkeitsprofils werden, vor allen Kollegen.

Aber Danowski war erstarrt und guckte sich das alles an wie einen Scherz auf jemand anderes Kosten.

«So, bei der additiven Methode bleiben's ganz nah am Plausibilitätskern, der gibt Ihnen Stabilität. Ich weiß erst mal über den Mann, dass er ungeduldig ist, denn als er gehört hat, der Vortragende verspätet sich, ist er aufgestanden und weggegangen. Er hätt ja bleiben können und a bisserl ratschen mit den Kollegen, aber das hat er nicht wollen. Also eher ein Einzelgänger. Dann fragt man sich, wo sind die fallrelevanten Unterlagen hier, die Aktenmappe vom Kollegen. Zwei Möglichkeiten. Er hat sie wieder mitgenommen, oder er hat sie vom Prinzip her gleich ganz vergessen. Ich tu mal die zweite Variante in den Topf: vergessen. Warum? Weil, draußen ist es sonnig, wenn er schon hier aufg'standen ist, wird er rausgegangen sein, und die Sonnenbrille hat er auch vergessen, also, er ist mit den Gedanken nicht ganz bei der Sache.»

Danowski war drauf und dran, dem ganzen Analysespuk ein Ende zu machen, als er sah, dass Behling sich halb umgedreht hatte und ihm über die Schulter einen spöttischen Blick zuwarf. Danowski zögerte. Wenn er jetzt was sagte, wäre er doch wieder nur der Spielverderber.

«Trägt denn der Plausibilitätskern noch das, was ich zugetan hab?», fuhr Deutschlands bekanntester Profiler fort. «Schau'n mer mal, hier, der Kugelschreiber und das Notizbuch. Ich hab das nicht aufgeblättert, das ist ja nur eine kleine Veranschaulichung hier, ich mag nicht eindringen in die Privatsphäre von dem Kollegen, aber ich seh am Rand ...»

Ein neues Bild aus dem Beamer, Detailaufnahme.

«... dass des Notizbuch nur am Anfang vollgeschrieben

ist, das sehen's hier an der Nutzbelastung der Seitenränder. Zugleich ...»

Detailaufnahme des Umschlagrandes.

«... weist es vom Außenumschlag her starke Gebrauchsspuren auf. Also: viel herumgetragen, wenig reingeschrieben. Passt schon: Unser Mann ist entweder mit den Gedanken woanders oder ein bisschen nachlässig, oder er glaubt, er hat's nicht so nötig, zum Beispiel, sich was aufzuschreiben, weil er eh alles weiß. Sehen's, das mit dem nachlässig trifft den Plausibilitätskern: die Sonnenbrille passt nicht ins Etui, die ist ein bisserl zu groß, aber das war ihm egal, das Etui hatte er halt schon. Unser Mann ist auch nicht der Typ, der sagt, ich bin Polizist, ich muss viel schreiben, ich leg einen Wert auf erstklassiges Handwerkszeug, ich kauf mir einen schönen Kuli, nein, der hier vom Werbestand, Bundestagswahl 2013, der ist gut genug.»

Danowski machte den Analytiker-Job ja selbst inzwischen seit ein paar Jahren und kannte sich deshalb auch mit Persönlichkeitsprofilen aus, darum beeindruckte ihn das inhaltlich alles gar nicht, aber er spürte, dass er im Dunkeln rot wurde. Denn die Kollegen kicherten, als wäre das hier ein gelungener Partytrick.

«Aber wissen's was, bei der additiven Methoden dürfen's nie außer Acht lassen, dass alles seine zwei Seiten hat. Ich seh hier an drei Gegenständen einen Mann, der ungeduldig, eigenbrötlerisch, mit den Gedanken woanders und womöglich ein bisschen nachlässig ist. Jetzt kennen Sie den Kollegen ja besser als ich, Sie wissen ja, wer das ist. Und die andere Seite ist wichtig, das müssen's bei der additiven Methode im Blick behalten, die Methode ist wie eine Linse, die Ihnen die Dinge von zwei Seiten zugleich zeigt. Also, ungeduldig, eigensinnig, nachlässig, das ist eine Lesart, die andere Seite davon ist: Das Ungeduldige können's auch als stark priorisierend sehen, der Mann hat klare Vorstellungen davon, wie er seine Arbeitszeit nutzen möchte; auch das Eigensinnige, das heißt vielleicht, er möcht sich lieber allein fokussieren, als mit anderen zu ratschen, er ist also sehr konzentriert, und das Nachlässige, das ist schon auch so ein Hinweis auf eine Improvisationskunst, aber eben auch wieder das stark Priorisierende, das …»

«Nee, nee», sagte Knud Behling und winkte scherzhaft in Richtung Danowski, als wäre das hier ein Familientreffen, auf das keiner so recht Lust hatte, aber man machte das Beste draus, «das Erste stimmt schon, wenn's um unseren Adam geht.»

Die meisten Kollegen grinsten auf diese warnende Art, die ihm sagte: Adam, du wirst doch wohl einen Spaß abkönnen. Ahrens, der als OFA-Chef Wert auf gemeinsames Grillen, also Loyalität legte, wiegte den Kopf und widersprach Richtung Behling: «Also, ich seh da eine gesunde Mischung, beide Seiten der Medaille, wenn man so will.» Dann lachte er und schaute dabei nach links und rechts, als wäre er nicht der Einzige.

Gaitner drehte sich langsam zu Danowski um. Wie in einer sorgfältig geplanten Dramaturgie wurde es gleichzeitig im Raum wieder heller und die Leinwand verblasste, als leuchtete Gaitner von innen.

«Ihre Sachen waren das», sagte er und hielt Danowski die Hand hin. «Gaitner.»

«Ja, war sehr interessant», sagte Danowski und ließ

zu, dass das Arschloch aus München seine Hand, die Danowski ihm irgendwie gegeben hatte, festhielt, nachdem der Schüttelvorgang längst abgeschlossen war. «Danowski.»

«Leichenfundort Schule», sagte Gaitner und zog an Danowskis Hand. «Zwei Tote. Todesursache in beiden Fällen stumpfe Gewalt. Beide Leichen mumifiziert. Abstand der Taten etwa fünf Jahre. Wir kennen keine Verbindung zwischen den beiden Opfern. Ganz auf die Schnelle, was sagen Sie, was verbindet die Gegenwart einer Schule mit ihrer Vergangenheit?»

«Äh ...» Danowskis Frau Leslie war Lehrerin, also, inzwischen Schulleiterin, darum fiel Danowski auf die Schnelle nur eine Sache ein: «Sanierungsrückstand.»

Gaitner lachte, so nach dem Motto: Kindermund tut Wahrheit kund.

«Ja, des mag schon sein, aber ich mein's ganz ernst, auf unsere Fälle bezogen hier.»

«Wir wissen ja gar nicht, ob die beiden Funde zusammenhängen, also, die Tötungen ...», sagte Danowski und merkte, dass er weiter an Boden verlor.

Gaitner zwinkerte ihm zu. Unglaublich, dachte Danowski. Als Nächstes zaubert er mir ein Markstück hinterm Ohr hervor und sagt, ich müsste mich da mal waschen, aber behalten darf ich's dann schon, aber: Nicht alles auf einmal ausgeben!

«Das ist bis jetzt mal unsere Hypothese, liegt ja auch nahe, aber keine Angst, ich sehe, Sie sind ein Mann der Wissenschaft, ich hab hier noch ein gemeinsames Verletzungsmerkmal der beiden Leichen, das wir erst in München entdeckt haben mit der Spektralanalyse, ist ja nicht einfach bei der Mumifikation, schon die Tätowierungen sind nicht mehr gut zu erkennen, aber … dazu kommen wir gleich.» Er nickte Danowski zu, als dürfte dieser sich jetzt setzen.

«Sanierungsrückstand ist ein wichtiges Thema der Hamburger Schulen», sagte Danowski, «und Korruption im Baugewerbe ist immer wieder ein Hintergrund von Kapitalverbrechen. Da ist in den letzten Jahren viel Geld geflossen ins System, Hunderte von Millionen …»

Gaitner winkte ab, nachsichtig.

«Der zweite Leichenfund war am Gymnasium Klein-Flottbek», fuhr Danowski fort, jetzt erst recht, aber er fand selbst, dass er in einen unangenehmen Herr-Lehrer-ich-weiß-was!-Tonfall geraten war, mit dem er hier niemanden beeindrucken konnte. «Das ist eine Schule mit hohem Bildungsniveau, wohlhabendes Umfeld, kaum Schüler mit Migrationshintergrund. Im Moment müssen Schulen in wirtschaftlich bessergestellten Gegenden länger auf Sanierungen und Neubauten warten, aus politischen Gründen. Der erste Leichenfund im März war an der Gesamtschule an der Pulvermühle, in Tonndorf. Gemischtes Einkommensgefüge der Eltern, viele Schüler, für die Deutsch nicht die Muttersprache ist. Als die Schule umgebaut werden sollte, wurde die Leiche im Keller gefunden. Das unterschiedliche soziale Umfeld der Schulen und der unterschiedliche Sanierungsstand …» Danowski brach ab. Er musste anerkennen, dass er den Faden verloren hatte.

«Was verbindet die Gegenwart von Schulen mit ihrer Vergangenheit?», wiederholte Gaitner seine Frage. Und Kienbaum von der Mordbereitschaft, ausgerechnet Hauptkommissar Kienbaum, der weder an der Gesichtsfarbe noch am IQ leicht von seiner Lederjacke zu unterscheiden war, antwortete in einem Tonfall, als helfe er Danowski aus der Patsche: «Schulen sind neben dem familiären Umfeld hauptsächlicher Ereignisraum für Traumata im Kinder- und Jugendalter. Also, aus kriminalistischer Sicht: traumatische Ereignisse aus der Vergangenheit, die Täter und Opfer miteinander verbinden und die zu einer kriminellen Entladung in der Gegenwart führen, über die Tat.»

«Und das nennt man wie?», fragte Gaitner. «Traumatische Ereignisse an der Schule?»

«Mobbing», sagte Behling ernst, der Senior am langen Ende des späten Nachmittags seiner Laufbahn bei der Hamburger Polizei. Wahrscheinlich hatte er mal eine Schulung dazu besuchen müssen, da hatte er zumindest den Tonfall gelernt.

«Mobbing», sagte Gaitner und nickte ernst in die Runde. Allerdings sprach er es Mopping aus.

«Ist gut und schön», sagte Behling. «Schon wichtig, dass wir hier das, äh, psychosoziale Spannungsfeld und so weiter, in dem sich das alles abspielt, dass wir das im Auge behalten. Muss aber doch vor allem dran erinnern, Anliegen aus dem Präsidialbüro, dass sich seit dem zweiten Leichenfund langsam bisschen Panik breitmacht. Alle Zeit der Welt haben wir jetzt auch nicht. Schulbehörde sagt, dass Hunderte von Eltern ihre Lütten bis zu den Ferien gar nicht mehr in die Schule lassen wollen. Also, zwei, drei Dutzend werden's demnach schon gewesen sein.»

Gaitner dimmte wieder das Licht und nickte erst Behling zu und dann Richtung Leinwand, als wäre dort die Antwort auf dessen Bedenken. Es erschienen, nebeneinander projiziert, zwei Nahaufnahmen brauner Mumienhaut, durchzogen von Trocknungsfurchen. Über der linken Aufnahme stand *Frank Jablonski*, über der rechten *Thorsten Stahmer*. Jurkschats Exfreund. Dann begann eine Animation, die die Hautdetails in ein Schema verwandelte, um 180 Grad drehte und auf der Rückseite beider Hautstellen runde, fast spiralförmige Einstichstellen zeigte.

«Die Nackenpartie von Opfer 1 und Opfer 2», sagte Gaitner. «Bissspuren mit so geringen Einzeldurchmessern sind in der Augenscheinuntersuchung der Rechtsmedizin nicht unbedingt zu erkennen, vor allem, wenn wir wie bei beiden Leichen an den entscheidenden Stellen einen richtig schönen Pilzrasen auf der Haut haben. Aber uns hat eine Tätowierung von Opfer 1 interessiert, für die wir eh ans Mikroskop mussten. Und dabei haben wir das hier entdeckt. Jemand eine Ahnung, was das für Bissspuren sind?»

Danowski ertappte sich dabei, dass er selbst es gern gewusst hätte. Einfach, um etwas sagen zu können. Es war unglaublich, wie Gaitner den Raum im Griff hatte.

«Petromyzon marinus», sagte Gaitner. «Neunauge. Das ist das Rundmaul eines Meeresneunauges.»

«Ein Fisch», nickte Behling maritim.

«Ein kieferloses Wirbeltier, um genau zu sein», korrigierte Gaitner alpin, «schaut ein bisschen aus wie ein Aal, bis auf die neun Kiemenöffnungen am Rand und eben das Rundmaul mit den Hakenzähnen. Jedenfalls hat uns jemand einen Gefallen getan. Der Täter hat seine Opfer gekennzeichnet. Denn dass sie beide im Meer geschwommen und an der gleichen Stelle von diesem Tier gebissen worden sind …»

«Unwahrscheinlich», nickte Kienbaum.

Mobbing mit kieferlosen Wirbeltieren, dachte Danowski. Na toll. Das klang haltlos, uferlos.

«Was für eine Tätowierung haben Sie denn gefunden bei Opfer 1?», fragte er.

Gaitner nickte, als müsste er anerkennen, dass Danowski nun endlich bei der Sache war.

«*Ex silvis*», sagte Gaitner und zeigte das entsprechende Bild, die Umrisse der Tinte nachträglich digital deutlicher gemacht, die Schrift altdeutsch, aber eher in Runen als in Fraktur.

«Aus den Wäldern», sagte Jurkschat, die jetzt, wo sie es aussprach, tatsächlich aussah, als wäre sie als Schülerin gut in Latein gewesen. Sie war blass. Gaitner nickte interessiert in ihre Richtung.

Na wartet, dachte Danowski. Irgendwas werde ich schon auch noch wissen.

5. Kapitel

Das Gute war, dass ich Gaitner keine reingeschlagen habe. Cholerisch bin ich jedenfalls nicht.

~~*Ich hab mit Finzi geplaudert.*~~

Finzi hat gesagt, dass wir Freunde sind.

Danowski seufzte. Liebes Tagebuch. So was konnte man doch nicht hinschreiben. Er war doch ein erwachsener Mann.

~~*Finzi hat gesagt, dass wir Freunde sind.*~~

Ich habe auf dem Heimweg gesehen, wie ein Star gegen eine Autoscheibe geknallt und vor mir auf dem Bürgersteig gelandet ist. Ein paar Elstern und Krähen sind gekommen und haben ihn ganz aufgeregt umringt. Erst dachte ich, wie süß, die wollen sich um ihn kümmern, die ~~stupsen~~ stoßen ihn mit den Schnäbeln an, um zu gucken, ob er noch am Leben ist. Als ich näher kam, habe ich gesehen, dass er tot war und dass sie dabei waren, sich zu zanken, wer ihn fressen darf.

Immerhin. Eine Naturbeobachtung. Wie süß. Um Gottes willen. Aber die Aasfresserei hatte ihn mit einer Art Genugtuung erfüllt. Genugtuung war auch eine Art Glück, oder?

Bald ist Wochenende.

Es wurde immer schlimmer mit seinem Geschreibsel.

~~*Bald ist Wochenende.*~~

War das Ausmaß seines Glücks das normale Fortschreiten des Kalenders aufs Wochenende zu? War das seine Ekstase, sein Nirvana, wenigstens seine Zufriedenheit?

Er wunderte sich, dass ihm so wenig einfiel, was ihn glücklich machte. Möglicherweise lag es daran, dass ihm das ganze Konzept Glück nicht behagte. Er hatte sich eher daran gewöhnt, die Dinge über sich ergehen zu lassen, Sachen auszuhalten. Sein Aha-Erlebnis war ein Urlaub gewesen, als Stella gerade sprechen konnte und Martha noch nicht laufen. Irgendwo an der Ostsee, Klützer Winkel, bisschen weit vom Meer, was aber auch egal war, denn es regnete die ganze Zeit, Leslie hatte Halsschmerzen, und Danowski fand die ganzen Bilder nicht, die er sich vorgestellt hatte, während er auf den Urlaub gewartet hatte: Er am Strand, wo die Kinder glucksend bestaunten, wie er Sandburgen eher schuf als einfach nur baute; er in Liegestühlen, Hängematten, Bücher in den Händen, Getränke in Reichweite, und immer schliefen die Kinder um acht, halb neun, und Leslie und er hatten jede Nacht Sex oder wie er das damals in Gedanken genannt hatte.

Es war dann ganz anders gekommen. Er hatte gelitten. So hatte er sich den Urlaub nicht vorgestellt. Das Quartier war auch nicht so doll. Aber nach einer Woche dann eben das Aha-Erlebnis, im Nieselregen auf dem Parkplatz vom Verbrauchermarkt bei Boltenhagen: Wer sagte eigentlich, dass sein Urlaub gut oder sogar richtig gut sein musste. Er konnte es doch auch aushalten, dass der Urlaub eher ziemlich mittel war, damit kam er doch klar. Fast sofort war der Druck weg, dass alles toll sein musste, und wehe, wenn nicht. Und vielleicht war es mit seinem ganzen Leben so. Vielleicht lag ihm einfach mehr, die Dinge über sich ergehen zu lassen, statt ihnen ständig Glück abzuringen.

Danowski rieb sich mit den Handballen die Schläfen und fragte sich, ob das der Hintergedanke der Therapeutin beim Glückstagebuch war: ihm zu demonstrieren, dass er mit seiner Neuerfindung noch ganz am Anfang war.

6. Kapitel

Zuerst trockneten die Hornhäute der Augen aus, das Lippenrot, die zarten Hautpartien am Hodensack und an der Vorhaut. Der Flüssigkeitsverlust der Gesichtshaut ließ die Bartstoppeln deutlich hervortreten, durch das Eintrocknen der Finger- und Zehenkuppen wirkten die Nägel länger.

In Wahrheit wuchsen nach dem Tod weder der Bart noch die Nägel. Wenn nach dem Tod irgendetwas wuchs, dann nur im Ungefähren, Unsichtbaren: Bei denen, die nichts dafür konnten, wuchsen die Fragen und die Angst, und bei denen, die alles dafür konnten, wuchs womöglich die Erleichterung oder das sogenannte schlechte Gewissen.

Sie hatte sich immer für Naturwissenschaften interessiert, darum verschaffte es ihr eine gewisse Erleichterung, sich mit Mumifizierung zu beschäftigen. Manche schrieben auch: Mumifikation, das bevorzugte sie eigentlich, es klang noch entfernter.

Für die Mumifikation waren allein die auf der Haut und im Körper des Menschen lebenden Bakterien und Kleinstlebewesen verantwortlich, Milben, Spinnentiere. Sie waren in einem Wettlauf mit den äußeren Bedingungen: während ein steter Luftzug, etwa im Wald, dafür sorgte, dass die Körperflüssigkeiten sich mit dem Sauerstoff der Luft verbanden und so verdunsteten, kämpften die Körpertiere innen und außen um die letzten Nährstoffe, wie Armeen um Bodenschätze auf einem sterbenden Planeten.

Tote, die im Wald an Bäumen hingen, waren oft mumifiziert, zumindest teilweise, dort, wo nicht Insekten schnell genug gewesen waren, das sterbende System Körper zu besiedeln.

Im Wald, aus den Wäldern. *Ex silvis*, dachte sie, und die Erinnerung zog von ihrem Kopf in ihren Bauch, eine uralte Übelkeit.

Sie las, dass mit zunehmender Mumifizierung die Haut eine braune Farbe annahm und eine lederartig derbe Beschaffenheit. Die Weichteile schrumpften, bis sich Muskel- und Sehnenstränge deutlich sichtbar unter der Haut abzeichneten. Durch den Wasserverlust verringerte sich das Körpergewicht erheblich. Am Ende war also ein Mann, der einem im Leben zu schwer geworden war, mumifiziert nur noch ein Vögelchen.

Ihr Blick wanderte zurück zum Beginn des Kapitels. Mumifikation war eine natürliche Leichenkonservierung, die eintrat, wenn die Austrocknung des Körpers schneller voranschritt als die Leichenzersetzung durch Fäulnis. Dafür brauchte es magere Leichen in trockenem, luftigem Milieu.

Dachböden.

Schuppen oder Scheunen.

Lüftungsschächte.

Kellerräume, durch die der Wind pfiff, weil sie nach außen und innen Türen hatten, deren Holz sich im Laufe der Jahrzehnte immer mehr zusammengezogen hatte und deren Maschenfenster, wenn sie einmal kaputt waren, nie repariert wurden. Schulkeller.

Oft kam es bei der Mumifikation zu einer Veränderung der Haarfarbe. Am häufigsten entstand ein rötlicher Farbton.

Die Toten mit den roten Haaren.

Kellertrolle.

Die kriminalistische Bedeutung der Mumifikation bestand vor allem darin, dass äußere Konturen des Körpers erhalten blieben. Das erleichterte die Identifizierung. Und darin, dass bestimmte Verletzungen konserviert wurden.

Strangfurchen. Stich-, Schnitt-, Hieb- und Schusswunden.

Bisswunden.

Konserviert wurde auch etwas anderes. Nicht im Sichtbaren, nicht an, in oder auf den Körpern der Toten. Sondern im Muskelgedächtnis der Tötenden und in der tiefsten Ablage der Seele.

Wie es sich anfühlte, jemanden die Treppe hinunterzustoßen, und in dem Moment, da man es tat, wusste man, dass es für immer war, so tief, so hart, das konnte keiner überleben.

Wie ein Toter sich anfühlte, wenn man versuchte, ihn zu bewegen. Dass man immer zu ihm sagen wollte: Spiel doch nicht, stell dich nicht so an. Hilf doch mal mit. Lass dich nicht so hängen.

Und wie sich ein nächster Toter anfühlte, auch wenn man nur von ihm hörte.

Und wie es sich anfühlte, jahrelang mit dem Gedanken aufzuwachen: Ich hab geträumt, ich hab einen umgebracht, und bald finden sie den.

Die Scham, das nicht besser in Ordnung gebracht zu haben.

Sie griff zum Telefonhörer und beugte sich vor, weil sie die Nummer auf dem Schriftstück kaum erkennen konnte.

Das war auch so typisch für diesen Beamtenstaat, den sie in- und auswendig kannte. Da schickten sie einem eine Aufforderung, sich zu melden, um im Polizeipräsidium Fragen zu beantworten, und telefonisch sollte man einen Termin vereinbaren, aber dann war die Nummer so klein, dass man sie kaum lesen konnte.

Sie machte das Schreibtischlicht heller und fing an, unter den Unterlagen nach ihrer Lesebrille zu tasten. Natürlich trug sie sie um den Hals. Sobald sie sie aufhatte, wurde die Welt nicht deutlicher, nur schärfer umrissen, wie eine Skizze mit festen Strichen.

Ihr geschärfter Blick fiel auf den präparierten Fisch zwischen der Federschale und dem Briefbeschwerer aus tiefem, blauem Glas. Neun Kiemenöffnungen auf der Körperseite, die aussahen, als blickte das Tier auf die Welt mit viel mehr Augen, als es dafür brauchte.

7. Kapitel

Im Rahmen seiner Neuerfindung hatte Danowski angefangen, sich um seinen Körper zu kümmern. Zumindest war das die Formulierung seiner Therapeutin, für ihn klang das, als würde man die Mängelliste vom TÜV abarbeiten. Wobei er mit nicht viel mehr Leidenschaft bei der Sache war. Aber sie hatte ja recht: Es ging ihm besser, wenn er sich bewegte. Manchmal, wenn er nicht mehr nach Finkenwerder wollte und wenn er abends nichts mehr vorhatte, checkte er die Lage in den Fitnessräumen des Präsidiums. Die Ergometer, Laufbänder und Rudergeräte machten ihn wahnsinnig, dieses drinnen Nachmachen von Dingen, die draußen Freude machten, hier aber nur anstrengend und krankenkassenartig trostlos waren. Er ertrug ein paar von den Geräten, und manchmal fummelte er auch an den Gewichten herum, aber nur, wenn es keine Zeugen gab. So wie heute. Die Luft war rein, wenn auch nur im übertragenen Sinne.

«Herr Danowski?»

Ach du Scheiße. Kaum besser als in der Sauna, diese Begegnung hier. Vielleicht schlimmer. «Herr Gaitner.»

«Darf ich Adam sagen?»

«Einfach nur so? Oder zu mir?»

«Sarkasmus ist eine Schulhof-Waffe. Finden Sie, dass wir hier auf einem Schulhof sind?»

«Nein, wir sind … in einer Behörde.»

«Ich bin jedenfalls der Martin.» Gaitner nickte Danowski aufmunternd zu, mit Blick auf die Hanteln, die Danowski wieder zurückgelegt hatte, als wäre er schon fertig und müsste nun aber auch wirklich bald los. Gaitner trug ein ärmelloses graues Trainingshemd und eine lange schwarze Sporthose, die besser geschnitten war als Danowskis Anzughosen. Danowski nahm ein höheres Gewicht, als er eigentlich gewollt hatte, die leichteren Hanteln sahen plötzlich so fipsig aus.

«Martin. Ja, freut mich. Ich bin der, äh, ... ich bin Adam. Hier duzen sich ja alle. Also.»

«Du nimmst mir das nicht übel?»

«Mit dem Adam?»

«Der kleine Taschenspielertrick da gestern in der Briefing-Runde. Mit deinen Habseligkeiten.»

«Das ist ein hübsches Wort.»

«Die Kollegen aus den Morddezernaten und Sonderkommissionen ...»

«Mordbereitschaften. Sagen wir in Hamburg.»

«... denen muss man jedenfalls am Anfang immer ein bisschen was vorzaubern, damit klar ist, dass wir was anderes machen als sie, also, wir funken ihnen nicht dazwischen und sie uns dafür bitte schön auch nicht.»

«Nee, klar. Schon gut.»

«Zwei Sachen, wo ich dich drum bitten möchte.»

«Äh, ja?»

«Erstens, *ex silvis*, schon rausgefunden? Was das bedeutet und warum der Tote so eine Tätowierung hat? Zweitens, das ist so eine Sache, die mach ich immer gern zwischendurch, das ist so ein kleiner Spleen von mir, wenn du so willst. Vom Prinzip her ist ja immer das Wichtige, dass wir das Wesentliche nicht aus den Augen verlieren.»

«Moment, das würde ich mir gern aufschreiben. Vom Prinzip ist immer das Wesentliche, dass … nee, also, wie …?» Danowski fand sich selber albern, aber er konnte auch nicht einfach die Klappe halten

«Hahahahaha.»

«Haben Sie, also, hast du jetzt gerade gelacht oder einfach nur ‹hahahahaha› gesagt?»

Der Kollege aus München überlegte einen Moment. «Ich seh da vom Prinzip her keinen Unterschied.»

«Okay, die erste Bitte kann ich erfüllen, *ex silvis*, was ist die …»

«Die zweite ist wie gesagt so ein Spleen von mir. Ich geh rum, ich komm rein, ich frage: Was ist das Wesentliche am Fall?»

«Mobbing?»

«Nein, nein. Das ist unsere Hypothese. Aber um die zu extrapolieren, müssen wir alle auf demselben Fundament stehen. Worum geht's, Adam?»

«Zwei Leichen in Schulkellern.»

«Kannten sich die Männer?»

«Das wissen wir nicht.»

«Wir wissen also auch nicht, dass sie sich nicht kannten.»

«Richtig.»

«Waren sie Schüler früher an den Schulen, an denen sie tot gefunden wurden?»

«Das ist das Seltsame, nein.»

«Keine Bewertungen, bitte. Adam. Wir reduzieren gerade, als wenn wir eine Sauce einkochen lassen. Also nein. Sonst eine Verbindung zu den Schulen?»

«Nein.»

«Gib mir eine Kurzbiographie beider Männer und ein Minigramm.»

«Ein Minigramm?»

«Ein kurzes, konzises Psychogramm.»

Danowski widerstand einem dringenden Bedürfnis, sich am Oberschenkel zu kratzen. Warum hatte er eigentlich zwei Jahre lang einen Lehrgang gemacht, um in die Operative Fallanalyse zu kommen, wenn man sich wie Gaitner die Fachbegriffe und Methoden auch einfach selber ausdenken konnte? Nein, sagte er sich, sieh es positiv: Je kürzer das verlangte Psychogramm, desto schneller ist diese Begegnung hier vorbei.

«Ja. Gut. Also: Frank Jablonski, zum Todeszeitpunkt zweiunddreißig Jahre alt, Bauleiter, nach einem Unfall auf einer Baustelle in Seevetal berufsunfähig, Vater von zwei Kindern, Frau im mittleren Management einer Binnenschiff-Reederei, steigt nach dem Verschwinden ihres Mannes wieder in den Beruf ein, bekommt aber weiter seine Berufsunfähigkeitsrente, da sie nie auf eine Vermisstenmeldung dringt und Jablonski nie für tot erklärt wird. Jablonski ist in Niedersachsen zur Schule gegangen, Fachabitur, Studium der Bautechnik und Werkstoffkunde in Braunschweig. Nicht vorbestraft oder sonst irgendwie aufgefallen. Einzelkind, Vater gestorben, als er Mitte zwanzig war, Mutter kurz nach seinem Verschwinden verstorben. Natürliche Todesursache.»

«*Ex silvis*.»

«Das ist ein Begriff aus der Ahnenforschung. Aus den Wäldern, weil im Mittelalter und der frühen Neuzeit die Leute bei Krieg oder Pest in die Wälder gingen und von Kleinvieh und Kastanien lebten, und wenn sie Jahre später wieder rauskamen, die Eltern tot, ihr Name womöglich vergessen, wurden sie mit diesem Zusatz in den Kirchenbüchern geführt und bekamen einen neuen Namen.»

«Minigramm, Adam.»

«Ich war extra in der Unibibliothek deshalb. Das finden Sie nicht mal einfach so im Internet. Also du.»

«Also, Bibliotheksrecherche ist eh selbstverständlich. Minigramm, Adam. Das wär jetzt mega.»

«Das kann keine gute Ehe gewesen sein. Oder die Ehefrau hat was damit zu tun. Wenn sie so gar nicht darauf dringt, dass nach ihm gesucht wird.»

«Das ist kein Minigramm», sagte Gaitner und begann, mit einer absurd großen Hantel Unterarm-Curls zu machen und jedes Wort einzeln auszustoßen: «Trau. Dich. Was. Adam.»

Danowski überlegte kurz, wie sein weiteres Leben verlaufen würde, wenn er jetzt einfach ginge, ohne zu antworten. Die Erkenntnis, dass dann gar nichts passieren würde, sondern alles so weitergehen wie bisher, ließ ihn eher resignieren.

«Stinkstiefel. Hat. Vorher schon. Rumgehurt», pumpte Gaitner.

Danowski, der diesen Sound noch weniger ertragen konnte, als selbst zu reden, sagte: «Also ist die Frau nicht überrascht und nicht unglücklich, als er weg ist. An das Geld gewöhnt sie sich. Aber in seiner Vergangenheit gibt es irgendwas, das ihn zum Scheusal macht. Wenn wir das wissen, wissen wir, warum ihn jemand ermordet hat.»

«Jetzt kommen wir der Sache schon näher», sagte Gaitner und setzte die Hantel völlig geräuschlos auf den Boden. «Und der zweite?»

«Der zweite.»

«Alles in Ordnung, Adam?»

«Klar.»

«Bist du unterzuckert? Hast du Schwierigkeiten, die Konzentration so lange zu halten?»

«Nein. Geht schon. Der zweite.»

«Hier, stell dich mal hin.»

«Äh, ich würde lieber sitzen bleiben.»

«Stell dich mal hin. Jetzt sei nicht so bockig.»

«Falls Sie ... also, wenn du ... ich meine, wir brauchen jetzt keine Zaubertricks. Sieht uns ja keiner von der Mordbereitschaft.»

«Mei, nun mach halt einmal. So, siehst du, du hast ja gar keine Körperspannung, du musst immer in die Spannung gehen, Spannungskette aufbauen. Schau, Füße leicht auseinander, aber nicht weiter als bis zu den Hüften, und schraub dich richtig rein in den Boden, Knie ein bisschen nach außen, dann Becken aufrichten.»

«Wie bitte.»

«Ja, sag mal, du bist ja gar nicht im ... Darf ich mal?»

«Äh.»

«Nee, so. Mehr nach vorne. Gut. Jetzt Bauch anspannen. Die seitliche Bauchmuskulatur. Gut. Und Schultern zurück, als würden die so da drinhängen, hier, auf der Position etwa ...»

«Kann ich weitermachen? Minigramm und so weiter.» Gaitner bediente ihn wie ein Mechaniker ein älteres Gerät, mit kräftigen Händen hatte er Danowski an den Hüften gefasst und ihm das Becken aufgerichtet oder was auch immer das da war.

«Wenn du in der Spannungskette bleibst, dann hast

du diese Hänger nicht», sagte Gaitner. «Wichtig ist auch, dass du dir genug Zeit zum Verdauen lässt, am besten fünf Stunden zwischen den Mahlzeiten, und zwischendurch keine Snacks, die triggern nur deine Insulinausschüttung, und dann …»

«Ich setz mich mal wieder», sagte Danowski und hätte sich am liebsten ein Snickers aufgerissen oder wenigstens ein Kitkat. «Also, Thorsten Stahmer, zum Todeszeitpunkt neununddreißig, Fitnesstrainer und Verkäufer bei einem Outdoor-Ausrüster, aber nicht in Festanstellung. Hat sich etwa zum Zeitpunkt seines Verschwindens bei seinen Arbeitgebern abgemeldet und bei seinen Eltern, er würde auf eine Extremwanderung nach Patagonien gehen. Daher haben sich die Bemühungen der Eltern, Kontakt zu ihrem Sohn aufzunehmen beziehungsweise ihn wiederzufinden, auf diese Region konzentriert, und die Kollegen vom zuständigen Revier und später von der Vermisstenstelle haben sich ebenfalls auf Chile konzentriert. Obwohl er nie dahingeflogen ist, aber das ist damals entweder nicht überprüft oder nicht weiterverfolgt worden.»

«Kennst du die Kollegen hier, die für Vermisste zuständig sind?»

«Ja.»

«Wie heißen die?»

«Molkenbuhr und Kalutza.»

«Sind die so deppert oder tun die nur so?»

«Die, äh … Also, das wäre jetzt nicht das Wort, das ich selbst verwenden würde, aber die tun definitiv nicht nur so.»

«Minigramm?»

«Hm.»

«Ganz genau. Hm. Der Mann ist ein unbeschriebenes Blatt, da wissen wir gar nichts. Da müssen auch die Kollegen von der Ermittlung noch mal viel tiefer einsteigen.»

Danowski befingerte das schweißkorrodierte Metall der Kurzhanteln im Kurzhantelständer. Na ja, für manche von uns ist der kein ganz unbeschriebenes Blatt, dieser Thorsten Stahmer. Sein Unbehagen darüber, dass Jurkschat und Finzi ihn in ein Geheimnis reingezogen hatten, wich einem leichten Triumphgefühl. Er hatte Gaitner und Behling was voraus und konnte leicht von oben herab zusehen, wie sie sich abstrampelten. Eigentlich ganz hübsch. Bis einem das dann irgendwann um die Ohren flog.

«Wir müssen uns auf die verbindenden Elemente konzentrieren», sagte er mit selbstbewusster Vagheit, «also: beide Male Tod durch Schläge auf den Hinterkopf, der Schädel war jeweils zertrümmert mit einer sehr charakteristischen Kegelfraktur, vermutlich ein Metallrohr oder eine Eisenstange, und natürlich die Neunaugen-Bisse. Da arbeite ich gerade an der Symbolik.»

«Das würde ich gern selbst machen, Adam. Die Symbolik. Ich hab ja schon den einen oder anderen Durchbruch gehabt auf dem Gebiet. Tiersymbolik. *Der Spinnenmann.*»

«Aha.»

«*Spiegel*-Bestsellerliste. *Der Spinnenmann*. Dreißig Wochen. Magst, dass ich dir eins mitbring bei Gelegenheit?»

«Ja, gut. Nee, ich meine, hab ich schon.»

«Also lass mich mal wegen dem Neunauge und so. Was tut sich an der Mobbing-Front?»

«Ich bin dran.»

«Davon merkt man aber nichts. Oder nicht genug. Bisschen mehr Einsatz, also, das wär mega. Und immer die Spannungskette halten, vom Becken her.»

Abends notierte Danowski:

Endlich mal wieder Sport gemacht.

8. Kapitel

Das mit der Wohnung in der Nähe vom Präsidium war komisch, aber dann auch wieder nicht. Wie man eben reingeriet in solche Arrangements. Die Mutter einer Freundin war gestorben, dreißig Jahre in der gleichen Zwei-Zimmer-Wohnung in Stadtparknähe, für Hamburger Verhältnisse fast keine Miete, und ob sie jemanden kennen würde, der gerade so was braucht. Eine Studentin oder so.

Leslie Danowski sah in den Garten, wo Adam den Mädchen Selbstverteidigungsgriffe beibrachte. Martha begeistert bei der Sache, die Haare wild, Stella gewissenhaft, aber unbeteiligt, als wäre das einfach eine weitere Aufgabe, die es abzuhaken galt.

Leslie spülte ihr Glas aus. Der neue Adam, der wieder Sport machte, sein seltsames Tagebuch führte und insgesamt etwas ausgeglichener, wenn auch grauer wirkte, war ihr ein wenig unheimlich. Vielleicht noch ein bisschen fremder, als er ihr seit fast dreißig Jahren war. Sie kannten sich seit der Schule, da gewöhnte man sich im Laufe der Jahre auch daran, dass der andere oft nicht da zu sein schien, auch wenn er im selben Raum war. Darum hatte sie bei der Wohnung gleich an Adam gedacht. Erst mal als Scherz. Wieso eine Studentin?, hatte sie ihre Freundin gefragt, wobei sie zugeben musste, dass es sie wunderte, dass in ihrem Bekanntenkreis die ersten Kinder mit dem Studium anfingen. Wie alt waren sie eigentlich alle plötzlich geworden. Nee, hatte Leslie gesagt, das wär doch vielleicht was für Adam. Der könnte was brauchen in der Nähe vom Präsidium, für unter der Woche ab und zu mal, dann muss er nicht immer so früh raus und kommt nicht so spät, er hat ja oft eh kaum was von den Mädchen.

Und von ihr.

Lasst ihr euch scheiden?, hatte ihre Freundin gefragt, auch eher im Scherz. Irgendwie redeten sie alle seit ein paar Jahren auf so einer pseudolustigen Ebene, die sie unangreifbar machte, die aber immer das Versprechen barg, dass man sie auch jederzeit verlassen und ehrlich reden konnte, falls es wirklich ernst wurde. Was aber fast nie eine von ihnen tat. Obwohl es immer mal wieder ernst wurde. Oder gerade deshalb.

Scheiden? Nein, im Gegenteil, hatte sie gesagt. Wir wollen zusammenbleiben. Darum ist ein bisschen Abstand vielleicht ganz gut.

Und das war dann wirklich schon fast zu ernst gewesen.

Adam war in die neue Wohnung gefallen wie in ein ungemachtes Bett, auf das man sich schon lange gefreut hat. Martha hatte diese Sorgenfalte zwischen den Augen bekommen, aber nachdem sie ein paarmal in der kleinen Wohnung übernachtet und sie zu einer Art Feriendomizil im Alltag erklärt hatte, war die Falte wieder verschwunden. Und Martha merkte ja, dass Adam trotzdem jedes Wochenende ganz normal zu ihnen nach Finkenwerder kam, und wenn es einen Elternabend gab oder sonst was zu tun unter der Woche, war er auch zur Stelle und schlief anschließend hier in seinem Ehebett. Das war fast aufregend. Leslie war nicht überrascht, wie schnell sie sich an die Situation gewöhnt hatte.

Nur Stella hatte auf Anhieb gleich diese Regungslosigkeit aktiviert, mit der sie seit einem knappen Jahr auf alles reagierte, was ihr nicht passte. Leslie kannte von hilflosen Eltern die Formulierung, das Kind entgleite ihnen. Wenn sie das als Lehrerin gehört hatte, hatte sie gedacht: Das wird mir nicht passieren. Aber nun wusste sie, was damit gemeint war. Bei Stella gab es nichts, woran man sie hätte festhalten können.

Adam verstand das nicht, kein Wunder, er war selbst so verschlossen, womöglich sogar vor sich selbst. Mit seiner älteren Tochter verband ihn eine Seelenverwandtschaft, die sie ein bisschen eifersüchtig machte und manchmal ein bisschen besorgt, weil diese Seelenverwandtschaft Adam wiederum, fand sie, womöglich zu sorglos machte, wenn es um Stella ging.

Mein Gott, dachte Leslie und goss sich vom Rosé in ihr Wasserglas, dann aus der hohlen Hand noch ein paar schwitzende Eiswürfel dazu, ich mach mir schon genauso komplizierte Gedanken wie Adam. Der Mann ist ansteckend. Gut, dass wir nicht mehr die ganze Zeit aufeinanderhocken.

Draußen zwang Adam seine große Tochter in eine Umarmung, die sie sich ganz gern gefallen ließ, aber so, dass man es ihr kaum anmerkte. Martha versuchte währenddessen, ihrem Vater von hinten in die Kniekehlen zu treten, was ihr irgendwann auch gelang, sodass alle drei zu Boden stürzten.

Leslie fühlte sich ausgeschlossen. Sie ging nicht mehr so gern zu Boden. Sie stand gern fest.

Und nach Finkenwerder kommt der nicht, dachte sie und wunderte sich dann über ihren Gedanken, denn sie meinte den, der an zwei Hamburger Schulen Leichen versteckt hatte. Den Täter. Den Mörder. Den was auch immer. Andere Schulleiter erzählten, sie hätten selber sicherheitshalber schon mal im Keller geguckt, wer wusste denn, was da los war. Leslie hatte vor einigen Jahren dic Leitung einer Grundschule in Finkenwerder übernommen, deshalb waren sie hier rausgezogen. Sie hatte noch nicht im Keller geguckt. Sollte sie?

Wenn sie ehrlich war, warteten sie alle ein bisschen auf die dritte Leiche. Wie kam sie eigentlich darauf, in Finkenwerder wäre man sicher vor Leuten, die vor Jahren andere Leute umgebracht und in Schulkellern versteckt hatten?

Auf dem Küchentresen knurrte ein Handy, und weil es nicht piepte oder raschelte, wusste sie, dass es Stellas war. Für einen Moment juckte es sie, nicht nur in den Fingern, sondern im Grunde in der ganzen Hand, bis rauf zum Ellenbogen: das Telefon ihrer Tochter nehmen und schauen, wer ihr geschrieben hatte. Den Code kannte sie nicht, obwohl sie da anfangs drangeblieben war, aber jetzt war Stella fast vierzehn, da hatte sie endgültig ein Recht auf Privatsphäre. Oder? Einen Absender und die ersten zwei Zeilen einer Push-Benachrichtigung würde sie erkennen können …

Leslie hörte die Terrassentür und traf den Blick ihrer Tochter, als sie ihre Hand schon zu Stellas Telefon ausgestreckt hatte.

«Dein Telefon hat gebrummt», sagte Leslie lahm.

«Deswegen bin ich ja hier», stellte Stella fest und nickte nüchtern in Richtung von Leslies Weinglas. «Prost.» Dann verschwand sie mit ihrem Telefon die Treppe rauf und in ihrem Zimmer.

Adam und Martha kamen ins Wohnzimmer und füllten den Raum sofort mit den Ausläufern ihres Gesprächs.

«Aber am besten ist immer noch einfach in die Eier treten, oder?», sagte Martha und knotete sich die Haare zusammen.

«Ich bin nicht so ein Fan davon, wenn du Eier sagst», sagte Adam, «aber inhaltlich richtig, ja. Oder Kehlkopf.»

Martha polterte die Treppe hoch, wie eine Piratin «Eier oder Kehlkopf!» brüllend, darauf Stella, durch ihre dünne Zimmertür: «Mann, ey, kann man hier nie seine Ruhe haben! Ich telefoniere!»

Adam ging zur Spüle, streifte Leslie mit beiläufiger Zärtlichkeit, gartenheiß, ließ ein Glas aus der Spüle mit kaltem Leitungswasser volllaufen, setzte es an den Mund und leerte es.

«Aaah», sagte er und betrachtete es zärtlich. «Dich schreib ich ins Glückstagebuch, du köstliches Glas Leitungswasser.»

«Adam.»

«Ja.»

«Könntest du mal gucken?»

«Könnte ich mal was?»

«Bei uns an der Schule. Und bei Stella und Martha. Ob da …»

«Ob da.»

«Ja, ob da.»

«Ob da wer oder was?»

«Ob da Nummer drei.»

«Es gibt vierhundert Schulen in Hamburg.»

«Ich weiß.»

«Wir raten ausdrücklich davon ab, dass ihr Schulleiter

jetzt anfangt, da selber rumzuwühlen und womöglich Spuren und so weiter …»

«Ja. Stand ja in der Zeitung. Und mein Mann ist bei der Polizei. Darum frag ich ja, ob du …»

«Das machen die Kollegen.»

«Beschäftigt dich das gar nicht?»

«Und wie mich das beschäftigt.»

«Bringst du den Mädchen deshalb Selbstverteidigung bei?»

«Sinnlos gegen Mumifizierte.»

«Adam.»

«Ich kann das nicht machen, Les. Ich kann nicht mit der Taschenlampe und ein paar Überschuhen durch drei Schulen schlurfen, die mit meiner Familie zu tun haben. Ich meine, wie sieht denn das aus?»

«Als wenn du dich um deine Familie sorgst.»

«Der Job ist, dass wir uns um alle sorgen.»

«Hm.»

«Wir fangen jetzt nach und nach mit der Suche an. Um alle Schulen auf einmal fachgerecht abzusuchen, brauchst du an die zweitausend Kollegen, eher mehr. Das geht natürlich nicht. Wir haben vierzig Leute, die dafür abgestellt sind. Die machen das nach und nach. Ich kann schauen, dass eure Schulen nicht ganz unten im Stapel liegen. Also unsere.»

«Aber du kannst sie auch nicht obenauflegen.»

Adam musterte das leere Wasserglas. «Exakt.»

«Und wenn ich selber gucke …»

«Auf gar keinen Fall. Bei den ersten beiden Fundorten sind sämtliche Spuren im unmittelbaren Umkreis durch jahrelange Nutzung und durch die chaotischen Umstände der jeweiligen Entdeckung völlig zerstört worden. Darum dürfen da nicht irgendwelche Rektorinnen mit der Taschenlampe …»

Wieder ein Telefon auf dem Tresen, diesmal ein Rascheln. Adam griff danach und drehte ihr in der gleichen Bewegung den Rücken zu, das Bild kannte sie gut.

«Knud», sagte er. «Ja. Nein. Na gut. Wieso? Reden wir dann, okay. Montag um elf. Ich hab eigentlich dienstfrei. Ja, verstehe. Geht klar.»

Er legte das Telefon wieder auf den Tresen.

«Und?»

«Na ja. Jedenfalls nichts fürs Glückstagebuch.»

~~*Manchmal sind es echt die einfachen Dinge. Ein kühles Glas Wasser am Tresen, nachdem man mit den Kindern im Garten gespielt hat. Dass man seine Frau im Vorübergehen umarmt*~~

Verdammt.

Warum hatte er das durchgestrichen? Okay, es klang kitschig. Aber war es deshalb weniger wahr? Danowski schrieb mit Kuli, daher konnte er nicht radieren. Er schraffierte die Durchstreichungen mit Schlangenlinien, um sie aufzuheben. Dann fiel ihm ein, dass man das mit Punkten signalisierte, die man unter die gestrichenen Zeilen machte. Am Ende konnte man gar nichts mehr erkennen.

9. Kapitel

Es gab Tage, da wünschte Tuğba Schelzig, sie hätte es wie ihre kleine Schwester gemacht. Tülin hatte Biologie von Anfang an nicht auf Lehramt studiert, sondern war in die Wissenschaft gegangen. Heute leitete Tülin eine wichtige Abteilung im Bernhard-Nocht-Institut für Tropenmedizin. Ihre Eltern waren stolz auf Tülin. Über Tuğba freuten sie sich. Grundschullehrerin, das war doch was Schönes. So sagte ihre Mutter das: Das ist doch was Schönes. So, Tülin, jetzt erzähl, ihr habt neue Virenstämme?

Tuğba Schelzig stand in ihrer dritten Klasse, neue Sitzordnung, die Tische im Kreis, viel Platz in der Mitte. Die Schule war stolz auf ihren Vorlesewettbewerb, vielleicht zu Recht, Vorlesen war ja auch was Schönes. Aber es gab Tage, da begriff sie das ganze System nicht mehr, diesen Grundgedanken, immer alles zu bewerten und zu beurteilen. Jedes Kind in ihrer Klasse hatte sich ein Buch ausgesucht, aus dem es drei bis vier Minuten lesen sollte, und Tuğba Schelzig hatte einen Zettel mit Bewertungspunkten vor sich, auf dem sie jedem Kind in ihrer Klasse Punkte gab für Textauswahl, Lesegeschwindigkeit, Aussprache und Betonung. Sie lehnte sich ans Fensterbrett und nickte Emilia zu, während sie noch dabei war, Emils kleine Lesung aus *Die Olchis fliegen zur Müllkippe* nach Punkten zu bewerten. Der auf Umweltschutzpapier fotokopierte Zettel tanzte vor ihren Augen, seltsam feierliche Lichtgirlanden liefen ihr am Rand des Gesichtsfeldes entlang.

Waren das jetzt insgesamt 16,5 oder 17 Punkte? Das hing davon ab, ob sie Emil für die Betonung anderthalb oder zwei Punkte gab. Sie haderte mit sich. Emilia las schon. Stockend? Oder auf abwartende Weise flüssig?

Es gab Tage, an denen wurde ihr das alles zu viel.

Die freundlichen Ottenser Eltern, die sie fragten, woher sie denn ursprünglich käme. Als könnten sie das mit ihren türkischen Urlaubserfahrungen abgleichen. «Ich bin in Bochum geboren», sagte Tuğba Schelzig dann stur, aber nett. Was sie nicht sagte, war: Meine Mutter kommt aus Ankara, meine Großeltern waren Professoren in der Türkei, und bitte guckt mich nicht an, als hätte ich irgendwas gemein mit eurem Gemüsehändler und den Animateuren in euren Robinson-Clubs in Antalya. «Nein, also, ursprünglich?», wiederholten die freundlichen Eltern dann.

Die Kinder mit ihren klebrigen Händen und ihren schmutzigen Socken, mit ihren Einhörnern und Fußballtrikots und ihren Bilou-Shampoos und ihrem Minecraft und ihren Fidget-Spinnern und ihren Tränen darüber, wer mit wem in der Pause spielte und wer gesagt hatte, du bist nicht mehr meine Freundin. Wenn sie zerspringen wollte vor hilfloser Liebe und nicht vergessen konnte, dass statistisch zwei oder drei von ihnen «Erfahrungen mit Missbrauch» hatten. Und wenn nicht in ihrer Klasse, dann in einer anderen, irgendwo anders in Hamburg, doppelt so viele? Und wenn sie daran dachte, dass dies ihre fünfte Klasse war, 19 Jahre, in denen sie Kinder hatte größer werden sehen von der ersten bis zur vierten, und dann wurden sie den Sommer über plötzlich wieder klein, neue Erstklässler, aber gar nicht so verschieden von denen, deren Eltern sich gerade tränenreich von ihr verabschiedet hatten. Sie war eine gute und beliebte Lehrerin. Sie fragte sich, warum sie mit Mitte vierzig schon so müde war.

Die Mütter, die es alle paar Jahre gab, und immer waren es Mütter, nicht selten aus türkischstämmigen oder anderen Migrantenfamilien: Mütter, die fanden, dass sie nicht streng genug war, leistungsorientiert nannten sie das. Mütter, die telefonierten, die Elternstammtische organisierten und informelle Elternabende, und die sie dann in die Ecke drängten und zur Rede stellten, konfrontieren nannten sie das.

Die Väter, die einmal in der Woche zum Abholen auftauchten, manche sogar zweimal, und dann grinsten sie, als hätten sie sich dafür eine Medaille verdient.

Die jungen Kolleginnen und Kollegen, zu denen sie plötzlich nicht mehr gehörte, und mit plötzlich meinte sie: seit fünf oder zehn oder fünfzehn Jahren. Und die sie mochten und die trotzdem von der Seite guckten und dachten, sodass man es ihnen ansah: Ein bisschen anders machen als Tuğba kann man es schon. Und man muss sich ja auch nicht so kaputtmachen dabei.

«Frau Schelzig?»

Sie merkte, dass sie aus dem Fenster gestarrt hatte. Sie liebte diese flachen roten Backsteingebäude, die Laubengänge dazwischen, den großen Baum auf dem Hof, eine kaukasische Flügelnuss, wegen der sie den geplanten Neubau um zwanzig Meter hatten versetzen müssen. Das Noch-eine-Woche-bis-zu-den-Ferien-Licht durchs dichte, geschraubte hellgrüne Laub. Die Bienenstöcke, der Krötenteich, die ziemlich verdorrten Gemüsebeete der vierten Klassen. Warum fühlte es sich an, als würde sie all das aufs Spiel setzen?

«Weinst du, Frau Schelzig?» Das war Gretchen, immer empathisch, der stand selbst schon das Wasser in den Augen.

Tuğba Schelzig wischte sich die Augen und lachte. «Ja, weil Emilia so schön gelesen hat!» Etwa die Hälfte der Klasse lachte vorsichtig mit, aber überzeugt waren die Kinder nicht. Die Schmetterlinge, die sie aus geknülltem Krepppapier geklebt hatten, wellten sich in den Hochsommermittag.

«Nee, Quatsch», sagte sie und rieb sich noch mal die Augen, demonstrativ diesmal, «ihr wisst doch, was ich für Heuschnupfen habe. Emilia, sehr schön gelesen, ehrlich.»

«Ich hab auch Heuschnupfen, Frau Schelzig.»

«Meine Mama sagt, da muss man so Kügelchen nehmen.»

«Nee, da kriegst du am ganzen Körper Spritzen.»

«Stimmt das, Frau Schelzig? Muss man da überall gespritzt werden?»

«Meinst du, die spritzen die Kügelchen da rein, oder was?»

«Das ist Homopathie.»

«Frau Schelzig, Marie hat Homo gesagt.»

«Was ist denn schlimm an Homo?»

«Mein Papa sagt, mein Onkel ist auch schwul.»

«Wie viel Punkte, Frau Schelzig?»

Sie sah auf ihren Zettel, auf dem gar nichts stand. «Siebzehn», sagte sie. «Du bist im Stechen, Emilia.»

Und sie dachte: Ich muss was sagen. Wenn sie noch einen Toten finden, muss ich was sagen.

10. Kapitel

«Na, da ist ja unser Sensibelchen.»

Danowski setzte sich auf den mit rauem Konferenzraumstoff bezogenen Stuhl, der am Tisch am weitesten von Behling und Gaitner entfernt stand. Er nickte ihnen quer durch den Raum zu. Deren Problem. Warum buchte Behling auch den größten Raum, wenn sie sich zu dritt besprechen wollten. Typische Schwanzgeschichte.

Wobei. Er wollte ja nicht immer gleich so. Nicht wahr. Vor allem wollte er nicht an Behlings Schwanz denken. War doch gut, ein großer Raum. Hatte man mehr Platz, um sich zu strecken. Dafür fing er sich gleich einen Blick von Gaitner, so nach dem Motto: Na, nicht ausgeschlafen?

«Wieso Sensibelchen?», fragte Gaitner.

«Alte Geschichte.» Behling hatte so ein Ding, wo er lächelte und in der gleichen Bewegung die Schultern hochzog, als grinse sein ganzer Oberkörper.

«Die alte Geschichte ist mir natürlich bekannt», sagte Gaitner. «Ich weiß, dass der Kollege Danowski als hypersensibel und wenig belastbar gilt und deshalb in die Operative Fallanalyse versetzt wurde. Was ich, nebenbei gesagt, für ein bisserl einen Trugschluss halte, dass die Fallanalyse wenig belastet.»

«Das war ein bisschen anders», sagte Danowski und ärgerte sich jetzt doch, dass er so weit wegsaß. Gaitner winkte ihn ab und sagte zu Behling gewandt: «Jedenfalls interessiert mich eher, warum du gleich einsteigst mit so alten Geschichten und Spitznamen.»

Behling glotzte den Münchner an, als hätte der plötzlich angefangen, Platt zu sprechen. Er war Widerrede nicht gewöhnt.

«Alte Tradition hier», sagte er knapp.

«Knud», sagte Gaitner und schüttelte den Kopf. Er sprach den einsilbigen norddeutschen Vornamen aus, als wäre der eine bayrische Abkürzung für was Längeres, wie Sepp für Josef oder so: Knutt. «Wir reden hier über Mobbing.»

«Bitte was?» Wääs? Behlings Verumlautung schepperte Danowski in den Ohren.

«Wohin Mobbing führen kann, sehen wir ja im vorliegenden Fall», sagte Gaitner. «Gruppen tun sich darüber definieren, dass sie Einzelne ausgrenzen. Das führt beim Verbrechen bis zum Tode. Darum sollten wir uns untereinander um einen korrekten Umgang bemühen.»

Behling nickte. «Ist klar. Ich lass Adam in Ruhe.»

Danowski passte gar nicht, wie er hier so ganz nebenbei zum Kind gemacht wurde, mit Gaitner als dem guten Onkel, der ihn beschützte.

«Ich hab Zweifel an der Mobbing-Theorie», sagte Danowski, weil es seinem Sinn für Symmetrie mehr entsprach, wenn er beide Leute im Raum gegen sich hatte.

«Wegen was?», sagte Gaitner, als hätte das Was drei a. «Es ist die größte psychische Belastung, der man an der Schule ausgesetzt sein kann. Wir haben Tote in Schulen. Beim Extrapolieren musst du immer von den größten Wahrscheinlichkeiten ausgehen, Adam, das weißt du doch …»

«Der schöne Lehrgang», sagte Behling halblaut.

«Ich würde gern mal vom Praktischen ausgehen», sagte Danowski.

«Kann man machen», sagte Gaitner. «Ist aber sehr reduktionistisch.»

Wenn Behling nicht dabei gewesen wäre, hätte Danowski vielleicht aufgegeben. Aber vor dem wollte er erst recht nicht zurückstecken. «Wer hat die Möglichkeit, zwei Tote an Schulen zu verstecken? Vielleicht die Schulleitung, vielleicht ein Lehrer, ansonsten Handwerker oder ein Hausmeister. Jemand, der viel auf dem Schulgelände und im Gebäude allein ist, nämlich am Wochenende, nachts oder in den Ferien. Jemand, der jede Ecke und jeden Winkel kennt.»

Gaitner wiegte gönnerhaft den Kopf. «Die Leichen waren jetzt nicht an so richtig wahnsinnig abgelegenen Orten versteckt. Das waren zwar Winkel im Keller, aber … nichts, wofür man besondere Ortskenntnisse gebraucht hätte.»

«Aber ein Hausmeister würde wissen, wo in solchen Kellern am seltensten jemand vorbeikommt. Damit die Leichen möglichst lange liegen.»

Gaitner nickte, als hätte Danowski gut mitgearbeitet, Eigenintiative und so, aber jetzt wäre es auch mal langsam gut. «Adam, wir haben die Hausmeister der beiden Schulen überprüft, alle vier, von damals und heute, also auch die, die an der Schule waren, als die Leichen da versteckt wurden. Es gibt keinerlei Verbindung. Nichts. Noch weniger als zwischen den Leichen.»

«Zwischen den Leichen gibt es auch keine», sagte Danowski. Behling guckte sich das an wie ein etwas irritierendes Tennismatch. Kopf nach links, Kopf nach rechts, zwischendurch leichtes Augenrollen in beide Richtungen.

«Doch», sagte Gaitner. «Dass sie beide tot sind.»

Behling kicherte.

«Und die Bissspuren vom Neunauge. Da hat jemand eine Botschaft an den Leichen hinterlassen. Das typische Verhaltensmuster von Traumatisierten, die sich durch Übertötung, durch Verstümmelungen oder Leichenschändung Erleichterung zu verschaffen suchen. Mobbing gleich Trauma.»

Ein Schweigen breitete sich aus im Raum. Keiner hatte die Klimaanlage angemacht, weil sie nicht lange hier sitzen wollten und weil sie nur zu dritt waren. Danowski meinte, einen leichten Altmännergeruch wahrzunehmen, der zu einem bestimmten Anteil wohl auch von ihm kam. Manchmal hasste er es, langsam einer von den alten Säcken zu werden.

«Ist halt nicht so konkret, die Mobbing-Geschichte», sagte Behling mit leichtem Widerwillen. «Adam kommt da schon mehr so über die praktische Schiene.»

Gaitner schüttelte den Kopf. «Das ist hier aber keine Schreinerei. Da hilft einem die praktische Schiene nicht weiter …»

Danowski gefiel es fast noch weniger, wenn Behling ihm zustimmte. «Wie ist denn euer Gefühl, was die Hausmeister angeht?», fragte er in dessen Richtung. «So ermittlungstechnisch gesehen.»

«Eigentlich keine Lust, mit dir über Gefühle zu reden», sagte Behling. «Aber stimmt schon, was Martin sagt. Ist eine Sackgasse. Trotzdem.»

«Was trotzdem?»

«Naheliegend, erst mal zu fragen, wer die Gelegenheit hatte, die Leichen da …»

«Keine der beiden Schulen hatte ein besonders gutes Sicherheitssystem», unterbrach Gaitner. «Weder zum mutmaßlichen Tatzeitpunkt noch heute. Da hätte jeder reingekonnt. Es ist auch gar nicht sicher, ob die Leichen vor Ort mumifiziert sind, oder ob jemand sie nach dem Ende des Flüssigkeitsabbaus dorthingebracht hat. Im zweiten Fall wären sie so leicht gewesen, dass auch eine Frau oder ein kleinerer Mann das hätte bewerkstelligen können.»

«Stimmt», sagte Danowski, «die Leichen hätten auch woanders mumifizieren können. Aber die Fundorte waren bestens für die Mumifikation geeignet: trocken, gut durchlüftet, abgelegen. Um solche Orte zu wählen, muss man die Gegebenheiten sehr gut kennen.»

«Also, zwischen den vier Hausmeistern und den beiden Toten gibt es keine Verbindung», sagte Gaitner. «Alibis können wir nicht abfragen, weil wir keinen genauen Tatzeitraum kennen. Und um die Liste aller Handwerksbetriebe abzuarbeiten, die in den relevanten Zeiträumen an den beiden Schulen aktiv waren, fehlen uns hier die Ressourcen.»

«Machen wir aber schon noch», schob Behling ein, der sich ungern erzählen ließ, irgendwas wäre nicht machbar. «Sind quasi schon dabei.»

Gaitner verzog das Gesicht. «Aber bitte nicht auf Kosten anderer Ermittlungswege.»

«Soweit ich sehe, gibt es ja nur einen anderen Ermittlungsweg», sagte Danowski.

«Herrschaftszeiten, Adam», sagte Gaitner mit einer Aggressivität, die Danowski überraschte. Gaitner hatte sich dabei zurückgelehnt, als fürchtete er, gleich die Kontrolle zu verlieren und ihn anzufallen. «Vielleicht wäre es am besten, wenn du die Kollegen ein bisschen unterstützt bei den Ermittlungen. Wer befragt denn die Schulleiterinnen zu Mobbingfällen der Vergangenheit?»

«Die Kollegin Jurkschat», sagte Behling widerstrebend.

«Na, dann klink dich doch da am besten mit ein, Adam», sagte Gaitner. «Und je eher ihr das hinter euch gebracht habt, desto eher kannst du anfangen, Täterprofile von Hausmeistern und Handwerkern zu erstellen.»

Danowski nickte. Behling stöhnte leicht. Danowski deutete ein leichtes Grinsen an: Wir beide nun wieder. Behling guckte weg.

Die Tür ging auf und Ahrens steckte den Kopf rein, rahmenlose Brille, Schnauz und alles. «Und, läuft's?», fragte er. Danowski machte den Daumen hoch und zog dabei die Mundwinkel runter, damit sich das neutralisierte.

«Eigentlich wollte ich auf was anderes raus», sagte Gaitner und ordnete seine Unterlagen, «aber das ist auch ein schönes Ergebnis. Der Kollege Danowski unterstützt die Ermittlungen der Hauptkommissarin Jurkschat, berichtet aber weiter an mich.»

«Können wir so machen», sagte Ahrens und war schon wieder weg.

«Noch Fragen?» Gaitner, schon im Stehen.

Danowski blieb sitzen. «Eine hätte ich noch», sagte er. «Wovon handelt eigentlich dein nächstes Buch?»

Gaitner zögerte einen Tick zu lange und machte dann den Fehler, mit einer Gegenfrage zu antworten wie auf dem Schulhof.

«Wieso?»

«Nur so.» Auf einem Schulhof war Danowski auch schon mal gewesen.

«Ich red da ungern vorher drüber.» Gaitner lächelte sympathisch und wandte sich zum Gehen. «Bisserl abergläubisch, weißt du.»

«Deine Bücher kommen jedes zweite Jahr im Herbst raus», sagte Danowski, «also das nächste in drei Monaten. Das heißt, ich muss nur auf Amazon gehen und gucken, was da angekündigt ist unter deinem Namen. Nach dem *Spinnenmann* und der *Hautprinzessin* und dem *Puppenkind* und dem *Blutonkel* und …»

«*Der Grautöter*», sagte Gaitner, in die Ecke gedrängt, seinen Nachteil aber wettmachend, indem er alle drei Rs quer durch den Raum rollte wie einen kostbaren Teppich.

«Klingt nach Allesreiniger», sagte Danowski, der sich noch gut daran erinnerte, wie sich Gaitners Hände angefühlt hatten, als der ihm das Becken aufgerichtet hatte. «Mordmotiv Putzfimmel?»

«Mobbing», sagte Gaitner. «Neunzig Prozent aller Serienmörder berichten über Mobbing-Erfahrungen in ihrer …»

«Ja, ja», sagte Danowski, «ich les dann im Buchladen den Klappentext.»

«Ich weiß nicht, was du damit …»

«Kann es sein, dass du noch Fallbeispiele brauchst für das Buch? Und dass wir deshalb so zwanghaft Richtung Mobbing analysieren und ermitteln?»

«Das Manuskript ist längst fertig.»

«Hoffentlich nicht vom Sekretariat am LKA Bayern getippt. Auf Freistaatskosten.»

Behling seufzte erschöpft: Kinder, müsst ihr euch streiten. Aber Danowski wusste, wie sehr es dem Kollegen gefiel, wenn zwei sich stritten. Behling war gern der Dritte, der sich freute.

Gaitner nickte abschließend, und Danowski war sich sicher, dass er nur mühsam ein trotziges «Das merk ich mir» herunterschluckte dabei.

11. Kapitel

«Adam», rief Behling hinter ihm, und Danowski hätte ihn auch ohne Worte schon am Schmatzen der Deckschuhe auf dem heißen Parkplatz erkannt. Er blieb stehen und drehte sich um. Behling baute sich vor ihm auf und scannte über Danowskis Schulter die Umgebung. Knisterndes Gebüsch hinter den Wagenreihen, breitgezogener, großer Freiluftsound aus dem Stadtpark, Danowskis Spiegelbild reflektiert in Behlings Sonnenbrillengläsern.

«Adam», sagte Behling, «versau mir das nicht.»

Danowski schnaufte und zog die Beifahrertür auf, um sein Sakko abzulegen, das er selbst bei der größten Hitze dabei hatte, um seine Schlüssel, Telefone und Papiere zu transportieren und im Einsatz seine Dienstwaffe zu verdecken. Behling schlug die Tür wieder zu, sodass Danowskis Kleidungsstück eingeklemmt wurde, was ein bisschen den Knalleffekt störte, den Behling womöglich hatte erzielen wollen. «Ey», sagte Danowski im gleichen Schulhofton, mit dem er eben schon Gaitner geärgert hatte, «die Reinigung zahlst du mir!»

Behling hielt Danowski einen Zettel unter die Nase, zu nah, als dass er wirklich was hätte erkennen können. Danowski brauchte eine Lesebrille. Worum man sich alles kümmern musste.

«Weißt du, was das ist, Adam?»

Danowski fokussierte mühsam, sah am unteren Ende der Seite aber nur eine sechs- oder siebenstellige Zahl in größerer Schrift, die der Urheber des Dokuments extra noch mal unterstrichen hatte.

«Keine Ahnung», sagte Danowski, «der Kostenvoranschlag für deinen Pflegeplatz im Seniorenstift Fallen Anker?»

«Nee, Adam. Sind die Kosten, die du verursacht hast in den letzten fünf, sechs Jahren. Geht los mit 'nem Einsatz der Wasserschutzpolizei, Hafenbecken absuchen nach dir, dann zwei Wochen Quarantänestation im Bernhard-Nocht-Institut für Tropenmedizin, weil du dich nicht an die Vorschriften gehalten hast, dann verschiedene Hubschraubereinsätze, drei, um genau zu sein, darunter 'n relativ aufwendiger Einsatz auf See, du, das läppert sich, ich hab das mal aufgerundet auf knapp dreihunderttausend Euro.»

«Knud», sagte Danowski und lehnte sich an seinen Wagen, «wenn ich gewusst hätte, dass du das alles übernimmst …»

«Nee, weißt du, am Ende zahl ich das wirklich irgendwie. Ist hier mein letzter Fall, und du weißt, dass immer irgendein Arschloch so was zusammenrechnet …»

«… zum Beispiel du, Knud.»

«… und wenn du wieder so viel Scheiß baust, dann muss ich das am Ende auf meine Kappe nehmen. Geht ja schon wieder los, wie du dich mit dem Bazi da anlegst, Mann, Adam, mach doch einfach mal'n Kopp zu und spiel mit.»

Danowski nahm Behling das Papier aus der Hand, weil er irgendwie den Eindruck hatte, das erwartete der von ihm. Er faltete es zusammen und steckte es in die Tasche.

«Ich merk mir das», sagte er. «Ist 'ne schöne Herausforderung, die halbe Million vielleicht noch vollzukriegen.»

Behling trat einen Schritt zurück, und fast fing er an, Danowski leidzutun.

«Adam», sagte er, «wenn du einen Fehler machst, einen einzigen Fehler bei dieser Sache, dann sorg ich dafür, dass du in Zukunft mit deinem alten Freund Finzi Fahrräder reparierst. Und dann viel Spaß, so als geschiedener Vater, ohne Gehalt aus dem höheren Dienst.»

«Ich bin nicht geschieden», sagte Danowski. «Ich wohn nur unter der Woche hier in der Nähe, damit ich nicht so weit ...»

Behling nickte mitleidig. Jurkschat kam über den Parkplatz.

«Wir müssen los», sagte Danowski und zeigte in ihre Richtung.

«Adam, jetzt lass doch mal die Lütte in Ruhe, die hat zu tun.»

«Danke, Knud», sagte Jurkschat, «ich hab das schon im Griff.»

«Termin schon gemacht?»

«Wir sind quasi auf dem Weg zur ersten Schulleiterin. Die damals an der ...»

«Ja, genau, und Adam muss wieder überall reinsabbeln. Nicht zu glauben.» Behling haute Danowski auf die Schulter, als wäre das irgendwie eine Ebene, auf der sie miteinander zurechtkamen. Danowski zog unwillkürlich die Schultern hoch.

«Immer locker bleiben, Adam», sagte Behling.

Als sie im Auto saßen, sagte Jurkschat am Steuer: «Endlich können wir mal in Ruhe reden.» Sie machte die

Fenster auf und die Klimaanlage an. Das hätte sie früher niemals zugelassen.

Danowski lehnte sich zurück. «Du meinst, ich kann dir nicht mehr ausweichen.»

«So ungefähr. Klar zur Abfahrt?» Ihre schlanken Hände machten eine Fahrpantomime am eingerasteten Lenkrad.

«Eigentlich wollte ich nach Hause», sagte er.

«Finkenwerder?»

«Nee, da war ich am Wochenende. Ich hab eigentlich dienstfrei. Hainbuchenweg.»

Sie nickte verständnisvoll. «Ist bestimmt nicht einfach», sagte sie vorsichtig.

Danowski schüttelte den Kopf. «Ich hab da was zur Untermiete, weil die Fahrt im Berufsverkehr nach Finkenwerder, also, das ist echt … Und manchmal wird's ja spät. Und heute Vormittag ist sowieso keiner zu Hause in Finkenwerder.»

«Ja, nee, ich meinte, wir können ja mal in Ruhe darüber reden. Also, wie das so ist für dich.»

Danowski seufzte. «Wie das so ist für mich? Praktisch ist das für mich.»

Jurkschat sah ihn ein wenig mitleidig an, von der Seite, die Hände immer noch am Lenkrad. Er sah, dass ihr Pferdeschwanz genau auf Höhe der Nackenstütze war. Vorsichtig griff er ihr hinter den Kopf und schob die Stütze hinauf, damit ihr Pferdeschwanz Platz hatte. Sie streckte die Hand aus. Er gab ihr den Autoschlüssel.

«Hainbuchenweg. Bisschen nah zum Fahren», sagte sie.

Er nickte. «Eigentlich wollte ich nur meine Jacke abwerfen und dann zu Fuß gehen.»

Sie ließ den Motor an. «Also, Leslie und die Kinder warten gerade nicht auf dich.»

«Nein, ich hab gesagt, ich komm morgen wieder, da kann ich, hoffe ich, rechtzeitig Schluss machen.»

«Okay», sagte Jurkschat und stellte die Automatik auf N, weil sie sich erst noch den Pferdeschwanz neu binden musste. «Dann machen wir das so, dass wir jetzt zur Direktorin fahren, und währenddessen erzählst du mir, in welche Richtung eure Fallanalyse geht. Und später fahren wir zu mir, und du schaust dir an, was ich noch von Thorsten habe.»

«Woher plötzlich diese Rücksichtslosigkeit, Meta?» Womöglich war er nicht der Einzige, der versucht hatte, sich neu zu erfinden. Und womöglich war es Meta besser gelungen als ihm. Sie fädelte sich in den Verkehr ein, er betrachtete sie von der Seite, weil er auf eine Antwort wartete, und sah dabei die fast weißen Haare auf ihren braunen Unterarmen und dass ihr Hellblau stand. Jurkschat war eine Sommerschönheit, das war ihm bisher nie aufgefallen.

«Oder geht's wirklich nur darum, dass ich dir was schulde, weil ihr mich vor zwei Jahren aus dem Wattenmeer gerettet habt, Finzi und du?»

Sie zog ein bisschen die Nase kraus: Nein, das war es nicht.

«Vorigen Herbst waren wir in Spanien», sagte sie. «Finzi und ich. Erinnerst du dich?»

Danowski mochte sich da nicht festlegen. Er war kein besonders aufmerksamer Zuhörer, wenn andere von ihrem Urlaub erzählten. Nur Träume, in denen er nicht vorkam, langweilten ihn noch mehr.

«Wir haben die Tochter der Senyora getroffen. Die Tochter der Frau, die zweimal versucht hat, Finzi umzubringen.»

Danowski runzelte die Stirn. Hatte er das gewusst? Hatte Finzi ihm erzählt, dass sie so was vorgehabt hatten? Warum hatte er nie nachgefragt?

«Das war ganz seltsam», sagte Meta. «Diese Frau zu sehen, die ihr Leben lang keine Ahnung hatte, wer ihre Mutter ist, und dann ist das Erste, was sie über sie erfährt, dass diese Mutter eine überzeugte Faschistin war, die im Gefängnis saß, ihre neugeborene Tochter weggeben musste und dass sie nach ihrer Entlassung als Auftragsmörderin gearbeitet hat. Juana Benitez heißt die Tochter, fast genau in meinem Alter. Und weißt du, was sie gesagt hat, als ihr klar wurde, dass ihre Mutter ein paarmal versucht hat, Finzi zu töten?»

Danowski schnallte sich an. «*Lo siento*?» Er hatte auch schon mal kurz vorm Landeanflug im Phrasenteil des Reiseführers geblättert.

Jurkschat ignorierte ihn. «Sie hat gesagt, dass ihr ganzes Leben eine einzige Lüge war und dass sie das Gefühl hat, jetzt beginnt ihr Leben endlich neu, weil sie ohne Lüge leben kann. Und das will ich auch, Adam.»

«Ohne Lüge leben? Indem du Behling gegenüber verschweigst, dass du jahrelang mit Thorsten Stahmer zusammen warst? Das ist aber noch verbesserungsfähig, wenn du mich fragst.»

«Genau um die Jahre mit Thorsten geht's», sagte sie. «Das waren Jahre, in denen irgendwie gar nichts gestimmt hat. Ich hab gelitten unter den Jahren, und jetzt will ich wissen, warum.»

«Hat man gar nicht gemerkt», sagte Danowski. «Ich dachte, ihr wärt total glücklich mit eurem ganzen Klettersport, Paragliding, Wakeboarding, Boardgaming, der ganze Kram.»

«Na ja, was meinst du, warum wir das alles gemacht haben.»

«Wir wollten euch eigentlich immer mal zum Essen einladen, Leslie und ich. Als du und ich noch zusammengearbeitet haben.»

«Im Nachhinein bin ich euch dankbar, dass ihr das nicht getan habt.»

«Wie habt ihr euch eigentlich kennengelernt?», fragte Danowski, dem klar war, dass sie bis nach Blankenese, wo die pensionierte Schulleiterin wohnte, eine Dreiviertelstunde unterwegs sein würden. Und er wollte guten Willen zeigen, weil er Jurkschat so lange ausgewichen war und weil er merkte, wie wenig er wusste über das Leben derer, die sich seine Freunde nannten, obwohl er wenig dafür tat, sich diesen Titel zu verdienen.

Jurkschat schwieg, als konzentrierte sie sich auf den Verkehr. Sobald sie konnte, griff sie sich wieder in den Pferdeschwanz. Danowski sehnte sich auf seltsame Weise nach der Zeit, als ihm das auf die Nerven gegangen war, ihr ewiges Getue mit den Haaren.

«Das», sagte Jurkschat, ein Haargummi zwischen den Zähnen, «ist wirklich das Einzige, über das ich nicht reden will.»

12. Kapitel

In Blankenese fanden sie lange keinen Parkplatz, weil Jurkschat möglichst tief ins Treppenviertel reinfahren wollte. Es wurde immer enger und steiler, und die Mittagssonne knallte ihnen von Südosten in die feuchten Gesichter.

Danowski rieb sich die Stirn. Im Grunde fand er das keine menschenfreundliche Umgebung hier, das war so eine Touristenwelt, durch die man mit der Verwandtschaft spazierte, und er konnte nicht verstehen, wieso die ehemalige Direktorin der Gesamtschule Pulvermühle sich hier zur Ruhe gesetzt hatte. Kleine, ihm zu niedliche Kapitänshäuschen, viel Reetdach, selbst die Land Rover sahen alteingesessen aus. Er fragte sich, woher Dr. Karin Busche das Geld hatte. Reich geheiratet? Oder war irgendwo was für sie abgefallen?

Und er fragte sich, ob Leslie sich auch mit Ende fünfzig zur Ruhe setzen würde. Er hatte das früher immer für ein Gerücht gehalten, aber die ersten ihrer älteren Kolleginnen und Kollegen verschwanden bereits über die goldenen Brücken, die die Amtsärzte ihnen bauten, in Richtung lange aufgeschobener und von nun an halbherzig betriebener Hobbys. Lehrer, das wär's vielleicht doch gewesen.

Aber wenn er ehrlich war, gefiel ihm, wie Jurkschat und er mit dieser gewissen Festigkeit und Zielstrebigkeit aus dem Auto stiegen, die einem leichter fiel, wenn man eine laminierte Kopie mit Wappen des Landeskriminalamtes in die Windschutzscheibe legen konnte, um das absolute Halteverbot aufzuheben. Wenn er ehrlich war, würden ihm dieses kleine bisschen Macht und diese kleine zusätzliche Bedeutung fehlen. Vielleicht hatte sein Vater es deshalb immer so gehasst, dass Danowski zur Polizei gegangen war. Weil er geahnt hatte, dass es seinen Sohn ein bisschen überheblich gemacht hatte.

«Grauenvoll hier», sagte Danowski und ließ Jurkschat vorgehen, weil sie die Ermittlungen führte und weil er sich die Hausnummer nicht gemerkt hatte.

«Ist doch hübsch hier», sagte Jurkschat.

«Ja, hübsch.» Danowski gefiel nicht, wie das hier alles an den Elbhang geklatscht war, es ging immer entweder bergauf oder bergab, die Häuser waren entweder schmal und niedrig oder so groß und breit, dass man genau sehen konnte, wie viel Erbschaft die Neubauten und Renovierungen gekostet hatten. Er mochte flaches Gelände, breite Gehwege und Häuserfluchten in Berliner Traufhöhe.

«Kannst du dir vorstellen, mit Finzi in so einem Häuschen zu wohnen und euch von Touristen bestaunen zu lassen?»

Jurkschat zögerte. «Ich glaube, da gewöhnt man sich dran.»

Die Schulleiterin bewohnte die Hälfte eines etwas größeren, geschmackvoll blass geklinkerten Hauses, in dem vor hundert Jahren vermutlich nur eine Familie gewohnt hatte. Die Fensterrahmen und Türen taubenblau, Stockrosen dicht gedrängt an den Außenwänden, als ruhte das Haus auf einem Feld von ihnen, und nur die äußersten hätten sich befreien können. Der Garten war gerade groß genug für eine gründlich abgeblühte Linde und ein unter ihr leidendes Trampolin, das Danowski den Doppelhausnachbarn zuordnete.

Ein Mann im verschwitzten Tennisdress öffnete ihnen die Tür, Anfang, Mitte sechzig, grauer Scheitel, abwesender Gesichtsausdruck hinter der Sonnenbrille. Drahtige Beine, drahtiges Beinhaar. Er winkte sie rein und rief hinter sich: «Siehst du, hätte ich doch lieber im Club geduscht. Die Herren von der Polizei sind da.» Danowski sah Jurkschat von hinten an, wie sie die Stirn runzelte. Der Flur mit Treppe nach oben, Kupferstiche historischer Blankeneser Szenen sorgfältig den Stufen folgend gehängt, auf einem Brett an der Flurwand kurz über Kopfhöhe eine Teekannensammlung, die sie bis in einen Wintergarten führte mit viel naturfarbenem Leinen: Polster, Vorhänge, auch die Hose der ehemaligen Direktorin, nur die Bluse reinweiß. Danowski ächzte unter der geballten Hanseatik und suchte nach irgendwelchem Messinggeschmiede aus dem Bootsbedarfsladen, an dem er sich notfalls festhalten könnte.

Jurkschat stellte sie vor, und Karin Busche sagte, ihren Mann Hauke hätten sie ja schon kennengelernt, und dass sie den Doktor doch weglassen sollten. Und ob sie ihr bitte ins Arbeitszimmer folgen würden.

Sie setzten sich ihr gegenüber an den großen Schreibtisch aus dunklem, glänzendem Holz, und Danowski hörte ein bisschen zu, während er genoss, wie hellgelbe Vorhänge die Hochsommersonne milderten, sodass sie ganz sanft auf einen blauen Glasbriefbeschwerer fiel und von ihm verteilt wurde wie eine Aura. Man musste ja auf die kleinen Dinge achten. Aber reichten auf die Dauer die kleinen Dinge?

Er sah, wie Jurkschat notierte, dass die ehemalige Direktorin neunundfünfzig und vor drei Jahren wegen chronischer Erschöpfung frühpensioniert worden war. Er fand, dass sie viel jünger wirkte als ihr hanseatischer Hauke, sie trug ihr graues Haar schulterlang, kein Make-up, ihre Gesichtsbräune sah nach Gartenarbeit und Elbspaziergängen aus. Während sie sprach, bearbeitete sie mit dem Daumen die Hornhaut in ihrer Hand, Ruderin vielleicht, oder vom Harken. Die Gesamtschule Pulvermühle hatte sie vor einigen Jahren verlassen und war danach an die Gesamtschule Blankenese gewechselt.

Jurkschat nickte und betrachtete ihre Notizen. «Was ich nicht verstehe, ist, wie ein Toter in Ihrer Schule gelegen haben kann, und Sie haben nichts davon gemerkt», sagte sie ohne Vorwurf in der Stimme. «Ich meine, das Tötungsdelikt ist eine Sache, da gehen wir natürlich davon aus, dass ein Täter größte Vorsicht walten lässt, um nicht bei oder nach der Tat ertappt zu werden. Aber so eine Abseite im Keller ...»

Karin Busche kratzte sich an der Oberlippe, und Danowski betrachtete den im Vorhanglicht leicht goldenen Flaum, den sie dort hatte. «Sie können mir glauben, dass das etwas ist, worüber ich mir seit dem Leichenfund Gedanken mache», sagte sie. «Es klingt wie eine Ausrede, aber: Das hat natürlich auch mit dem Sanierungsstau und so zu tun.»

Jurkschat nickte verständnisvoll, Danowski grunzte ein bisschen, wie immer, wenn Zeugen Leitartikel-Wörter verwendeten.

«In Hamburg kümmert sich ja die sogenannte Schulbau um die Renovierung und um Neubauten von Schulen, das ist so eine Art städtischer Dienstleister, der von der Schulbehörde beauftragt wird, nachdem die Schulen ihren Bedarf angemeldet haben», erklärte die ehemalige Direktorin mit professioneller Geschmeidigkeit. Wissen vermitteln, das lag den Lehrern im Blut, das kannte er von Leslie. «Das Problem ist, diese Instanz gab's damals noch nicht, oder sie war jedenfalls ganz neu, und wir konnten uns nicht mit der Schulbehörde einigen, ob wir in Tonndorf einen Anbau brauchten, einen Teilabriss mit Neubau oder einfach eine Sanierung und währenddessen eine Reihe von Containern. Und solange so was in der Schwebe ist, passiert gar nichts. Da misten Sie in der Schule nicht unbedingt die Keller aus, und Tonndorf war damals auch nicht so der Stadtteil, wo Eltern von sich aus auf die Idee gekommen wären, mal so richtig klar Schiff zu machen in der Schule. Ich hab einfach jahrelang den Mangel verwaltet, während in irgendwelchen Amtszimmern Pläne hin- und hergeschoben wurden.»

Sie nahm den blauen Briefbeschwerer und wog ihn in der Hand. Danowski fühlte sich ertappt, weil er die ganze Zeit in dessen blaues Licht guckte und sich berieseln ließ.

«Woher haben Sie den?», fragte er, weil es für ihn aussah, als wollte sie ihn verstecken vor seinem Blick. So, als hätte sie den Schreibtisch aufgeräumt, bevor sie kamen, aber diesen Briefbeschwerer vergessen.

«Hier», sagte sie, als hätte sie ihn sowieso zeigen wollen, aber sie hatte einen Moment zu lange gezögert, «das ist ganz typisch, alle paar Jahre gab es so hamburgweite Konferenzen, bei denen wir von den Schulleitungen mit dem Senat und den Bezirksämtern und irgendwelchen externen Leuten Visionen und Konzepte entwickeln sollten für den Schulbau des einundzwanzigsten Jahrhunderts und so. Sollte alles toll aussehen und nichts kosten, klar.» Sie drehte ihnen die Unterseite des halbkugelförmigen Briefbeschwerers zu, in den mit leicht veralteter Marketingschrift «Schule bauen – Zukunft gestalten» und ein viele Jahre verstrichenes Wochenenddatum graviert war: Mai 2002.

«Beweisstück A», sagte sie, jetzt im Ton einer Gerichtssendung im Nachmittagsfernsehen. «Keins von den dort besprochenen Projekten ist je umgesetzt worden.» Sie stellte den Briefbeschwerer zurück auf den Tisch, außerhalb der Sonne, wie Danowski enttäuscht feststellte. In derselben Bewegung nahm sie ihre Lesebrille vom Schreibtisch und schob sie sich ins Haar. Stimmt ja, dachte Danowski, so eine muss ich mir auch noch besorgen.

«Aber die Vorstellung, dass da jahrelang ein Toter lag, macht mich krank, natürlich. Das überschattet ja die Schulzeit von ganz vielen Kindern, im Nachhinein.»

«Haben Sie die Listen aller Kolleginnen und Kollegen von damals», sagte Jurkschat, «Hausmeister, anderes Personal, Reinigungsverträge und so weiter?»

Karin Busche schob ein paar zusammengetackerte A4-Seiten über den Tisch. «Brauchen Sie auch die Schülerlisten? Das hat meine Nachfolge natürlich alles im Archiv.»

«Im Prinzip schon», sagte Jurkschat und blätterte pro forma durch das Dokument, bevor sie es einsteckte. «Aber ehrlich gesagt ist es im Moment unrealistisch, dass wir das Umfeld und den Hintergrund von fast tausend Schülerinnen und Schülern überprüfen.»

Danowski konnte nicht verhindern, dass er sie verwundert von der Seite ansah. Offener Defätismus vor Zeugen war das Letzte, was der alten Meta Jurkschat passiert wäre. Der neuen schien er nicht mal aufzufallen.

«Wir haben daher eher noch eine thematische Frage», sagte Jurkschat, «aber das macht mein Kollege von der Fallanalyse.»

Danowski spürte den hellgrauen Blick der ehemaligen Direktorin auf sich und kam sich vor, als säßen Jurkschat und er hier wie einbestellte Eltern. Er räusperte sich. «Wir suchen eine Verbindung zwischen den beiden Opfern. Beide haben nicht Ihre Schule oder das Gymnasium Klein-Flottbek besucht, wo die zweite Leiche gefunden wurde, beide waren keine Lehrer oder Ähnliches. Dennoch denken wir, dass die Fundorte etwas zu bedeuten haben könnten. Jemand versteckt Leichen dort, wo ihm ein Trauma widerfahren ist. Möglicherweise ist jemand an einer der Schulen oder an beiden gemobbt worden und hat sich später im Leben für andere Demütigungen an anderen Menschen gerächt. Und um das für sich selbst abzuschließen, hat diese Person die Leichen am Ort früherer Demütigungen versteckt.»

Er merkte, dass Jurkschat ihrerseits ihn jetzt leicht alarmiert von der Seite ansah. Ja. Sie hatte völlig recht. Jetzt war er es, der viel zu viel erzählte. Aber diese Exdirektorin Busche hatte was im Blick und in der Körperhaltung, das einen veranlasste, keine Geheimnisse vor ihr haben zu wollen, und noch mehr: sie beeindrucken zu wollen.

Karin Busche nickte, als könnte sie ihm ganz gut folgen.

«Hat es in den Jahren bevor die Leiche in Ihrer damaligen Schule versteckt wurde, irgendwelche auffälligen Mobbing-Fälle an der Schule gegeben? Sind Ihnen Schülerinnen oder Schüler im Gedächtnis, die besonders zu leiden hatten? Verstehen Sie mich nicht falsch: Wir sind nicht auf der Suche nach Verdächtigen, wir versuchen nur, das Klima an der Schule zu verstehen. Sie waren ja dort seit 1998 Direktorin, also schon zwölf Jahre bevor jemand dort eine Leiche versteckt hat.»

Karin Busche schüttelte langsam den Kopf. «Ich bin gar nicht sicher, wann wir angefangen haben, von Mobbing zu sprechen. Ich meine, heute wissen wir, dass jeder sechste Fünfzehnjährige an der Schule gemobbt wird oder gemobbt wurde. Früher haben wir das eher als Disziplinarschwierigkeiten geahndet: Wer andere verprügelt hat, wurde bestraft, aber wir haben uns wenig um die Opfer gekümmert, obwohl Opfer damals noch gar kein Schimpfwort war wie heute. Und wir haben nicht unbedingt mitbekommen, ob Schüler andere geschnitten oder verspottet haben. Und es gab noch keine sozialen Netzwerke und keine Handys, dürfen Sie auch nicht vergessen. Vor fast zwanzig Jahren, als ich an der Pulvermühle angefangen hab.»

Danowski wartete. Sie hielt Vorträge, um Zeit zu gewinnen für die Entscheidung, ob sie etwas verschweigen oder erzählen wollte. Schließlich sagte sie: «Aber es gab einen Schüler, der immer sehr aufgefallen ist an der Schule. Als Außenseiter. Wir hatten damals schon einen relativ hohen Anteil von Migrantenkindern, ganz guter Bildungsstandard, insgesamt, aufstrebendes Milieu, mit konservativen Werten. Die haben sich diesen Schüler, den sie für schwul gehalten haben, rausgepickt und haben ihn schikaniert. Gemobbt. Obwohl ich gar nicht weiß, ob der überhaupt schwul war. Aber sehr mädchenhaft. Das hat schon gereicht, um auf dem Schulhof fertiggemacht zu werden.

Das ist mir in Erinnerung geblieben, weil der Schüler direkt zu mir gekommen ist, um sich zu beklagen. Das kam selten vor. Das war Ende der Neunziger.»

Danowski nickte. «Können Sie sich an den Namen erinnern?»

«Luis. Glaube ich. Nachname ist gerade schwierig. Wenn man in den Ruhestand geht, fällt viel weg, wissen Sie. Irgendwann erinnert man sich nur noch an die Klassen, die man zu Beginn seiner Laufbahn hatte. Wie an die eigene Kindheit.»

«Aber der Name wird Ihnen noch einfallen», sagte Danowski.

Sie sah ihn scharf an. «Sicher. Ich sag dann Bescheid.»

«Und was haben Sie getan?», fragte Jurkschat.

«Getan? Wann?»

«Sie haben gesagt, der Schüler ist damals direkt zu Ihnen gekommen, darum erinnern Sie sich daran. Wie haben Sie reagiert?»

Karin Busche zögerte. «Heute würde ich sicher anders reagieren. Mit dem Wissen, das man im Nachhinein hat. Ende der Neunziger hatten wir Mühe, den Schulbetrieb einigermaßen über die Runden zu kriegen. Viele Lehrerausfälle, marode Klassenzimmer …» Sie brach ab, vielleicht, weil sie merkte, dass sie sich rechtfertigte, und weil sie sich in der Rolle nicht gefiel. «Ich fürchte, ich hab ihm geraten, es nicht so ernst zu nehmen. Und …» Sie wiegte den Kopf, und wenn sie nicht so braun gewesen wäre, hätte Danowski vermutet, dass sie jetzt rot wurde. «Und ich hab gesagt, er soll versuchen, männlicher aufzutreten. Wie ein Mann. Sei ein Mann. Was man eben so gesagt hat.»

«Meine Güte», sagte Jurkschat auf der Straße, «ich hab mich gefühlt wie früher in der Schule.»

Er nickte.

«Vor der Frau möchte ich kein Geheimnis haben müssen», sagte Jurkschat.

Danowski nickte noch mal, aber was ihm noch im Ohr klang, waren die Worte: wie ein Mann.

Es ist schöner, in Finkenwerder zu wohnen als im Treppenviertel.

Das war eine Art Glück, oder? Sich abgrenzen? Besser finden, was man selber hatte?

Ich hab gemerkt, dass es mir früher mehr Spaß gemacht hat, mit Jurkschat zusammen zu ermitteln, als ich damals wusste.

Dass man nie mitkriegte, wie gut irgendwas war, während es gut war, sondern immer erst hinterher.

Aber immerhin. Anderthalb von drei. Besser als nichts.

13. Kapitel

Es war gut, wenn man als Hausmeister nicht zu lange an einem Ort blieb. Weil man die Schüler älter werden sah und die Lehrer alt, und die Gebäude sah man verfallen. Hausmeister sein, das war, wie in die langsamste Zeitmaschine der Welt zu steigen und sich in Echtzeit mitnehmen zu lassen in eine Zukunft, die immer nur daraus bestand, dass irgendwo irgendwas wieder in Ordnung gebracht werden musste, worum man sich eigentlich doch gerade erst gekümmert hatte. Aber dann war es doch immer schon ein Jahr her oder zwei.

Darum war es wichtig, ab und zu die Schule zu wechseln. Manche Schulen hatten noch die klassischen Hausmeisterwohnungen, vor allem die breit ausgestreckten Campusschulen der sechziger Jahre, so wie hier in Niendorf. Die meisten Hausmeister verschmähten diese Wohnungen inzwischen, weil sie immer nur drei Zimmer hatten: Ein Hausmeister, hatte man sich damals wohl gedacht, hat nicht mehr als eine Frau und ein Kind, und wenn er zwei Kinder hat, dann scheitert die Ehe bald, dann reichen drei Zimmer auch wieder. Meist waren die Wohnungen in einen blinden Winkel des Schulgeländes gebaut, damit sie mit ihrer Tüllgardinenprivatheit und mit ihren Blumenkästen nicht den offiziellen Anblick der Schule störten. Aber sie lagen zugleich immer so, dass der Hausmeister von einem Fenster seiner Hausmeisterwohnung aus den Lehrerparkplatz sehen konnte. Falls da jemand parkte, der nicht befugt war. Jeder Hausmeister, hatten die Schularchitekten sich wohl gedacht, war von Berufs wegen auch ein bisschen ein Blockwart.

Aber nicht Josip Berisha. Er fand, er hatte nichts Aufpasserisches. Zumindest nicht, wenn es darum ging, wer auf dem Lehrerparkplatz stand oder ob Kinder aus der Nachbarschaft nachmittags die Spielgeräte auf dem Hof benutzten. Die Versicherung, klar. Aber im Zweifelsfall hatte er halt nichts gesehen.

Seine Eltern waren Ende der Fünfziger aus Jugoslawien gekommen, halbe Kinder noch, der Vater Schachmeister, aber wie sich herausstellte, konnte man davon nicht leben im Ruhrgebiet. Eine Kränkung, die der Vater mit nach Hamburg nahm, wo es noch Arbeit im Hafen gab, bis die Container kamen. Und Josip. Manchmal fragte er sich, ob sein sehr unhamburgischer Name und das schwarze Elternhaar ihn dazu verdammt oder prädestiniert hatten, Schulkindern und Lehrern die Trümmer ihres Tagwerks zu flicken. Er hatte einen deutschen Pass und fand, dass er Hamburger war, aber als er selbst noch zur Schule gegangen war, hatten sie ihn «Jugo» genannt, und nur auf dem Fußballplatz war das respektvoll gemeint. Und an jeder Schule merkte er, dass ein Teil der Lehrer, der Eltern und Kinder durch ihn hindurchsah, oder besser: dass ihre Blicke an ihm abglitten, sobald sie ihn in kategorisiert hatten. Ein Südosteuropäer, der die Arbeit macht, die wir noch nicht Drecksarbeit nennen. Anstrengende, auf ihre Art eben auch anspruchsvolle Arbeit. Nur, dass man dafür nicht studiert haben musste.

Für Josip Berisha war die Hausmeisterwohnung groß genug, er war Einzelmensch. Und er fand die Arbeit gerade anstrengend und anspruchsvoll genug, um nicht immer in Gedanken darum kreisen zu müssen, was war und was hätte sein können und was vielleicht noch würde werden können. Einmal war er ganz nah dran gewesen, um die Jahrtausendwende. Ganz nah an etwas, das er in sentimentalen Momenten Liebe nannte. Aber Josip Berisha erlaubte sich wenige sentimentale Momente. Wenn, wie in der Welt unübersehbar, so viel über Liebe gesprochen, gesungen und gelogen wurde, dann gab es in Wahrheit nur sehr, sehr wenig davon, das war altes Jugoslawien-Wissen von seinem Vater: Je mehr du im Juli, August über die Ernteerfolge hörst, desto leerer sind im Herbst die Regale. Vielleicht war der Moment, in dem die Liebe zum Greifen nah gewesen war, auch einfach einer gewesen, in dem zwei einsame Menschen sich immer nähergekommen waren, bis sie sich irgendwann berührten, aber eben aus Einsamkeit, jeder aus seiner eigenen, nicht aus Liebe.

Josip Berisha justierte die Müllcontainer, nachdem er sie wieder in die richtige Reihenfolge gebracht hatte. Den Müllwerkern war die Reihenfolge egal. Aber wenn er den Papiermüll in der Mitte ließ statt am Rand, dann war der nach drei Tagen voll mit Klassenzimmerrestabfällen, da kannte der Putzdienst nichts, die arbeiteten nur mit Muskelerinnerung, hoch die Beutel und in die Mitte, die hatten kein Interesse an Containerfarben.

Vor der Einfahrt zum Lehrerparkplatz stand ein kräftiger Polizist, schwitzend in diesen kurzen Radlerhosen. Wenn er kurze Hosen sah, dachte Josip Berisha: Vielleicht bin ich doch kein Deutscher. Er verstand das ganze Konzept nicht. War dieser kleine Zuwachs an Bequemlichkeit diesen großen Verlust an Würde wert?

Der Anblick des Polizisten ließ Josip Berisha wieder an die Zeit denken, an den unausweichlichen Kreislauf der Zerstörung und des Reparierens, an die Vergeblichkeit. Und vielleicht war es doch Liebe gewesen, damals, mit der einzigen Schulleiterin, die ihn nicht als Zubehörteil des Kopierers oder als Wartungseinheit des Schulinventars gesehen hatte. Weil er ihr geholfen hatte, einen Ausweg zu finden.

Es war ganz seltsam, fand Josip Berisha. Er half immer allen herauszukommen. Er sorgte dafür, dass die Kinder die Möbel und die Türen und Wände und Böden hatten, um vier Jahre die Grundschule und acht Jahre auf dem gleichen Gelände das Gymnasium zu besuchen, und danach gingen sie hinaus. Er blieb. Die Lehrer und die Schulleiter, denen er die Kulissen für ihr Alltagstheater aufstellte und schob, gingen jeden Nachmittag hinaus. Nur er blieb immer in der Schule. Die Frau, die er vielleicht geliebt hatte oder der er sich aus Einsamkeit so nah gefühlt hatte, dass es keinen Unterschied gemacht hatte – diese Frau war aus dem, was sie angerichtet hatte, herausgekommen.

Nur Josip Berisha blieb.

Der Polizist am Tor wartete und schwitzte, und Josip Berisha dachte: Du bist auch so einer wie ich. Einer, der wartet und bleibt.

14. Kapitel

Der Hausmeister der Grundschule Niendorf brachte einen Kaffee raus, während Finzi auf die Kinder wartete. Er war sich immer nicht sicher, ob die Lehrer und Hausmeister und insbesondere die Lehrerinnen sich ein bisschen amüsierten über ihn mit seinem Fahrradhelm und seinen Radlershorts, oder ob er doch noch ansatzweise so was wie eine Respektsperson war. Selbst bei den Kindern kippte das langsam so ein bisschen.

«ACAB!», hatte ihm neulich an einer anderen Schule ein Viertklässler entgegengerufen.

«Und das heißt?», hatte Finzi gefragt, obwohl er nicht zuletzt als Anhänger des FC St. Pauli gut vertraut war mit der Parole.

«All Cops Are Bastards», hatte der Junge gesagt, vom Englischen her gar nicht mal schlecht ausgesprochen.

«Und zu Deutsch?»

Jetzt war der sich schon weniger sicher gewesen. «Irgendwas mit alle Bastarde sind Hurensöhne?»

Der Hausmeister hier jedenfalls war nett, Finzi kannte den schon. Berisha oder so ähnlich, so slawische Namen konnte er sich schlecht merken, das war schon auf Streife und später bei der Mordbereitschaft manchmal ein Problem gewesen.

«Und, irgendwas Neues, wegen den Schultoten?», fragte der Hausmeister, als sie gemeinsam am offenen Tor zum Lehrerparkplatz lehnten. Aus der Richtung wehte der

Wind. Bisschen dem Fahrradbullen auf den Zahn fühlen, um nachher was zum Tratschen zu haben. Und Finzi war nicht ganz unempfänglich für den Bedeutungszuwachs.

«Na ja, schlimme Geschichte», sagte Finzi. «Aber so richtig viel darf ich nicht sagen, klar.» Weil ich keine Ahnung habe und weil ich wegen Bandscheibe an die Verkehrserziehung ausgeliehen bin. Und weil einer von denen der Ex der Frau ist, mit der ich zusammenlebe.

«Fragt man sich natürlich», sagte der Hausmeister und machte eine ausladende Handbewegung, die das ganze ineinander übergehende Areal der Grundschule und des benachbarten Gymnasiums einschloss. «Ob man selber hier auch irgendwo. Also, so eine Leiche.»

Finzi trank einen Schluck Kaffee. Eigentlich zu heiß dafür. Aber der war frisch durchgelaufen, das schmeckte man gleich.

«Werden wir rausfinden», sagte er über ein leichtes Schmatzen hinweg. «Die Kollegen kommen dann rum.»

«Und wissen Sie schon, wann?»

«Macht euch mal keine Gedanken», sagte Finzi. «Die Wahrscheinlichkeit ist verschwindend gering. Dauert aber sowieso noch eine Weile. Wir gehen da streng alphabetisch vor. Grundschule Niendorf, mittleres Drittel. Das dauert. Vor den Ferien wird das nichts, tut mir leid.»

Der Hausmeister hatte genickt, nachdenklich, und dann war er nach einer Weile einfach gegangen. Auch nicht schön, dachte Finzi. Einfach abzuhauen, sobald man rausgefunden hatte, was man wissen wollte von der Polizei. Aber dann kamen die Kinder mit ihren Rädern, und dann war ihm erst mal alles andere egal. Seinen Becher ließ er stehen auf dem Mäuerchen am Parkplatzrand.

Die Sonne brannte ihm auf den schrecklich schönen blausilbernen Polizeihelm, aber es machte ihm nichts aus. Es erforderte seine volle Aufmerksamkeit, Grundschülern das sichere Radfahren beizubringen und ihnen anschließend die entsprechende Plakette ans Fahrrad zu kleben. Dann fiel der kleine Vincent fast vom Rad, als er zum Abbiegen rechts den Arm ausstreckte.

«Ich kann nicht einhändig», schrie Vincent wütend, als wäre das Finzis Schuld.

«Ist ja nicht schlimm. Üben wir gleich.»

Tatsächlich war Finzi nicht so unglücklich über seine Bandscheibe, wie er Adam gegenüber getan hatte. Der hatte er nämlich zu verdanken, dass er keine Runden im Stadtpark mehr drehen musste. Der Park war der dümmste Mikrokosmos an Kleinkriminalität, den man sich vorstellen konnte. Die Leute machten alles, was sie auch hinterm Hauptbahnhof oder auf den einschlägigen Bordsteinen in der Schanze und auf dem Kiez machten: Drogen nehmen, Drogen verkaufen, sich volllaufen lassen, Müll liegen lassen, zu laut Musik, sich prügeln, öffentlich Ärgernis erregen (und das ging bei Finzi schnell, hatte er festgestellt, viel schneller als früher: seinen Ärger zu erregen). Nur eben all das nicht so professionell, nicht so abgeklärt wie auf den Straßen, sondern amateurhafter, so lässig draußen-mäßig, nicht voll bei der Sache, und das machte ihn wahnsinnig. Wenn diese Freizeitorientierung der ganzen Gesellschaft sich auf die Professionalität der Klein- und Kleinstgauner auswirkte. Obendrauf kam noch das Grillen. Was nur innerhalb der Grillzonen erlaubt war. Finzi hatte zwar immer so getan, als könnte er gar nicht genug kriegen vom Streifefahren an der frischen Luft, von der

Bewegung und den schrecklichen Radfahrershorts mit gepolstertem Arsch. Jetzt ärgerte es ihn fast, dass ihm das wirklich jemand geglaubt hatte. Vor allem Meta. Wie gut kannte die ihn eigentlich?

Jedenfalls gefiel es ihm deutlich besser, Fahrradtraining an den Grundschulen in Hamburg-Nord zu machen. Er mochte die ganzen kleinen Scheißerinnen und Scheißer, die alle entweder wie südosteuropäische Nationalhelden oder wie Finzis Großeltern mütterlicherseits hießen, Vincent und Lieselotte und so weiter. Es gefiel ihm, was mit Kindern zu machen. Nach den gut zwei, fast drei Jahrzehnten im Job, in denen er die längste Zeit als Trinker und totes Gewicht abgebucht worden und in den lahmsten Teams der unspektakulärsten Mordbereitschaft geparkt gewesen war. Dann wieder umfing ihn eine gewisse Melancholie, und er fragte sich: Kann ich mich noch an meinen Fahrradführerschein erinnern? Gab's so was 1975 schon? Wahrscheinlich, damals gab es ja alles schon, was heute noch gut war, das stellte er immer wieder fest, und seitdem war nicht viel dazugekommen. Und wer garantierte ihm, dass diese Kinder hier ihn nicht genauso vergessen würden, wie er den Polizisten vergessen hatte, der ihn vor über vierzig Jahren auf dem Bonanzarad durch einen Parcours Lübecker Hütchen gejagt hatte?

«Wer kann alles einhändig fahren?», rief Finzi, und die Kinder auf ihren Rädern meldeten sich so eifrig, dass gleich wieder zwei oder drei umfielen und ein paar andere mitrissen. Schwund war immer. Keine Verletzten, das konnte er bei denen aus dem Augenwinkel abschätzen.

«Und wer kann ganz ohne Hände fahren?» Jetzt gingen

ein paar Hände wieder runter, dafür wedelten die, die noch oben waren, umso heftiger.

«Ganz toll», brüllte Finzi. An den Kindern gefiel ihm vor allem die Lautstärke gut. Zu Hause bei Meta musste er immer eher leise sein. «Aber ihr wisst, dass ihr das nur wo machen dürft? Das Freihändigfahren?»

«Auf dem Fahrrad!», riefen vier oder fünf, und die anderen lachten, und Finzi fragte sich, ob diese nachwachsende Generation Grundschüler teilweise sehr dumm oder sehr sarkastisch war.

«Warum schwitzt du so?», fragte Vincent, der sich wieder nach vorne gekämpft hatte.

«Weil es sehr heiß ist und ich einen Helm trage.»

«Mein Vater sagt, Fahrradhelme sehen bekloppt aus bei Erwachsenen. Darum muss er keinen tragen.»

Finzi hörte ein Rascheln im Gebüsch, aber erst mal dachte er sich nichts dabei. «Das ist sein gutes Recht. Es gibt keine Helmpflicht beim …»

Aus dem Rascheln wurde ein leichtes Wimmern, das schon deutlich ins Röchelnde ging, und Finzi fing an, sich zu wundern. Was das für Sträucher waren, konnte er nicht erkennen, Meta wusste so was immer, manchmal, wenn sie unglücklich war, sagte sie, sie hätte sowieso lieber Medizin studiert. Dann studier doch mal diesen Auswuchs, den ich hier in der Körpermitte habe, sagte Finzi dann.

«Herr Polizist, da ist was im Gebüsch.»

«Ein Monster!»

«Digger, ey, es gibt doch keine Monster, du Baby. Das ist ein Zombie.»

Finzi brüllte dazwischen, um einen Moment zum Nachdenken zu bekommen. «Wo und nirgendwo sonst darf man freihändig fahren?»

Aber die Klasse 4b der Grundschule Niendorf war insgesamt längst in Gedanken beim Thema Zombie im Gebüsch, das merkte er daran, dass sie nur relativ halblaut «Spielstraße!» riefen.

Dann kreischten die Kinder durcheinander. Finzi drehte sich um und machte ganz automatisch diese Absperrbewegung mit den ausgebreiteten Armen, durch die er sich selbst zur Grenze zwischen der Welt und dem Übel an ihren Rändern machte. Manchmal bedauerte er, dass er selbst keine Kinder bekommen hatte, dann wieder war er froh, weil er ahnte, dass er mit dieser Bewegung ihre ganze Kindheit abgeriegelt hätte. Wobei, Meta wollte vielleicht noch. Hatten sie darüber je geredet? Sollten sie wohl. Falls das nicht klappte mit der Inspektionsleitung. Oder wenn aufflog, wie dicht sie mit ihrer Vergangenheit am Schulkellerleichenfall war.

Aus dem Gebüsch kamen eine Hand und ein Unterarm. Dann vielleicht sogar eine Schulter. Schwer zu erkennen, weil das Hemd oder T-Shirt dessen, der da lag und offenbar nicht mehr liegen wollte, die gleiche Farbe angenommen hatte wie seine unmittelbare Umgebung, irgendwas zwischen Schlammbraun, Schlammgrün oder irgendwas anderem mit Schlamm.

Finzi drehte sich zu den Kindern um. «So», brüllte er, «ihr schließt jetzt alle eure Fahrräder an und geht zum Klassenzimmer, ich komm gleich dahin, und dann besprechen wir den Rest der Prüfung. Ihr geht. Ganz langsam. Gehen, nicht laufen.»

Die Kinder rührten sich nicht.

Finzi seufzte. Kinder waren stark im Nehmen. Jedenfalls war das so früher so gewesen, er hoffte, es hatte sich nicht geändert. Er kniete sich auf den Boden und verfluchte seine Radfahrershorts, die nur den Oberschenkel bedeckten. Rollsplitt auf dem Gehweg. Dann bückte er sich ein bisschen, um auf Höhe des Körpers, der wieder still war, ins Gebüsch zu schauen. Er merkte an der seltsam schwarzmetallenen Wärme, dass er seine Hand auf die Dienstwaffe gelegt hatte, als wollte er sie dort ausruhen. Früher war die immer kalt gewesen, aber das war, bevor er sie stundenlang in der Hochsommersonne tragen musste mit ohne was zum Drüberziehen.

«Am besten, Sie schießen den gleich ab!», rief ein Junge, und ein paar Mädchen kreischten, als würde es von ihnen erwartet.

Ich hab die Situation nicht so richtig im Griff, dachte Finzi. Nur, dass ich mir darüber schon mal im Klaren bin. Aber sein Instinkt sagte ihm: Wer immer da lag, stellte im Moment keine Gefahr dar, sondern hatte die Gefahr selbst am eigenen Leib gespürt und schon hinter sich.

In einem Anfall von Würdevergessenheit und Selbstüberschätzung, was seine Oberschenkelmuskulatur und seine Bandscheibe betraf, bewegte Finzi sich im Entengang aufs Gebüsch zu und trennte die Blätter mit der Hand, die nicht auf seinem Holster lag. Ein Mann relativ undefinierbaren Alters, zwischen Anfang dreißig und Mitte vierzig, das Gesicht hager und bleich, schmächtig, aber mit Bauchansatz, in relativ guten Klamotten, nicht gerade draußentauglich, hatte sich, nachdem er den Rauskriechversuch aufgegeben hatte, im Gebüsch in eine halbe Embryo-Haltung gedreht und atmete flach. Das Hemd war mal weiß gewesen, die Hose eher grau und aus einem sommerlichen Anzugstoff, ganz gute hellbraune, verkrustete Schuhe, flache Ledersohlen, als käme er aus der Tanzschule. In der Nähe seines Kopfes ein blauer Fjällräven-Rucksack, wie Finzi ihn eigentlich immer nur bei Spielplatzeltern gesehen hatte.

Finzi wollte gerade anfangen, den Kindern eine 1-a-Vorstellung in Sachen «Hilflose Person aufgefunden» zu geben, komplett mit vorschriftsmäßiger Ansprache, Verständigung eines Rettungsfahrzeugs, zwischendurch womöglich Verbringung des Geschädigten mittels Rautek-Griffs auf den Gehweg und dort in die stabile Seitenlage. Aber dazu kam es nicht mehr. Gerade hatte Finzi den Mann unter die Achseln gegriffen, da wandte der sich Richtung Gehweg und erbrach über Finzi, die Ausläufer des Gebüschs und den schmalen, vertrockneten Grünstreifen zur Straße hin, wo die Kinder mit ihren Helmen und ihren Fahrrädern und ihren kurzen Hosen und ihren Leggings und ihren Spangenschuhen und, obwohl Finzi es ausdrücklich verboten hatte, mit ihren Heelys standen, einen Schwall Blut, hell und klar in der Julisonne.

Na gut, dachte Finzi. Zumindest brauche ich mir keine Sorgen mehr zu machen, sie könnten jemals den Tag ihrer Fahrradführerscheinprüfung vergessen.

15. Kapitel

Meta Jurkschat merkte, dass sie schweigsam war auf der Fahrt nach Klein-Flottbek zum Gymnasium, wo ein paar Schüler vor einer guten Woche die Leiche von Thorsten gefunden hatten. Adam schien sich erst über ihr Schweigen zu wundern, er rutschte ein bisschen hin und her auf dem Beifahrersitz. Die Osdorfer Landstraße zog sich nach Westen wie die trostlose Geschäftsstraße zwischen zwei südlichen amerikanischen Kleinstädten, Fast-Food-Filialen, Autohändler, Baumärkte, scheinbar von der Sonne versengt, in Wahrheit wohl eher ausgewaschen vom Regen, der für zwei, drei unerklärliche Wochen verschwunden war. Nach einer Weile döste Adam ein, oder er verhielt sich so, als wäre er.

Finzi rief an, aber Meta drückte ihn weg über die Freisprecheinrichtung. Sie war in Gedanken bei Thorsten, und sie konnte sich nur auf einen Mann zur Zeit konzentrieren.

Sie wäre gern mal nach Amerika gefahren, aber Thorsten wollte immer nur wandern oder klettern oder beides, zwischendurch Mountainbike oder was mit Neopren. Im Prinzip war's ihr recht gewesen, sie mochte es, durchtrainiert zu sein und überall mithalten zu können. Davon profitierte sie immer noch, sie war in Form. Im Gegensatz zu Adam, der langsam ein bisschen die Konturen verlor.

Das war das Problem. Dass sie von Anfang an das Gefühl gehabt hatte, bei Thorsten mithalten zu müssen. Sie hatte sich nie entspannt in seiner Gegenwart, es gab immer was in seinem Blick, das ihr sagte, sie wäre für irgendwas nicht gut genug. Etwas zog sich zusammen in ihr, ein ungutes Gefühl, das sie nicht gespürt hatte, seit sie ihre Sachen vor drei Jahren zu Finzi gebracht hatte. Sie hatte sich selbst nicht gemocht, als sie mit Thorsten zusammen gewesen war. Und es hatte nicht unbedingt daran gelegen, wie er sie angesehen und wie er mit ihr geredet hatte. Das Gefühl war indirekter. Es lag daran, dass sie geblieben war, obwohl er nie mit ihr zufrieden gewesen war.

Doch, dachte Meta Jurkschat. Thorsten war jemand gewesen, bei dem es ihr im Nachhinein nicht undenkbar erschien, dass jemand ihn hatte umbringen wollen. Dass jemand sich mit aller Macht hatte befreien wollen von ihm.

Vor zwei oder drei Nächten hatte sie geträumt, sie wäre es gewesen, die Thorsten umgebracht hatte. An etwas annähernd Radikales hatte sie während der Zeit mit ihm niemals gedacht, sie hatte nie Gewaltphantasien, damals nicht und heute auch nicht. Also, fast nie. Aber im Nachhinein ergab es Sinn, zumindest im Traum. Dass sie ihn damals umgebracht und seine Leiche in irgendeiner hintersten Ecke versteckt hatte. Es fühlte sich richtig an, auch wenn es sie im Traum bedrückte.

«Weißt du, was ich neulich geträumt habe?», fragte sie, als sie sich der Schule in Flottbek näherten.

Danowski rieb sich die Augen. «Komm ich drin vor?»

«Nein.» Als sie weitersprechen wollte, hob er wie dankend die Hand und schüttelte kurz den Kopf. Okay. Sagte sie eben nichts.

Es war kaum vierzehn Uhr, als sie den Wagen auf den Lehrerparkplatz stellte. Das Gymnasium Klein-Flottbek war ein rotes Backsteingebäude in der klassischen Feuerzangenbowle-Schulform, wilhelminische Architektur, vermutete sie. Bevor sie Thorsten kennengelernt hatte, hatte sie sich für so was interessiert, Architektur. Was einen sonst so umgab. Danach nur noch Sport und Körper. Der Fahrradhof war fast leer, das ganz Gebäude umwehte ein Schleier der Verlassenheit.

Adam dachte offenbar das Gleiche. «Sind doch erst in einer Woche Ferien», sagte er.

Sie nickte. Die Hausmeisterloge war leer. Auf den glänzend beige gefliesten Fluren kam ihnen kein Kind entgegen. Es roch nach Reinigungsmitteln, Turnschuhen und Schulbroten. Sie sah, wie Adam sich die empfindliche Nase rieb. Aus den Fundkisten quollen die aufgegebenen Markenklamotten der vorigen Jahreszeit. Dahinter eine Vitrine mit Töpferarbeiten, die nicht ganz maßstabsgetreue Sonnensystem-Scheiben darstellten, dort bogen sie ab in den Gang, der mit «Schulbüro/Schulleitung» beschildert war. Ein älterer Mann in graublauem Kittel und mit Gummihandschuhen war dabei, mit einem viel zu kleinen Schwamm für die Beseitigung eines roten Graffitos zu kämpfen.

eichenfrei

paß dabei

las Meta Jurkschat und dachte sich den Rest.

«Witzig», sagte Adam in diesem nüchternen Tonfall, der sie insgeheim wahnsinnig machte.

Der Hausmeister hielt inne und nickte ihnen zu. «Ohne Worte», sagte er.

«Kann man ja so nicht sagen», sagte Adam und ging weiter. Sie hingegen blieb stehen.

«Haben Sie die Schüler nach Hause geschickt?», fragte sie.

«Also, ich nicht», sagte der Hausmeister, leicht gebückt, grauer Bürstenhaarschnitt. Er sah eher aus wie ein Rentner, der das hier in seiner Freizeit aus Gewohnheit machte. «Aber der Direktor. Der Unterricht ist so gut wie eingestellt. Und Nachmittagsbetreuung ist hier jetzt so oder so nicht so das Thema, sag ich mal.»

«Weil die Kinder älter sind?»

«Ja, und die meisten Fünft- und Sechstklässler haben Mütter, die nachmittags zu Hause sind.» Er setzte den scharf riechenden Schwamm ans kleine e des Wortes, das «leichenfrei» heißen sollte. «Oder die haben Haushälterinnen in den Familien. Elbvororte, verstehen Sie, ne.»

Adam hatte schon die Tür zum Sekretariat aufgemacht.

«Sind Sie gleich noch da?», fragte sie den Hausmeister.

«Eigentlich nicht. Muss ich?»

«Eigentlich nicht. Aber besser wär's.»

«Ich kann mir das nicht erklären. Echt. Vor meiner Nase. Ich sag Ihnen, so was macht einen fertig.»

Der Schulleiter war nicht älter als Adam, vielleicht nicht mal älter als sie, aber er sah aus wie ein Mann aus einer anderen Zeit: fleischig und gesetzt, seltsam beige und grau und erwachsen, mit moderner schwarzer Brille, aber für ein viel kleineres Gesicht, im karierten Hemd mit weit ausgestellten Ärmeln. Chinos und Wandersandalen ohne Strümpfe.

«Bei der Hitze», sagte er, als er ihren Blick merkte, und

es klang eher triumphierend als entschuldigend. Dann winkte er mit den Zehen, bis er die Füße unter seinen Schreibtisch zurückzog.

«Markus Pringler», sagte Adam, mit einem Blick auf seine Notizen offenbar eine leichte Fassungslosigkeit wegen der Zehen überspielend.

«Schuldig im Sinne der Anklage. Und Sie sind ...»

«Hauptkommissar Adam Danowski. Aber die Ermittlungen führt ...»

«Die schöne Kollegin?» Der Schulleiter lächelte unverfänglich und streckte ihr die Hand hin. Sie zu ergreifen, hieß, seinem in diesem Kontext abwegigen Kompliment quasi das Gütesiegel der Akzeptanz zu verleihen. Sie auszuschlagen, würde bedeuten, einen womöglich wichtigen Zeugen gegen sich aufzubringen.

Sie nickte knapp und setzte sich, die Hände dicht am Körper. «Hauptkommissarin Meta Jurkschat.»

Pringler nahm ein Wasserglas mit seiner ausgestreckten Hand, als hätte er das von Anfang an vorgehabt. Über ein leichtes Aufstoßen sagte er: «Möchten Sie auch ein Wasser? Kaffee kann ich Ihnen leider nicht anbieten, uns sitzt der Rechnungshof im Nacken. Kaffee gibt's für schulfremde Personen erst bei Besprechungen über neunzig Minuten. Ich hoffe, so lange wird das hier nicht dauern.» Er lachte in ihre Richtung. Sie ertappte sich dabei, wie sie ihre Blusenknöpfe überprüfte.

«Können Sie einfach so auf eigene Faust den Schulbetrieb einstellen, eine Woche vor den Ferien?», fragte sie.

«Normative Kraft des Faktischen», sagte Pringler. «Es kommt kaum noch die Hälfte der Schüler, seitdem ... Seit dem Vorfall.»

«Seitdem bei Ihnen an der Schule eine mumifizierte Leiche gefunden wurde.»

«Außerdem hat sich das halbe Kollegium krankgemeldet. Es gab da so einen gewissen Dominoeffekt, müssen Sie wissen. Irgendwann ist die kritische Masse erreicht, dann bricht der Betrieb zusammen. Mir ist das auch nicht recht, können Sie mir glauben. Und stellen Sie sich mal die Anmeldezahlen fürs nächste Schuljahr vor. Ich meine, der Zug ist lange abgefahren, aber Sie glauben gar nicht, wie viele Eltern jetzt noch versuchen, abzuspringen.»

Wie zur Bestätigung klingelte das Telefon. Pringler ignorierte es.

«Geisterschule», sagte Adam nachdenklich. «Leichenfrei.»

«Na ja», sagte Pringler. «Jetzt sind ja unsere Retter da. Vor allem unsere Retterin. Was gedenken Sie denn zu tun?»

«Die Listen, um die wir gebeten haben …»

«Sind hier», fiel er ihr ins Wort. Dann erzählte er, was sie schon von Karin Busche kannten: wie die hinteren Ecken eines Schulkellers in Vergessenheit gerieten, solange die Schule auf einen Beschluss, einen Plan und die Mittel zur Sanierung wartete. Sie waren nächstes Jahr dran.

Meta sah Adam von der Seite an, mit Nachdruck. Er verstand genau, was sie meinte: Mach du mal mit Mobbing weiter, ich brauch einen Moment.

«Mobbing?», wiederholte Pringler. «Spektakuläre Fälle in den letzten Jahren? Meine Güte, wir sind doch hier nicht bei Stern-TV oder so was. Ich hab ein hervorragend geschultes Kollegium, Vertrauenslehrer, die Schülervertretung macht ständig irgendwelche Seminare deshalb, wirklich, mit allem Pipapo. Sind aber mehr so kosmetische Maßnahmen. Denn insgesamt ist das bei uns nicht das Thema. Ist auch, ganz offen gesprochen, nicht das Umfeld dafür hier.»

Adam runzelte die Stirn.

«Alkohol, bisschen Komasaufen, das waren mal so die Themen. Jetzt geht's eher darum, wie kriegen wir die Schüler vom Smartphone weg. Wir mussten ein paar Klassenchats verbieten in der Unterstufe, weil die Schüler da nicht altersgerechte Videos geteilt haben, statt sich über die Hausaufgaben auszutauschen. Aber Cybermobbing oder so was … Nee, ich klopf mal auf Holz. Bei uns gottlob nicht. Ist aber vielleicht auch ein Stück weit ein Medienphänomen.»

Adam streifte sie mit einem Blick von der Seite. Sie nickte so leicht, dass nur er es merken konnte.

«Wir hätten dann gern mal eine möglichst detaillierte Aufstellung von Ihnen darüber, was Sie im Jahr 2015 gemacht haben», sagte er.

«Wie bitte?»

«Also, am liebsten einen Terminkalender mit schriftlichen Erklärungen. Wie gesagt, fürs ganze Jahr.»

«Sie meinen, so eine Art …»

«Nennen Sie's ruhig Alibi. Aber sehr viel globaler. Wir können den Todeszeitraum nur schlecht eingrenzen. Irgendwann im Jahr 2015 halt.»

«Wie kommen Sie darauf, dass ich …»

«Kommen wir gar nicht. Am liebsten würden wir das von allen, die hier an der Schule arbeiten, abfragen, aber dazu fehlen uns die Ressourcen. Fangen wir also ganz oben an. Der Fisch und so weiter.»

Mit Genugtuung registrierte Meta, dass Pringler nicht mehr sie ansah, sondern auf seine Tischplatte starrte wie ein Schüler, der gerade eine richtig fette und richtig ungerechte Strafarbeit bekommen hatte. Zum Abschied streckte sie ihm die Hand hin. Seine war selbst für den warmen Tag etwas zu feucht.

Der Winkel, in dem Thorstens Leichnam gelegen hatte, verschlug ihr den Atem. Die Kollegen hatten ihn freigegeben, er sah aus wie jeder andere verräumte und verkramte Keller. Was für ein elendes, spitzwinkliges Loch unter der Treppe.

Der Hausmeister schüttelte resigniert den Kopf, als sie das Gleiche von ihm verlangten wie vom Schulleiter. «Glauben Sie, ich schreib mir auf, was ich das ganze Jahr über mache?»

«Nein», sagte Adam. «Stichpunkte reichen.»

Sie nickte. Molkenbuhr und Kalutza waren längst dabei, die Vorgeschichten und Hintergründe von Leuten wie dem Hausmeister durchzukämmen nach irgendetwas, was eine Verbindung zu Thorsten oder zu Frank Jablonski hätte sein können. Bisher ohne jeden Erfolg.

«Und eine Liste von allen Leuten, die 2015 Schlüssel hatten zu den Kellerräumen hier», sagte sie.

«Die kann ich Ihnen gleich geben», sagte er. «Die ist recht überschaubar. Und die ganzen Schulschlüssel können Sie nicht nachmachen lassen ohne jede Menge Papierkram.»

Theoretisch, dachte Meta mit einer leichten Müdigkeit. Sie schlief schlecht. Praktisch gab es im Großraum Hamburg mindestens ein Dutzend sogenannte heiße

Schlosser, die einem alles duplizierten, was man ihnen vorlegte.

«Kann ich den Rest jetzt wegschmeißen?», fragte der Hausmeister, denn Adam hatte angefangen, sich mit spitzen Fingern die aufgewickelten alten Schaubilder anzuschauen, hinter denen die Schüler Thorstens Leiche gefunden hatten. «Ich meine, die, wo so Leichensachen dran waren, haben Ihre Kollegen mitgenommen, und bei denen hier haben sie nichts gefunden. Fingerabdrücke oder so. Die können weg, oder?»

Adam nickte geistesabwesend. Dann entrollte er ein Schaubild, an dessen Oberseite man lesen konnte, dass es um «Fluß- und Meerestiere Schleswig-Holstein» ging. Er drehte sich zu ihr und hielt die Schautafel wie ein Kartenständer, sodass er fast ganz dahinter verschwand. Die Kollegen hatten im Keller ein paar gute alte 90-Watt-Birnen eingedreht, darum konnte sie alles genau erkennen.

«Zufall oder Absicht?», fragte Adam von hinter dem Bild. Sein Arm zeigte um die Kante, vage in die Bildmitte. Ein aalartiges Tier mit neun Kiemenöffnungen und einem runden Maul mit spiralförmig angeordneten Zähnen. Ein Abgrund von einem Maul. Neunauge.

«Nimm mal mit», sagte sie. Adam nickte.

«Thorsten Stahmer und ein Fisch namens Neunauge. Meta, fällt dir dazu irgendwas ein?»

Sie betrachtete die Abbildung des fremden Tieres.

«Hat er gefischt oder so?»

«Früher vielleicht. Nicht zu unserer Zeit. Obwohl, kann schon sein. Ich weiß es nicht.»

«Ist er mal im Urlaub gebissen worden von so einem Biest oder so was?»

«Nein. Quatsch. Diese Bisse sind total selten.»

«Irgendwo tot aufgefunden zu werden, ist auch total selten. Das ist also kein Kriterium.»

Neunauge. Ihr fiel nichts dazu ein. Außer, dass die Zahl neun … Einmal hatte sie Thorsten gefragt: Findest du mich schön?

Warum eigentlich? Warum fragte man so was? Weil man verliebt war, oder weil man Angst hatte, der andere war es nicht genug? Was für eine Antwort erwartete man darauf, außer: Natürlich, unbeschreiblich?

Sie wusste es nicht mehr, es erfüllte sie mit Scham. Aber sie erinnerte sich, was Thorsten gesagt hatte: Du bist eine Siebeneinhalb, aber für eine Polizistin bist du eine Neun.

«Irgendwas mit der Zahl neun?», fragte Adam. Manchmal vergaß sie, wie gut er sie kannte.

Für eine Polizistin bist du eine Neun. Aber eigentlich eben nur eine Siebeneinhalb. Diese Art, wie er es schaffte, einem in den Kopf zu kommen. Eine Siebeneinhalb, und wenn er das sagte, musste man, und wenn es noch so kurz war, darüber nachdenken, warum er das nicht auf acht aufrundete, oder ob siebeneinhalb am Ende schon übertrieben war, und eigentlich meinte er sieben oder sechs, kurz über Durchschnitt.

Sie hatte zu viel mit Männern zu tun. Sie brauchte irgendeine Freundin.

«Meta? Irgendwas mit Zahlen?»

Sie schüttelte den Kopf.

16. Kapitel

Sobald seine Frau ins Taxi zum Bahnhof gestiegen war, um ihre lange aufgeschobene Kur anzutreten, stand Jürgen Stahmer auf von seinem Kreuzworträtsel, nahm einen leeren Karton aus der Kammer, ging ins Wohnzimmer und räumte das Regalbrett mit den Patagonienbüchern aus. Es waren nicht viele, sieben oder acht, aber er hatte sie alle gelesen. Und vor allem gekauft. Thorsten war nicht in Patagonien verschollen. Wer zahlte jetzt die Patagonien-Führer? Thorsten hatte ihnen niemals Nachrichten von dort geschrieben. Jemand anders hatte das getan, Thorstens Mörder. Jemand, der etwas weniger als vierzig Euro investiert hatte, um über eine verschlüsselte Verbindung im Internet einen Service zu beauftragen, der E-Mails von IP-Adressen an allen möglichen Standorten auf der Welt verschickte.

Zum Beispiel eben Chile. Patagonien.

Mir geht es gut. Morgen brechen wir auf.

Wir nehmen noch ein paar Leute mit. Je mehr, desto besser. Die Route soll nicht ganz ohne sein.

Gute Nachrichten. Insofern, als sie handwerklich sauber gearbeitet waren. Jürgen Stahmer hätte schwören können, dass sie von seinem Sohn Thorsten selbst gekommen waren, aber inzwischen wusste er auch, weshalb: Weil sie keinen Ton gehabt hatten, nichts Unverwechselbares, keine Eigenheiten. Kurze, klare Sätze. Korrekte Rechtschreibung und Zeichensetzung. Verbindliche, aber nicht zu emotionale Verabschiedung. *Macht's gut, bis demnächst.* Kein *Ich denk an euch, ich liebe euch,* das hätte nicht gepasst.

Hätte es gestimmt?

Es war Jürgen Stahmers Plan gewesen, vor Ort in Patagonien zu suchen, aber sie hatten das Geld nicht, und dann die offenen Beine. Und seine Frau hatte immer einen Grund gefunden, warum es diesen Monat nicht so gut war, vielleicht lieber im Herbst oder im Winter. Als wenn sie gar nicht hätte wissen wollen, was aus Thorsten geworden war. Oder als ob sie geahnt hatte, dass ihr Stiefsohn nicht in Patagonien war.

Die Katze war unter dem Sofa hervorgekommen und beobachtete ihn, wie er fand, enttäuscht und ein bisschen vorwurfsvoll. Es war ja richtig, sie liebte Kartons, so lange sie leer waren, und er war dabei, diesen hier mit allem zu füllen, was ihn an seinen Sohn erinnerte.

«Nächstes Mal, Muschi», sagte er.

Jürgen Stahmer zog eine Schublade auf und griff die mit Gummiband zusammengehaltenen Schreiben vom Auswärtigen Amt, von der Botschaft in Santiago und von den chilenischen Behörden. All das brauchten sie jetzt nicht mehr. Die Polizei in Kassel hatte Kopien gemacht und sie ans LKA Hamburg geschickt. Oder es zumindest behauptet. Die patagonische Spur, die sein Sohn Thorsten bei seinem Verschwinden vor zweieinhalb Jahren hinterlassen hatte, war sinnlos geworden, als sie seine Leiche in einem Schulkeller in Hamburg gefunden hatten. Und nicht in einer Eisschlucht oder am Fuße einer Klippe am anderen Ende der Welt.

Jürgen Stahmer stopfte den Schriftverkehr in den Karton, dann zögerte er. Es war eine Frage der Mülltrennung und der richtigen Entsorgung. Das hier konnte man ja alles noch verbrennen und entsorgen, aber den Laptop? Den musste man von irgendwelchen Experten reinigen lassen und dann auf Ebay-Kleinanzeigen verkaufen oder beim Recyclinghof in einen Sondermüll, das kostete dann allerdings wieder Geld.

Er bückte sich vor die Schrankwand, zog die unteren Flügeltüren auf und zog Thorstens alten Laptop zwischen den Platz-Sets hervor. Warum hatte er das Gefühl gehabt, ihn dort verstecken zu müssen, als Thorsten verschwunden war? Thorsten hatte sich nie verhalten, als ob irgendetwas nicht in Ordnung sein könnte mit dem alten Gerät. Er hatte es eines Tages vor fünf oder sechs Jahren mitgebracht aus Hamburg und gesagt, er bräuchte es nicht mehr und Meta auch nicht, und es wäre doch eine gute Gelegenheit, Papa, sich jetzt doch noch mal damit vertraut zu machen.

Meta. Die hatte den Laptop also nicht gebraucht. Die jungen Leute hatten ja alle was Modernes heute. Aber Meta musste auch schon Ende dreißig sein, oder? Er hatte sie nie gesehen. Er kannte sie nur, weil Thorsten sie im Laufe der Jahre ein paarmal erwähnt hatte.

Etwas beim Gedanken an Meta und an den Laptop erfüllte ihn mit Unbehagen. Er legte den Laptop auf den gefliesten Couchtisch und ging langsam wieder zur Kammer, um den Hammer, einen Schraubenzieher und eine Zange zu holen. Im Hausmüll würden sie natürlich niemals suchen nach so einem Gerät. Andererseits wäre es nicht korrekt. Die ganzen Metalle und Schadstoffe, allein der Akku.

Und er hatte der Polizei nicht gesagt, dass er noch Thorstens alten Laptop hatte. Weil er sich eingeredet hatte, dass das alte Ding nicht wichtig war. Und weil er spürte, dass er es seinem Sohn womöglich schuldig war.

Dieses vage Bedürfnis, ihn zu schützen.

Andererseits: Es warf ja keiner Thorsten was vor. Thorsten war der Geschädigte.

Mit Mühe schaffte er es auf die Couch, atmete tief ein und sagte sich, dass ihm die Augen von der Anstrengung tränten und von der Gewalt, mit der er die Luft in sich gesogen hatte. Er schob das Gerät vor sich zurecht, bis es bündig mit den Fliesenfugen auf dem Tisch lag. Es widerstrebte ihm, Dinge kaputtzumachen. Er zog den Karton an sich heran, nahm das Netzteil heraus und bückte sich, um die Steckdose neben der Stehlampe zu erreichen. Wieder die Tränen in den Augen, bücken hasste er am meisten. Er gab auf.

Thorsten und die Frauen. Welche Sorgen ihm das lange bereitet hatte. Weil er doch gedacht hatte, Thorsten wäre vielleicht schwul. Und er sich nicht sicher war, ob er mit der Schuld hätte leben können. Dass der Junge schwul wird, weil der Vater es nicht schafft, die Mutter zu halten. Aber dann hatte Thorsten angefangen, von ein paar Frauen zu erzählen. Vielleicht ein bisschen zu viel. Häschen hatte er sie genannt, das fand Jürgen Stahmer auch wieder nicht richtig. Wie sollte denn daraus was Ernstes werden, und irgendwann musste doch im Leben aus allem was Ernstes werden, sonst war es doch nicht das Leben, sondern nur Spielkram, oder?

Aber mit dieser Meta, das war Liebe gewesen, hatte Jürgen Stahmer gedacht. Jetzt war er sich nicht mehr so sicher. Thorsten hatte sich verändert, als er mit Meta zusammenkam. Er wurde ernster, er zog sich noch mehr zurück. Hatte sein Sohn womöglich Angst gehabt vor dieser Meta? Warum behielt Thorsten seine alte Wohnung, als er mit der zusammenzog? Und warum kam er nicht einfach mal nach Kassel mit der.

Weil Meta so viel arbeiten musste. Schichtdienst.

Weil sie doch noch gar nicht so weit waren. Wenn's so weit ist mit der Hochzeit, lernt ihr sie noch früh genug kennen.

Wer redet denn von Hochzeit.

Na du, Papa.

Ich sag doch gar nichts.

Das musst du auch nicht.

Immer dieses Verdruckste vom Jungen. Im Grunde seit der Schule. Weshalb er auch wieder Schuldgefühle hatte. Aber wie hätte er sich kümmern sollen, allein mit dem Jungen. Er konnte ja unmöglich die ganze Zeit danebenstehen. Klar hatte der ordentlich was abgekriegt. Und in den Ferien musste Thorsten allein ins Ferienheim nach Norddeutschland, weil sein Vater arbeiten musste. Waldheim. Aus diesem Waldheim war der Junge anders wiedergekommen. Schweigsam. Mit tiefen Kratzern auf dem Rücken. Wir waren in den Brombeeren. Im Grunde war das auch kein Umgang gewesen da für Thorsten, die ganzen anderen Jungen, deren Eltern nicht genug Geld hatten, um mit ihnen in den Urlaub zu fahren, oder die nicht genug Eltern hatten, wie Thorsten.

Jürgen Stahmer nahm den Hammer und ließ ihn fast ohne Muskelkraft auf den Laptop fallen, nur mit dem Eigengewicht des Werkzeugs. Er wusste, dass er sich mit dem Bildschirm nicht aufzuhalten brauchte. Die Prozessoren und die Platine und diese ganzen Sachen, das saß alles unter der Tastatur. Er hob den Hammer ein wenig höher, diesmal flogen Buchstabentasten in alle Richtungen. Er atmete und wunderte sich, dass er sich schlechter fühlte und nicht besser. Der Hammer wurde schwerer. Gerade, als er ihn wieder heben wollte, klingelte das Telefon.

Eine unterdrückte Nummer. Bei so was ging er normalerweise nicht ran, seine Frau auch nicht. Seiner Erfahrung nach waren das Callcenter, die ihm was verkaufen wollten. Aber jetzt hatte er das Gefühl, es wäre womöglich ein Zeichen. Als würde ihn jemand am Arm festhalten und ihm den Hammer aus der Hand nehmen.

Er nahm das Gerät von der Station und drückte die grüne Taste.

«Ja?»

Schweigen am anderen Ende der Leitung. Dann eine Frauenstimme: «Herr Stahmer?»

«Ja? Wer ist denn da?»

Keine Antwort, aber auch kein Auflegen. Da überlegte jemand. Die Stimme kam ihm bekannt vor, obwohl er sie noch nie gehört hatte.

«Meta?», fragte er, und plötzlich hatte er einen furchtbaren Verdacht. Was, wenn diese Meta etwas mit Thorstens Verschwinden zu tun hatte?

Es knackte, und die Verbindung riss ab.

17. Kapitel

Mit leicht zusammengekniffenen Augen hat die Gesamtschule Pulvermühle ausgesehen wie West-Berlin in den späten siebziger Jahren oder den frühen Achtzigern. Grauer Waschbeton. Aber eben auch bunt. ~~Multikulti~~. Wegen der Gastarbeiterkinder, wie wir damals gesagt haben.

Mit leichtem Abscheu studierte Danowski seine seltsam pedantische Handschrift. Zu poetisch oder politisch durfte man auch nicht werden, da kam man sich ja noch bescheuerter vor. Er sollte sich bemühen, möglichst authentisch zu bleiben, hatte die Therapeutin gesagt. Authentisch. Bleiben. Das machte ihn eigentlich noch wütender. Das Wort authentisch war doch am meisten Fake von allen. Er stöhnte. Irgendwie bewirkte dieses Scheißglückstagebuch das Gegenteil von dem, was es bewirken sollte.

Jedenfalls hat's mir da besser gefallen als in der Schule in Klein-Flottbek. Wobei. Der Schulleiter da in Flottbek war ein Arschloch, das hat Jurkschat und mich irgendwie zusammengeschweißt, das war auch schön. Aber diese Atmosphäre in Tonndorf. Die ganze Schule war voll, obwohl es fast vier war. Die hatten das ganz anders gelöst als in Flottbek: den Kellertrakt, wo sie Frank Jablonski gefunden haben, abgesperrt und dann so eine Art improvisierte Gedenkstätte draus gemacht, mit Schülerkunst zum Thema Tod.

Mist war, dass sie an der Gesamtschule Pulvermühle in Tonndorf die ganze Hausmeisterarbeit an einen externen

Dienstleister ausgelagert hatten. Das war auch so ein Wort fürs Anti-Glückstagebuch: externer Dienstleister, aber das sollte er ja nicht führen. Wäre ihm leichtergefallen. Da kam einiges auf sie zu, was das Studium von Dienstplänen und Adressen und Aufenthaltsorten anging. Beziehungsweise auf Molkenbuhr und Kalutza.

~~*Trotzdem. Wir brauchen einen Durchbruch.*~~

~~*Ich freue mich darauf, morgen zu*~~ *Morgen bin ich bei Meta und Finzi, alten Kram von Thorsten Stahmer anschauen.*

Was für eine elende Schufterei. Danowski klickte den Kugelschreiber zu und lehnte sich zurück ins Omasofa. Die Schautafel mit den Nord- und Ostsee-Tieren hatte er vor die Schrankwand gehängt, die Asservatenkammer war voll.

Er musterte den Fisch mit der Zahnspirale und den Kiemenaugen. Er dachte an *Der kleine Wassermann*, es war das einzige Kinderbuch, das ihm richtig unheimlich gewesen war, und trotzdem hatte er es Stella und Martha auch vorgelesen. Bis sie ihn gebeten hatten aufzuhören. Das Neunauge, das wie ein riesiger bleicher Wurm aus seiner Höhle lugte und später im Traum zum kleinen Wassermann sagte: Da hast du ein paar von den blinden Augen, die ich nicht brauchen kann …

So viele Augen, dachte Danowski, und fast alle falsch. Und trotzdem siehst du was, was wir nicht sehen.

18. Kapitel

Meta Jurkschat saß auf dem Klo und schob sockfuß den Badezimmerläufer wieder in die Position, die ihr die richtige schien: mitten im wirklich kleinen Raum, sodass der Läufer einem sowohl, wenn man aus der Dusche kam, als auch, wenn man am Waschbecken stand, nützlich war. Finzi bevorzugte einen Läufer-Liegeort direkt vor der Toilette, den sie nicht verstand. Vermutlich wollte er die Füße weich abstellen, während er hier saß und mehr Kriminalistikfachzeitschriften las, als für seine Verdauung und seine Karriere notwendig waren. Fiel ihm jemals auf, dass sie den Läufer nach seinen Badezimmeraufenthalten immer woanders hinschob? Dahin, wo sie ihn haben wollte? Und wäre es wirklich zu viel verlangt, wenn er daraus einfach lernen könnte, den Läufer da liegen zu lassen, wo sie ihn hingeschoben hatte?

Sie seufzte und dachte: Andererseits war genau das ein Zeichen, dass sie nicht allein war. Dass der Läufer immer, wenn sie ins Bad kam, wieder woanders lag.

Wenn sie eines Tages ins Bad käme, und der Läufer läge mitten im Raum, perfekt zu erreichen von der Dusche und dennoch weit genug vorm Waschbecken, dann würde das nur eins bedeuten: dass Finzi weg war. Sie lächelte, was nur scheinbar überflüssig war, denn sie war zwar hier allein im Bad. Aber: Lächeln machte einen fröhlich, das war psychologisch und neurologisch erwiesen. Sie mochte alle Arten von Beweisen. Und sie lächelte noch ein bisschen mehr.

Der Läufer war eines von vielen Dingen. Sie wollte endlich Teppich in der Wohnung, Finzi hing an seinen Dielenbohlen. Sie wollte eine Katze, sie war ein Katzenmagnet. Aber du bist doch nie zu Hause, sagte Finzi. Aber du, sagte sie. Es stimmte ja. Er arbeitete weniger als sie. Aber sie hatte gesehen, dass ihm das womöglich gar nicht gefiel.

«Meta?» Adam klopfte von draußen leicht an die Badezimmertür, die Stimme so, dass sie vor sich sah, wie seine Stirn in Falten lag.

Sie ließ langsam die Luft aus sich entweichen und benutzte Klopapier und die Spülung, obwohl sie einfach nur hier gesessen hatte. Sie stand auf und zog sich die Hose hoch.

«Ja», sagte sie.

«Alles in Ordnung bei dir?» Was bedeutete das eigentlich bei Adam? Geht es dir gut, kann ich was tun? Oder eher: Was ist los, warum können wir nicht weitermachen?

«Bisschen flau», sagte sie und öffnete die Tür. Adam stand im Flur und hatte die Kiste unterm Arm. Sie war immer noch erstaunt, dass er an den Schläfen grau geworden war. Obwohl er deutlich älter war als sie, fand sie, dass er viel mehr als sie immer noch am Anfang war. Ihre Mutter hatte früher gesagt, wenn sich einer ungeschickt anstellte beim Leben: Der ist zum ersten Mal hier. Adam war definitiv zum ersten Mal hier.

Sie setzte sich auf den Badewannenrand, weil er das Einzige war, was sie erreichte, ohne noch einen weiteren Schritt gehen zu müssen.

«Du bist blass», beschrieb Adam, was er sah und was sie fühlte.

Sie zeigte mit dem Kinn Richtung Kiste. «Die alten Sachen.»

Adam nickte. Er zögerte einen Moment, ließ den Blick durchs Bad schweifen, als wollte er sichergehen, dass sie allein waren. Dann setzte er sich neben sie und hielt die Kiste auf den Knien. Ikea-Pappe, Abteilung Ordnen und Aufräumen, irgendwann vor zehn, zwölf Jahren. Sie hatte haufenweise solchen Kram auf Vorrat, noch orginal eingeschweißt. Und als es aus gewesen war mit Thorsten, hatte sie eine weitere Kiste aus der Folie genommen, den Deckel und den Hauptteil zusammengesetzt, alles reingetan, was sie an Thorsten erinnerte und was sie nicht ohnehin wegschmeißen wollte, und dann hatte sie die Kiste in den Keller gebracht. Und bei der Gelegenheit hatte sie sich über Finzis alte Unterlagen zum Fall der Senyora gewundert, die vor fünf Jahren versucht hatte, ihn umzubringen. Und seine Notizen, und dass er Kontakt hatte zur Tochter der Senyora. Es war das erste Mal gewesen, dass er ihr etwas nicht erzählt hatte. Aber das war eine andere Geschichte. Die konnte sie ganz gut wegschieben, darin war sie schon geübt. Sie hoffte nur, dass er ihr nicht noch mal irgendwas nicht erzählen würde.

Adam klopfte auf die Kiste. «Können wir darüber reden?»

Sie griff sich ins Haar, weil sie das Gefühl hatte, ihr Zopfgummi hätte sich gelöst und ihr Pferdeschwanz franste aus an den Rändern wie ihre Erinnerung an die Zeit mit Thorsten. Zur Sicherheit band sie ihn neu. In der Kiste hatte sie die Telefonnummer in Kassel gefunden. Und mit einem Anruf bestätigt, was sie geahnt hatte: dass es die von seinem Vater und seiner Stiefmutter war. Seinen

Vater zu hören war ihr seltsam nahegegangen. Es machte sie wahnsinnig, dass sie jetzt darunter litt, Thorsten nie wichtig genug gewesen zu sein, um seine Eltern kennenzulernen. Warum störte sie das? Sie hatte sich von ihm getrennt.

«Klar können wir darüber reden.»

«Du sagst, du hast noch Fotos auf dem Rechner?»

«Ja. Aus dem Urlaub. Aber eigentlich nur Landschaften und Thorsten beim Klettern und Kiten und so. Aber ich hab dir ja gesagt, im Urlaub war nie irgendwas Besonderes. Wir sind irgendwohin gefahren, wo's schön war und wo wir Sport gemacht und wenig geredet haben.»

«Warum habt ihr euch eigentlich getrennt?» Das kannte sie schon von Adam, seit sie das erste Mal zusammengearbeitet hatten: Wie er bei einer Befragung von einer Sache zur anderen sprang, damit die Zeugen oder Verdächtigen sich nichts zurechtlegen konnten.

«Wie gesagt», sagte sie. «Wir haben Sport gemacht und wenig geredet.»

Adam nickte. Erst daran, dass er ihr den Arm um die Schulter legte, merkte sie, dass sie feuchte Augen hatte. Sie war kurz davor, sich in seine freundschaftliche Geste hineinzulehnen, die Augen zu schließen, tief durchzuatmen und ihm alles zu erzählen, was sie ausfüllte wie ein schwarzes Loch der Scham. Aber Adam machte diese abschließend kumpelhafte Wird-schon-wieder-Klopfbewegung oben auf ihrem Rücken, das riss sie raus. Sie zog ein riesiges Badetuch aus dem Regal, weil sie im Sitzen an nichts anderes rankam, und wischte sich damit übers Gesicht.

Adam hatte den Deckel abgemacht, nahm raus, was in

der Kiste war, und hielt es ihr nacheinander hin, als könnte er sie so zum Reden anregen.

«Paulo Coelho. Nie gelesen. Ist das gut?»

«Keine Ahnung. Thorsten fand das, glaube ich, erleuchtet. Oder so was. Ich wollte es ihm zurückschicken. Aber es kam zurück aus der Rombergstraße. Der ganze Kram.»

«Okay. Hier. Was ist das? Briefbeschwerer?» Adam hielt ihr eine Wurzel hin, etwas größer als eine Hand und von ähnlich greifender Gestalt, fein poliert und geölt.

«Das hatte Thorsten im Regal stehen. Irgendwas Portugiesisches. Ich weiß die Geschichte nicht mehr. Er hat sie im Urlaub gekauft, als wir an der Costa Azul zum Surfen waren.»

«Lustige Taschenbücher?»

«Er hat behauptet, er mochte Micky lieber als Donald. Wer sagt denn so was. Wegen seiner Kindheit. Donald hat ihn aufgeregt, weil ihm alles schiefging. Thorsten mochte es lieber, wenn alles gelingt.»

«Die Wurzel. Hat er irgendeinen Bezug zum Wald gehabt?»

«Zum Wald?»

«Ich frage wegen der Tätowierung, die der andere Tote hat. *Ex silvis*. Aus den Wäldern.»

«Nein. Weiß ich nicht. Wir waren immer nur am Meer und in den Bergen. Oberhalb der Baumgrenze.»

«Was hat er dir von seiner Schulzeit erzählt?»

Meta beugte sich vor und versuchte, sich zu konzentrieren. Das war zwar alles nicht wahnsinnig lange her, aber: Was behielt man von einer Beziehung, die sich ab dem Moment, wo sie vorbei war, als nicht besonders wichtig herausstellte? So wenig wie möglich. Und natürlich hatte er ihr hin und wieder was erzählt, aber hatte sie ihm zugehört? Sie hatte eher über sich hinwegspülen lassen, was er erzählte, wie ein unwillkommenes Nebengeräusch, das sich nicht ganz unterdrücken ließ, das aber eigentlich auch nicht störte. Wie Rauschen auf einer alten Kassette. Musik hatte er auch nicht gemocht. Der Sex mit Thorsten war gut gewesen, aber gut wie mit einem Fremden.

Adam wühlte ein bisschen in der Kiste herum, ein paar CDs, die vor fünf bis zehn Jahren alle hatten, ein paar amtliche Unterlagen, die im Laufe der Jahre unter ihre geraten waren, zwei Bußgeldbescheide, eine abgelaufene Krankenkassenkarte, bevor man dazu Gesundheitskarte gesagt hatte.

Adam hielt die Bußgeldbescheide fragend in die Badezimmerluft. Tirol, Schleswig-Holstein und Mecklenburg-Vorpommern, mit Fotos von Thorsten, die sie kaltließen. «Nichts Besonderes», sagte sie. «Urlaub halt.»

Er tat alles wieder zurück und fragte: «Kanntest du seine Eltern? Was sind das für Leute?»

Sie schüttelte den Kopf. «Ich hab keine Ahnung. Die wohnen in Kassel. Ich hab sie nie kennengelernt.» Dass sie gern nach Kassel gebracht und dort wie eine Errungenschaft präsentiert worden wäre, erzählte sie nicht, auch nichts von ihrer Enttäuschung darüber, dass es nie passiert war. Es fiel ihr schwer, sich selbst gegenüber die Worte dafür zu finden. «Ich glaube, es hat mal einen Streit gegeben, weil sein Vater ihm das Reisebüro nicht überlassen hat, sondern es an eine Kette verkauft hat. Als ob irgendjemand noch irgendwas hätte anfangen können mit einem Reisebüro. Ich glaube, es ging eher ums Prinzip.»

«Also, Thorsten hat Abenteuerreisen organisiert, aber

nur über seine Website, und am Ende ist er in Patagonien verschwunden.»

«Ja. Vielleicht hat er das auch seinen Eltern erzählt, dass er dahin wollte.»

«Die Kollegen gehen davon aus, dass der Täter die Mails geschickt hat. Das ist technisch kein Problem. Auch die Bezahlwege lassen sich gut verschlüsseln.»

«Ja. Sicher. Und Thorstens Ton war schon gut getroffen.»

Sie merkte, dass sie angefangen hatte, sich gegen Adam zu lehnen. Er war stabiler, als er aussah, und es tat ihr ganz gut. Diese Atmosphäre von Gemeinsamkeit, die in den letzten Minuten hier im ollen Bad in Hammerbrook entstanden war.

Adam, dem es ähnlich zu gehen schien, fummelte schweigend am Coelho-Buch herum. Er schlug es auf und blätterte ein paar Seiten durch, als suchte er Randnotizen oder markierte Buchstaben, einen Geheimcode, aber so etwas gab es nie. Sie merkte an seiner Stützseite, dass er kurz innehielt. Ihr war, als liefe ihr das Geräusch, mit dem er einen schmalen Kneipenzettel aus dem Buch zog, in einer niedrigen Temperatur den Rücken hinunter.

Adam wandte das Papier in den Fingern. Aber es war nur der «Astra»-Stempel vornedrauf, ansonsten nichts, keine Notizen, keine Rechnung, kein Kneipenname. Adam machte ein kleines enttäuschtes Schnaufen, legte das Buch wieder in die Kiste und machte sie zu.

Den Kneipennamen brauchte sie nicht. Sie wusste ganz genau, dass Thorsten im *King Horse* gesessen hatte, am Tresen, und dieses Buch gelesen und jemanden um ein Lesezeichen gebeten hatte. Vielleicht hatte er das Buch sogar gelesen, als sie ihn kennengelernt hatte. Sie hatte nie so richtig darüber nachgedacht, aber beim ersten Mal im *King Horse* war er ihr aufgefallen, weil er als Einziger in dem ganzen versifften Laden, in all dem Lärm und dem Geschubse, ein Buch gelesen hatte. Und später, das wurde ihr jetzt erst so richtig klar, hatte sie ihn nie wieder mit einem Buch gesehen. Das Buch war eine Requisite gewesen, mehr nicht.

«Blass bist du jedenfalls nicht mehr», sagte Adam und betrachtete sie von der Seite. Ihr war heiß. Drei Dinge gab es in dieser Wohnung aus dem *King Horse*.

Diesen Kneipenzettel, das Requisitenbuch und sie selbst.

19. Kapitel

Finzi kam in die Wohnung und merkte gleich, dass Meta zu Hause und nicht allein war. Er war immer ziemlich stolz auf seine Bulleninstinkte gewesen, und seit er nicht mehr trank, hatten diese Instinkte sich, was seine eigene Einschätzung anging, quasi zu Superkräften entwickelt, er war im Grunde, wenn man ihn gefragt hätte, nur kurz davon entfernt, Röntgenblick und Fledermausohren zu haben. Zwar wurden für seine Tätigkeiten im, wie Knud Behling höhnisch zu sagen pflegte, Verkehrskindergarten außer Geduld und Lautstärke keine Superkräfte gebraucht, aber wer war er, sich darüber zu beschweren, dass ihm nichts entging.

Meta und Adam saßen auf dem Badewannenrand und glotzten ihn ganz drönbüttelig an.

«Na», sagte er, «seid ihr gerade dabei, euch'n Bad einzulassen?»

Adam zog sich an ihm hoch, und Finzi sah an seinem Gesichtsausdruck, dass ihm der Arsch eingeschlafen war. Ein Gefühl, das jeder Badewannenrandsitzer kannte. Meta blieb sitzen und umarmte Finzi kurz in der Körpermitte, wobei er am Gewicht ihres Kopfes merkte, dass sie was auf dem Herzen hatte, aber noch lange nicht drüber reden würde.

«Wir haben uns mal den alten Kram von Thorsten angeschaut», sagte Adam. «Nicht viel zu holen.»

Finzi nickte. Er war ziemlich begierig darauf, seine Geschichte zu erzählen, aber wenn er den beiden ein bisschen zuhörte, würden sie hinterher hoffentlich mehr Geduld haben, sobald er anfing, vom Mann in der Hecke zu berichten. Wobei, bei Adam wusste man nie.

«Gaitner lässt mich ein Mobbing-Dossier nach dem anderen anlegen», sagte Adam, «wahrscheinlich müssen wir sogar noch mal nachbefragen an den betreffenden Schulen, und an den Schulen, die Thorsten und Jablonski selbst besucht haben. Ob da was vorgefallen ist.»

Finzi verzog mitfühlend das Gesicht. Mindestens vier Schulen, und unendliche vage Fragen nach Dingen in der Vergangenheit. Das war eine Art von Fleißarbeit, die er nicht vermisste und die selten viel einbrachte.

Meta schüttelte den Kopf.

«Nichts?», fragte Adam. «Nie was erzählt davon, wen er in der Schule gepiesackt hat oder wer ihm im Schullandheim nachts das Gesicht mit Edding blau gemalt hat oder was man damals halt so gemacht hat, bevor das Mobbing hieß?»

Meta, immer noch auf dem Badewannenrand, Hintern aus Stahl, sagte vorsichtig: «Weiß ich nicht. Ich glaube nicht. Er hat erzählt, dass ihn mal welche eingegraben haben in einem Laubhaufen oder einem Dreckhaufen oder so, und dass er seitdem klaustrophobisch war. Deshalb wollte er mit mir nie irgendwelche Höhlentouren machen, Spelunking nennt man das.»

«Na ja», sagte Adam, «dafür hast du ja jetzt Finzi. Der kennt sich aus mit Spelunken.»

Finzi kicherte. Warum musste immer erst jemand mumifizieren, bevor Adam mal vorbeischaute?

«Weißt du, wo das war? Wann?»

«Nein. In irgendeinem Schullandheim. Fünfte, sechste, siebte Klasse, so in dem Dreh. Aber vielleicht bilde ich mir das ein.»

«Schullandheim.»

«Also, wo man Kinder auch in den Ferien hinschicken kann. Waldheim oder so hieß das. Er war da recht spezifisch: damals im Waldheim.»

«Kurt Waldheim», schaltete Finzi sich ein, der langsam ungeduldig wurde, weil seine Geschichte über den Mann, den er mitten im Verkehrserziehungsunterricht Blut kotzend aus dem Gebüsch gezogen hatte, bei Lichte betrachtet wirklich viel besser war als dieser Kleintierbums hier.

«Dreck», sagte Adam. «Waldheim. Diese Wurzel. Und bei dem anderen Toten *ex silvis*, aus den Wäldern. Das ist wieder so das typische Zeug, bei dem man nicht weiß, ob es was bedeutet, oder ob es einfach nur so der Schamott ist, den das Leben so vor sich herschiebt, Chaos und Müll.»

«Na ja», sagte Finzi und wandte sich Richtung Küche, weil da bestimmt irgendwas gekocht werden wollte. Bei Adams philosophischen Kalendersprüchen bekam er immer einen Fluchtreflex.

Adam und Meta folgten ihm, und er hörte, wie Adam im Flur sagte: «Waldheim? Das ist alles?»

«Gefühlt würde ich sagen, irgendwo in Niedersachsen», sagte Meta, und Finzi merkte, wie ungern sie im Nebel herumstocherte. Eigentlich sagte sie immer nur Sachen, die sie wirklich wusste.

«Kann ich jetzt mal?», fragte Finzi.

«Bad ist frei», sagte Adam und suchte schon sein Sakko

an der Garderobe. Finzi hatte wie immer das Gefühl, um seine Aufmerksamkeit kämpfen zu müssen.

«Ihr glaubt nicht, was mir heute passiert ist», sagte er und fand, dass das wirklich ein superlahmarschiger Auftakt war. Bevor Adam einen Witz über «den falschen Imbusschlüssel aus dem Reparaturset genommen» oder «die Fahrradpässe auf dem Revier vergessen» machen konnte, erzählte Finzi schnell, wie er diesen schwer misshandelten Mann mitten im Fahrradunterricht gefunden hatte. Meta machte eh nie Witze, die hörte zu.

«Quarzhandschuhe», sagte Finzi, als er merkte, dass Adam in Gedanken schon beim Abtelefonieren niedersächsischer Schullandheime war. «Den hatte jemand richtig mit Quarzhandschuhen bearbeitet. Der hat sich irgendwo wieder aufgerappelt, hat sich nach Hause geschleppt, um ein paar Sachen zusammenzupacken und abzuhauen, der muss solche Angst gehabt haben, und dann ist er einfach zusammengebrochen und hat das Bewusstsein verloren und fast den ganzen Tag im Gebüsch gelegen. Innere Blutungen. Der ist mehr tot als lebendig. Jedenfalls hat ihn noch keiner befragen können, davon hätte ich was gehört.»

«Drogenszene oder Steuerzahler?», fragte Meta, offenbar, um guten Willen zu zeigen, und er war ihr dankbar dafür.

«Schwer zu sagen. Bisschen von beidem und gleichzeitig auch wieder nicht. Schwer einzuschätzen. Nicht ungepflegt, aber keiner, dem du Geld leihen würdest.»

«Jetzt mal angenommen», sagte Adam, dessen Interesse für Quarzhandschuhe und innere Blutungen sich offenbar in Grenzen hielt, «ich finde heraus, dass es ein Schullandheim gibt, in dem Kinder einander gemobbt haben oder in Erdlöcher eingegraben oder was auch immer, und beide Toten waren früher mal dort, Thorsten und Jablonski. Das wäre eine superwichtige Spur. Aber wie erkläre ich dann Behling oder Gaitner, wie ich darauf gekommen bin?»

Meta stand im Türrahmen, als müsste sie sich irgendwo festhalten. «Wenn es wirklich so ist, fällt mir schon was ein.»

«Na ja», sagte Adam, «ich bin gespannt.» Er nahm seine Jacke und ging, bevor Finzi seine Geschichte zu Ende erzählen konnte.

Wobei, dachte Finzi, als Meta sich im Wohnzimmer ganz vorne auf die Couch-Kante setzte und er in der Küche mit Tee-Utensilien hantierte, vielleicht kann man die Geschichte auch gar nicht erzählen. Wie die Kinder, als der Mann vor ihren Augen in seinem Blut zusammengebrochen war und den Blick gen Himmel gewandt hatte, alle durcheinandergerufen hatten: «Der Stör-Abt, der Stör-Abt!»

Finzi hatte viel gesehen im Auftrag der Polizei der Freien und Hansestadt Hamburg, unter anderem einen Mordanschlag auf sich selbst in seinem eigenen Keller, aber selten war ihm etwas so unheimlich gewesen wie dieser Kinder-Chor, der den Stör-Abt anrief oder beklagte. Für einen Atemzug oder zwei schien es ihm ganz klar und zugleich ganz falsch, dass diese Kinder hier dieses schmutzige, Blut erbrechende Heckenwesen kannten und es den Stör-Abt nannten, den Vorsteher eines geheimnisvollen Klosters, der immer zur Unzeit kam, den Stör-Abt, und sie hatten ja recht: Er hatte sie wirklich gestört, mitten in Vincents Fahrradführerscheinprüfung.

Dann hatte Finzi sich gefühlt, als wachte er auf, und er war noch ein wenig größer geworden, einer wie er hatte diesbezüglich immer Reserven, und er hatte, während er sein Telefon rausholte, um die Kollegen und den Rettungswagen zu verständigen, mit lauter Stimme zu den Kindern gesagt: «Nein, der stirbt nicht, der stirbt ganz bestimmt nicht.»

Was er natürlich nicht wusste, auf mittlere Sicht. Und was im Endeffekt sowieso nicht stimmte, bei niemandem. Aber der Verzweiflungsruf der Kinder, in den sie so viel Alarm gelegt hatten, dass er mehrsilbig wurde, war zumindest an diesem Vormittag und an diesem Ort nicht wahr geworden: von wegen, der stör-abt.

Finzi sah durchs offene Fenster auf den schillernden Sommerbeton der Hochbahn von Hammerbrook. Das war so sein Horizont, an den hatte er sich gewöhnt, und den liebte er. Und so gern hätte er sich mit Meta und Adam unterhalten darüber, wie er plötzlich in «der stirbt» gehört hatte «der Stör-Abt», und wie er das offenbar nicht hatte abschütteln können, denn der Gebüschmann hatte selbst auch zwei Sachen gesagt oder gehustet, die Finzi, davon war er überzeugt, ebenso falsch verstanden hatte: «King Horse» und «Neunauge». Das Erste hieß wahrscheinlich «Kiosk», das hatte er den Kollegen vom Kommissariat auch gesagt, die hatten darum angefangen, an den Kiosken der Umgebung nach Schlägereien und Streitigkeiten in den letzten Tagen herumzufragen. Über das Zweite hätte er gern mit Adam gerätselt, aber der hatte wie immer weder Sitzfleisch noch Stehvermögen. Und Meta balancierte auf dem Sofarand und arbeitete daran, unansprechbar zu wirken.

Finzi wischte sich den Schweiß von der Stirn und betrachtete die dampfende Teekanne.

«In acht bis neun Stunden ist der Eistee fertig!», rief er Richtung Wohnzimmer.

20. Kapitel

Nachdem Sonja Jablonskis Mann vor sieben Jahren verschwunden war, wurde ihr die Erinnerung an seinen letzten Morgen fest und klar wie Plexiglas. Sie hatte nicht getrauert, als er einfach ging und sie zurückließ mit zwei Kindern, eines kleiner als das andere. Aber ihr war, als könnte sie sich an jede Sekunde dieses letzten Morgens erinnern.

Sie stand am Küchenfenster und sah auf die Einfahrt ihres Hammergrundstücks im Hamburger Norden. Mein Leben ist der Hammer, hatte Frank immer gescherzt, denn er hatte es gehabt mit Worten: Hammergrundstück am Wendehammer und eine Frau mit Hammerzehen.

Dieser letzte Morgen. Er hatte oft zu ihr gesagt, am Ende eines Streits, wenn die Lautstärke ausgereizt war und nur noch geblieben wäre zuzuschlagen: Du wirst sehen, eines Tages bin ich weg. Zugeschlagen hatte er nie. Und sie hatte gesehen. Eines Tages. Da war er weg gewesen.

Das Frühstück schweigend, bis auf das Gebrabbel der Kinder. Wie Frank über den Rand seiner Zeitung geschaut hatte, sein Blick mehr registrierend als missbilligend, so, als würde er Material sammeln gegen sie, insbesondere darüber, wie sie nicht klarkam mit den Kindern. Die Kinder waren zu klein, um mit ihnen klarzukommen, aber das verstand er nicht. Sie verteilten Essen auf dem Tisch, Milch oder Kakao floss langsam Richtung Franks Tischseite, und irgendwann sprang er auf, Herrgott, und holte die Küchenrolle, trennte sorgfältig, ohne das nächste anzureißen, ein Blatt davon ab, faltete es in Viertel, ohne dass etwas überstand, und wischte den Tisch, aber nicht, um zu helfen, sondern um ihr zu zeigen, wie man das machte.

Wenn er aufstand, stellte er seinen Kaffeebecher in die Spüle, nie in die Maschine. Und sein Teller und das Messer blieben auf dem Tisch, als wäre er nur für den Becher zuständig. Wenn er ging, nahm er die Zeitung mit, die er ohnehin beim Frühstück gelesen hatte, und wenn sie darüber nachdachte, dann hatte sie das an jenem letzten Morgen wieder fast am meisten geärgert: als wäre das seine Zeitung, als wäre völlig klar, dass sie keinerlei Interesse haben könnte an der Welt außerhalb des Wendehammers.

Während sie Lukas und Leonie weiter Trinkbecher hinhielt und Plastiklöffel mit Brei oder aufgeweichten Cornflakes, eher resigniert als geduldig, ging Frank nach oben und rasierte sich bei offener Badezimmertür, elektrisch, ein monotones, fast industrielles Geräusch, das ihr allein durch die Zunahme seiner Intensität verriet, wann die Scherblätter auf Bartstoppeln trafen und wann sie suchend über leere Haut glitten. Dann kam er die Treppe wieder hinunter, den Geruch nach Rasierwasser hinter sich herziehend, und beugte sich am Tisch von hinten über ein Kind nach dem anderen, sodass ihre kleinen Köpfe den Rest des Tages nach ihrem Vater rochen, als hätte er sie markiert. Dann zögerte er kurz in ihre Richtung, nickte ihr zu und verschwand über die offene Treppe, die vom Wohnzimmer aus direkt in den Keller führte und von dort durch eine kurze Schleuse, in der ihre Schuhe und Werkzeug in Regalen standen, in die Tiefgarage.

Du wirst sehen. Eines Tages bin ich weg.

Und sie sah. Aber erst hörte sie. Die Schleuse hatte

eine Eigenart: einen Ventilator, der automatisch anging, wenn man das Licht auf den Stufen hinab zur Tiefgarage anschaltete, zu laut, zu hartnäckig, ein unangenehmes Geräusch von unten, das sie oft durch den halben Vormittag begleitete, bevor sie Gelegenheit fand, in den Keller zu gehen und am Anfang der Schleuse Licht und Ventilator wieder auszuschalten. Frank legte nie den Schalter um, wenn er in die Tiefgarage ging, um wegzufahren, er hinterließ seinen Geruch auf den Kindern und das Belüftungsgeräusch im Haus.

An seinem letzten Morgen aber geschah etwas Seltsames. Sonja saß wie immer am Tisch und atmete flach, teils aus Erschöpfung, teils als Erleichterung, aber so, als würde sie dem Frieden noch nicht trauen. Dann, während sie halblaut mit Lukas und Leonie sprach, als würden sie belauscht, hörte sie, wie unten die Tür zwischen der Tiefgarage und der Schleuse wieder aufging.

Franks Auto parkte in der Tiefgarage direkt vor ihrer Kellertür, das war Frank neben dem Witz mit dem Hammer das Liebste am Haus hier gewesen: Der Audi steht nur zwanzig Schritte vom Wohnzimmer. Falls ich mal schnell wegmuss.

Es kam niemals vor, dass Frank irgendwas vergaß. Frank kehrte niemals um. Aber an diesem letzten Morgen, da hatte er die Tür noch einmal geöffnet, und sie hörte, wie er die Belüftung ausschaltete. Frank war umgekehrt, als wäre ihm, schon fast im Auto, wieder eingefallen, dass er das Licht und den Ventilator angelassen hatte, dass sie ihn gebeten hatte, daran zu denken, weil es sie störte.

Durch die Tür und die Wände hörte sie, wie Frank unter der Erde den Motor anließ und wie sein Wagen leiser wurde auf dem Weg aus der Garage. Wenig später, wie er knirschend hinter dem Fenster und hinter ihrem Rücken Richtung Wandsbeker Chaussee rollte.

Viele Jahre später, als die Kinder groß genug waren und sie genug Kraft hatte, um im Haus was zu machen, mistete sie Schuhe aus im Keller und räumte die Regale in der Schleuse, und sie fand etwas, das sie erstarren ließ. Auf dem zweiten Regalbrett von oben, gerade über ihrer Augenhöhe, lag die Zeitung, die Frank an seinem letzten Morgen dorthin gelegt hatte, als wollte er sie ihr doch endlich mal dalassen.

Vorsichtig hatte sie die Zeitung, die er zur Hälfte gelesen hatte, aus dem Regal genommen. *Hamburger Abendblatt*, das Datum von jenem Septembertag 2010, als sie ihren Mann das letzte Mal gesehen hatte. Sie erinnerte sich, wie sie abends und nachts, als er nicht zurückgekommen war von wo auch immer, gedacht hatte: Er hat ernst gemacht. Er hat es ja gesagt.

Traurig wurde sie nur, wenn sie darüber nachgedacht hatte, was es bedeutete, dass die Kinder, auch als sie sprechen konnten, kein einziges Mal nach ihrem Vater gefragt hatten.

Sie war zur Polizei gegangen und hatte gesagt, ihr Mann sei fort.

Ob es einen Streit gegeben habe.

Schwer zu sagen.

Ob er damit gedroht hätte, sie zu verlassen.

Sie hatte geschwiegen.

Ob er je damit gedroht hätte, sie und die Kinder zu verlassen.

Und sie hatte den Kopf gehoben und genickt. Und der

Polizist hatte mitleidig geguckt und ihr etwas erklärt von der Freizügigkeit innerhalb der EU und vom Schengenraum, und dass sie das seitdem immer wieder hätten, und wenn sie wollte, könnte sie Anzeige erstatten wegen Unterhalt.

Aber das musste sie nicht. Seine Berufsunfähigkeitsrente ging weiter auf ihr gemeinsames Konto, bis seine Leiche gefunden wurde. Sie war davon ausgegangen, dass er aus anderen Quellen lebte. Aber die knapp zwölfhundert Euro im Monat reichten ihr für den Wendehammer, erst recht, als sie in ihren Job zurückkehrte, und mit dem Geld, das ihre Eltern ihr ab und zu überwiesen, traurig und erleichtert zugleich.

An jenem Morgen aber war etwas herausgefallen, als sie die Zeitung aufgeschlagen hatte. Fotos und Internetausdrucke von einer Schule, einem alten Gebäude, das sie nicht kannte. Sie erinnerte sich noch, wie sie gedacht hatte, dass das typisch war: Er beschäftigte sich keine Viertelstunde am Tag mit den Kindern, erst recht nicht mit Lukas, der anderthalb war und schon was wollte von einem, aber darüber, auf welche Schule sein Sohn in vier oder fünf Jahren gehen würde, machte Frank sich heute schon Gedanken. Immer den Schein wahren, mehr nach außen als nach innen leben.

Sie hatte die Zeitung und das Material von der Schule weggelegt, in den Keller, zu seinen anderen Sachen. Als sie Franks Leiche ausgerechnet im Keller einer Schule gefunden hatten, hatte sie sich gefragt, ob sie der Polizei etwas davon erzählen sollte. Aber es wirkte umständlich und weit hergeholt, und sie fand das Leben mit zwei Schulkindern kompliziert genug von Minute zu Minute, um sich zusätzlich Gedanken zu machen über Unterlagen, die sie vor Jahren verkramt hatte. So, wie sie sich nie über Franks andere Sachen Gedanken gemacht hatte.

Franks Sachen. Zwei Koffer und drei Umzugskisten, die sie im Keller in die hinterste Ecke geräumt und langsam mit Kindersachen verdeckt hatte. Die Aktenordner mit den Unterlagen von seinen zwei gescheiterten Projektplanungsfirmen. Sie hatte nie so ganz verstanden, was damit eigentlich genau gemeint gewesen war. Was sie verstanden hatte, war die Privatinsolvenz gewesen und dann sein Job als Nachtpförtner, und dann der Rücken, wegen dem er am Ende gar nicht mehr arbeiten konnte. Für seine Kleidung hatte sie sich extra im Shopping-Kanal ein Set von Plastiksäcken angeschafft, aus denen man mit dem Staubsauger die Luft ziehen konnte, damit keine Motten reinkamen und keine Erinnerungen raus.

Aber jetzt gab es einen zweiten Toten, an einer zweiten Schule, und sie wartete darauf, dass die Polizei im Wendehammer auftauchte, um noch einmal mit ihr über den Mann zu sprechen, den sie nie vermisst hatte.

Hinter ihr raschelte es. Leonie, die geräuschlos durchs Haus schlich, irgendwo auftauchte, jetzt hinter dem Küchentresen, und dann, statt sich zu räuspern, Gegenstände benutzte, um auf sich aufmerksam zu machen. Lukas war immer beim Fußball. Leonie ordnete die Werbepost von gestern, sie hatte die Angewohnheit, alles Lesbare anzufassen und zu untersuchen. Dann drehte sie sich zu ihrer Mutter um. Franks helles Gesicht mit den blonden Wimpern, aber besorgter um sie, als Frank je gewesen war.

«Falls du dein Auge suchst, Mama», sagte sie. «Es liegt oben im Bad.»

21. Kapitel

Die Nachtschwester war eine fünf, allerhöchstens eine sechs. Und wenn, dann auch nur eine Schenefeld-Sechs. Da kam sie nämlich weg, wie sie dem alten Knacker im Bett nebenan erklärt hatte, als er angefangen hatte, die Schleswig-Holstein-Hymne zu singen. Die Schenefeld-Info hatte ihn zu einem Da Capo bewegt, seitdem war er glücklicherweise still, und die Nachtschwester erzählte auch nicht mehr von ihrer Heimat.

Scheffler, den sie Scheff nannte, hatten sie die Milz zusammengenäht und gesagt, die Rippen würden von alleine heilen. Am meisten störte ihn der Ständer mit den Schläuchen und Tüten. Die Kanüle, über die die ganze Wundsuppe ablief aus seiner Bauchhöhle, da konnte man schon mal gar nicht hingucken, das war absolut widerlich. Und dann die Glukose oder was das war, die in ihn reinlief, das Schmerzmittel hatten sie viel zu schnell wieder abgehängt. Der Gedanke an das, was aus ihm rauskam, war schlimm genug, aber dass die ganze Zeit irgendeine Flüssigkeit in seinen Körper tropfte, war ihm fast unerträglich. Er bildete sich ein, dass er die kalten Tropfen spüren konnte und wie sie in Richtung seines Herzens liefen. Am meisten aber störte ihn, dass die Schläuche ihn hier fesselten. Er mochte es gar nicht, wenn er irgendwo nicht wegkonnte.

Eingesperrt ins Schulklo.

In irgendeinen Mülleimer gestopft.

Die Kinderzimmertür abgeschlossen, wenn seine Mutter tanzen gehen wollte.

Eingestöpselt im Krankenhausbett.

Alles immer die gleiche Scheiße. So was machte man eigentlich nicht mit einem Menschen.

Er erinnerte sich daran, wie er mal so was Ähnliches mit einem Häschen gemacht hatte. Wobei, da musste man ganz vorsichtig sein. Das Häschen hätte ja jederzeit einfach gehen können. Er hatte den Schlüssel ja nur umgedreht im Schloss, aber ihn stecken lassen: Das Häschen hätte also nur aktiv werden müssen und den Schlüssel zweimal in die andere Richtung drehen, darum konnte von Freiheitsberaubung oder so was wirklich keine Rede sein. Das war einfach ein Power Move, völlig legal. Aber er erinnerte sich, dass im Blick des Häschens was gewesen war, das ihn im Nachhinein daran erinnerte, wie er sich jetzt fühlte: eingesperrt, in der Falle.

Scheff stemmte sich auf den Unterarmen ein wenig nach oben, um einen Blick auf die Uhr zu werfen, die über der Tür hing. Seine Brieftasche war in irgendeinem Gebüsch geblieben, sein Telefon war leer, aber seitdem hatte er das Gefühl, unerreichbar zu sein auch für Neunauge. Das war gut. Dachte Neunauge, er wäre tot? War er liegengeblieben als ein Totgeschlagener, oder nur als einer, dem man irgendwie eine Lektion erteilt hatte?

Irgendwie kriegte er das alles immer noch nicht ganz klar im Kopf. Warum Neunauge plötzlich so auf ihn losgegangen war, nach all den Jahren. Der Wundschmerz zog durch seinen ganzen Körper, aber weh tat ihm vor allem, dass er all das hier Neunauge zu verdanken hatte. Sie gehörten doch alle zusammen, irgendwie, das war doch nicht einfach nur eine Geschäftsbeziehung oder so, man hatte doch eine gemeinsame Geschichte nach so vielen Jahren, und vor allem verband einen doch das Schicksal von denen, die schon tot waren.

Um ein Haar, dachte Scheff, wäre ich der Dritte gewesen.

Die Uhr zeigte kurz nach vier. In einer halben Stunde oder so würde die Nachtschwester noch mal kommen und ihm den Beutel wechseln. Er hasste Nadeln. Er hasste den Gedanken an Nadeln, das Gefühl, durch zwei Zugänge ständig runden spitzen Stahl im Körper zu haben, damit sie irgendwas anhängen und anschließen konnten.

Scheff spürte, wie ihm eine Feuchtigkeit von ganz unten das Gesicht hochstieg bis kurz unter die Augen, so, als käme aus dem Scheißbeutel da am Scheißständer durch den Scheißzugang Tränenflüssigkeit. Er schluckte hart.

Oberwasser, dachte er. Ich hab doch Oberwasser. Ich lass mich doch von denen nicht fertigmachen. Im Gegenteil. Scheff ist wieder zurück. Scheff sammelt noch ein bisschen Kraft, bisschen Matratzenhorchdienst, paar Stunden Augenpflege noch, dann mal gucken, was der Türke nebenan so an Bargeld im Nachtschrank hat, der wühlt da immer so geheimnisvoll drin rum, und der alte Knacker vielleicht auch noch, und dann Adios, Amigos, Scheffler on the run, ab durch die Mitte, weg mit Schaden.

Schon besser.

Schon viel besser.

Und zum ersten Mal seit Ende der Neunziger, Anfang der Zweitausender, zum ersten Mal, seit er den Namen gelesen hatte, spürte er so etwas wie Hass auf Neunauge und auf dessen ganze arrogante selbstverliebte Nummer.

Im Grunde gab es ja nichts Arroganteres, als andere mit dem Quarzhandschuh zu bearbeiten. Als wär man sich zu fein, sich die Finger schmutzig zu machen und sich allzu sehr anstrengen zu müssen. Und hatte Neunauge sie im Grunde nicht immer nur ausgenutzt? Seine ganzen Ratschläge und Anmachersprüche und «Drei geheime Fragen, mit denen Ihr jedes Häschen rumkriegt» – das hatte er ihnen alles verkauft über seine Webseite, und dann hatte er den Guru und Klugscheißer im Forum gespielt. Wir haben alle an dich gezahlt, jahrelang, dachte Scheff.

Er spürte ein leichtes Nagen hinter der Stirn, einen Gedanken mit spitzen kleinen Zähnen: Oder hatte am Ende nur er immer an Neunauge gezahlt, und Ecki, Thorsten und Frank hatten ihm das immer nur erzählt, damit er sich besser fühlte?

Nee, dachte er. Die hatten sich nie dafür interessiert, dass er sich besser fühlte. Also, nicht so unmittelbar. Das war nicht die Art von Freundschaft gewesen. Eher so eine von diesen schwer erklärbaren Verbindungen, die man zu alten Freunden hatte.

Oder hatten sie ihn am Ende alle verarscht? War er der Einzige, der je an Neunauge gezahlt hatte, und die anderen hatten mit abkassiert?

Ich finde dich, dachte Scheff, und es fühlte sich besser an als das Morphium, das sie ihm bis gestern spendiert hatten.

Und dann mach ich dich fertig.

22. Kapitel

«Adam.»

Danowski sah von seinen Papieren auf. Dazwischen sein verdammtes Glückstagebuch. Er schob es unter einen wissenschaftlichen Artikel zum Thema Mobbing bei Jugendlichen.

«Musst dich nicht schämen wegen deiner Handschrift», sagte Gaitner, dem natürlich gar nichts entging. Er nickte Richtung Glückstagebuch. «Hat's doch was genützt, dass ich bei der kleinen Analyse-Show gesagt hab, du machst zu wenig Notizen.»

Danowski nickte unverbindlich. Gaitner zog die Tür hinter sich zu und setzte sich auf den Besucherstuhl. Nach einem verschwörerischen Blick zur Tür sagte er: «Adam. Magst mir Karten besorgen für die Elbphilharmonie?»

Danowski lehnte sich zurück und wunderte sich über seine Ohren. «Karten besorgen? Bitte was?»

Gaitner hob ebenso verstehend wie abwehrend die Hände und lächelte fein, nach dem Motto: Ich versteh, wie das hier läuft. Aber wir können offen reden. «Ich weiß, das ist mordsmäßig schwierig, alles ausverkauft bis nächstes Jahr. Aber Adam. Ich seh doch, dass du ein Feingeist bist. Du hast doch deine Quellen.»

Danowski sagte: «Elbphilharmonie?» Wenn er sich nicht täuschte, war dies überhaupt das erste Mal, dass er die Silben im Gespräch in dieser Reihenfolge verwendete. «Du meinst, für die Plaza? Also, diesen Austritt da?»

Gaitner lachte. «Ich mag deinen Humor, Adam. Schmarrn, die Karten bekomm ich auch allein. Großer Saal.»

«Seh ich aus wie ein …»

«Ist mir ganz egal, ob das jetzt mehr in Richtung Bruckner geht oder was ganz Modernes», sagte Gaitner. «Ich nehm alles. Also, nicht am Wochenende wär natürlich ideal. Da mag ich heim.»

«Nicht am Wochenende», sagte Danowski und zog sein Tagebuch wieder vor, um das Anfertigen von Bestellungsnotizen zu simulieren. Er klemmte die Zungenspitze zwischen die Zähne und murmelte beim Schreiben: «Nicht. Am. Wochenende.»

«Möglichst nicht hinterm Orchester», sagte Gaitner.

«Man hört überall gleich gut», sagte Danowski mit neugewonnener Autorität. War das nicht der Plan gewesen? Für die knappe Milliarde? Überall gut hören. Für ihn fingen die Probleme da schon an. Er hätte die Milliarde lieber ausgegeben für irgendwas, wo man überall nichts hörte.

«Meinst?»

«Kenner studieren gern das Mienenspiel des Dirigenten», behauptete Danowski.

«Na, mach mal, wie du denkst.»

«Wird natürlich nicht ganz einfach.»

«Ahrens sagt, wenn du dich darum kümmerst, läuft das.» Ah. Daher kam das also. Danowski nickte und tippte mit der Kulirückseite auf die Punkte, die er notiert hatte. «Ach so. Wie viele Karten denn?»

Gaitners Gesicht hellte sich noch weiter auf. «Magst mitkommen, Adam? Na, dann also zwei.»

Danowski nickte, als wäre das eh klar gewesen. Gaitner

klopfte ihm auf die Schreibtischplatte wie im Wirtshaus. Als er weg war, studierte Danowski sein verschandeltes Glückstagebuch.

Nicht am Wochenende

Bruckner oder was Modernes

Zwei Karten

Er hatte das Gefühl, das Ding war damit endgültig hin.

23. Kapitel

«Ich weiß, dass die Kollegen den Mann hierhergebracht haben.»

«Und warum fragen Sie dann nicht einfach die Kollegen?» Die Krankenschwester machte sich nicht einmal die Mühe, die Kühlschranktür des Aufenthaltsraumes zu schließen, während sie mit Finzi sprach. Offenbar war sie darauf eingestellt, das Gespräch kurz zu halten.

«Die Kollegen haben gesagt, er ist noch hier.»

Sie musterte ihn in seinen Radfahrershorts, seine Körpermitte war genau in ihrer Augenhöhe.

«Gucken Sie ganz in Ruhe, bis Sie sich sattgesehen haben», sagte Finzi.

«Gibt ja nicht viel zu sehen. Muss am kalten Luftzug liegen. Ich mach mal lieber den Kühlschrank zu.» Sie nahm sich einen Vanillepudding und knallte die Tür zu.

«Kleiner Typ, Ende dreißig, Anfang vierzig, schwer zu sagen, innere Verletzungen. Vor drei Tagen gegen Mittag hier mit dem Rettungswagen angekommen.»

«Ich weiß nicht, ob Sie ansonsten hauptsächlich mit Leuten zu tun haben, die auf dem Radweg die Hundekacke nicht weggemacht haben, aber Sie würden sich wundern, auf wie viele Personen diese Beschreibung zutrifft.»

«Schon klar.»

«Zwei oder drei bestimmt.»

«Er war ganz gut angezogen und hatte einen blauen Rucksack dabei.»

Sie blieben auf dem Gang stehen und musterten einander unschlüssig. Die Krankenschwester fing an, ihren Vanillepudding zu löffeln. Mitte vierzig, große Hände, praktische Frisur. Eigentlich genau sein Typ. Früher mal. Vor Meta.

«Okay», sagte Finzi. «Wenn Sie wollen, dürfen Sie mir einen Blasenkatheter legen. Aber nur die ersten paar Zentimeter. Dafür sagen Sie mir, ob mein Mann noch hier ist oder ob ich auf der Intensivstation suchen soll.»

Sie musterte ihn abschätzig und fing an, auf dem Becherboden rumzukratzen.

«Kein Interesse.»

«Was denn? Soll ich mich vornüberbeugen und zweimal tief husten?»

«Hier auf dem Gang?»

«Wäschekammer, Schwesternzimmer, mir ganz egal.»

«Kleine Hafenrundfahrt?»

«Mit Handschuh?»

«Mit Handschuh, ohne Vaseline.»

«Große Hafenrundfahrt, dafür mit?»

«Oder was ganz anderes.»

«Viel mehr hab ich nicht anzubieten. Ich könnte meinen Körper später noch der Wissenschaft vermachen.»

«Sehe ich so aus, als würde ich mich für Wissenschaft interessieren? Ich bin Handwerkerin.»

«Hauptsache, es geht schnell. Wie Pflasterabreißen.»

«Wo möchten Sie denn das Pflaster? Da, wo's schön ziept?»

«Okay. Ich schau auf der Intensivstation.»

«Momentchen noch.» Bevor sie weitersprach, leckte sie den überhängenden Aludeckel des Puddingbechers ab und warf den ganzen Behälter dann fast ohne hinzusehen in den Papiermüll. «Erst kommen Sie mit auf die Zwosechzehn.»

«Wofür jetzt genau? Ich würd mich nur vorher gern drauf einstellen. Ich hab da so spezielle Lockerungsübungen.»

Sie ging vor und machte ihm die Tür auf. Während er eintrat, sagte sie schnell und leise: «Dreizehn Jahre alt, Fahrrad gegen Auto, zu cool für den Helm. Schwere Gehirnerschütterung, Platzwunde, halben Meter näher am Bordstein und wir würden hier über ein offenes Schädel-Hirn-Trauma reden, oder besser gesagt, wir würden über gar nichts reden. Dem erklären Sie jetzt, dass ich Sie extra geholt habe, damit Sie ihm den Arsch aufreißen. Und Ihr Mann mit dem blauen Rucksack ist auf der Zwozwölf.»

Finzi nickte und setzte, während er ans Krankenbettende trat, sein bestes Na-wen-haben-wir-denn-hier-Gesicht auf.

Nachdem er einen etwa zehnminütigen Vortrag über die Vor- und insbesondere Nachteile von Schädelfrakturen gehalten und dabei mehrfach seinen eigenen blau-silbernen Helm wie eine Monstranz vor sich in die Höhe gehalten hatte, schlüpfte Finzi in Zimmer 212. Zu den vier Betten führte ein kurzer Gang mit Garderobe und Tür zum Bad, und auf diesem hielt er kurz inne. Finzi hasste Krankenhäuser und ihre Gerüche, und ihm war klar, dass er damit keineswegs eine originelle Abneigung hatte. Dennoch fand er, dass er mehr biographisches Recht auf seine Phobie hatte als andere. Die meisten Leute verabscheuten Krankenhäuser, weil sie sie daran erinnerten, wie schwach und krank sie eines Tages vermutlich sein würden, und vielleicht schon morgen. Ihn hingegen erinnerten sie daran, wie schwach und krank er bereits gewesen war, in der Vergangenheit, während seiner jahrelangen intensiv betriebenen Aktivitäten im Bereich des Alkoholmissbrauchs. Hier, in genau so einem Viererzimmer im UKE aufzuwachen, das war ihm zwei- oder dreimal gelungen, und jedes Mal hatte es das Gleiche bedeutet: dass er aus damaliger Sicht Gott sei Dank oder doch eben eher leider noch mal davongekommen war.

Zwei Betten waren belegt, das am Fenster und das am Bad, ein leeres in der Mitte war frisch bezogen, das daneben notdürftig wiederhergerichtet. Finzi schnaufte. Warum war er überhaupt optimistisch gewesen. Und welchen Grund hatte er, wo er gerade schon dabei war, sich und sein Verhalten in Frage zu stellen, um sich überhaupt zu interessieren für einen, den er halbtot im Gebüsch gefunden hatte und der spätestens seit dem Moment seines Abtransports nicht mehr Finzis Problem war?

Finzi räusperte sich. Ein junger Mann im Bett am Fenster, den Finzi für einen Türken hielt, schlug die Augen auf. Der alte Mann im Bett am Bad starrte mit festem Blick an die Decke. Seine dritten Zähne lagen auf dem Rolltisch.

Finzi interessierte sich für Männer, die er halbtot aus dem Gebüsch gezogen hatte, weil die nächste Fahrradschulung erst in einer knappen Woche war, weiter westlich Richtung Schnelsen, und weil er selbst früher das eine oder andere Mal blutend aus einem Gebüsch gekrochen war und diese Phase seines Lebens vielleicht nicht ganz so lange gedauert hätte, wenn sich einer zwischendurch mal nach ihm erkundigt hätte. Zwischen den beiden leeren Betten stand ein Infusionsständer mit zwei halbleeren Tüten und Plastikschläuchen mit Kanülen, die ein wenig im Zug der gerade geschlossenen Tür wackelten.

«Scheiße», sagte der junge Türke. «Ich hab nicht gewusst, dass die Bleche falsch sind, die waren …»

«Geht klar, kein Thema, das mit den Blechen haben wir alles geklärt», unterbrach ihn Finzi.

«Schwören Sie?»

«Klar. Würde ich sofort. Wenn ich wüsste, worum es geht. Mich interessiert aber nur, wo der Typ ist, der hier gelegen hat.» Er zeigte auf das schlecht gemachte Bett.

«Der Chef.»

«Der Chef?»

«So hat der sich vorgestellt. Ich geb ihm die Hand, er schlägt ein und sagt: ‹Ich bin Chef.› Kotzt mich an, wenn alle denken, Türken verwenden keine Artikel. Außerdem hab ich deutsche Staatsbürgerschaft.»

«Die.»

«Das war ein Witz.»

Finzi musste ein bisschen lächeln. «Okay, wo ist Chef?»

«Ausgecheckt. Bevor die Bullen kommen. Das hat er wortwörtlich so gesagt. Fand ich ziemlich theatralisch. Und wenn, dann hatte ich mir das anders vorgestellt, wenn die Bullen kommen.» Der junge Mann machte eine vage, aber abfällige Kinnbewegung in Richtung von Finzis Radlershorts.

«Und wann?»

«Zehn Minuten, Viertelstunde. Aber er hat sich wahnsinnig aufgeregt, weil die Schwester ihm seinen Rucksack nicht geben wollte. Die haben sich schon gedacht, dass er abhauen will. Das war so 'ne Art Pfand für die. Die wollten ihn noch fünf Tage hierbehalten, dem hat ja die Naht noch genässt.»

Im Schwesternzimmer holten sie ihm den blauen Rucksack aus dem Spind.

«Lag denn was gegen den vor?»

«Nee», sagte Finzi und fand den Rucksack vielversprechend leicht. «Dann hätten wir den ja bewacht.»

Die gleiche Schwester wie vorhin hatte jetzt, wo er ihren Gehirnerschütterungspatienten bearbeitet hatte, deutlich weniger Interesse an ihm.

«Und was glauben Sie», fragte Finzi, «kommt der zurück?»

«Wenn er Glück hat», sagte sie. «Er hatte eine OP an der Milz, die Bauchnaht und die Rippen dürften ihm zu schaffen machen, und vor allem braucht er noch ein paar Tage Infusionen.»

Finzi nickte. Als sie draußen war, machte er das Hauptfach vom Rucksack auf und kippte den ganzen Inhalt auf den Kaffeetisch der Schwestern und Pfleger. Ein Baumwoll-Pulli, ziemlich schmuddelig, ein zusammengerolltes Sakko in der Farbe der Anzughose, an die Finzi sich erinnerte, eine kleine Waschtasche, eine Edeka-Tüte mit, wie Finzi durch Abtasten feststellte, Schmutzwäsche. Kein erfahrener Stadtstreicher. Und: kein Ausweis oder so was, keine Brieftasche. Der Mann hatte sich geweigert, seinen Namen zu sagen. Vermutlich waren ihm seine Unterlagen und sein Geld geklaut worden, oder er hatte die Sachen woanders bei sich getragen, näher am Körper.

Vorn in der kleineren Tasche, in der die Eltern, die diesen Rucksack liebten, die Reiswaffeln und Trinkpäckchen von Alnatura für ihre Kinder unterbrachten, bevor sie sie damit zum Musik- oder Schwimmunterricht schickten, fand er Taschentücher, ein paar Münzen und in einer A5-Klarsichthülle drei oder vier zusammengefaltete Blätter, Karopapier, wie aus einem Schulheft gerissen. Und den Aufkleber einer Prepaid-SIM-Karte, mit dem man sich seine eigene Nummer merken konnte. Den hatten die Kollegen entweder übersehen, oder es hatte sie nicht so besonders interessiert, wer die hilflose Person aus dem Gebüsch war. Finzi nahm sein eigenes Telefon und fotografierte die Nummer. Wenn der Mann mit der geflickten Milz sein Telefon gerettet hatte und am Körper trug, konnte er ihn auf die Weise vielleicht finden.

Der Papierkram entpuppte sich als eine Liste oder Tabelle mit unverständlichen Einträgen. In einer Spalte untereinander Daten, die bis in die frühen Zweitausender zurückreichten. Dann eine Spalte, in der offenbar Orte oder ihre Abkürzungen aufgelistet waren. Ganz am Anfang einmal ausgeschrieben «King Horse», dann in der Folge «KH».

Von wegen Kiosk. *King Horse*. Das war eine Kneipe am Rand vom Kiez Richtung Altona, an die er sich dunkelbraun erinnerte. Darum hatte er gedacht, der andere hätte «Kiosk» gesagt, weil er davon ausgehen musste, dass die Erinnerung an seine Sauftouren die Wirklichkeit überschrieb. Aber er hatte richtig gehört.

Finzi kniff die Augen zusammen, weniger, weil die Handschrift klein oder unleserlich gewesen wäre, im Gegenteil; mehr, weil er immer älter und leseblinder wurde. Auf dem Fahrrad merkte er das nicht so. *King Horse*. Dann: «SS», das stand für *Super Sputnik*. Und noch zwei, drei Abkürzungen mehr, die ausgeschrieben für Läden standen, in denen Finzi vor vielen Jahren auch schon abgestürzt war. Dann eine Spalte mit einer Art Code, «HB7», «HB6», sein Blick glitt ratlos darüber. In der letzten Spalte Symbole, die er gar nicht verstand, weshalb ihm umso klarer wurde, worauf er sich hier eingelassen hatte.

Viele von denen, die in die Obdachlosigkeit verschwanden, hatten irgendeine Art von psychischer Krankheit. Paranoia, Schizophrenie, Bipolar, er war da kein Experte, aber er hatte oft genug vergleichbares Gekritzel gesehen, um das Aufzeichnungssystem eines Verrückten zu erkennen. Diese hilflosen Versuche, die sie alle unternahmen, um dem Chaos der Welt irgendeine Art von Sinn zu entlocken. Gesunde taten das im Kopf und mit den Geschichten, die sie einander und sich selbst erzählten. Irre, indem sie Namen, Codes und geheimnisvolle Symbole in Tabellen kritzelten.

Finzi drehte das erste Blatt um, weniger aus Interesse, mehr, um Zeit zu gewinnen, während er sich über eine Sache klar wurde: Nämlich, dass er gerade dabei war, die Verantwortung für das weitere Schicksal eines psychisch gestörten Obdachlosen zu übernehmen.

Noch konnte er gehen. Er schuldete niemandem was.

Dann sah er, dass ein paar Namen auf der Rückseite standen, die jemand mühevoll ausgeschwärzt hatte, als hätte er sich beim Telefonieren ablenken wollen oder einfach nicht mehr aufhören können mit dem Übermalen, die Namen waren geradezu vernichtet.

Nur ein Name stand noch da.

Meta Jurkschat.

24. Kapitel

Danowski lag auf dem Sofa und hatte ein bisschen Heimweh nach seiner Familie in Finkenwerder. Besser, in gewisser Weise, als bei seiner Familie zu sein und sich irgendwo anders hinzuwünschen.

Weil er wenig Alkohol trank, hatte sein Herumlungern etwas entschieden Unglamouröses: Auf dem Couchtisch stand eine Mineralwasserflasche, an der er hin und wieder nippte, und die Fenster seiner Dachgeschosswohnung standen offen, weil ihm bewegte heiße Luft angenehmer schien als stehende. Der Fernseher war aus, weil er andere Sorgen hatte und im Grunde, seit er um halb neun nach Hause gekommen war, auf dem Weg ins Bett war. Eigentlich war er schon den ganzen Tag lang auf dem Weg ins Bett. Unfassbar, wie lange man im Juli immer darauf warten musste, dass es wenigstens dunkel wurde.

Danowski legte die Beine auf dem Couchtisch übereinander, schob die Wasserflasche mit dem nackten Fuß ein wenig zur Seite und überlegte, künftig mehr Whiskey zu trinken. Vielleicht würde es dann auch nicht mehr so schleppend mit dem Glückstagebuch laufen. Von draußen hörte er, wie jemand umständlich oder sorgfältig ein Auto einparkte. Dann summte sein Telefon, und es klingelte an der Tür.

Ist ja wie im Taubenschlag hier, dachte Danowski und zog seinen nassgeschwitzten Rücken vom Sofa. Während er im Türrahmen stand und Stufenschritte im dunklen Treppenhaus hörte, las er Metas Nachricht: *Bist du da*

«Ich hab's gefunden», sagte sie, als sie wenige Atemzüge später vor ihm stand. Sie gestikulierte in Richtung seiner nackten Füße.

«Und jetzt soll ich mir Schuhe anziehen?»

«Am besten. Und Strümpfe. Gegebenenfalls.»

«Was hast du gefunden?»

«Das Waldheim. Ich hab den ganzen Nachmittag rumtelefoniert, bis ich das richtige Schullandheim gefunden habe. Eigentlich heißt es Moorhof, aber es wurde immer Waldheim genannt, weil es direkt in einem Waldstück liegt. Richtung Hohwachter Bucht, ein paar Kilometer von der Ostsee entfernt. Gute Stunde um diese Tageszeit.»

«Es geht auf Mitternacht.»

«Genau. Und Finzi schläft.»

«Du hast dich weggeschlichen.» Danowski runzelte die Stirn. Das gefiel ihm nicht.

«Na ja. Er ist eingeschlafen, ich hab gesagt, ich will noch ein bisschen arbeiten, und ich komm später nach, und das mach ich dann jetzt auch.»

«Du willst jetzt mitten in der Nacht …»

«Finzi macht sich langsam Sorgen. Ich mag mich nicht mit ihm darüber streiten, was mit Thorsten war, und warum ich mich seiner Meinung nach in Gefahr begebe, wenn ich meine Verbindung zu Thorsten», sie verzog gequält das Gesicht, «verschweige.»

«Okay, aber ich weiß nicht, wie wohl ich mich dabei fühle, wenn ich Finzi gewissermaßen hintergehe, indem ich dich dabei unterstütze, dass du …»

«Er ist vorhin ganz kurz angebunden nach Hause gekommen, der war irgendwie fertig, er ist gleich ins Bett gegangen. Und wenn du dabei bist, macht er sich im Nachhinein weniger Sorgen, als wenn ich alleine fahre.» Eins musste er Jurkschat lassen: Ihr Sinn für Logik war intakt. Zumindest aus der Sicht von einem, der gerade drei Stunden auf dem Sofa gedöst hatte.

«Außerdem brauche ich vielleicht jemanden, der Räuberleiter macht oder so.»

Er nickte und fing mit dem Anziehen an, als überzeugte ihn das Wort Räuberleiter. Wenn er ehrlich war, war es auch genau so. Wer konnte einer Unternehmung widerstehen, in deren Ankündigung Räuberleiter vorkam.

«Warum willst du da nachts hinfahren, und warum besteht Anlass zur Sorge?» Danowski war froh, wieder Schuhe anzuhaben. In Wahrheit fühlte es sich besser an, wenn er seine Wohnung im Rücken hatte und die Nacht und das Draußen vor sich als umgekehrt. Er nahm seine Jacke vom Haken und die Stablampe vom Sicherungskasten in der winzigen Diele.

«Hab ich sonst auch im Auto», sagte Jurkschat zur Lampe. «Und nachts will ich da hinfahren, weil wir uns tagsüber mit Hausmeistern und Schulleitern und Leichenfundorten beschäftigen müssen. Und weil das Heim pleite und verlassen ist. Ich hab mit einer Schulleiterin gesprochen, die mir erzählt hat, dass ihnen das Heim immer noch Geld schuldet, weil sie damals überwiesen haben, bevor die dichtgemacht haben, und dann konnten sie nicht hin. Sie hat gesagt, die Unterlagen sind alle noch im Büro da, aber der Insolvenzverwalter weigert sich, das abzuarbeiten, bevor irgendwelche Handwerkerrechnungen bezahlt sind.»

«Du hoffst auf Anmeldungen, auf Schüler- oder Kinderlisten von allen, die vor zwanzig, dreißig Jahren in diesem Landschulheim waren.»

«Damit wir eine Verbindung finden zwischen Thorsten und Jablonski.»

Danowski zog die Tür hinter sich zu, fand es aber nur angemessen, seine Einwände noch ein, zwei halbe Treppen lang weiter vorzubringen. «Also, wieso sollte Finzi sich Sorgen machen?»

«Na ja. Landstraße im Dunkeln. Die ganzen Alleebäume.»

«Und.»

«Wie gesagt, ein verlassenes Landschulheim», sagte Jurkschat. «Ich meine, nicht dass das groß überwacht wird oder so, davon gehe ich jetzt mal nicht aus. Aber klar, wir verschaffen uns Zutritt zu einem versiegelten Objekt und nehmen Einsicht in vertrauliche Unterlagen, ohne Durchsuchungsbeschluss oder sonst irgendeine Art von amtlicher Befugnis.»

«Hausfriedensbruch. Ich erkenn dich kaum wieder, Meta.»

Sie standen vor ihrem Golf, und sie zögerte, obwohl sie die Türen schon aufgepiept hatte. Sie sagte nichts.

«Ich dachte immer, du magst Vorschriften. Oder zumindest, dich an sie zu halten.»

Sie nickte. «Das hat eine ganze Zeit gut funktioniert für mich. Inzwischen nicht mehr so.»

Danowski sah durch die Wagenfenster auf die Rückbank. Eine dunkle Stofftasche mit Reißverschluss.

«Sturmhauben? Nachtsichtgeräte?», fragte er leicht beunruhigt.

Sie schüttelte den Kopf. «Aber ein bisschen Werkzeug.»

«Warum machen wir das nicht bei Tageslicht? Am Wochenende? Und setzen Finzi und Leslie und die Kinder irgendwo an der Ostsee ab?»

«Wenn wir uns jetzt ranhalten, sind wir gegen zwei, halb drei wieder zurück, und morgen ist ein ganz normaler Tag. Und ich muss Finzi nicht anlügen. Ist was anderes, ob man vorher aktiv schwindelt oder ob man nachher was erzählt, was schon vorbei ist. Und tagsüber fällt ein Auto mit Hamburger Kennzeichen immer auf auf dem Dorf.»

Sie setzten sich ins Auto, und während Danowski sich anschnallte, konnte er nicht verhindern, dass ein wenig freudige Erwartung in ihm aufstieg. Kein Wunder. Benzin im Tank, ein unklares Ziel vor Augen, neben sich eine alte Kollegin, die tagsüber niedergeschlagen und bedrückt und nachts voller Tatendrang und Ideen war, Einbruchwerkzeug auf der Rückbank. Es gab Schlimmeres.

«Der Keller beschäftigt mich», sagte Meta und ließ den Motor an. «Wenn die Leichen von Leuten, die in einem Landschulheim was erlebt haben, in Kellern gefunden werden, dann ist im Landschulheim vielleicht was im Keller passiert. Und vielleicht finden wir Spuren davon.»

Danowski lehnte sich zurück und beobachtete sie aus dem Augenwinkel. Ihre Augen waren im Licht der Armaturenanzeigen so dunkel, klar und kieselhart, wie er sie von früher kannte. Sie wirkte zielstrebig und entschlossen, aber ihm war nicht ganz klar, ob sie jemanden bei sich brauchte, der sie vor Finzis Sorge, vor technischen Schwierigkeiten beim Einbruch oder vor sich selber schützte.

25. Kapitel

Nachdem Finzi sich eine Weile unter den Laken gewälzt hatte, vorsichtig, um wie ein Schlafender zu wirken, falls Meta ins Zimmer schaute, hörte er, wie die Wohnungstür ins Schloss fiel. Dann füllte eine durch Abwesenheit erzeugte Stille die Wohnung.

Für einen kurzen Augenblick, den er seinem Halbschlaf verdankte, fühlte Finzi sich, als hätte er eine außerkörperliche Erfahrung: War er das, der da gerade die nächtliche Wohnung verlassen hatte? Zumindest war das sein Plan gewesen. Warten, bis Meta ins Bett gekommen oder – wie so oft in letzter Zeit – auf dem Sofa eingeschlafen war, und sich dann leise aus der Wohnung davonstehlen.

Nein, er lag immer noch hier, und wer gegangen war, war stattdessen Meta.

Finzi richtete sich auf, warf die Laken von sich, kratzte sich am Oberschenkel und dachte an früher, um die Gegenwart noch ein bisschen auf Abstand zu halten. Früher war er nachts oft aufgebrochen, kurz zur Tanke, kurz zum Automaten, kurz an die Ecke, und er hatte immer ein ganz klares Ziel vor Augen gehabt: Was zu trinken und zu rauchen holen, oder wohin zum Trinken und zum Rauchen zu gehen. Er war Fachmann im Sich-Wegstehlen. Aber das war Expertentum aus der Zeit vor Meta. Und seit wann kannte die sich aus mit Abhauen?

Er ging im Dunkeln ins Bad, schob den Badezimmerläufer beiseite, um die kalten Kacheln unter den Füßen zu haben, ließ sich Wasser über den Kopf und den Oberkörper laufen, pinkelte ins Waschbecken und dachte: Ich hab sie darin unterstützt, die ganze Sache mit ihrem Exfreund Thorsten Stahmer geheim zu halten, am Ende war das vielleicht sogar meine Idee, weil ich dachte, das ist einfacher, als wenn sie sich von Behling in die Mangel nehmen lässt. Ich wollte einfach den ganzen Zirkus und das ganze Drama nicht, und das hab ich jetzt davon. Wenn man einmal anfängt mit den Geheimnissen, hört das lange wieder nicht auf, denn die Geheimnisse breiten sich aus.

Für einen Moment überlegte er, sich richtig zu beeilen und ihr nachzugehen, aber dann dachte er, nee, im Grunde war sein eigener Plan jetzt viel einfacher durchzuziehen, und am Ende hatten sie beide ein Geheimnis oder ein paar davon, die sie einander erzählen konnten, und dann waren sie quitt.

Sorgen machte er sich nicht, weil sie in der Dunkelheit verschwand. Sie war Polizistin. (Obwohl, am Ende hatte sie womöglich Adam dabei. Bei dem wusste man nie, wen er alles außer sich selbst in Schwierigkeiten brachte.)

Sorgen machte er sich um sie, weil ihr Name auf dem Schmierblatt dieses Irren stand. Aber um den würde er sich jetzt kümmern. Der würde ihm erklären, woher er Meta kannte. Wahrscheinlich von irgendeinem Fall, der nichts mit den Schultoten zu tun hatte. Jedenfalls wollte Finzi sich erst selbst einen Überblick verschaffen, bevor er diese neue Information auf Meta losließ.

Finzi zog sich an und wollte die Stablampe vom Sicherungskasten nehmen, griff aber ins Leere. Na gut. Hauptsache, Meta hatte Beleuchtung dabei.

Er bückte sich und griff unter den Schuhschrank, bis

er den Stoff zu fassen bekam. Er zog den Beutel von der Bücherhalle hervor und wühlte einen Moment darin herum. Erstaunlich, was sich so alles ansammelte im Laufe der Zeit, wenn man nicht alles, was man einkassierte, den Parkgaunern zurückgab oder in die Asservatenkammer schickte. Vielleicht musste er doch mal einen Stand machen auf dem Flohmarkt am Schlachthof. Hier waren zum Beispiel seine eigenen mit Quarzsand gefüllten Handschuhe, die er vor Jahren mal einem Spezialisten auf dem Kiez abgenommen hatte. Aber für die war es ihm heute zu heiß, seine Hände schwitzten schon beim Gedanken. Er kramte weiter. Butterflymesser waren zu theatralisch und außerdem schwer zu handhaben. Das Pfefferspray war wahrscheinlich inzwischen eingetrocknet, und Totschläger waren unbequem, wenn man so breite Finger hatte wie er.

Finzi nahm einen Teleskopschläger aus seiner Sammeltasche, schob sie wieder unter den Schuhschrank und steckte sich den Stab unterm Hosenbein in die Sportsocke. Gut, dass er in seiner Freizeit selbst bei der größten Hitze keine kurzen Hosen mehr trug, seit er bei der Fahrradpolizei war.

26. Kapitel

Danowski liebte Norddeutschland bei Nacht. Mehr als vieles andere. Zumindest ganz bestimmt mehr als bei Tag. Die hellgrünen Kathedralen der Alleebäume in den Kegeln von Jurkschats Fernlicht, dann, nach einem Wimpernschlag, die weiten schwarzen Flächen mit Nachtbuckeln aus Kornsilos und Biogasanlagen, in geraden Linien durchzogen von den rauschenden Knicks, die Richtung Nachthimmel ausfransten. Nur in den Molkereien brannte noch Licht, die Milch musste fließen, reißende weiße Kanäle in die durstigen Städte. Er rieb sich die Stirn. Eingenickt. Jurkschat riss am Steuer, vor ihnen Rehaugen wie blitzendes Metall auf Windschutzscheibenhöhe in der Fahrbahnmitte.

«Draufhalten», ächzte Danowski und zog sich am Haltegriff überm Beifahrerfenster in eine etwas würdevollere Position. Die schwarzen Dreizacke der Windräder mit ihren pingeligen roten Blitzen erinnerten ihn an seine Mutter und die toten Frauen von Friederikenburg. «Bei Wildwechsel bloß nicht am Steuer reißen.»

«Für jemanden, der einschläft, sobald man auf der A7 ein bisschen ARD-Nachtexpress anmacht, hast du ganz schön viele praktische Ratschläge», sagte Jurkschat mit so betont fester Stimme, dass er merkte: Sie hatte sich selbst erschrocken.

«Sind wir schon auf der 430?», fragte er und klopfte gegen das Navi wie Opa früher gegen das Barometer, wenn ihm das Wetter nicht behagte. Jurkschat seufzte. «Schon fast wieder runter», sagte sie. Er nickte. Paar Minuten noch.

«Wir müssen dann mal Kassensturz machen», sagte Jurkschat, die immer so komische Formulierungen hatte.

«Zwischenbilanz ziehen», feuerte Danowski sie an.

«Ganz genau», sagte sie, «mal alles sammeln, was wir wissen, und schauen, was in die offizielle Ermittlung einfließen sollte und was nicht.»

«Mit Finzi. Blick von außen.»

Sie zögerte einen Moment. «Klar.»

Danowski wunderte sich. Weil sie früher lange zusammen im Auto gesessen hatten, merkte sie das, ohne dass er was sagen musste.

«Er wirkt irgendwie … ich weiß nicht», sagte sie. «Ich glaube, er ist unzufrieden mit der ganzen Fahrradsache.»

«Neidisch», sagte Danowski.

«So weit würde ich nicht gehen. Aber vielleicht. Seit er nicht mehr bei der Kripo ist, verdien ich ja auch mehr als er.»

«Ich glaub nicht, dass er der Typ ist, den das stört.» Es gefiel ihm nicht, mit Jurkschat über Finzi zu reden. «Ich hätte ja gedacht, ihr beredet das alles die ganze Zeit im Detail. Wer sich warum wie fühlt und so weiter. Das ist doch immer eine deiner Lieblingsbeschäftigungen gewesen, drüber reden und so.»

Jurkschat hatte das Navi stummgestellt, aber der rote Pfeil bog in ein paar hundert Metern nach rechts, und da war im echten Leben am hellen Rand der dunklen Welt auch schon das gelbe Schild mit dem Pfeil in Schwarz.

«Wie meinst du das», sagte sie und griff sich mit der rechten Hand in den Pferdeschwanz.

«Früher hast du mich immer gefragt, wie dieses oder jenes für mich war oder ist, da dachte ich, das machst du bei Finzi auch», sagte Danowski. «Hände ans Steuer.»

Dreieinhalb Kilometer weiter die nachgeordnete Landstraße runter war die Welt zu Ende. Zumindest, was das Navi betraf. Da, wo auf dem Display noch die «Straße Ohne Namen» im Wald verschwand, war jetzt ein Bauzaun. Jurkschat stellte den Wagen zwischen einem Bauschuttcontainer und einem zum Abtransport auf der Europalette wartenden Dixiklo ab. Danowski stieg in die Sommernacht und genoss das Mondlicht auf seinen leeren Händen, bis Jurkschat ihm einen Klappspaten und die schwarze Tasche reichte.

«Ich würde gern die Hände frei behalten», sagte sie, und er merkte, dass es ihr nicht leichtfiel. Dann zeigte sie ihm auf dem Telefon, dass das alte Schullandheimgebäude etwa anderthalb Kilometer tief im Wald war. Der wagenbreite Waldweg vor ihnen schien leicht hellblau im Mondlicht, bevor er im Dunkel verschwand. Die Grasnarbe in der Wegmitte stand so hoch, dass hier offenbar seit dem Frühjahr niemand öfter als ein-, zweimal entlanggefahren war.

«Heißt das», fragte Danowski, «jetzt eigentlich Schullandheim oder Landschulheim?»

«Musst du vielleicht mal deine Frau fragen», sagte Jurkschat im kühlen Licht ihres Telefondisplays von unten.

Er deutete in Richtung Bauzaun, Schuttcontainer und Dixiklo. «Abriss oder Renovierung, das ist hier die Frage.» Jurkschat wurde immer geschäftsmäßig in diesen Situationen. Sie zuckte die Schultern und machte sich an den Fußelementen des Bauzauns zu schaffen, bis sie ihnen eine Lücke geöffnet hatte. «Eigentlich ist das ja immer die Frage», sagte Danowski und stieg durch, wobei er mit seinem dünnen Hemd am überstehenden Draht hängenblieb. «Ob das weg kann, oder ob man das wieder hinkriegt.»

Sie leuchtete in den Wald und merkte wie er, dass das Mondlicht reichte.

«Wir folgen dem Weg», sagte sie. Leicht geschwungen führte er sie nach rechts in den Wald und in ein gemeinsames Schweigen, denn das leichte Knirschen ihrer Schritte und die paar Fragen, die die Tiere der Nacht an sie oder aneinander hatten, schienen wichtiger.

«Scheiße, ist das ruhig hier», sagte Danowski, dem das alles nach ein paar hundert Schritten zu heilig und bedeutungsschwanger wurde. Jurkschat reagierte nicht. Dann ergab er sich dem Knistern der gemischten Wipfel, dem kindlichen Ruf von Uhu oder Kauz, der so wahnsinnig nachgemacht klang, dass er Jurkschat kurz vorwurfsvoll von der Seite musterte, aber sie hatte die Hände weit weg vom Gesicht und den Mund geschlossen. Vor allem ergab er sich seiner völligen Unwissenheit, was alles in der Natur Wachsende und Lebende betraf. Das waren keine Palmen hier, aber ansonsten …

Er wollte gerade Jurkschat ein wenig auf den Zahn fühlen, was die umgebende Vegetation betraf. Die kam doch vom Land. Das meinte er zu erinnern von der einen oder anderen durch biographische Details angereicherten Beschattungssitzung im gemeinsamen Wageninneren. Aber er kam nicht dazu, weil ein Schuss ihn daran hinderte, genauer gesagt dessen seltsam theatralisches Geräusch, breit wie eine Schneise durch den ganzen Wald, ihren Weg kreuzend, kurz vor oder hinter ihnen, wer vermochte das zu sagen.

Weil ihm immer zuerst das eigene Versagen einfiel, erinnerte Danowski sich an einen Vorfall in den stillgelegten Rettungsgängen des Elbtunnels und hoffte sofort, dass Jurkschat ihre Stablampe nicht anmachen würde, um nicht für noch mehr Gefahr zu sorgen. Damals hatten sie durcheinandergeleuchtet und waren hin- und hergerannt, bis er selbst geschossen hatte, jetzt dachten sie zum Glück das Gleiche: Ein Schuss hieß einfach nur auf den Boden, man ging nicht über Los, man begab sich direkt dorthin. Danowski fraß Rinde, frisches Gras, kleine Steine, vielleicht sogar den einen oder anderen Käferpanzer, das war ihm völlig egal. Ihre Dienstwaffen waren da, wo sie hingehörten, wenn man sich in der Freizeit in die Dunkelheit der eigenen Pläne begab: in den ihnen zugewiesenen Schließfächern der Waffenkammer.

Er drehte den Kopf vom Wegesrand Richtung Grasnarbe und sah, dass Jurkschat fast neben ihm lag. Die Tasche und den Spaten hatte er von sich geworfen. Sie streckte den Arm aus und zeigte dorthin, wo es so dunkel wurde, dass das Unterholz seine dritte Dimension verlor und zu einer schwach konturierten schwarzen Fläche wurde. Da sollten sie also hin. So schnell wie möglich, sie scheuchte ihn geradezu mit der Handfläche in Bodenhöhe.

«Nein», zischte Danowski und machte mit der flachen Hand: liegen bleiben.

Es brauchte nur einen weiteren Schuss, um ihn vom Gegenteil zu überzeugen, das war quasi Gedankenübertragung, sie waren beide gleichzeitig in Bewegung, so schnell und so niedrig wie möglich, Jurkschat deutlich vor ihm, besser im Training, die Kraft nahm sie ganz aus den Oberschenkeln, und wie hatte Gaitner ihm das erklärt? Aus der hinteren Muskelgruppe, da war bei ihm nicht so viel zu holen, aber es wuchs einem doch ordentlich was zu an Kraft, sobald auf einen geschossen wurde.

27. Kapitel

Beim sechsten oder siebten Anruf war eine Verbindung zustande gekommen. Nicht, dass der andere sich gemeldet hatte. Aber Finzi hatte am grünen Telefonsymbol und am Wegticken der Sekunden gesehen, dass jemand dran war. Und dann hatte es gereicht, dass Finzi gesagt hatte: Ich hab deine Unterlagen.

Er wusste aus Erfahrung, dass die Irren es schätzten, wenn man respektvoll von ihrem Schwachsinn sprach. Also nicht: Ich hab dein Zeug, deinen Kram, sondern eben: die Unterlagen. Dein Material. Und das wollte der Irre natürlich zurück. Finzi hatte ihn atmen gehört, dann die Antwort: Um ein Uhr nachts, alte Elbbrücken.

Freihafenelbbrücke, hatte Finzi in Gedanken korrigiert. Richtige Straßenbezeichnungen, da legte er Wert drauf, Berufskrankheit. Ein Uhr nachts fand er übertrieben romantisch, aber dass der Mann aus der Hecke ein schiefer Reifen war, wusste er spätestens seit dieser Zeitangabe mit Bestimmtheit. Andererseits war er gegen eins sowieso meistens wach, und jetzt passte das auch noch zu Metas eigenem nächtlichen Verschwinden.

Bis zur Brücke brauchte er mit dem Fahrrad keine zehn Minuten von ihrer Wohnung in der Gotenstraße in Hammerbrook, die früher mal seine allein gewesen war. Er liebte das Gefühl, wie die warme Sommernacht an ihm vorbeiflog, die Lkw auf dem Weg in den Hafen, die Autos auf dem Weg aus der Stadt, und am Rand von allem ein

Güterzug scheinbar ohne Anfang und Ende, der durch die graugelbe Dunkelheit schnitt wie eine rostige Metallkette durch trübes Wasser. Er war nicht allein, er war nicht der Einzige, der um diese Zeit wach war und zu tun hatte.

Fünfzig Meter vor der Brücke stieg er vom Fahrrad und legte es unangeschlossen in ein Gebüsch, damit er im Zweifelsfall schnell wieder wegkam. Der Anfang der Brückenbögen wölbte sich vor ihm dunkel und matt in den Himmel, die faustgroßen matten Nieten wie eine pingelige Prozession runder Käfer in ganz regelmäßigem Abstand. Die Luft roch nach Gräsern, Reifenabrieb, Abgasen und Hafenwasser, die Elbe schwarz zwischen ihm und der Eisenbahnbrücke nebenan. Finzi hasste das Wasser und die Vorstellung von sich selbst darin. Der Teleskopstab hatte auf dem kurzen Weg seine Körpertemperatur angenommen, und er mochte, wie fest er an seiner Wade lag.

Er hätte Meta was sagen sollen, von ihrem Namen auf dem karierten Blatt.

Finzi lief im Schatten der Brückenbögen auf den Fußgängerstreifen und zählte, wie weit es noch bis zur Mitte war. Vor allem wollte er, dass er den Mann aus der Hecke zuerst sah und nicht der ihn. Etwa zehn Schritte vorm vereinbarten Treffpunkt blieb Finzi stehen.

Vom Freihafen kam ein leichtes Dröhnen, das man überhören oder in das man eintauchen konnte wie in einen dünnen Nebel. Ein Lkw fuhr mit knatternder Plane an ihm vorbei, und der Boden schwankte unter seinen Füßen. Er war sicher, der einzige Mensch auf der Brücke zu sein, bis er getroffen wurde.

Finzi hörte das Geräusch, mit dem der Stein ihn oberhalb der Schläfe traf, bevor er den Schmerz spürte und das warme Pflaster des Gehwegs unter seinen Händen. Er drehte sich auf den Rücken und stieß sich mit den Füßen ab Richtung Brückengeländer, weil der Stein nicht vom Wasser gekommen war, sondern von schräg hinter ihm, womöglich aus einem fahrenden oder abbremsenden Auto. Er wollte so schnell wie möglich das Geländer an seinem Rücken spüren, um sicher zu sein, dass ihn niemand von hinten angreifen würde.

Daran, dass seine Wange kühl wurde im warmen Luftzug des nächsten vorbeifahrenden Lasters, merkte Finzi, dass ihm Blut übers Gesicht lief. Er saß auf dem Boden, lehnte sich an die Eisenstäbe des Geländers und angelte nach dem Teleskopstab unter seinem rechten Hosenbein. Aber seine Wade schien ihm aus dieser Position unerreichbar weit entfernt, und er wusste, dass der Schlagstock im Sitzen nutzlos war, man musste ihn von oben nach unten oder zumindest in gleicher Höhe anwenden.

Er stöhnte. Der Stein lag etwa einen halben Meter vor seinem Fuß, und er sah, dass er gar nicht groß war, kleiner als ein Hühnerei und ebenmäßig wie aus der Parkplatzbegrenzung einer Sparkasse im Neubaugebiet. Dann brach die Nacht zusammen, und Finzi stürzte in einen Abgrund von Licht. Mühsam fasste er hinter sich, um sich am Geländer festzuhalten. Er spürte ein dummes Liebesschloss.

«Hände hinter den Kopf», sagte eine Stimme direkt aus dem Licht. Finzi kniff die Augen zusammen. Das war lächerlich. Hier verstellte jemand seine Stimme, bis sie sich so anhörte, als versuchte eine Frau, wie ein Mann zu sprechen, oder umgekehrt, er konnte das nicht unterscheiden. Da sich seine Situation nicht dramatisch verschlechterte, wenn er der Forderung der Scheinwerferstimme nachkam, verflocht er seine Hände hinter dem Kopf. Es fühlte sich gar nicht schlecht an, so, als wäre zumindest er für sich selber da. Hier, nimm deine Hand.

«Wo ist das Material?», fragte der Mann oder die Frau, die ihn mit einem Scheinwerfer oder einer starken Stablampe blendete, sodass Finzi nichts erkennen konnte außer seinen orangeroten Augenlidern, wenn er versuchte, dem Licht zu entkommen.

«Natürlich nicht hier», sagte Finzi. Er hatte gelernt, bei Konfrontationen immer die Wahrheit zu sagen. Weil man damit Gedankenkapazitäten freihielt, statt sie mit Erfindungen zu blockieren, und zugleich die Gegenpartei verwirrte, weil die immer damit rechnen musste, dass man doch log.

«Red keinen Scheiß. Wo ist das Material.»

Finzi ließ langsam die Luft aus sich entweichen. «Ich bin seit dreißig Jahren Polizist. Ich geh nicht nachts allein an irgendwelche Treffpunkte und hab am Körper, was mein einziger Trumpf ist. Ich bin hier, um mit dem Chef zu reden.»

Für einen Moment zuckte der Lichtbalken, als hätte sich dahinter jemand kurz ein Lachen oder ein verächtliches Schnauben verkniffen. Finzi sah ein bisschen Himmel und was er für Möwen im Mondschein hielt. Möwen schliefen in der Luft, das hatte ihm jemand erzählt, dem er das geglaubt hatte.

«Der Chef», sagte die Stimme. «Sehr gut. Ich bin der Chef.»

«Glaube ich nicht», sagte Finzi. «Weg mit der Lampe, damit ich das sehen kann.»

«Ich will nur haben, was mir gehört.»

«Das Material?»

«Meine Unterlagen.»

«Wenn ich Steine an den Kopf kriege, verliere ich das Gedächtnis. Ich kann mich nicht erinnern, wo das Zeug ist.»

Daran, dass das Licht sich nicht bewegte und dass niemand kam, um ihn zu durchsuchen, merkte Finzi, dass die Person mit der Lampe alleine war. Was für ein Scheiß, dachte er. Eine sinnlose Platzwunde für ein albernes Patt. Der kriegt nicht, was ich ihm nicht geben will, und ich komm hier nicht weg, solange mir der Kopf aus dem Schädel läuft und ich vor lauter Licht nichts sehen kann.

Zu spät merkte er, dass das Licht heller wurde, weil es näher kam. Er war den Bruchteil einer Sekunde zu langsam, als es darum ging, die Arme von hinterm Kopf nach vorne zu bringen und den Schlag mit der Stablampe abzuwehren. Fast war er dankbar, als alles schwarz wurde. Er hörte das Klickern einer Warnblinkanlage und sah hinter geschlossenen Augen den pulsierenden Schein wie seinen eigenen Herzschlag. Er spürte, wie der Boden unter ihm beweglich wurde, als der andere ihn Richtung Straße schleifte und dann mit ein, zwei gekonnten Griffen über die Leitplanke wuchtete, aber ohne Rücksicht auf seinen Kopf. Als Finzi die Arme ausstreckte, um sich an der Fahrbahnbegrenzung festzuhalten, bekam er das Knie seiner nächtlichen Verabredung in den Rücken. Dann war ihm für die erste Hälfte eines Atemzugs, als schwebte er.

Ich hätte niemals zwanzig Kilo abnehmen dürfen, dachte Finzi und glitt mit den Fingern über die Innenauslage des Kofferraums, als wollte er einen Gebrauchtwagen noch an den unwahrscheinlichsten Stellen nach versteckten Mängeln prüfen.

28. Kapitel

Vor ihm verschwand Jurkschat, und Danowski nahm es als gutes Zeichen: Wenn sie sich unsichtbar machen konnte, dann er auch gleich, und das war schon mal ein Fortschritt, unsichtbare Ziele waren sehr schwer zu treffen. Bis dahin: einfach in Bewegung bleiben, solange die Oberschenkel mitmachen. Er ließ sich mit jedem gebückten Schritt das Gesicht peitschen vom Unterholz wie in einem für ihn erfundenen Bestrafungsritual.

Ein paar Meter tiefer merkte er, dass Jurkschats Unsichtbarkeit wie jede Zauberei am Ende leicht zu erklären war: ein morastiger Graben zwischen dem Forstweg und dem Waldrand, in den erst sie und jetzt er gerutscht war. Mit einem sanft schmatzenden Geräusch kam er neben ihr zu liegen, wie sie in Berlin zu sagen pflegten. Er sehnte sich nach zu Hause. Und zwar nicht in den dusseligen Hainbuchenweg, Nähe Stadtpark, City Nord und Polizeipräsidium, auch nicht so richtig nach Finkenwerder und Selbstverteidigung mit Stella und Martha im Garten, stellte er mit schlechtem Gewissen fest, sondern mehr so nach früher, einschlafen am Schlachtensee, Hängematte im Garten in der Kaiserstuhlstraße, er allein abends immer noch draußen, obwohl es längst dunkel war, aber hatten sie da überhaupt je eine Hängematte gehabt? In seiner Erinnerung passte es nicht zu seinem Vater und nur bedingt zu seiner Mutter. Für einen Moment wurde sein ungutes Gefühl, sich hier im Morast vor einem zu verstecken, der auf sie geschossen hatte, von einer weiteren Beklommenheit überlagert: Er musste sich dringend bei seinen Brüdern in Berlin melden, sie mussten beratschlagen, was sie mit dem Haus ihres Vaters machen sollten. Er ahnte, dass das schwierig werden würde. Friedrich oder Karl würden da einziehen wollen, einer oder beide, das Haus war groß genug für zwei Familien, aber sie hatten kein Geld, um ihn auszuzahlen, und wollte er das überhaupt? Wäre es nicht besser, alles zu verkaufen und Berlin endlich hinter sich zu lassen? Und fiel einem, wenn man sein Leben bedroht fand, auf den letzten Metern immer noch allerhand ein, das man dringend erledigen musste? Vielleicht war die offene To-do-Liste die kleine Schwester der Todesangst.

Er spürte Jurkschats Hand am Oberarm und sah in ihre glatten, dunklen Augen über sich, und für einen kleinen Moment hatte er die Illusion, sie wäre transparent und durch ihre Augen liefen die leuchtenden Wolkenfetzen des Nachthimmels. Sie legte hart den Finger auf ihre Lippen, als hätte er jetzt einen Vortrag halten können. Danowski wollte sich zur Seite drehen, aber sie hielt ihn fest.

Schritte vom Weg. Drei, dann vier, eine Pause, noch mal zwei. Danowski dachte an Stiefel und einen schweren Menschen. Dann ein metallisches Einrasten. Keine zehn Meter hinter ihnen regneten die Blätter von den Bäumen, als wollte jemand den Herbst erzwingen. Der Schall reiste durch den Nachtwald wie auf einem Reisigbesen.

Er hörte, wie Jurkschat seufzte, aber mehr so Richtung: Meine Güte, wie blöd kann man sein.

«Schrot», zischte sie in seine Richtung, aber die Information änderte nichts an der Tatsache, dass er nichts davon abkriegen wollte. Jurkschat, die ihn insgesamt gesehen doch immer mal wieder erstaunte, inzwischen viel häufiger als früher, richtete sich halb auf, bis ihre Knie fest im Morast ruhten, und rief nach links in die Dunkelheit: «He! Feuer einstellen!»

Danowski packte sie an der schmalen Schulter, aber sie war wie immer stärker, als er gedacht hätte, und bewegte sich nicht einen Zentimeter, sondern lauschte gespannt zum Forstweg.

«Bist du bescheuert?» Das konnte man nicht flüstern, aber er gab sich Mühe. Feuer einstellen. Wer sagte so was.

Vom Weg hörte er jemanden auf Plattdeutsch fluchen, verschiedene Wortbildungen mit Schiet waren unverkennbar.

«Aufhören zu schießen», rief Jurkschat noch mal, und er war dankbar für die aus seiner Sicht klarere Ansage.

«Was seid ihr für Schwachköppe!»

Jurkschat zog ihn hoch. Sobald er stand, spürte Danowski den Matsch an seinen Jeansknien. Mit zwei Schritten waren sie auf dem Weg. Es war nicht der erste Jäger, den Danowski in seinem Leben gesehen hatte, aber über ein bisschen Gamsbarthut und Lodenjoppe hätte er sich schon gefreut. Stattdessen dunkle Funktionsjacke, Wanderhose, Laufschuhe, die Flinte glänzte im Mondlicht wie ein kostbares Küchengerät, alles ganz edel, da mochte jemand Ausrüstung, dünne Mütze sportlich ganz weit in den Nacken geschoben. Ende fünfzig, mehr Fleisch im Gesicht als sonst wo am Körper, schwitzend, da half das ganze atmungsaktive Zeug nichts.

«Habt ihr sie noch alle, hier im Dunkeln rumzuhuschen?» Danowski kannte den Holsteiner Sound von seinen Ostseeferien und von der einen oder anderen Ermittlung früher am Stadtrand: Man wusste nie so ganz, ob man gerade angefrotzelt oder zur Sau gemacht wurde. Er beschloss, das alles erst mal Jurkschat zu überlassen. Was offenbar sowieso ihr Plan gewesen war.

«Können wir nur zurückgeben, die Frage», sagte sie, «vor allem, weil ja wohl Schonzeit ist. Ist ja lebensgefährlich, hier einfach so rumzuballern.»

Aber das war ein Fehlgriff. Der andere legte sich die Flinte über die Schulter, als wollte er den Städtern zeigen, dass man in ihrer Gegenwart sowieso nichts anderes tun konnte als lang zu schnacken.

«Nee, Mädchen», sagte er, als wäre ihm der Buchstabe d unbekannt, «is zwar nicht gerade Hochsaison, aber für Rehböcke is nur im Frühjahr Schonzeit. Außerdem weißt du ja nicht, ob ich auf Waschbären gehe, die haben gar keine.» Offenbar, stellte Danowski fest, gab es in Norddeutschland nicht nur das Golfplatz-Du, sondern auch das Auf-freier-Wildbahn-fast-abgeknallt-Du.

«Sehen wir aus wie Waschbären?», fragte Jurkschat.

«Du nich», sagte der Jäger unverschämt. «Aber er hier. Schon'n bisschen so Waschbären-Statur, nicht wahr. Vor allem die Hände.»

«Das sind sehr intelligente Tiere», sagte Danowski, der insgesamt dankbar war, in den nächsten Minuten mit an Sicherheit grenzender Wahrscheinlichkeit nicht erschossen zu werden. Andererseits immer ärgerlich, wenn so was wie Schüsse in der Nacht nichts mit dem Fall zu tun hatten, weil das dann hieß, dass man womöglich umsonst nachts hundertzwanzig Kilometer von zu Hause Richtung Hohwachter Bucht im Wald herumkroch.

«Die sind sogar zu intelligent», sagte der Jäger. «Zu intelligent, um sich nachts auf Privatgelände rumzutreiben. Sauerei ist das.»

«Wir haben uns verlaufen», sagte Danowski.

«Erzählt mir doch keinen Scheiß. Ihr kommt hier aus Hamburg rauf, keine Ahnung, warum, einer nach dem anderen, und macht hier irgendeinen Scheiß, brecht die Türen auf, schmeißt die Scheiben ein, irgendwelche Arschlöcher klauen die alten Tische und Stühle für ihre Möbelgeschäfte, so Hipsterkram, der ganze Retroschiet, ihr klaut alles, was nicht niet- und nagelfest ist, aber mir reicht das jetzt, ihr bumst hier rum oder was auch immer, ich hab den ganzen Schietkram jetzt abreißen lassen, letzten Herbst schon.»

«Dann gehört Ihnen das hier alles?», fragte Jurkschat und suchte offenbar was zum Schreiben.

«Aber sicher. Wem sonst.»

«Und Sie haben ans Waldheim verpachtet?»

«Bis die Arschlöcher pleitegegangen sind. Könnt ihr mal sehen. Typisch Pädagogen. Kriegen Fördermittel oben und unten reingeschoben, und dann setzen sie das Ding am Ende trotzdem in den Sand. Ich bin auf zwei Jahren offener Pacht sitzengeblieben. Und das Haus war auch runter.»

«Das Haus ist weg?», fragte Jurkschat.

«Absolut.» Triumphierend. «Nur der Container mit den Einbauten steht noch hier rum. Den Abtransport will der Insolvenzverwalter nicht zahlen. Mir egal. Da läuft zwar die ganze Zeit die Uhr, aber ich zahl das nicht mehr. Entweder ein neuer Investor, oder das kommt am Ende doch aus der Insolvenzmasse. Ich zahl da nichts.»

Jurkschat hatte jetzt doch ihren Polizeiausweis und die Dienstmarke rausgezuppelt.

«Darf ich mal Ihren Waffenschein und den Jagdschein sehen, bitte?»

Der Jäger holte eine kugelschreibergroße Stablampe aus der Innentasche, warf einen Blick auf Jurkschats Ausweis und sagte: «Interessiert mich erst mal gar nicht, mit dem Astra-Wappen da.» Aber seine Tonlage hatte sich verändert. Das Nassforsche ging inzwischen deutlich ins Klamme.

«Astra-Wappen ist ja eher ein Herz», sagte Danowski.

«Aber ich will man nicht so sein. Müsst ihr aber mit zu mir nach Hause kommen. Ich wohn auf der anderen Seite vom Wald, hinterm Gelände vom alten Waldheim. Könnt ihr euch auch gleich das Fundament angucken, das ich da gegossen habe. Also hab gießen lassen. Von Lütjenburg sind die gekommen, mit drei Betonmischern. Diese Woche. Ist noch nass. Nicht betreten, klar.»

Danowski warf Jurkschat einen Mondblick zu. Sie zuckte kurz mit der Unterlippe: Ja, der Typ war nicht in Ordnung, sah sie auch so.

«Versteh ich nicht», sagte Danowski.

«Du musst ja was machen, damit die Baugenehmigung erhalten bleibt. Baumaßnahmen einleiten und so was. Das Waldheim ist weg, aber ich hab für die nächsten Käufer ein schönes Betonfundament gießen lassen, fast vierhundert Quadratmeter. Ist noch frisch. Riecht ihr das nicht?»

Stadtnase. Danowski roch nur Wald und das verschossene Pulver vom Flintenlauf. Dafür war er empfindlich.

Jurkschat nickte. «Stimmt. Da ist Beton in der Luft.»

«Und was waren das für Arschlöcher aus Hamburg», fragte Danowski, «die hier immer wieder vorbeigekommen sind?»

Sie liefen jetzt hinter dem Jäger her, Waldspaziergang zu dritt, da unterhielt man sich doch.

«Keine Ahnung. Irgendwelche Typen. Seid ihr deshalb hier?» Mit einem leichten Anflug von Hoffnung.

«Wäre zumindest interessant für uns», sagte Jurkschat.

«Immer die gleichen zwei, drei Autos. Über Jahre. Immer mal wieder.»

«Ich glaube, Sie sind genau der Mann, der sich die Autonummern aufschreibt von Leuten, die sein Privatgelände betreten», sagte Danowski.

«Klingt negativ, wenn man's so sagt, aber stimmt, ja, irgendwo hab ich die. Guck ich gleich.»

Jurkschat machte einen dunklen Walddaumen nach oben. «Sagt Ihnen vielleicht der Ausdruck *ex silvis* was, aus den Wäldern?»

«Klar. War das Motto von den Spinnern vom Waldheim. Groß über der Tür.»

Danowski nickte zu Jurkschat. Sie machte eine kleine Beckerfaust in Hüfthöhe, es sah ungelenk aus, und er musste lächeln. Jetzt brauchten sie nur noch die formale Bestätigung. Aber sie wussten, dass Thorsten Stahmer hier als Kind gewesen war. Und dass Frank Jablonski sich das Motto hatte stechen lassen, sagte im Grunde schon alles.

Das Licht aus dem Wald veränderte sich, es nahm eine etwas dichtere Qualität an, flächig, hellgrau. Durch die Bäume schien, was der Grundbesitzer hatte gießen lassen: das leicht trapezförmige graue Betonfundament, das feucht auf einer Lichtung vom Mond beschienen wurde. Je näher sie kamen, desto mehr beschleunigte sich der Schritt des Rehwild- oder Waschbärenjägers, Danowski kam kaum noch mit, plötzlich ging alles sehr schnell, das

Gehen durch den Wald und auch, dass der Mann mit der Schrotflinte immer wütender wurde, Danowski hörte ihn schnaufen.

Am Rand der Lichtung blieben sie stehen, der Weg ein wenig abschüssig hinunter zum Betonfundament.

Wahnsinn, wie viele Leichen man da einbetonieren könnte. Die Teilnehmer einer ganzen Klassenfahrt. Und dann schweifte er ab und dachte daran, wie Stella ihn mit sechs einmal abends im Bett, nachdem er ihr vorgelesen hatte, gefragt hatte, was Laich ist. Und Danowski hatte *Komet im Mumintal* zugeklappt und ihr erklärt, wie die Fische und die Frösche aus ganz vielen feuchten, glibschigen Eiern entstanden, die im Wasser zusammenklebten, und dass die aus den Fischen kamen oder den Fröschen, und dass man diese Eier Laich nannte.

Stella hatte im Dunkeln so blicklos geguckt wie Jurkschat jetzt und nachgedacht und ihn gefragt, warum er denn in seinem Beruf so viel mit Laich zu tun hätte. Danowski, der es gewöhnt war, Fragen über seine Arbeit nicht so ohne Weiteres beantworten zu können, sagte: gar nichts.

Stella: Aber du erzählst doch immer davon.

Er: Immer?

Stella: Neulich abends. Als du Mama erzählt hast, dass ihr bei der Arbeit wieder ganz kleinen Laich gefunden habt.

Und Danowski wusste noch, wie Stella immer wütender geworden war, weil er sie nicht verstand, wütend und traurig, damals, in der alten Wohnung mit Blick auf die Aral-Tankstelle in Bahrenfeld: einen kleinen Laich, Papa, Laichchen!

Und irgendwann hatte Danowski begriffen, dass sie «Leichen» beim Hören des Elterngesprächs über den Flur für die Verkleinerungsform von «Leich» gehalten hatte, so, als wäre etwas großes Totes «Leich» und etwas kleines «Leichen». Als er versucht hatte, ihr die Wahrheit zu erklären, hatte ihn die Sechsjährige immer wieder gefragt: Aber woher kommt denn das Wort? Woher kommt denn das?

Getröstet hatte er sie irgendwann, und eingeschlafen war sie auch, aber woher das Wort Leiche kam, wusste er bis heute nicht. Nur, woher die Leichen kamen, das verstand er von Fall zu Fall.

«Seht ihr diesen Schietkram?», schnaufte der Jäger und holte eine noch größere Stablampe aus einer anderen Tasche seiner Funktionsjacke. «Die sind mir durchs Fundament gelaufen.»

Er leuchtete in Richtung Betonfundament, aber in Wahrheit erkannte man die Konturen auf dessen Oberfläche im tanzenden Kegel schlechter als ohne. Jurkschat legte ihm die Hand auf den Arm, bis er die Lampe sinken ließ. Danowskis Augen gewöhnten sich noch besser an die schwindende Dunkelheit, und nach drei, vier Atemzügen konnte er lesen, was hier jemand in ziemlich geraden Schritten in den feuchten Beton getrampelt hatte, bis drei, vier Meter hohe Buchstaben darin standen:

MARDER
MÜSSEN
STERBEN

«Auch Hausmarder haben das ganze Jahr über keine Schonzeit», sagte Jurkschat. «Stimmt schon.»

Sie traten einen Schritt vor, aber der Jäger, dem das Land gehörte, folgte ihnen nicht. Die Dunkelheit hielt sich fest in den Mulden und Furchen der getretenen Buchstaben, während die Oberfläche des Betons nach und nach vom Mondlicht Richtung Morgendämmerung glitt.

«Da steht nicht Marder», sagte Danowski. «Das ist kein A. Das ist ein O. Oder ein Ö. Da, wo die Fußspuren weggehen vom Fundament, das sind die Punkte auf dem Ö, die sind ...»

«Stimmt», sagte Jurkschat, «das ist aber wirklich schwer zu erkennen, das Wort Mörder ist nicht besonders sauber gearb...»

Danowski wusste sofort, dass irgendwas falsch und daher unbedrohlich war am Geräusch des nächsten Schusses und dass der Angriff diesmal nicht ihnen galt, denn dieser Schuss klang gedämpft, zugedrückt, mehr wie etwas Platzendes, und statt Blättern und Schrotresten ging etwas anderes auf sie nieder, ein dunkler Niesel, durchmischt mit einer Art Graupel, organisch, wie Danowski durch die Nase merkte, und er griff nach Jurkschat und sie nach ihm, während sie sich umdrehten und zurückwichen Richtung Betonlichtung.

Ein paar Meter hinter ihnen sackte der Körper des Jägers, von dem sie bisher weder den Jagd- noch den Waffenschein gesehen hatten, entlang seiner Schrotflinte Richtung Boden. Wo sein Kopf gewesen war, gab ein wegkippender Stumpen aus Halsgewebe, Schädelknochen und Kieferresten den Blick frei auf Vögel, die aus den Bäumen aufflogen.

29. Kapitel

Scheff hatte gerade eine Sitzposition an einem Baumstamm mit recht glatter Rinde gefunden, in der ihm weder seine OP-Narbe noch der Hintern weh taten, wenn er sich einfach ein bisschen anlehnte. Buche oder so was. Er fragte sich, wie lange er hier warten sollte und ob er am Ende wirklich seine Unterlagen wiederkriegen würde. Das hatte Neunauge ihm versprochen. Neunauge hatte sich bei ihm entschuldigt. Er hatte ihm über das alte Forum geschrieben, die Adressen gab es immer noch. Noch unten aus dem Krankenhaus, da stand ein öffentlicher Computer, wie im Hotel. Dann hatten sie sich getroffen. Öffentlicher Ort, darauf hatte Scheff bestanden. Machte man doch so. *Gosch* am Hauptbahnhof. Ich bin durchgedreht, hatte Neunauge gesagt mit diesem schönen Ferienton in der Stimme, seit Jahren mache ich mir Sorgen um Ecki und Thorsten und Frank und wo die sind, und dann kommst du und fragst nach ihnen, da habe ich gedacht, was, wenn Scheff dahintersteckt. Darum, hatte Neunauge gesagt, hab ich zugeschlagen. Ich wollte das nicht. Das war die Trauer und die Wut, verstehst du. Das war ich nicht.

Und nachdem Scheff jahrelang da im Forum quasi an Neunauges Lippen gehangen hatte, virtuell, wenn man so wollte, Neunauge, das war ja der Boss für ihn gewesen, der Guru, und jetzt bat der ihn um Verzeihung. Das war ihm runtergegangen wie allerbestes Öl, extra vergine, kaltgepresst, vom Feinsten. Also war er jetzt doch wieder

Team Neunauge, oder etwa nicht? Außerdem hatte der ihm versprochen: Wir kriegen deine Unterlagen zurück, deine Aufzeichnungen, dein ganzes wichtiges Wissen, Scheff, ich kenn den, der die hat, und den hol ich jetzt hierher zur Hütte.

Aber die Hütte hatten sie nicht gefunden. Na gut, dann wenigstens hier zum Waldheim, das kann ja nicht weit sein. Warte hier, hatte Neunauge zu ihm gesagt. Und gewartet hatte er dann. Allein mit seinen Gedanken. Frank und Thorsten waren immer noch tot, und er fürchtete, dass Neunauge was damit zu tun hatte. Und keiner wusste, wo Ecki war, aber scheißegal, Scheff war wieder in Play, back in the game, schon die ganze Anfahrt, es war im Grunde wie früher gewesen, er auf dem Rücksitz einer schönen alten Mercedes-Limousine, die Neunauge besorgt hatte, ab in den Sonnenuntergang, immer der Nase nach, und die Nase Richtung Waldheim. Neben sich einen nagelneuen Rucksack, Schlafsack, alles mit Sack, frischen Proviant, Wasser, scheiß drauf, Cola war auch dabei, Cola war the best.

Scheffler, den sie Scheff nannten, drehte sich ein bisschen zur Seite, um die Colaflasche rauszuholen. Die war sogar noch kühl, glitschig von Kondenswasser in seiner Hand.

Worüber er nicht so froh war: dass Neunauge ihm sein Telefon abgenommen hatte. Wobei, abgenommen. Er hatte es ihm gegeben. Gleich am Hauptbahnhof. Weil Neunauge so überzeugend gesagt hatte: Sonst können die uns orten. Und als Scheffler hatte fragen wollen, wer?, und wieso orten?, war Neunauge auch schon wieder weg gewesen und hatte ihn hier in der Nähe vom abgerissenen Waldheim und vom noch frischen Betonfundament zurückgelassen.

Waldheim. Darüber war er auch nicht so froh. Die ganze Scheiße. Wie sie ihn durch den Wald gejagt hatten. Ohne Hose. Die Dreckschweine. Und später dann groß einen auf seine Kumpels machen. Wir schulden dir noch was, Scheff. Verdammt richtig. Sie schuldeten ihm was.

Er bekam die Colaflasche zu fassen, drehte den Plastikverschluss auf und hörte das tröstliche Zischen im dunklen Wald. Fast wie nach Hause kommen. Was immer das überhaupt bedeuten sollte. Um die Vorfreude ein bisschen zu verlängern, rieb er seine betonverschmierten Schuhe aneinander. Die waren jetzt langsam endgültig hinüber, die Feuchtigkeit war gleich durchgegangen, als er die Buchstaben ins Fundament getreten hatte.

Das war natürlich wieder so eine Guerilla-Aktion von ihm gewesen. Scheff, du immer mit deinen scheiß Guerilla-Aktionen. Aber das hatten sie immer irgendwie anerkennend gemeint, auch wenn er dafür auf die Fresse gekriegt hatte. War ja beides immer eingepreist, Anerkennung und Schläge. Oder lachten die sich über ihn kaputt hinter seinem Rücken?

Scheffler, den sie Scheff nannten, musste zugeben, dass er mit der Fischerhütte Mist gebaut hatte: dass er vergessen hatte, wo die war. Hier irgendwo in der Nähe. Ein See nicht weit vom Waldheim. Oder war das mehr Richtung Ostsee gewesen? Und warum hatte Neunauge das nicht gewusst? Klar, weil er nie dabei gewesen war, wenn sie auf die Jagd gingen, er hatte immer nur Tipps gegeben auf seiner Seite und im Forum. Das ganze Geld, das Scheff ihm dafür bezahlt hatte. Und jetzt konnte er sich nicht mal erinnern, wo Thorstens dämliche Hütte war.

Scheff lag im Dunkeln im Wald und dachte: Was bist du

für ein Scheißversager. Aber scheiß drauf. Einsicht ist der erste Schritt zur Besserung. Dieser Weg wird kein leichter sein! Back on top. Dauerte halt nur manchmal ein bisschen.

Das mit den Häschen hatte auch nie so richtig gut geklappt. Wenn, dann waren die Häschen aus Mitleid zu ihm gehoppelt, oder er hatte da echt grob übertrieben bei der Klassifikation. Und es hatte ewig gedauert, bis ihm klargeworden war, dass er als Einziger oder viel länger als die anderen vom inneren Kreis dafür bezahlt hatte. Das kotzte ihn ein. Richtig tief reingetrieben hatten sie ihn damit. Privatinsolvenz und so weiter. Wärst du eh reingekommen, hatten sie ihm gesagt. Als ob.

Und vielleicht hatten vor allem Thorsten und Frank am Ende noch am wenigsten gelacht über ihn, Ecki auch, und darum musste er das einfach mal loswerden: dass Mörder sterben müssen. War ja so. Mal als ganz einfache Feststellung. Logik und Bibel und so weiter. Wenn Neunauge jetzt wirklich den Typen holte, der Scheffs Unterlagen geklaut hatte, dann war das genau die richtige Begrüßung für den. Wenn der die Unterlagen geklaut hatte, in denen Scheff festgehalten hatte, mit wem Scheff schon geredet hatte über das Verschwinden von Ecki, Thorsten und Frank, dann hatte der womöglich selbst was mit der ganzen Sache zu tun. Warum sollte ihm einer sonst so was wegnehmen. Also sagte Scheff schon mal, wo der Hammer hing: Mörder müssen sterben. Er musste grinsen. Franks alter Spruch. Hammerleben, Wendehammer, Hammerzehen? Wie war das noch gegangen? Fränkie. Der hatte die Dinge immer nur so rausgehauen. Immer die gleichen, aber egal.

Scheff setzte die frische Colaflasche an die trockenen Lippen und spürte das tröstliche Plastik, voller Vorfreude auf den ersten großen tiefen unendlichen Schluck und dann das Absetzen, wenn die Kohlensäure ihm in der Kehle brannte und er am Gewicht in seiner Hand spürte, dass die Pulle noch zwei Drittel voll war. Er schloss die Augen, und es wurde noch dunkler.

Der Moment dehnte sich aus, und mittendrin hörte Scheffler einen Schuss von der anderen Seite des Betonfundaments, Schrotflinte, damit kannte er sich aus seit damals, der Besitzer vom Waldheim war damals immer schon damit auf Bachen und Frischlinge gegangen und hatte ihnen die zerfetzten Biester dann am nächsten Tag in der Waschküche gezeigt. Junger Typ damals, aber wie alt musste man sein im Kopf, um auf Tiere zu schießen. Tiere waren doch das Beste, was es gab auf der Welt. Tiere und Häschen.

Scheff fluchte zischend durch die geschlossenen Zähne, weil ihm die Flasche aus der Hand gefallen war und er hörte, wie die Cola in den Waldboden gluckerte, lunk, lunk, dann war die versickert. Er riss den Rucksack nach oben und stützte sich am Baum ab, dann taumelte er ein paar Schritte weiter ins Dunkle. Von der anderen Seite des Waldes, da, wo der Schuss abgegangen war, hörte er Leute reden, jemand fluchte laut, und Scheff dachte: Scheiße, jetzt kommen sie, das ist alles wegen mir, das ist wegen der Mörder-Sache, die ich in den Beton geschrieben habe, sie haben die Botschaft genau verstanden, und jetzt beginnt die Jagd auf mich im Wald, und der einzige Unterschied ist, dass es Nacht ist und nicht wie damals, als ich zum ersten Mal hier war, ein Frühsommertag, und dass ich diesmal eine Hose anhabe, und damals hatten sie mir die weggenommen und sie versteckt.

Und dann wusste er es plötzlich ganz genau, da war mit einem Mal genau diese Klarheit, die ihm so lange gefehlt hatte. Neunauge hatte ihn zusammengeschlagen, damit er aufhörte, nach Fränkie und Thorsten zu forschen. Neunauge hatte sich mit ihm vertragen, um ihn hierherzulocken. Jetzt schoss Neunauge auf ihn. Neunauge wollte ihn töten. Und warum? Das hämmernde Warum nahm ihm jede Angst, und er spürte, dass er dabei war, seinen Verfolgern zu entkommen, der Boden wurde fester unter seinen Füßen. Neunauge wollte ihn töten, weil er schon die anderen getötet hatte. Neunauge wollte alles für sich behalten, alles Geld, das ihm Scheffler und viele andere bezahlt hatten, und alle Häschen auf der ganzen Welt.

Scheffler duckte sich am Rand des Waldweges in die Dunkelheit. Seine Rippen taten weh, eigentlich bei jedem Atemzug, aber das merkte er umso mehr, je enttäuschter er von Neunauge war. Hier im Wald war Neunauge im Vorteil, aber irgendwann musste Neunauge wieder zurück nach Hamburg, dahin, wo Scheffler ihn schon letztes Mal gesucht hatte. Diesmal würde er ihn finden. Er würde ihm auflauern, und dann würde Neunauge bezahlen für alles, was er getan hatte, und für jedes Versprechen, das er nicht gehalten hatte.

30. Kapitel

Finzi ärgerte sich. Vor allem über sich selbst. Es bestand, davon war er überzeugt, kein Anlass zur Sorge. Er hatte nicht dieses Gleich-bist-du-tot-Gefühl, das er vor Jahren im Keller mit der Senyora gehabt hatte. Was daran lag, dass er es hier eindeutig mit einem Amateur zu tun hatte. Niemand, der was davon verstand, warf einen ungefesselt in einen Kofferraum.

Mit Amateuren hatte er bei der Arbeit nur ungern zu tun, die hatten ihn schon im Park genervt, all die Fünfzehnjährigen, die angeblich von irgendwelchen Kumpels, deren Nachnamen sie nicht kannten, gebeten worden waren, nur mal kurz ihre zwanzig Gramm Gras zu halten, während die Kumpels pinkeln gingen und nicht wiederkamen, wenn sie das Polizeifahrrad sahen. Amateure waren anstrengender als Profis. Ein Profi hätte es gar nicht so weit kommen lassen, dass Finzi sich überhaupt den Kopf darüber zerbrechen musste, wie er sich jetzt aus der Situation befreien sollte. Profis konnte man über sich ergehen lassen, aber hier musste er handeln.

Das Blut war fast getrocknet, sein Kopf war klar, die Schmerzen erträglich. Es war nur wahnsinnig heiß hier drinnen, er schwitzte so sehr, dass er nicht denken konnte. Mühsam zog er sich sein kurzärmeliges Hemd aus, um sich den Schweiß und das Blut abzuwischen. Seltsamerweise fühlte er sich nicht angreifbarer mit freiem Oberkörper, sondern eher stärker, wie ein Gladiator oder ein

Stammeskrieger, und er genoss das Gefühl der kratzenden Kofferraumauslage an seinem Rücken.

Am Motoren- und Asphaltgeräusch meinte er zu erkennen, dass sie die Stadt verlassen hatten, von den Elbbrücken aus mit Sicherheit Richtung Osten, und dass sie auf einer Bundesstraße waren. Die Rückbank war umlegbar. Zwar nur vom Innenraum aus, aber möglicherweise würden zwei, drei feste Tritte genügen, um den Widerstand der Arretierung zu überwinden. Alternativ konnte er die Hutablage herausbrechen, die die dreißig, vierzig Zentimeter zwischen Rückbank und Heckscheibe verdeckte. Vorteil an der Variante Rückbank war, dass er gleich versuchen konnte, seinen Gegner von hinten zu überwältigen. Verbunden mit einem gewissen Risiko bei etwa achtzig, neunzig auf der dunklen Landstraße. Vorteil an der Variante Hutablage war, dass sein Gegner zum Handeln gezwungen war, wenn Finzi da den Kopf rausstreckte und rumkrakeelte. Besondere Waffen hatte der andere ja offenbar nicht.

Immer dieser Aufwand, dachte Finzi. Man könnte natürlich auch einfach liegen bleiben. Übrigens tat ihm zum ersten Mal seit Monaten die Bandscheibe nicht weh. Vielleicht musste er das mal der Krankengymnastin sagen: Embryohaltung in warmer Umgebung hilft, immer schön tief in den Bauch atmen. Die Luft war auch nicht viel dicker als sommernachts in Hammerbrook. Er nahm ein paar Züge davon, tastete nach dem Teleskopstab, zog ihn aus seiner Sportsocke und merkte dann, wie der Wagen langsamer wurde. Das Radio wurde leiser, dann schaltete der Fahrer es ganz aus, und über die Räder, zu nah an seinen Ohren, meinte Finzi ein halblautes Fluchen zu hören wie von jemandem, der sich verfahren hatte. Dann blieb der Wagen stehen.

Finzi ärgerte sich noch mehr, denn jetzt hörte er Stimmen. Er hatte zu lange gewartet. Der Amateur hatte sich vermehrt. Das war richtig ungünstig. Die Wahrscheinlichkeit, dass einen ein paar planlose Amateure aus Versehen umbrachten, war wesentlich größer als die, dass das einem Einzelnen allein gelang.

Er musste sich jetzt entscheiden: mit dem Schlagstock warten, bis jemand den Kofferraumdeckel öffnete, und dann sofort losprügeln in eine unübersichtliche Situation, oder, solange das Auto leer war, weil draußen Amateure konferierten, in den Innenraum kommen und versuchen, Herr der Lage zu werden.

Finzi drehte sich, so gut es ging, mit dem Kopf Richtung Heck und trat dann aus falschem Winkel mit aller Kraft von hinten gegen die Rückbank. Das war leider sehr laut, und erst mal passierte gar nichts. Beim dritten Tritt hatte er das Gefühl, in seinem Fuß oder in der Bank ginge endlich was kaputt, beim fünften klappten zwei Drittel der Bank nach vorn. Hatte das jahrelange Fahrradfahren im Dienst sich am Ende also doch gelohnt.

Er lachte vor Erleichterung, denn das Erste, was er sah, war blaues Licht, das den Innenraum des Wagens rhythmisch konturierte. Er zwängte sich durch die Öffnung und sah, dass sie tatsächlich am Rande einer Bundesstraße standen, Alleebäume im Dunkeln, vor ihnen ein Touran der Polizei von Schleswig-Holstein, Kreis Stormarn, und zwei Kollegen, die sich mit einem Mann Richtung rechter Frontscheinwerfer bückten. Der leider kaputt war, sodass Finzi den Mann nicht erkennen konnte.

Finzi wälzte sich auf die Rückbank, bis er sitzen konnte, dann versuchte er den Türgriff, verschlossen. Mit dem Schlagstock klapperte er von innen gegen die Scheibe und rief: «He! He! Hier bin ich!», bis es ihm selber viel zu laut schien.

Scheiße, dachte er. Wie war das noch mal mit den Amateuren und den Profis? Und wer ist eigentlich der Amateur, der mitten in der Nacht auf eigene Faust aufgebrochen ist und sich in den Kofferraum eines vermutlich gestohlenen Autos hat werfen lassen?

Durch die Frontscheibe des Autos, in dessen Kofferraum er die letzte halbe Stunde gelegen hatte, sah er, wie der eine Streifenpolizist die Hand an die Dienstwaffe legte und langsam auf ihn zukam, während der andere nach seinem Funkgerät griff.

«Ich bin ein Kollege!», schrie Finzi. «Kripo Hamburg!» Wobei, das stimmte schon seit drei, vier Jahren nicht mehr. Aber sollte er rufen «Verkehrspolizei, Abteilung Fahrradsicherheitstraining an allgemeinbildenden Schulen»?

«Verdammte Drecksscheiße!», schrie Finzi und ärgerte sich über seine Karriereplanung und darüber, dass er blutverschmiert, mit freiem Oberkörper und Teleskop-Schlagstock in der Hand versuchen musste, die Polizei aus einem benachbarten Bundesland von seiner Harmlosigkeit zu überzeugen. Scheiß Föderalsystem.

Er sah, dass der linke Kollege inzwischen die Dienstwaffe gezogen hatte und Dinge in seine Richtung sagte, die Finzi durch die geschlossenen Wagenfenster nicht verstand. Und er sah, wie der Mann, den die Kollegen offenbar wegen seines schadhaften Frontscheinwerfers angehalten hatten, mit immer größer und schneller werdenden Schritten rechts aus dem Bild lief und in der Dunkelheit verschwand.

31. Kapitel

Abends ab neun war Tuğba Schelzig so müde, dass sie nur noch ins Bett wollte. Zum Glück oder Unglück hatte ihr Mann viele Hobbys. Sodass ihm nicht auffiel, wie müde sie immer war. Er machte lauter Dinge, die ihr rätselhaft waren, weil sie sich fragte, woher er die Energie nahm. Er spielte Bowling in der Kreisliga. Er reinigte in Kirchen oder an Waldrändern die Nistkästen von Eulen mit anderen Typen vom Naturschutzbund. Er fuhr mit dem Rad auf den Kiez und ging in Konzerte und sagte dann am nächsten Morgen, es wäre ein Jammer, dass sie den neuen Mojo-Club noch nicht gesehen hätte, wobei, so neu sei der inzwischen ja auch nicht mehr, aber das ist ein Deckel, der sich im Bürgersteig öffnet, den siehst du tagsüber gar nicht, den Eingang, und dann steigst du runter in so eine runde Betonwelt.

Wenn er wiederkam, war er froh, und sie wachte auf. Er schlief sofort ein, und sie lag von da an wach bis drei oder vier Uhr. So wie jetzt gerade. Wenn sie Pech hatte, lag sie wach, bis sie um sechs aufstehen musste. Wenn sie Glück hatte, fiel sie im Morgengrauen noch mal in einen flachen, traumreichen Schlaf, voller Bilder von Menschen, die aus dunklen Treppenhäusern kamen.

Sie lag im Dunkeln, hörte ihren Mann gleichmäßig atmen, der nach Wald und ein bisschen verschwitzt roch, also offenbar Eulenkästen, und sie versuchte, den Eingang hinab in die Schlafwelt zu finden.

Sie hatte mit anderen Lehrern über diese Unruhe gesprochen. Manchen ging es genauso, die anderen hatten keine Ahnung, wovon sie sprach. Anfangs hatte sie gedacht, es wäre so was wie Lampenfieber: jeden Tag aufs Neue auf einer Bühne stehen, vor einem Publikum, das größtenteils nicht freiwillig gekommen war. Aber es war etwas anderes. Es war das Gefühl, von acht bis dreizehn Uhr unter ständiger Beobachtung zu stehen. Die ganze Zeit voll da sein zu müssen. Es war diese seltsame Macht, die die Schüler über sie hatten, auch wenn es von außen betrachtet ganz anders war. Zwar hing von ihrer Entscheidung ab, ob die Schüler nach der vierten Klasse aufs Gymnasium oder auf die Gesamtschule gingen, oder vielleicht Richtung Waldorf. Aber jeden Morgen aufs Neue hatte sie das Gefühl, dass die Kinder im Grunde die kleinen Stellvertreter ihrer Eltern waren und dass die Kinder daher viel mehr über ihr Schicksal bestimmten als sie über das Schicksal der Kinder.

Und es wurde nicht weniger. Es fiel ihr nicht leichter, je länger sie den Job machte. Die einzige Zeit im Jahr, in der die Unruhe weg war, waren die ersten drei oder vier Wochen der großen Ferien.

Dann hörte die Unruhe auf, sie schlief mal vier oder fünf Stunden am Stück, und nicht immer nur zwei oder drei.

Aber auch das hatte einen Nachteil. Je länger sie schlief, desto mehr Zeit hatte sie, von Menschen zu träumen, die aus dunklen Treppenhäusern kamen, von verwinkelten, verschachtelten Treppen, aus Abseiten und Kellerlöchern. Und je weniger die Unruhe ihren Verstand belegte, umso mehr schoben sich die anderen Gedanken nach vorn. Die, die sie seit fünfzehn Jahren nicht loswurde.

Eine Zeitlang hatte sie die Anzahl der Jahre fast magisch gefunden, weil die Jahre sie entlastet hatten. Es ist fast zehn Jahre her, hatte sie sich gesagt. Jetzt kann man wirklich nichts mehr sagen. Dann waren es zwölf gewesen, nach zwölf Jahren konnte man wirklich nicht mehr genau sagen, was man gesehen hatte und ob man überhaupt irgendetwas gesehen hatte. Fünfzehn, das war noch so eine Wegmarke gewesen, und irgendwie hatte sie fast der Zahl zwanzig entgegengefiebert: Das ist fünfzehn, zwanzig Jahre her. Komm, das hat sich erledigt. Da kommt nichts mehr nach. Das interessiert keinen mehr.

Aber dieses Gefühl war weg, seit sie angefangen hatten, in den Kellern von Hamburger Schulen Leichen zu finden.

32. Kapitel

«Sach mal, wie bescheuert seid ihr eigentlich?»

Der große Kollege stellte ihnen zwei Becher Nescafé mit Aldi-Kaffeeweißer vor die Nase. Kariertes Hemd, graublonder Bürstenhaarschnitt, Draußengesicht, die hängenden Gesichtszüge von einem, der vor kurzem viel abgenommen hatte, aber zu alt für straffe Haut war. Hauptkommissar Kossendey von der Dienststelle in Plön. Danowski ließ sich hin und wieder ganz gern mal ausschimpfen, danach ging's einem manchmal besser.

Jurkschat nickte zerknirscht. «Das war dämlich, stimmt.»

«Habt ihr ein Glück, dass ich hier alleine Nachtdienst mache.» Kossendey fummelte ein bisschen an seinem alten Windows-Rechner herum, winkte dann ab und murmelte irgendwas Sinnloses wie «Der geht eh nur tagsüber», auch das gefiel Danowski. Mythen und Bräuche der Landbevölkerung.

«Nochmal zum Mitschreiben», sagte Danowski, um ein bisschen Fahrt in die Geschichte zu bringen, denn er wurde immer unruhig, wenn er nachts blutbespritzt in einem Dienstzimmer einhundert Kilometer entfernt von Hamburg saß.

«Nee, nee, nu wart mal», sagte Kossendey. «Mitschreiben tu hier erstmal nur ich. Also, ihr wolltet summa summarum noch mal was genau im Moorwald?»

Danowski und Jurkschat warfen sich einen Blick zu.

«Nee, Leute, jetzt nicht so 'n Verschwörerding hier», sagte Kossendey und ignorierte weiter seinen eigenen Nescafé, für euch zwei People schmeiß ich nicht nachts um drei die Delonghi an, hatte er gesagt. «Raus mit der Sprache.» Danowski schwelgte in der nächsten archaischen Formulierung.

«Gut», sagte Jurkschat, verantwortlich für ihren Einsatz in Anführungszeichen. «Wir haben Grund zu der Annahme, dass zwei Hamburger Mordopfer als Kinder beide in diesem Schullandheim da im Wald waren. Das ist die einzige Verbindung zwischen den Opfern.»

«Grund zur Annahme», sagte Kossendey. «So, so. Eure Schulleichen, also.»

«Genau.»

«Und da dachtet ihr, mitten in der Nacht is besser für 'ne kleine Recherche vor Ort? Bisschen Hausfriedensbruch und so?»

«Wir haben einen Hinweis bekommen», sagte Danowski, «also, der war zeitkritisch.»

«Uih.»

Danowski musste selber fast lachen, aber er nickte ernst. Jurkschat guckte gequält. Na gut. Sie hatte angefangen mit dem Schwindeln. Vor Tagen schon.

«Und eure Dienstgruppenleitung ist informiert über so 'n kleinen Ausflug aufs Land?»

Danowski verließ ein bisschen der Erfindungsdrang. «Wir reichen so was manchmal oft immer nach.»

«Manchmal oft immer», wiederholte Kossendey.

Sie schwiegen einen Moment. Das Doppelfenster stand auf Kipp, und durch den Lamellenvorhang hörte man die ersten Amseln singen.

«Ich sag euch mal was», sagte Kossendey, den sie erst vor anderthalb Stunden kennengelernt hatten. «Für uns ist das hier 'ne recht klare Sache. Der Stollmann steht seit Jahren im Verdacht, was mit dem Tod seiner Frau zu tun gehabt zu haben. Dem ist mal die Scheune abgebrannt, und seine Frau war drin. Unglücksfall. Wir haben nichts gefunden, um das Gegenteil zu beweisen. Nur Geschichten. Schulden. Lebensversicherung. Eigentum, das auf die Frau überschrieben war und wieder an ihn fiel, als sie tot war. Zum Beispiel die Ruine vom Waldheim. So.»

Er klopfte sich auf die Brusttasche seines karierten Kurzarmhemdes, deren Ausschachtelung Danowski schon neidisch betrachtet hatte. Nachts um drei bei einer unverhofften Dienstbesprechung eine rauchen: Er vermisste nicht mehr viele Zigaretten, aber die schon. Kossendey steckte sich eine Gold Dollar an, auf deren Packung das Bild vom Luftröhrenloch war.

«Jetzt trifft er euch zwei Kriminalpolizisten vom LKA im Wald und wird schon mal nervös, weil er denkt, sein Fall wird wiederaufgerollt. Fachleute aus Hamburg und so. Na, wenn der wüsste. Und dann steht da diese Formulierung, sag ich mal, in seinem Beton, die er natürlich nur als Drohung gegen sich selbst auffassen kann. Gibt immer noch Leute im Dorf, die ihn nicht grüßen. Die ganze Familie von seiner toten Frau und ein gutes Dutzend andere.»

«Na ja», sagte Jurkschat, «es war eine klare Selbsttötung.»

«Das seh ich auch. Die Spurenträger sitzen ja quasi mir hier direkt gegenüber. Ihr könnt gleich duschen. Vor allem haben die Jungs – 'tschuldigung, sind wirklich alles

Männer –, also, die Jungs haben bei ihm zu Hause vor 'ner Dreiviertelstunde schön was in der Schublade gefunden.»

Zug an der Zigarette. «Schönes mit der Maschine geschriebenes Dokument, richtig noch mit Kugelkopf und Pipapo. ‹Für wenn ich tot bin› oder so was. Riesenrechtfertigungsgeschichte. Warum es wirklich ein Unfall war damals, aber andererseits auch wieder nicht. Und so weiter. Kennt ihr ja, vor allem du.» Er nickte Danowski zu. «Wegen Fallanalyse und Täterprofilen und so. Wie die immer wieder Gründe finden, sich zu rechtfertigen, und gleichzeitig wollen sie gestehen, und dann kommt am Ende immer so eine Soße raus, von der keiner satt wird. Sag ich jetzt mal.» Die Zigarette war durch.

«Für uns ist das 'ne ganz runde Sache. Und ob da jetzt zwei Hamburger Kollegen zufällig in der Nähe waren ... ich sag mal, das ändert jetzt für mich konkret nichts an der Sachlage.»

«Okay. Super. Klingt gut», sagte Danowski. Jurkschat nickte vorsichtig.

Kossendey hob abwehrend die Hand. «Momentchen noch. Ich mach trotzdem einen Vermerk, wo drinsteht, was ihr da gemacht habt, eigene Ermittlungen und so weiter, und dass eure Einsatzleitung informiert ist und so, und den unterschreibt ihr mir. Der liegt hier in der Schublade, aber ist klar, sobald irgendwas schiefgeht, dann kommt der in die Akte, als wäre er immer drin gewesen.»

Kossendey steckte sich noch eine an. «Und dann diese Sache da, ‹Mörder müssen sterben›. Wenn ihr rausgekriegt habt, was das mit eurem Fall zu tun hat, dann bindet ihr uns da irgendwie ein, jo. Synergien. Wisst ihr ja. Wenn euch das weiterbringt, dann macht ihr das aktenkundig, dass es ohne die Kollegen in Plön nicht gegangen wäre. Kriegen wir vielleicht auch'n Keks.»

Danowski nickte. «Absolut.» Dann fiel ihm was ein. «Vor seiner Selbsttötung hat Stollmann was von Autonummern gesagt, die er aufgeschrieben hat, wenn ihr die vielleicht findet ...»

Kossendey schüttelte den Kopf. «Den Jungs ist das ansonsten erst mal egal», sagte er. «Die haben den Tatort gesichert und den Abtransport überwacht, für die ist das 'ne Hälfte weniger Schreibtischarbeit, wenn wir eure Geschichte erst mal rauslassen. Aber wir fangen jetzt nicht an, für euch noch inoffiziell Beweismittel zu suchen. Merkt ihr selbst, ne.»

«Okay», sagte Danowski. «Und diese Duschen ...»

«Eine Sache noch», unterbrach ihn Jurkschat. «Wenn ihr sagt, ihr habt damals nach dem Tod der Frau Stollmann ermittelt, dann habt ihr doch bestimmt jede Menge Akten beschlagnahmt, bevor das Waldheim abgerissen wurde, oder?»

«Klar. Follow the money und so.»

«Kannst du vielleicht mal kurz schauen, ob unsere Mordopfer Thorsten Stahmer und Frank Jablonski beide in den späten Achtzigern oder frühen Neunzigern auf den Gästelisten stehen?»

«Ich denk, das wisst ihr längst?»

«Na ja», sagte Jurkschat. «Schriftlich ist halt immer gut.»

Kossendey warf Danowski einen vorwurfsvollen Blick zu. Anonymer Hinweis. Zeitkritisch. Schon klar. Schön im Sommernachtnebel gestochert, was?

«Du meinst, ob ich jetzt mit euch in die Asservatenkammer gehe, schräg übern Parkplatz, wo eigentlich erst morgen um acht die Kollegin kommt, und ich such mir händisch die Aktennummer raus, und dann finden wir im Regal die Kladden mit den Schülerlisten, und ihr schaut da mal rein, so ganz in Ruhe? Ohne länderübergreifenden Beweismittelantrag und irgendwas anderes?»

Jurkschat wiegte den Kopf. «So in etwa.»

Kossendey stand auf wie ein viel schwererer Mann. «Klar. Können wir machen.»

Zwanzig Minuten später hatten sie Thorsten Stahmer gefunden, kurz darauf Frank Jablonski, nicht weit darunter, die Einträge waren nicht alphabetisch. Unterschiedliche Schulen, aber der gleiche Frühsommer, 1988.

«Mitnehmen könnt ihr den Kram nicht», sagte Kossendey. «Da brauch ich dann doch was Offizielles. Ist aber nicht, äh, zeitkritisch.»

Danowski nickte. «Danke.»

«Foto?», fragte Jurkschat und schlenkerte ganz niedlich mit ihrem Telefon.

«Ich guck mal eben weg», sagte Kossendey.

Danowski wollte noch was richtig Nettes sagen, aber der Plöner Kollege kam ihm zuvor.

«Richtig gut drauf seid ihr aber nicht, oder?», sagte er. «Keiner fragt mich mal, was eigentlich so los war im Waldheim. Ich bin ja sozusagen vom Fach. Also, für wenn's Beschwerden gab und so wegen dem Waldheim.»

Jurkschat steckte gerade ihr Telefon in die Tasche, mit dem sie die Seiten in der Anmeldungskladde des Waldheims fotografiert hatte. Sie runzelte die glatte Stirn.

«Na ja», sagte Danowski. «Manchmal, wenn sich zwei

Meter neben einem einer mit der Schrotflinte den Kopf wegschießt, vergisst man, was man gerade fragen wollte.»

«Nee, stimmt, kenn ich», sagte Kossendey.

«Was war da eigentlich so los früher im Waldheim?», fragte Jurkschat. «Gab's da irgendwelche Beschwerden oder so?»

Kossendey nickte. «Gute Frage. Beschwerden gab's einige, über die Jahre. Lehrer haben sich bei uns über so Sachen wie fehlende Hygiene und mangelnde Sauberkeit und so beklagt, baufällige Einrichtungen. Die wollten sich ja auch absichern gegen die Eltern. Anzeige ist raus, und so. Wir waren da meist nicht so beeindruckt und haben das eher so für Hamburger Schnöseltum gehalten, weil's da eben mal'n paar Fliegen aufm Klo gab und Stroh in der Matratze. No offense.»

Danowski winkte ab.

«Aber es gab auch drei-, viermal ernstere Sachen über die Jahre. Schlägereien unter Schülern, sodass dann die Schullandheimleitung gezwungen war, uns zu alarmieren, das dürfen die gar nicht unterm Deckel halten, wenn die den Krankenwagen holen. Auch'n paar Sachen, die so Richtung Sexualdelikte gingen. Knapp vor Nötigung. Grapschen, Exhibitionismus, also, gefummelt wird ja immer, aber: schon bisschen an der Grenze für so 'n Ferien- und Schullandheim. Ich würd insgesamt sagen, die hatten keinen guten Ruf. Und dann kommen irgendwann auch nur noch Problemklassen, klar.»

«Habt ihr die Akten noch von den Anzeigen damals?», fragte Jurkschat hoffnungsvoll.

«Nee», sagte Kossendey. «Die sind in Kiel archiviert

oder vernichtet, je nachdem. Dat dürt. Da müsst ihr mal 'ne andere Nacht wiederkommen. Oder doch mal 'n Antrag stellen zur Abwechslung.»

Als sie geduscht hatten, gab Kossendey ihnen zwei Uniformen aus dem Ersatzfach. «Aber schön gebügelt zurückschicken!», sagte er und klopfte ihnen im Ernst auf die Schultern, als sie gingen.

Beim Einsteigen sagte Danowski: «Ich lass mich nach Plön versetzen.»

«Ich auch», sagte Jurkschat.

«Nee», sagte Danowski, «ich hab's zuerst gesagt. Das ist jetzt mein Ding.»

«Du spinnst», sagte Jurkschat. «Du kannst doch jetzt nicht so eine Art Copyright anmelden darauf, den Kossendey hier gut zu finden.»

«Ich sag ja nur, dass ich zuerst ...»

Und da war er auch schon wieder. Kossendey klopfte ihnen mit dem Ehering aufs Dach. Jurkschat ließ das Fenster runter.

«Wo ihr gerade da seid, fahrt doch mal kurz rauf nach Lütjenburg, zu den Kollegen von der Verkehrspolizei, Oberstraße dreizehn, gleich am Ortseingang. Die haben heute Nacht bisschen nach Alkohol geguckt, viele Scheunenfeste und so, die Bauern drehen durch bei der Hitze. Dabei haben sie einen halbnackten Typen aufgegabelt, der behauptet, er wäre auch ein Polizist aus Hamburg. Leute, was ist los bei euch. Police Academy, neuer Teil, oder was.» Kossendey hielt einen gelben Post-it-Zettel so, dass das Laternenlicht von der Hamburger Straße darauf fiel. «Andreas Finzel. Kennt ihr den?»

Danowski wollte «Wie bitte?» fragen, aber er war nicht schnell genug.

«Das kann nicht sein», sagte Jurkschat. Dann das Horrorwort, das Danowski auch als Erstes durch den Kopf gegangen war: «Alkohol?»

«Na ja, hört sich für mich stark so an», sagte Kossendey. «War wohl aggressiv und bewaffnet.»

Jurkschat schlug mit dem Handballen aufs Lenkrad, sodass sie Danowskis «Dreck» übertönte.

«Menschenskinder, Polizei aus Hamburg», sagte Kossendey. «Kommt doch nächstes Mal einfach wieder in den Ferien, wenn ihr Sehnsucht nach Holstein habt.»

33. Kapitel

Knud Behling wusste, dass er aufpassen musste. Er beobachtete alte Leute schon sein Leben lang, und jetzt, wo er selbst einer von ihnen wurde, merkte er: Man kam in das Alter, wo man bei allem, was man im Kontakt mit anderen Menschen erlebte, als Erstes immer dachte, ist ja typisch.

Er stieg aus seinem BMW, warf noch einen Blick auf seinen Notizblock, wie er es immer tat vor einer Zeugenbefragung, und dann steckte er den Block weg, damit niemand sah, wie die Wurst gemacht wurde. War ja typisch, dass Danowski mit Jurkschat einmal mehr vom Radar verschwunden war, und dass es an ihm hängenblieb, die Angehörigen der beiden Mordopfer noch mal zu befragen. War ja typisch, dass Kienbaum gesagt hatte, kannst du mich am Studio absetzen, ich bin paar Trainingseinheiten in Verzug. Und hol mich nachher wieder ab. Kienbaum hatte auch langsam keinen Respekt mehr vor ihm.

Das Problem daran, alles für typisch zu halten, war ihm ziemlich klar: Einerseits war diese Haltung hilfreich, weil tatsächlich sehr vieles, was ihm in seiner Arbeit als Kriminalpolizist bei der Mordbereitschaft begegnete, typisch war. Man musste nur Muster erkennen und konnte mit Hilfe dieser Muster ungefähr abschätzen, was als Nächstes passieren würde oder warum jemand etwas getan hatte. Das ersetzte einem, wenn man so wollte, die ganze Operative Fallanalyse.

Andererseits drohte man zu erstarren, wenn man alles für typisch hielt, weil man dann immer die gleiche Reaktion hatte und immer die gleichen Gedanken.

Sobald er die Klimaanlagen-Atmosphäre des Wagens hinter sich gelassen hatte, schlug die heiße Wandsbeker Sommerluft auf ihn nieder. Er wehrte sich nicht, sondern atmete sie gierig ein. Vorm Schwitzen hatte er keine Angst, im Gegenteil, er war immer trockener geworden im Laufe der Jahre, er fürchtete eher, irgendwann einzureißen wie ein altes Schriftstück in einer Aktenmappe. Behling schritt kräftig aus, Katzenköpfe auf der Straße, messerscharfer Hamburger Bordstein, dahinter die Gehwegplatten tektonisch gegeneinander verschoben, bis sie weit in die Schritte ragten.

Stolperfallen, Sommerknie.

Was einem keiner sagte: Sommerknie hatte man als Kind und dann Jahrzehnte später wieder, wenn man alt war. Nur, dass man sie dann unter der Hose trug. Behling rappelte sich wieder auf und sah in Richtung der Hausnummer 74, um herauszufinden, ob jemand ihn bei seinem Sturz beobachtet hatte. Die blinkenden Platanen, schwarz und funkelnd zurückgeworfen im Morgenlicht von undurchsichtigen Scheiben. Er klopfte sich die Hosenbeine ab und ging weiter. Der Schmerz gefiel ihm. Seit ein paar Jahren mochte er alles, was am äußeren Ende der Skala war. Scharfes Essen. Laute Musik. Die Hitze des Sommermorgens und dann wieder die Herbsttage, an denen der Regen in Hamburg in schrägen Flächen kam. Und Schmerzen störten ihn auch nicht, im Gegenteil. Er wollte nur nicht beige werden, das war die Hauptsache. Pastell, okay. Aber nicht beige.

Sonja Jablonski, zwei Kinder. Sohn Lukas, zehn. Tochter Leonie, neun. Die waren jetzt aber wohl in der Schule. Wobei. War heute nicht so was wie der erste Ferientag? Nee. Aber nächste Woche oder so. Danowski hätte so was gewusst. Der Kollege war schön verwurzelt in der Welt von Schule und Ferien, ohne zu ahnen, dass auch das eines Tages vorbeiging und dass ganze Jahre zu einer einzigen leicht abschüssigen Ebene mit hochstehenden Gehwegplatten wurden.

Kurze Begrüßung, kaum ein Blick auf seinen Ausweis, die Witwe erwartete ihn oder jemanden wie ihn seit Tagen. Ein Haus, in dem seit Jahren kein Mann länger als einen Vormittag gewesen war. Eine gewisse ihm unverständliche Art von Unordnung, die viele Deko-Artikel beinhaltete. Kein Fernseher im zur Küche offenen Wohnzimmer. Indische oder jedenfalls südliche Tücher auf den Sofas, dünn und weich, er wagte kaum, sich daraufzusetzen. Behling merkte, dass eine Verlegenheit ihn überkam, die er auch erst seit kurzem kannte, wie das Altwerden.

«Haben Sie sich weh getan?», fragte Sonja Jablonski. Ein weiteres relativ neues Problem für ihn: Alle unter fünfzig sahen jung aus für ihn, er war schlecht darin geworden, das Alter von jemandem zu schätzen. Braune Haare, braune Augen. Etwas in ihrem Blick fiel ihm auf. Hübsche Deern. Sie zeigte auf seine Knie. Seine Hose sah schlimmer aus, als er sie in Erinnerung hatte.

«I wo», sagte er.

Die Tochter nickte vom anderen Ende des Raumes, dort, wo die Treppe in den ersten Stock und hinab in den Keller führte, offenes Treppenauge. Er nickte zurück. Früher hätte er sie antreten lassen. Hier, setz dich mal neben deine Mutter. Und jetzt mal der Reihe nach. Typisch, dass so 'n Schulkind sich da am Rande halten wollte. Inzwischen dachte er: Warum nicht. War vielleicht besser, wenn man die Leute erst mal machen ließ, was sie machen wollten, dann entspannten sie sich irgendwann und erzählten mehr.

Mutter Jablonski ignorierte, dass er keine Hilfe wollte, ging in die Küche, hantierte am Gefrierfach und kam mit einem Küchenhandtuch wieder, in das sie ein paar Eiswürfel gewickelt hatte. Behling nickte ärgerlich, aber dankbar. Die klare Kälte gefiel ihm. Als er ihre Hände mit einem leichten Tätscheln wegschob, so, nu is ja man gut, fielen ihm die hellbraunen Flecken auf seinen auf.

«Haben Sie nicht irgendwelche Fragen?», fragte sie, als sie ihm wieder gegenübersaß. Er beobachtete, wie sich die Nässe auf seinen Knien ausbreitete.

Natürlich war das typisch Adam. Einfach verschwinden, die Lütte irgendwo reinziehen, dann später wieder zurückgekrochen kommen, irgendeinen Mist angerichtet, wieder musste man was geradebiegen, und dann kriegte Adam am Ende noch 'ne Belohnung dafür. Und wenn's nur wie früher dieser Scheißblick von der Chefin gewesen war. Wobei, er wollte so einen Blick gar nicht. Brauchte er nicht. Und die Chefin war auch nicht mehr da, Vorruhestand, Privatleben. Typisch.

Er blickte auf. Fragen? «Was ist mit Ihrem Auge?», fragte er.

Von der Tochter hörte er ein leichtes Schnauben, so was in Richtung: Unerhört, was erlaubt sich der alte Knacker. Es war schon lange sein Verdacht, dass die Kinder in Wahrheit von allen Altersgruppen am meisten Wert darauf legten, dass die anderen sich immer gut benahmen und an Regeln hielten. Und was hatte er jetzt schon wieder falsch gemacht?

Sonja Jablonski lächelte. «Danke, dass Sie gleich fragen. Die meisten gucken immer nur und sagen nichts.»

«Kann Ihnen bei mir nich passieren», sagte Behling. Ihm war, als käme er gerade etwas fester in seinen Körper zurück, oder so, als hätte jemand die Gegenwart etwas sorgfältiger um ihn festgeschnallt wie einen Rucksack, der eben viel zu locker gesessen hatte. Warum hatte er nasse, kalte Hände?

«Hirntumor», sagte Sonja Jablonski. «Die Diagnose habe ich bekommen, da war Leonie kaum drei Monate alt. Sehstörungen, Kopfschmerzen, da haben erst alle gedacht, die Mutter ist übermüdet, vielleicht was anderes Postnatales. Nachdem die ersten Runden mit der Bestrahlung vorbei waren und der Tumor in Schach, wie die damals gesagt haben, ist Frank abgehauen. Dachte ich damals. Ich hab jetzt ein schlechtes Gewissen, aber damals fand ich, das passt zu ihm. Dass ihm eine krebskranke Frau zu viel ist, aber dann hat er doch ein schlechtes Gewissen und lässt ihr die Rente.»

Sie schenkte ihm Mineralwasser aus der Glasflasche ein, die auf dem Couchtisch stand mit umgedrehten Gläsern wie in einem Konferenzhotel.

«Ein Jahr später mussten sie dann doch operieren. Dabei ist das Auge auf der Strecke geblieben. Der Tumor aber auch. Ich hab meine Ruhe. Und ein Auge aus Glas. Handarbeit.»

Behling nickte und sah ihr ins Gesicht. «Haben die gut gemacht», sagte er.

«Danke», sagte Sonja Jablonski. «Finde ich eigentlich auch.»

«Was haben Sie denn gedacht, wovon Ihr Mann gelebt hat all die Jahre?»

«Ich weiß ja jetzt, dass er tot war.»

«Wenn Sie gedacht haben, Rente lässt er Ihnen. Da müssen Sie sich doch was überlegt haben.»

«Er hat ja immer so Baugeschichten gemacht. Also, er hatte eine Bauberatungsfirma, Projektanbahnung, ich weiß nicht.»

«Aber da hat er ja die Schwurhand gehoben.»

«Wie bitte?»

«Insolvenz. Bis an'n Rand der Verschleppung, aber na gut.»

«Ja. Aber er hätte ja eine neue Firma aufmachen können oder irgendwie als Berater oder so.»

«Berater. Projektanbahnung. Kann ich mir nicht so richtig was drunter vorstellen.»

«Ich mir auch nicht.»

Behling nickte. Er nahm die Hände von den Knien. Was war das gewesen vorhin da auf dem Gehsteig? Unglaublich. Jetzt ging's wieder.

«Aber dann hätte man ihn ja finden können», sagte Behling. «Hätten Sie ja nur ins Internet gucken müssen. Mal googlen. Jablonski gibt's ja nicht an jeder Ecke.»

«Klar. Aber ich hatte kein Interesse dran. Wissen Sie, was er mal gesagt hat?»

Behling schüttelte den Kopf und wartete. Er hatte mal erlebt, wie Adam Danowski auf eine Wissen-Sie?-Frage eines Zeugen geantwortet hatte: «Nee, sonst säße ich ja nicht hier, das können Sie mir glauben.» Mit diesem unverschämten Berliner Tonfall, ganz hinten in der Stimme. Hatte der versucht, sich abzugewöhnen, kriegte man aber nicht raus, wie den Gelbstich aus einem alten Unterhemd. Danowski musste noch viel lernen und wurde doch schon grau.

«Er hat gesagt, beim Bau fällt immer was ab», sagte Sonja Jablonski. «Oder es versickert immer was. Also Geld. Wenn da'n paar Millionen für ein Projekt auf dem Zettel stehen, dann wird das immer irgendwann unübersichtlich, und dann kosten die fünfzig Kubikmeter Betonsteine eben plötzlich die Summe X und nicht wie sonst Summe Y, und die Differenz teilen sich zwei, die das hin und wieder machen, aber nicht zu oft und nie zu viel auf einmal, aber wenn man das geschickt macht, dann kommt da ordentlich was bei rum. Sechsstellig. Aufs Jahr.»

«Glaub ich», sagte Behling. «So übers Jahr.» Baugeschichten, das passte ihm gar nicht. Womöglich noch was mit Schulbau. Die Schulbehörde. Der Senat. Irgendwelche Baufirmen. Das kotzte ihn an. Er wär gern rausgegangen aus der Mordbereitschaft mit so 'ner nicht allzu einfachen, aber machbaren Bettkantengeschichte. Vielleicht nicht gleich mit dem Messer noch in der Hand des Täters, nee, er hätte schon gern noch ein bisschen was zu tun gehabt, sodass die anderen dann danach sagen würden: Der Alte hat's noch drauf; schade, dass er geht.

Ma' zusammenreißen, dachte Behling. Ist ja kindisch. Aber Baugeschichten. Zum Reihern. Wenigstens war der andere Tote was mit Sport oder Reisen. Er rieb sich die Stirn und dachte vage an Turnhallen, und dass die ja auch gebaut werden mussten.

«Möchten Sie was trinken?», fragte Sonja Jablonski, leicht besorgter Unterton in der Stimme.

«Nee, ich hab noch», sagte Behling. Sein Glas war leer. «Haben Sie noch Zeugs von Ihrem Mann? Kollegen haben ja schon 'n paar Koffer mitgenommen, als wir Ihren Mann gefunden haben. Ganzen Unterlagen über die Insolvenzen und so. War nich ergiebig. Aber vielleicht ist noch was aufgetaucht.»

Sonja Jablonski hob die Achseln und zögerte, aber da wollte was raus, das sah er genau. «Er hat damals was im Regal im Keller liegenlassen, vorm Ausgang zur Tiefgarage, die Zeitung und ein paar Unterlagen. Er ist noch mal zurückgekommen, hat was gegriffen, und dabei muss er die Sachen abgelegt und dann vergessen haben. Ich hatte die noch eine Weile. Ein paar Jahre. Aber ich hab das alles verkramt. Ich hab wirklich lange gesucht. Am Ende ist das wahrscheinlich doch aus Versehen ins Altpapier gegangen.»

Behlings Hose war fast getrocknet, schönes Himmelblau, so Sonntagnachmittag im September, kurz vor der Dämmerung. «Sehr schade», sagte er. «Wär natürlich besonders interessant. So Unterlagen vom Tag des Verschwindens. Na gut.»

Er machte eine halbherzige Aufstehbewegung, das Sofa war immer tiefer geworden, während sie sich unterhalten hatten. Außerdem gefiel ihm das hier. Vielleicht nächstes Mal eine Frau mit Glasauge, dachte er undeutlich. Da fühlt man sich nur halb so beobachtet, und trotzdem hat einen immer jemand im Blick. Er fand, er wurde im Alter alberner, aber nur nach innen.

Behling hörte Schritte auf der Treppe, dann eine Schublade im ersten Stock. Hellhörig, diese Neubauten. Dann stand die Tochter vor ihnen und gab ihrer Mutter was. Wenn ihm das Atmen im Laufe der letzten Jahre nicht immer wichtiger geworden wäre, hätte er jetzt die Luft angehalten. Ein vergilbtes *Abendblatt*, zusammengeschlagen, und ein paar weiße A4-Seiten guckten raus. Die Lütte hier musste aufpassen, dass sie später nicht pummelig wurde, aber eigentlich war die ganz süß. Ganz andere Gesichtsform als die Mutter. Mehr der Vater. Obwohl, den kannte er nur von einem alten Führerscheinfoto, und natürlich als Mumie.

Sonja Jablonski nahm ihrer Tochter die Sachen ab und sagte ohne Vorwurf: «Wo hast du das her?»

«Das hab ich von deinem Tisch genommen. Ist schon lange her.»

«Warum?»

«Das lag da immer nur so rum. Ich hab dich mal gefragt, da hast du gesagt, das ist von Papa. Also, von deinem Vater, hast du gesagt.»

«Von Ihrem Vater?», fragte Behling verwirrt, an Mutter Jablonski gewandt.

«Nein, sie meint, von ihrem Vater», erklärte Sonja Jablonski.

«Wieso von meinem Vater?» Behling hatte das Gefühl, er würde angegriffen, aber er verstand nicht ganz, warum und wie. Er räusperte sich, als könnte er dadurch ein wenig mehr Halt gewinnen.

«Sie meinte, von meinem Vater», sagte die Tochter, sie wirkte alarmiert, aber Behling verstand nicht, wieso. «Also, dass das Sachen von Papa waren. Aber ich kannte den ja gar nicht. Ich kann mich gar nicht erinnern.» Ihr

Gesicht schraubte sich irgendwie zu, Behling kannte das schon, die wollte nicht anfangen zu weinen. Schaffte sie auch.

Sonja Jablonski klappte die Zeitung auf und schniefte ein bisschen. Heuschnupfen vielleicht. «Das war wie so ein Souvenir für dich. Ach, Mäuschen.»

«Geben Sie mir das mal lieber», sagte Behling und streckte spitze Finger aus, mit den Augen schon auf der Suche nach einer möglichst neutralen Ablagefläche. Die Beweismittelbeutel hatte er im Auto gelassen, am anderen Ende der rauen Gehwegplattensee.

«Da sind bestimmt nur meine Fingerabdrücke drauf», sagte die Tochter.

«Drei Fragezeichen gelesen, ne», sagte Behling. Er legte die Zeitung vorsichtig auf den Couchtisch und merkte, dass er gespannter auf die Unterlagen war, als erfahrungsgemäß angemessen. Dann nahm er seinen eingeklickten Kugelschreiber und wendete die zusammengehefteten Seiten, um sie aufzublättern.

Ausdrucke von Internetseiten über Schulen. Er war da kein Profi drin, aber Behling sah, dass die Seiten uralt waren, heute machten die das alles nicht mehr so bunt und mit so vielen verschiedenen Schriften.

Die erste Schule kannte er. Gymnasium Klein-Flottbek. Da hatten sie vorige Woche hier, den Dings, Thorsten, gefunden. Kramer? Stahmer.

Schule am grünen Rand der Stadt.

Schule zum Leben.

Behling kicherte wie ein noch älterer Mann. Kiek mol eener an, dachte er. Große Sache. Direkte Verbindung. Gute Spur. Der Alte hat's noch drauf. Er blätterte um. Die zweite Schule kannte er auch, das überraschte ihn jetzt nicht mehr: Gesamtschule an der Pulvermühle, die, wo sie Jablonski aus dem Keller getragen hatten im niegelnagelneuen Zinksarg aus der Gerichtsmedizin.

«Darum wollte ich unbedingt auf die Pulvermühle», sagte Leonie. «Weil die ja hier in der Nähe war. Und weil ich immer irgendwie dachte, Papa hat da was zu tun mit der, vielleicht hat er die mitgebaut oder so.» Behling sah auf. Leonie schluckte. «Gut, dass das nicht geklappt hat», sagte sie. «Ich meine, ich komm ja im August auf die Gyula-Trebitsch ... Also, die Vorstellung, ich wär auf die Schule gekommen, wo Papa ...» Behling nickte, um irgendwie die Stille zu füllen, die sich im Raum ausbreitete. Dann blätterte er um. Noch mehr Unterlagen. Von der Grundschule Koopstraße. Das sagte ihm erst mal gar nichts. War das schon Harvestehude? Ganz was Feines? Nee, das ging Richtung Schlump.

Es dauerte eine Weile, bis das so richtig durchgedrungen war bei ihm, das merkte er selbst. Und später war er sich nicht mehr sicher, ob er es in Wahrheit nicht erst so richtig verstanden hatte, als Sonja Jablonski es aussprach.

«Haben Sie da schon nachgeguckt? Grundschule Koopstraße? Ob da nicht noch ...» Sie brach ab. Wollte offenbar das Wort vermeiden.

Im Kopf kriegte er das nicht klar, aber das Gefühl war ihm unheimlich vertraut. Außerdem war er ja nicht allein. Die Chronologie. Frank Jablonski war 2010 verschwunden, ermordet und versteckt worden. Warum hatte Jablonski Unterlagen einer Schule, an der fünf Jahre später jemand anders verschwinden würde, dieser Thorsten ... Kramer? Mahler? Stahmer. Immerhin hatten sie jetzt endlich eine

Verbindung zwischen den beiden Toten, die über einen Fischbiss und irgendwelche OFA-Hypothesen hinausging. Und sie hatten eine dritte Schule. Der Alte hatte geliefert.

«Ja», sagte Behling. «Grundschule Koopstraße. Müssen wir schauen. Machen wir gleich. Wer weiß, wer da so alles im Keller liegt.»

34. Kapitel

«Wie seht ihr denn aus?»

«Das Gleiche könnten wir dich fragen.»

«Könnt ihr ruhig fragen. Ist schnell beantwortet. Ich seh aus wie einer, der nachts auf der Elbbrücke einen Stein an den Kopf gekriegt hat, in einen Kofferraum geworfen wurde, sich das Hemd ausgezogen und dann ein Missverständnis mit den Kollegen von der Polizei gehabt hat. Aber was ist eure Entschuldigung für diese knapp sitzenden Uniformen aus Schäbig-Holzbein?»

«Das geht ungefähr in die gleiche Richtung. Wirf noch einen Scheunenbrandstifter mit rein, der drei Meter neben uns Suizid mit der Schrotflinte begangen hat, dann hast du das ganze Bild.»

«Nee, zu kompliziert. Wenn ich Hufe trappeln höre, denk ich an Pferde, nicht an Zebras. Weißt du doch, Adam. Ganz einfache Regel, die du auch mal in dein kleines Köpfchen kriegen solltest. Für mich seht ihr in den Phantasieuniformen eher aus, als würdet ihr nebenberuflich strippen. Du hast ja 'n ganz gutes ‹YMCA› drauf, Meta, wenn du in Stimmung bist.»

«Irgendwie verstehe ich nicht, dass du jetzt schon wieder Witze machen kannst.»

«Sind das so Uniformen, wo man vorne dran zieht, und dann sind an der Seite so Klettverschlüsse, und man kann die einfach, ratsch!, einmal ganz abreißen, erst das Hemd, dann die Hose, und Adam hat so 'nen Ledertanga drunter?»

«Ja, ganz genau, Finzi, darum würde ich mich jetzt auch gern mal langsam umziehen.»

«Juckt im Schritt, oder was.»

«Leute, ganz ehrlich. Finzi. Adam. Hört doch mal auf. Wir müssen reden. Ganz in Ruhe.»

«Meta, im Ernst, ich bin todmüde, und Finzi sieht auch aus, als könnte er …»

«Nee, tut mir leid, Adam. Kaffee muss reichen.»

«Dann brauch ich noch einen. Da vorn, Freie Tankstelle.»

«Und dreimal Bifi im Teigmantel, wenn du eh aussteigst.»

Im Auto war die Stimmung irgendwie noch richtig gut, unerklärlich, eigentlich. Oder doch. Klassenfahrtatmosphäre, Erleichterung, Übermüdung. Und die alten grünen Uniformen.

Später saßen sie bei Finzi und Meta in Hammerbrook in der Küche und breiteten Notizen auf dem Tisch aus. Telefone aus, das hatten sie gleich verabredet. Danowski sah auf dem privaten was von Leslie, auf dem Diensttelefon Behling. Alles musste warten, bis sie einen Überblick hatten. Nach einer Weile holte Meta einen Moderationskoffer aus dem Schlafzimmer: Aluschale, Schnappverschlüsse, Karteikarten, Post-its und Zettel in allen Formen und Farben, dicke Stifte, Reißzwecken.

«Du machst mir Angst», sagte Danowski zu ihr. «Also, noch mehr als sonst.»

«Es ist Metas Welt», sagte Finzi. «Wir leben nur darin.»

«Wir werden so einen Ärger hierfür kriegen», sagte

Meta und fing an, Namen und Orte auf Zettel zu schreiben und an die Küchenwand zu hängen.

«Verstehe ich nicht. Wenn andere das in einem Album machen, heißt das Scrapbooking, und wenn wir das an der Küchenwand machen, kriegen wir Ärger», sagte Finzi, der von ihnen dreien mit Abstand am fittesten aussah, vom Pflaster oberhalb der Schläfe abgesehen.

«Wenn wir es nicht richtig machen», sagte Meta. «Also, wer weiß was, und was sagen wir wem wie, damit wir …»

«Nee, Meta», sagte Danowski. Sie machte so eine Art Schweigefuchs mit den Fingern in seine Richtung, das hatte sie sich offenbar bei den Ermittlungen in der Schule abgeschaut. Wahrscheinlich dachte sie immer noch, dass er einfach nur ins Bett wollte, aber ihm ging's um was anderes. Finzi betrachtete ihn von der Seite, und Danowski spürte, dass er ihm recht gab.

«Thorsten Stahmer und Frank Jablonski waren als Schüler zur gleichen Zeit in einem etwas heruntergekommenen Ferien- und Schullandheim. Die Zeit dort muss sie sehr geprägt haben, denn Frank Jablonski hat sich später das Motto vom Waldheim als Tattoo stechen lassen, *ex silvis*, aus den Wäldern. Und offenbar sind sie lange nach der Schulzeit in Kontakt geblieben. Wir wissen aber nicht, warum. Aber wir haben eine eindeutige Verbindung zwischen den beiden Opfern etabliert», dozierte Jurkschat, und Danowski merkte, dass sie möglichst keine Pause machte, damit er nicht einhaken konnte, hier und da sprach sie mit einem fast unheimlichen Brunnensound übers Einatmen hinweg weiter. Er machte sich Sorgen um sie. Sobald er zum Sprechen anhob, wurde sie lauter.

«Finzi hat Unterlagen gefunden bei einem Angriffsopfer, auf denen mein Name steht. Andere Namen sind unleserlich gemacht worden, aber da kann man vielleicht im Labor was erreichen.»

«Glaub ich nicht», sagte Finzi halblaut. «Das geht nur bei Bleistift und Kuli. Das war richtig dicker Filzer. Außerdem war das ein Irrer.»

«Das wissen wir nicht», sagte Jurkschat. «Dafür brauchen wir die Kriminaltechnik. Aber wenn wir das … Ich meine, das ist die Verbindung. Thorsten Stahmer ist mein Exfreund, ich steh auf diesem Zettel, und man muss ja auch mal ganz ehrlich sagen, dieser Typ, den du da gefunden hast, Finzi …»

«Der Chef.»

«Ja, meinetwegen, keine Ahnung. Das war auch am Rande einer Schule. Welcher Schule?»

«Grundschule und Gymnasium Niendorf», sagte Finzi. Meta machte einen dritten Schulzettel und hängte ihn neben «Gymnasium Klein-Flottbek: Thorsten Stahmer» und «Gesamtschule Pulvermühle: Frank Jablonski».

«Und dann wirft dich jemand in einen Kofferraum …», fuhr sie fort.

«Das war nicht der Chef. Der Chef ist klein und hat eine echt amtliche OP-Narbe. Der hievt mich über keine Leitplanke.»

«Jedenfalls fährt der dich über die B430 Richtung Lütjenburg, genau die gleiche Gegend, wo wir beim Waldheim diese Inschrift im Betonfundament finden, ‹Mörder müssen sterben›. Es ist besser, wenn wir uns das gleich eingestehen, also, wenn wir davon ausgehen, dass das zusammenhängt und dass ich die Schnittstelle bin», sagte

Jurkschat. «Wir müssen irgendeinen Weg finden … Ich meine, ich hätte das gleich sagen sollen, aber jetzt …» Sie gestikulierte Richtung Wand, und Danowski merkte, wie unangenehm es ihm war, sie in diesem Zustand zu sehen. Er merkte, wie sehr er sich immer auf sie verlassen hatte. Und wie wenig er das damals gemerkt hatte.

«Jedenfalls gut, dass du die Personenbeschreibung von den Kollegen aus Lütjenburg hast», sagte Meta laut und tippte an die Wand. «Mann, südländischer oder gut gebräunter Typ, dunkles Haar, Anfang, Mitte fünfzig, etwa ein Meter achtzig. Leider haben wir kein Phantombild. Das kommt aber sicher noch. Die Geschichte, dass du den auf der alten Elbbrücke anhalten wolltest, weil sein linker Frontscheinwerfer kaputt war, und dass er durchgedreht ist und dich überwältigt hat, ist gut. Den Teleskopstock hast du im Kofferraum gefunden. Der Mercedes war ganz frisch gestohlen, sagen die Kollegen in Lütjenburg. Sobald du also von denen was hörst über den Typen, Finzi, können wir …»

«Meta», sagte Danowski, sehr laut. Und dann noch mal, ganz sanft, unter Schlafentzug neigte er zu Extremen: «Meta.»

«Ich hätte das gleich Behling sagen sollen, du hattest recht», sagte Jurkschat. «Scheiß Beförderung.»

Finzi merkte auf. «Das war das erste Mal, dass ich dich Scheiße sagen gehört habe.»

«Ich habe nicht Scheiße gesagt. Ich habe scheiß gesagt. Als Adjektiv.»

«Meta», sagte Danowski. «Was war damals mit Thorsten und dir? Wie habt ihr euch kennengelernt? Was ist das, worüber du nicht sprechen willst?»

«Das war alles ganz normal», schrie Meta, und Danowski wagte nicht, in Finzis Richtung zu schauen. Dies war ein viel zu privater Moment, bei dem er eigentlich nichts zu suchen hatte. Seitdem er Meta Jurkschat kannte, hatte sie nur einmal die Stimme erhoben, und das war gewesen, als sie einen amerikanischen Regierungsbeamten aufgefordert hatte, die Waffe fallen zu lassen, und daneben lief ein Hubschrauberrotor.

«Wie man sich halt so kennenlernt. Ich versteh das nicht. Was hat das mit mir zu tun. Ich bin da reingeraten, ach, ich bin da nicht mal reingeraten.»

Finzi sagte nichts. Danowskis Impuls war, die Sache seinem Freund zu überlassen und sich jetzt aus dem Staub zu machen, aber erstens hatten sie das hier irgendwie zu dritt angerichtet, und zweitens wurde ihm langsam klar, dass er endlich mal was für Finzi tun konnte statt immer nur umgekehrt.

«Du hast neulich gesagt, du willst nicht darüber reden, wie ihr euch kennengelernt habt», sagte Danowski. «Ich hab das durchgewunken, weil ich geglaubt habe: Vielleicht kriegen wir die Geschichte fertig, ohne dich da groß reinzuziehen, dann muss ich auch keine Peinlichkeiten aus der Vergangenheit hören. Aber dafür ist es jetzt zu spät.»

Finzi nickte. Die Küchenuhr zeigte elf Uhr vormittags. Am schlimmsten war der Stau auf der Rückfahrt rein in die Stadt gewesen. Wenn einem der Tag durch die Finger rann, obwohl man so viel wiedergutzumachen hatte.

«Diesen ganzen Kram hier», sagte Danowski und fuchtelte seinerseits zur Wand, «kriegen wir im Präsidium nicht mehr sauber erklärt, ohne dich da reinzuziehen.

Wenn wir mit diesem Sachstand zurück zum Präsidium kommen, geht Finzi gleich in die Frühpension, ich bin durch mit der Fallanalyse, und, ja, vielleicht wär das gar nicht so schlimm, aber ... Ich würd's doch lieber selbst entscheiden, wenn's so weit ist. Und deine Beförderung ...»

Meta schüttelte den Kopf. «Hier geht's doch gar nicht um die Beförderung. Nicht mehr jedenfalls.»

«Lass mich ausreden», sagte Danowski, dem dieser Satz neu war. Sonst ließ er die anderen immer gern reden.

«Dann sag irgendwas Neues», sagte Jurkschat.

«Ich ahn schon, was jetzt kommt», sagte Finzi. «Bin kurz davor, mir die Hände zu reiben.»

Danowski war zu müde, um Ironie zu erkennen, da machte er sich keine Illusionen. «Wir behalten das hier», er zeigte wieder an die Wand, «noch ein paar Tage für uns, und in der Zeit schauen wir, ob wir irgendwo durchbrechen können. Finzi hat die Unterlagen von dem Mann aus der Hecke hier ...»

Finzi nickte, öffnete die Küchentischschublade und legte die Klarsichthülle mit den Aufzeichnungen des Heckenmannes auf den Küchentisch.

«... und vielleicht finden wir darin doch etwas, das uns hilft, den zu finden. Wenn wir dann die Verbindung zwischen ihm, Stahmer und Jablonski verstehen, wird sich der Rest entweder von selbst auflösen, oder wir bringen das dann ins Präsidium. So oder so haben wir dann aber nicht nur ein Problem, sondern die Lösung, und damit verbessern wir unsere Lage ganz entscheidend. Wenn wir nichts finden, ist unsere Lage ehrlich gesagt so beschissen, dass es auf die paar Tage mehr oder weniger auch nicht mehr ankommt.»

Danwoski dachte daran, was er früher ins Glückstagebuch geschrieben hätte: *In großem Mist einen guten Plan gehabt. Jurkschat und Finzi überzeugt.*

«Du müsstest dich mal reden hören», sagte Finzi und kratzte sich mit dem Zehennagel am Unterschenkel des anderen Beines. «Problem, Lösung, Durchbruch – der konstruktive Kram passt nicht zu dir, Adam. Wobei ...», er hustete ein bisschen, «... das Ganze ist immer noch dämlich genug. Also gut.»

Danowski zog die Augenbraue hoch. Jurkschats Votum fehlte noch.

Bis eben hatte sie am Küchentresen gelehnt, ein schmaler Schlauch war das hier, sie mussten einander ausweichen mit den Füßen, und Finzi mit seinen nackten Mauken mittendrin. Jetzt beugte sie sich vor und nahm die Hülle mit den Codes, unter denen am Ende ihr Name stand, vom Tisch.

«Das hier ist der Schlüssel», sagte sie.

«Sei vorsichtig», hörte Danowski sich sagen. «Das ist immerhin ein Beweismittel.»

«Erst mal ist das was, wo mein Name draufsteht», sagte Jurkschat, steckte das Zeug in eine Plastiktüte, griff nach ihrem Schlüssel und ihrer Brieftasche, nahm ihre Jeansjacke vom Haken und sagte: «Ich meld mich jetzt krank.»

«Wieso das denn», sagte Finzi, «du hast dich noch nie krankgemeldet.»

«Ja, aber auf eine Lüge mehr oder weniger kommt's jetzt auch nicht mehr an», sagte Jurkschat. «Jedenfalls gefällt mir euer Gekicher nicht und wie abenteuerlich ihr das irgendwie alles auch findet. Ich glaub, ich muss mal ein, zwei Tage raus. Ich fahr zu meinen Eltern. Wenn mir hierzu was einfällt, sag ich Bescheid.» Sie schwenkte die Tüte.

Finzi kam halb vom Tisch hoch, aber er war zu weit weg.

«Und dass du seit Tagen weißt, dass mein Name irgendwo draufsteht und mir nichts sagst, das kotzt mich am allermeisten an. Glaubst du wirklich, du musst irgendwas für mich regeln? Merkst du nicht, dass das immer umgekehrt läuft?» Das Unheimlichste war, dass Jurkschat Finzi nicht anschaute, während sie ihm das eine Stufe über Küchenlautstärke sagte. Danowski zog ein bisschen die Schultern hoch, als könnte er sich dadurch unsichtbar machen.

«Meta», sagte Finzi.

Dann war sie weg.

«Du hättest sie nicht festhalten können oder so was?», fragte Finzi vorwurfsvoll.

«Irgendwie hat sie ja nicht ganz unrecht», sagte Danowski und machte seine beiden Telefone wieder an, dienstlich und privat. Sie vibrierten ungeduldig in seinen Händen. Vage fiel ihm ein, dass Gaitner für heute Mittag Stichpunkte für ein neues Täterprofil mit Schwerpunkt Mobbing bei ihm bestellt hatte. Die Hälfte der Nachrichten war wahrscheinlich von dem.

«Hm», machte Finzi und setzte sich wieder hin. «Vor allem mit dem letzten Teil.» Danowski wollte ihm widersprechen, aber er winkte ab. «Das ist ja genau das Ding. Dass ich jetzt halt gern mal was für sie geregelt hätte, zur Abwechslung. Weil ich doch wusste, dass sie schon mit der anderen Geschichte genug um die Ohren hat.»

Danowski rieb sich die Stirn. «Müssen wir uns Sorgen machen?»

Finzi zog nachdenklich die Mundwinkel nach unten. «Nicht viel mehr als sonst.»

«Ich meine wegen Meta.»

«Du nicht, Adam. Ich schon. Ich mach mir Sorgen um das ganze Ding hier.» Finzi machte eine vage kreisende Handbewegung, die seine und Metas ganze Hammerbrook-Welt mit einschloss.

Danowskis Telefon vibrierte noch einmal. Eine Nachricht von Jurkschat, offenbar von der Straße.

Kann ich ein, zwei Nächte in deine Wohnung?

Er war überrascht. Er zögerte.

«Leslie?», fragte Finzi. Danowski sah ihn an und fühlte sich nicken.

«Schreib ihr mal lieber gleich zurück», sagte Finzi. «Die macht sich doch auch Sorgen.»

Muss das sein, schrieb Danowski.

Sekunden später kam Jurkschats Antwort:

Dann bring mir den Schlüssel. Ich warte um die Ecke beim Auto.

«Scheiße», sagte Danowski.

«Was denn los», fragte Finzi und klang müde. Danowski schürzte die Lippen und tippte aufs Geratewohl auf die nächstbeste Nachricht von Behling, um Finzi was erzählen zu können.

Dringender Hinweis auf Leichenversteck in Grundschule Koopstraße. Treffen mit allen Einheiten um 1100. Wo bist du??? KB Bring Meta mit

«Behling», sagte Danowski. «Ich muss los.»

35. Kapitel

Im Autoradio hörte er das magische Wort, das Jurkschat und er vor kurzem noch an der Wand im Gymnasium Klein-Flottbek gesehen hatten: leichenfrei. Vorgetragen in der kurzzeitig von heiter-ausgelassen auf heiter-gefasst runtergedimmten Stimme des N-Joy-Moderators. Konkrete Hinweise auf einen bevorstehenden dritten Leichenfund an einer Hamburger Schule, diesmal eine Grundschule. Der Unterricht abgebrochen, die Schulpflicht in ganz Hamburg für den Rest der Woche aufgehoben durch Eilbeschluss der Schulbehörde.

Danowski kramte im Fußraum, machte das Blaulicht aufs Dach und hatte wenigstens das Gefühl, mit mehr Bedeutung im Stau zu kriechen als die anderen. Dann war die Gegenfahrbahn frei, er zog nach links und gewann ein paar hundert Meter. Auf dem Bürgersteig standen, je näher er der Schule kam, Kinder mit Schulrucksäcken, die nicht wussten, wohin mit sich. Andere wurden von Eltern in Autos gezogen, die in zweiter Reihe der eine Teil des Staugrundes waren. Der andere war die auf hundert Meter abgesperrte rechte Fahrbahn, auf der Einsatzfahrzeuge standen, gekennzeichnet und zivil, zwei Bullis von der Kriminaltechnik und zwei Krankenwagen. Einer für die Leiche, falls sie eine fanden, denn keiner wollte Fotos von Leichenwagen vor Grundschulen in der Zeitung sehen. Der andere auf Vorrat. Das Schulgebäude war eingerüstet, und was Danowski von weitem für Sichtblenden gehalten hatte, waren Bauzäune. Die Kollegen von der Schutzpolizei machten ihm die Absperrung frei und winkten ihn in die letzte Lücke.

«Sie werden schon erwartet. Und Sie brauchen den hier.» Danowski nahm den gelben Bauarbeiterhelm entgegen, warf ihn auf die Rückbank und stieg aus. Es war kurz vor halb zwölf.

Behling und Kienbaum standen mit Ahrens und natürlich dem Arschloch aus München vor dem Schulportal, hinter dem offenbar eine Entkernung im Gange war. Keiner außer Ahrens mit Helm. Er kam Danowski ein, zwei Schritte entgegen und fragte mit besorgtem Enthusiasmus: «Adam, zum Glück. Läuft alles?»

«Läuft», sagte Danowski. «Läuft hart.»

«Hier, nimm mal den», sagte Ahrens und gab ihm seinen Helm.

«Spät, Adam», sagte Behling, und Kienbaum nickte streng.

«Wir warten sowieso noch auf den Hausmeister», sagte Ahrens, «der hat eigentlich Urlaub. Die Direktorin holt ihn gerade. Ich hab hier nur die Stellung gehalten, bis du kommst. Ich fahr dann mal. Läuft ja hier.»

«Adam», sagte Gaitner und breitete feierlich die Arme aus, als hätte er das hier alles selbst arrangiert. «Wir haben die Verbindung zwischen den Toten.» In sehr präzisen Worten beschrieb er ihm, was Behling bei der Witwe des toten Frank Jablonski gefunden hatte und wie sie auf die Grundschule Koopstraße gekommen waren. «Und», sagte Gaitner, «wir zwei beiden haben die seltene Gelegenheit, als Analytiker bei einem Leichenfund dabei zu sein, ja, is denn scho' Weihnachten!»

Kienbaum lachte. Behling runzelte die Stirn.

«Das müssen wir uns ja sonst immer vom Foto anschauen», sagte Gaitner. «Kannst du noch was bei lernen.» Er haute ihm aufmunternd auf die Schulter. Danowski spürte Müdigkeit. Ich hab selber schon Leichen gefunden, seit ich Fallanalytiker bin, wollte er sagen, aber was für eine morbide Art Angeberei wäre das gewesen.

«Adam hat selber schon die eine oder andere Leiche gefunden, seit er bei der OFA ist», sagte Behling. «Vielleicht sogar verursacht. Auf dem Windrad. Hat den Steuerzahler immer ordentlich gekostet, jedenfalls.»

«Wo kommen eigentlich die ganzen Kinder her», fragte Danowski, «wenn das hier eine Baustelle ist.»

«Die Grundschule ist vorübergehend direkt nach nebenan gezogen in die alte Berufsschule, die steht leer», erklärte Kienbaum. «So lange, wie die hier die Grundschule modernisieren. Danach wird die Berufsschule abgerissen, und es gibt noch einen Erweiterungsbau für die Grundschule. Die nehmen ordentlich Geld in die Hand.»

Gaitner guckte warnend zu Danowski. «Wir gucken uns erst die Leiche an, dann kriegen wir ein deutlicheres Bild. Wenn sie auch Bissspuren hat, bleib ich stark bei meiner Trauma-Theorie. Sonst können wir gern über Baumillionen reden, Adam.»

Danowski sagte nichts. Seit er im Gegensatz zu allen anderen hier wusste, dass die ersten beiden Toten sich in einem Schullandheim kennengelernt hatten, das für Quälereien berüchtigt war, fand er Gaitners Mobbing-These längst nicht mehr so abwegig. Egal, was der für Bücher damit vermarkten wollte. Er unterdrückte ein Gähnen.

«'schuldigung, wenn dir das hier alles zu langweilig ist», sagte Behling.

«Wer weiß, ob wir hier überhaupt jemanden finden», sagte Danowski. «Also, nichts gegen deinen sagenhaften Dokumentenfund, Knud. Und selbst wenn. Was habt ihr für offene Vermisstenmeldungen für mögliche weitere Tote?» Er wusste, dass Molkenbuhr und Kalutza aus seiner alten Mordbereitschaft, die für Vermisste und für unklare Todesursachen zuständig war, ein entsprechendes Dossier erstellten.

Behling fingerte nach seinem Telefon, kam aber offenbar mit der PDF-Darstellung nicht zurecht. Kienbaum sprang ihm bei. «Haben wir dabei. Die Omis haben eine Liste mit vier Namen von Männern gemacht, die in den letzten fünfzehn Jahren verschwunden sind und vom Alter und vom Umfeld etwa zu den ersten beiden Toten passen.»

«Interessiert dich gar nicht, wo die Lütte ist?», fragte Behling und packte ärgerlich sein Telefon wieder ein.

«Richtig», sagte Danowski, sein schlechtes Gewissen, wie er hoffte, unhörbar. «Wo ist Meta?»

«Hat sich krankgemeldet. Zum ersten Mal», sagte Behling. «Adam, wenn du wieder irgendeine Scheiße abgezogen hast …»

Dann kam jemand, der den gelben Helm wirklich aufhatte, stellte sich als Bauleiter vor und fragte sie, wer denn das hier am Ende alles bezahlen würde, die ruhende Arbeit und so weiter, und wann sie anfangen würden mit der Leichensuche, und wann er denn damit rechnen könnte, dass es …

«Höhere Gewalt», sagte Behling lapidar.

Der Hausmeister und die Schulleiterin kamen über den Holzweg am Rande der Baustelle und schwitzten, keine Parkplätze. Danowski hielt sich im Hintergrund, während sie sich vorstellten. Patricia Baltasano, Mitte fünfzig, kurze, praktische Frisur, kein Make-up, T-Shirt statt Bluse, mehr so der handfeste Typ. Die Sonnenbrille wechselte sie ab mit einer Lesebrille, die sie um den Hals trug. Das erinnerte ihn an Dr. Karin Busche im Treppenviertel. Hatte die sich nicht längst melden wollen, um den Namen von dem Mobbing-Opfer damals nachzureichen? Inzwischen interessierte ihn das. Was, wenn der gemobbte Junge von damals auch im Waldheim gewesen war?

Der Hausmeister stellte sich als Jürgen Schliemann vor, was Behling angesichts der ihnen bevorstehenden Ausgrabungsarbeiten in eine verblüffende bildungsbürgerliche Heiterkeit versetzte: «Troja? Schliemann? Versteht ihr nicht?» Das alte Fischbrötchen wurde immer seltsamer in letzter Zeit. Na ja, bald ging's für immer ab auf die Weide mit dem. Der Hausmeister war etwa in Behlings Alter, Anfang, Mitte sechzig, langes Gesicht, kleiner Brilli im linken Ohr.

«Wie lange sind Sie an der Schule?», fragte Danowski ihn.

«Seit drei Jahren», sagte Hausmeister Schliemann.

«Adam, halt dich mal raus», sagte Behling. «Ihr guckt nur zu.» Und an den Hausmeister gewandt: «Drei Jahre, okay. Liste mit vorherigen Beschäftigungsverhältnissen und so weiter kriegen wir dann bitte auch noch.»

«Machen wir», sagte der Hausmeister, der offenbar noch nicht verwunden hatte, dass ihm hier sein Urlaub zumindest für einen Tag ruiniert wurde. Er wirkte auf

Danowski wie der Typ, der sich den Tag nachträglich gutschreiben ließ, da war der alles andere als lässig, Ohrring hin oder her. «Und wonach suchen wir jetzt genau?»

Weil von Behling nichts kam, sagte Gaitner, makellos im engen schwarzen T-Shirt ohne Schweißflecken: «Wir suchen nach einem Keller oder einer Abseite, die gut durchlüftet ist, sodass man, wenn man dort eine Leiche versteckt, davon ausgehen kann, dass sie in kurzer Zeit einen signifikanten Flüssigkeitsabbau ohne weiteren Schädlingsbefall erlebt.»

«Schädlingsbefall», sagte der Hausmeister, leicht verstört.

«Eben ohne, verstehen's», sagte Gaitner.

«Warum kommen Sie damit eigentlich jetzt?», fragte die Schulleiterin. «Hätten Sie nicht schon längst bei uns vorbeischauen wollen? War jedenfalls die Ansage aus der Schulbehörde.»

«Baustellen haben wir zurückgestellt», sagte Behling.

«Die Kollegen haben hier ordentlich Rattenbefall gehabt früher», sagte der Hausmeister. «Darum sind die ganzen Kriechkeller abgedichtet worden. Daraufhin sind denen die Leitungen vermodert oder so was. Jedenfalls sind die Kriechkeller eine Zeitlang künstlich belüftet worden. Ratten raus, Luft rein. Das weiß ich auch nur, weil wir uns Gedanken gemacht haben, ob wir das alles nicht mal rausreißen, aber dann kam die Baugenehmigung. Also, das ist alles noch so wie früher. Und die machen die Keller zuletzt. Falls das Geld ausgeht. Keller sind ja nicht so wichtig.»

Behling nickte. «Belüftete Kriechkeller. Gute Sache.»

Als sie im Keller standen, hatten sie Bauluft in der Nase, abgeschlagenen Putz, freigelegte Balken, die seltsam anheimelnden Gerüche, die entstanden, wenn man einem alten Gebäude den Bauch aufriss. Die Treppen waren schon freigelegt, das Linoleum abgerollt, die Handläufe säuberlich aufgereiht zum Abschleifen und Veredeln.

Kienbaum machte eine scherzhafte Bitte-nach-Ihnen-Bewegung zu Danowski, als der Hausmeister ihnen den Einstieg in die Kriechkeller zeigte. Danowski schüttelte den Kopf. Er erinnerte sich noch gut an sein Fiasko im stillgelegten Elbtunnelrettungsgang, als er steckengeblieben war und Kienbaum ihn hatte rausziehen müssen. «Jetzt bist du dran.»

Aber die Kollegen von der Kriminaltechnik, die endlich, wie Behling sagte, ihre ganzen Plünnen beisammenhatten, schoben sie zur Seite und machten ihnen klar, dass sie sich für die Einzigen hielten, die sich darauf verstanden, einen Leichenfundort nicht völlig zu zerstören. Zu viert verschwanden sie in ihren hellgrauen Schutzanzügen durch die Einstiegsluke unter dem Kellerfußboden, Schutzmasken vor den feuchten Gesichtern.

«Stoßt euch nicht den Döz», sagte Behling lahm.

Dann entstand eine etwas absurde Situation, in der sie mit immer mehr Kolleginnen und Kollegen im Gang standen, einander die Luft wegatmeten und darauf warteten, dass jemand Maskiertes mit Nachrichten aus der Unterwelt kam. Außer Sichtweite rauchte jemand.

«Seid ihr jetzt völlig verblödet?», rief Behling ins Ungefähre.

«Das sind die Bauarbeiter», sagte Kienbaum.

Danowski dachte an Finzi und vor allem an Meta und

an ihr unseliges Dreier-Geheimnis. Vielleicht entstand hier gerade durch den dritten Leichenfund so was wie ein Informationskuddelmuddel, in das er allerhand von ihren unrechtmäßig erworbenen Informationen einspeisen konnte.

Nach einer Weile hörten sie Klopfzeichen. Dann steckte der Teamleiter von der KT den Kopf durch die Luke und zog die Maske von seinem bärtigen Mund.

«Männliche Leiche, unbestimmtes Alter, aufgrund der Haare und der erhaltenen Kleidung würde ich auf Anhieb vermuten, Anfang dreißig bis Anfang vierzig. Stark mumifiziert.»

Im Kellergang breitete sich eine seltsame Art von Erleichterung aus. Behling fing an, in die Runde zu schauen, na, Kinder, was sagt ihr jetzt, der Alte hat's noch drauf, oder? Danowski war sich sicher, dass er dessen Gedanken lesen konnte.

«Sagt ihr mir was über die Kleidung, oder soll ich selber gucken?», fragte Behling, als ihn keiner lobte.

«Natürlich nicht mehr so gut zu erkennen», sagte der Kriminaltechniker. «Schwarze Jeans, würde ich sagen, dunkles Oberhemd, Sakko. Eher zum Ausgehen angezogen. Keine Schuhe, dunkle Socken.»

Behling hatte sich von Kienbaum helfen lassen und scrollte jetzt durch die Personenbeschreibungen der Vermissten, die Molkenbuhr und Kalutza vorbereitet hatten.

«Habt's ihr die Bissspuren schon gefunden?», fragte Gaitner. «Das Neunauge? So im Bereich vom …»

«Wir machen hier keine rechtsmedizinische Begutachtung», unterbrach der Kriminaltechniker. «Wird schwierig genug, den Toten ins Institut zu bekommen, ohne allzu viele Spuren zu beschädigen.»

«Krawatte?», fragte Behling. «Können ja wohl selbst so 'n paar Techniker wie ihr nicht übersehen, nicht wahr.»

«Nein. Nicht gesehen. So, ich muss wieder runter.»

«Ohne Schlips? So, von den Anziehsachen her ist das Eckhart Lorenz aus Hamburg-Schnelsen, seit 2002 vermisst. Irgendwann ist sein Rucksack aus der Elbe gefischt worden. Eckhart Lorenz, genannt Ecki. Na, ertrunken ist er offenbar nicht. Aber guck mal an, Geburtstag hätte er heute gehabt», sagte Behling.

«Na, herzlichen Glückwunsch», sagte Danowski.

36. Kapitel

Eckhart Lorenz war mit Einschränkungen ein guter Vater gewesen. Mit Einschränkungen, weil er erstens oft nicht da gewesen war, als er noch lebte, und zweitens, weil er nicht mehr lebte. Und auch, wenn seine Kinder verstanden, dass ihr Vater eigentlich nichts dafür konnte, dass er nach einer Schulbau-Veranstaltung, wo er mit seinem Ingenieurbüro als Experte geladen war, weitergefeiert hatte und an den Landungsbrücken in Sankt Pauli in die Elbe gestürzt und dort vermutlich ertrunken war, blieb ihnen nach seinem Verschwinden damals ein gewisser Groll. Sein Sohn Philipp war siebzehn, seine Tochter Franziska auch, Zwillinge. Sie weinten und haderten und waren wütend und traurig. Als ihre Mutter den Vater für tot erklären ließ, hatten sie wieder das Gefühl, der Vater habe ihr was aufgedrückt, worum er sich selbst nicht hätte kümmern wollen, dabei wäre es seine Aufgabe gewesen.

Sie lebten an unterschiedlichen Orten in Deutschland, Franziska in Marburg, Philipp in Berlin. Philipp dachte manchmal an den Vater. Wenn er sich im Spiegel sah. Er sah jetzt, mit 32, so aus, wie er sich an seinen Vater aus der Kindheit erinnerte, es war unheimlich und traurig, aber auch ein bisschen schön, und manchmal drehte er sich weg vom Spiegel und sah nur noch aus dem Augenwinkel hin, und dann stellte er sich für einen Moment vor, sein Vater stünde am Waschbecken, um sich zu rasieren.

Franziska dachte noch viel öfter an ihren Vater, weil sie

selbst langsam Kinder wollte und sich zu erinnern versuchte, was ihren Vater zu einem guten gemacht hatte, wenn auch mit den bekannten Einschränkungen. Er hatte Ideen und Geduld gehabt beim Playmobilspielen, berufsbedingt vor allem beim Neukombinieren von Gebäudeteilen. Er hatte gern vorgelesen, viel länger als ihre Mutter, die deshalb sanft mit ihm geschimpft hatte, und er hatte einen schnellen, brutalen Witz gehabt, den sie an jedem Mann vermisste, den sie traf.

Philipp und Franziska Lorenz telefonierten fast jeden Tag miteinander. Oft sprachen sie über ihre Mutter, die in Hamburg in der Wohnung von damals wohnte mit einem neuen Mann und dessen Kindern aus erster Ehe, die gerade erst Abitur machten, das war eine völlig fremde Welt für sie, über die sie sich mit unverfänglichem, aber starkem Interesse austauschten, als würden sie über eine Fernsehserie sprechen. Über ihren Vater sprachen sie selten, aber sie hatten die Tradition, sich an seinem Geburtstag in Berlin zu treffen und Erinnerungsstücke und Erinnerungslücken mitzubringen und sehr viel Alkohol zu trinken und nach Geschichten zu graben, die der andere oder man selbst so gut wie vergessen hatte. Da sie erwachsen waren und Partner und Berufe hatten, war ihnen diese Tradition ein wenig lästig geworden, aber keiner mochte es sich selbst, geschweige denn dem Zwilling gegenüber eingestehen.

Wenn er dann aber wusste, dass seine Schwester im Zug saß, und wenn er seine Arbeit im Griff, die Wohnung aufgeräumt und das Gästebett aufgeklappt hatte, fing Philipp Lorenz an, sich zu freuen. Und Franziska ging es ähnlich, sobald sie im Zug saß. Es war nicht nur eine Vorfreude darauf, den Bruder zu sehen, sondern auch darauf, einen Tag im Jahr dem Vater auf ganz andere Weise nah zu sein als sonst.

Also lehnte Franziska Lorenz sich in die abgenutzten Polster des ICE von Frankfurt am Main nach Berlin, und weil sie den Ruhebereich gewählt hatte, stellte sie ihr Telefon auf Flugmodus und schloss die Augen.

37. Kapitel

Am Ende hatte Danowski dann doch Ecki Lorenz an seinem Fundort besuchen müssen oder dürfen. Gaitner hatte darauf bestanden. Nachdem die Leiche von der Kriminaltechnik für den Abtransport in die Gerichtsmedizin nach Eppendorf freigegeben war. Kienbaum und Behling waren auch unten gewesen, aber nur kurz. Genickbruch, Treppensturz, hatte Kienbaum geschlossen, und sie hatten alle dasselbe gedacht: Wenn der Tote hier die Treppe hinuntergestürzt war oder ihn jemand gestürzt hatte, dann waren über diese Treppen fünfzehn Jahre lang Abertausende von Kindern, Eltern und Lehrern gelaufen, und jetzt waren alle spurenrelevanten Oberflächen rausgerissen oder abmontiert.

«Nur gucken, nicht anfassen», hatte der Kollege von der Kriminaltechnik gesagt. «Wir haben euch schöne Zweihundertwattlampen aufgebaut da unten. Und ihr bleibt bitte unmittelbar an der Kreuzung.»

Kreuzung fand Danowski geprahlt. Der Kriechkeller war keine anderthalb Meter hoch, zu niedrig, um gebückt gehen zu können. Schließlich hatte Gaitner sportlich den Entengang eingenommen, Danowski krabbelte hinter ihm auf allen vieren wie der Detektiv in einem Kinderbuch vorsichtig an den Markierungen und Teilabsperrungen der Kriminaltechnik vorbei. Schleifspuren, Kriechspuren, Fasern und womöglich DNA-Spuren an den unverputzten Wänden und der niedrigen Decke.

An der Leitungskreuzung hielten sie inne, bis ihre Augen sich an das starke Licht gewöhnt hatten, das die Scheinwerfer der KT auf die Szene vor ihnen warfen.

Der braune, zarte Leichnam schien sich die Ecke des Kriechkellers selbst gewählt zu haben, das Ende einer Sackgasse, abgesperrt durch eine nachträglich installierte niedrige Brandschutztür, die die KT aus den Angeln gehoben und beiseitegestellt hatte, sodass der Gang noch enger wurde. Danowski merkte, wie flach er atmete, nur durch den Mund. Die instinktive Abwehr gegen Leichengeruch, aber dann überwand er sich, denn er wusste, dass die mumifizierten Toten nach fünfzehn Jahren nicht anders rochen als der sie umgebende Keller, ihre Welt. So, wie man die Käsemaden im Urlaub auf Korsika genauso gut mitessen konnte, weil sie schmeckten wie der Schafskäse, den sie bearbeitet hatten.

Der Tote saß eng zusammengeduckt wie eine Moorleiche, das rot gewordene Haar eine Schutzhaube, die Hände wie vor den Beinen verschränkt. Vermutlich ein Effekt der verdorrten und verkürzten Sehnen.

«Was siehst du, Adam?», fragte Gaitner. Danowski meinte eine gewisse Enttäuschung in dessen Stimme zu hören, weil das hier eigentlich ein guter szenischer Einstieg für sein Buch gewesen wäre. Nur, das wurde ja gerade gedruckt. Danowski antwortete nicht.

«Ich seh einen Pumuckl, der sich vorm Meister Eder oder vor wem anders in der hintersten Ecke verkrochen hat», sagte Gaitner, seine Stimme und damit sein Mund unangenehm nah an Danowskis Ohr. «Weil des Pumuckl unartig gewesen ist. Ich seh einen, der sich verkrochen hat. Weil er immer auf den Deckel g'kriegt hat.»

Danowski wollte sagen, dass der Tote sich hier nicht selbst verkrochen hatte, sondern dass ihn jemand anders hier versteckt hatte, als er schon tot gewesen war, davon gingen sie doch erst mal aus. Aber das Schlimme war: Er verstand, was Gaitner meinte.

«Übertragung», sagte Danowski.

«Ganz genau», sagte Gaitner und rieb ihm gönnerhaft den Rücken. «Der Täter stellt mit dem Toten dar, wie er sich selbst am liebsten verkrochen hätt', als er gequält worden ist.»

Vor der Schule holte Danowski sein Telefon raus und schaute auf die Fotos von der Waldheim-Liste, die Jurkschat ihm heute Morgen geschickt hatte. Er strengte seine Augen an und wischte auf dem Bildschirm herum, während die Kollegen ihn anrempelten. Die Namen waren nicht alphabetisch geordnet. Jablonski und Stahmer sah er gleich, an Scheffler blieb er ganz kurz hängen, der Name kam ihm bekannt vor, aber er wusste nicht, woher.

Lorenz, Eckhart. Da stand der Name, Blau auf Weiß. Die drei Toten waren zusammen im Waldheim gewesen. Daher kannten sie einander.

«Haste'n da?», fragte Behling. Und Danowski hatte einen kurzen verrückten Moment, in dem er Behling beinahe alles gesagt hätte, es wären nur drei Sätze gewesen, und vielleicht wäre das gar kein so großes Ding geworden, Behling war so seltsam im Moment, vielleicht hätte er dem das sogar irgendwie verkaufen können, trotz allem. Aber gerade, als er den Mund öffnete, verzog Behling das Gesicht und sagte: «Ach, weißt du, Adam.» Weissu. «Lass ma. Euer Kram ist mir eh zu hoch.»

Das enge, vollgerummelte Büro der Schulleiterin erinnerte ihn an das seiner Frau an der Grundschule in Finkenwerder. Die gleichen sinnvollen Büromöbel, deren Oberfläche und Ergonomie irgendwann Anfang der neunziger Jahre aktuell gewesen war, Kinderbilder, Plakate, die an lange vergangene Schulaktivitäten erinnerten, und rahmenlose Glasbildhalter, hinter denen alte Fotos von Klassenfahrten rotstichig wurden.

«Ja», sagte die Schulleiterin und fuhr sich durch das kurze Haar. «Ziemlich eng hier. Wir drängeln uns hier mit vierhundert Schülern in einer ehemaligen Berufsschule, die für zweihundert ausgelegt war. Können Sie sich ja vorstellen.»

Danowski stand noch mal auf, lehnte ein Mineralwasser ab und betrachtete die Fotos von Klassenfahrten. Er meinte, eine Idee zu haben, wie er Metas und seine Informationen übers Waldheim und die gemeinsame Vergangenheit der drei Toten vielleicht doch würde einschleusen können, ohne dass einer von ihnen und vor allem nicht Meta in Schwierigkeiten geriet.

«Asse, 1989, meine erste Klassenfahrt als ganz junge Lehrerin», sagte Patricia Baltasano. Danowski mochte was an ihrer Stimme, tief und rau, so, als würde sie einem die ganze Zeit Geheimnisse anvertrauen.

«Sie haben eine Klassenfahrt zum Atommüllendlager gemacht?»

Sie lachte und fing ein bisschen an zu husten. Er spürte, dass sie sich nach einer Zigarette sehnte. «Nee, die Asse war damals ein ganz normales Ziel. Mit Stadtrallye nach Goslar und so was.»

Danowski nickte. «Wir waren 81 in Rehau. Auch nicht

glamouröser.» In ihm reifte ein Entschluss, und der Schlafmangel und die greifbar nahe Erleichterung machten, dass er sich leicht ums Herz fühlte. Er drehte sich um.

«Von mir aus rauchen Sie ruhig», sagte er. «Ist ja ein besonderer Tag. Ich sag auch nichts.»

Sie stellte mit einer geübten Bewegung ihr Fenster auf Kipp, ohne ganz aufzustehen, und setzte sich so, dass der Rauch in gerader Linie abzog.

«Auch eine?», fragte sie.

«Klar», sagte Danowski und ließ sich zum ersten Mal seit zehn Jahren und drei Monaten eine Zigarette anstecken. Der scharfe Rauch zog ihm durch den Körper. Die Schulleiterin musterte ihn. Er setzte sich hin.

«Die Kollegen von der Mordbereitschaft werden sich noch mit Ihnen unterhalten», sagte Danowski durch seinen Qualm, «sobald sie die erkennungsdienstlichen Maßnahmen an der Leiche abgeschlossen haben. Ich bin von der Operativen Fallanalyse, wir sind dabei, ein Täterprofil zu erstellen. Im Moment gehen wir von einem traumatischen Erlebnis in der Vergangenheit als Tathintergrund aus.»

Sie nickte und blies den Rauch Richtung Fenster, aber weil sie dabei den Blickkontakt mit ihm hielt, ging immer mehr daneben. Sie war gut und gern zehn Jahre älter als er, aber er merkte, dass es ihm völlig egal war. Also dahingehend, dass es ihm alles andere als egal war. Es gefiel ihm.

«Sie meinen, jemand, der als Kind gemobbt worden ist an der Schule. In die Richtung.»

«Ganz genau.»

«Haben Sie persönlich Erfahrung mit so was?», fragte sie.

«Von früher?» Danowski war überrascht.

«Hoffentlich nicht von heute.»

«Nein. Wenn ich ehrlich bin, war ich eher der, der … also.» Danowski brach ab. Nach dem Tod seiner Mutter hatte er sich zurückgezogen und niemanden aus der Schule mehr an sich rangelassen. Um seine Ruhe zu haben, hatte er lieber einmal zu viel als einmal zu wenig gestänkert, und wenn er jetzt so darüber nachdachte, dann hätte man das heute vielleicht Mobbing genannt. Er runzelte die Stirn.

Sie lächelte. «Ich wollte Sie nicht in Verlegenheit bringen. Also jedenfalls nicht so.»

Danowski zog eine Augenbraue hoch und betrachtete wohlwollend die Filterzigarette in seinen unegalen Fingern. Das war ja total einfach, er flirtete beziehungsweise wurde angeflirtet, was das Zeug hielt, bämm, nimm das, altes Glückstagebuch!

«Ich bin nicht so schnell in Verlegenheit zu bringen», sagte er. Glatte Lüge. Deren Klang ihm gefiel.

«Also, ich hab Zeit.»

Er lachte. «Und Sie?»

«Ob ich leicht in Verlegenheit zu bringen bin, oder ob ich als Kind meine Mitschüler gemobbt habe, so wie Sie?»

Danowski grinste und war froh, dass ihnen keiner zusah.

«Haben Sie als Lehrerin oder als Schulleiterin irgendwelche spektakulären Mobbingfälle in Erinnerung, die sich hier an der Schule abgespielt haben? Oder von denen Sie gehört haben?»

Sie fuhr sich mit der Zunge nachdenklich über die Lippen. Schöne Zähne. Spitze Zunge. Danowski schluckte. «Da müsste ich länger drüber nachdenken», sagte sie. «Vielleicht geben Sie mir Ihre Nummer.»

Danowski machte eine gewisse Show daraus, seine zweite Handynummer mit einem puscheligen Bleistift, der bei ihr auf dem Schreibtisch neben einem blauen Briefbeschwerer lag, auf die Rückseite zu schreiben.

«Kennen Sie das Waldheim an der B430 Richtung Lütjenburg?», fragte er. «Das soll ja so, wenn's um Mobbing geht, einen ganz schlechten Ruf haben.»

«Klar, das kennt jeder Pädagoge in Hamburg», sagte sie. «Schon wegen der Geldgeschichten. Und den Klos. Und, ja, da gab's immer wieder irgendwelche Horrorgeschichten.»

Danowski hätte aufspringen und sie küssen können. Sie hatte ihn rausgehauen. Jetzt konnte er ins Protokoll schreiben, dass sie ihm vom Waldheim erzählt hatte, und zwar im Zusammenhang mit Mobbing, und dass er dann eine Anfrage bei den Kollegen in Plön gemacht und auf diese Weise herausgefunden hatte, dass Jablonski, Stahmer und Lorenz sich dort kennengelernt hatten.

«Sie sehen glücklich aus», sagte die Schulleiterin. «Sieht man selten, ehrlich gesagt.»

Er nickte. «Höre ich auch selten, ehrlich gesagt.» Jetzt durfte sie ihn nur nicht fragen, wie er aufs Waldheim gekommen war. Das Ganze musste jetzt einfach untergehen in ihrem weiteren Gespräch, damit er sauber rauskam aus der Sache.

Er schob ihr seine Karte rüber.

«Also, mal ganz offen gefragt …», fing sie an, und Danowski unterbrach sie, denn er wollte nichts riskieren.

«Der kommt mir bekannt vor», sagte er und nahm den blauen Briefbeschwerer vom Tisch.

Sie nickte, ein bisschen enttäuscht. «Ich kann nichts wegschmeißen.»

Danowski wendete den Glasbriefbeschwerer in der Hand. Das gleiche Modell, das Dr. Karin Busche auf dem Tisch gehabt hatte.

«Diese Schulbautagung war vor fünfzehn Jahren bei uns an der Schule», sagte sie. «Wir hatten damals ganz gute Ideen für den Um- und Anbau. Daran merken Sie, wie lange sich so was zieht.»

Dreck, dachte Danowski. Zwar war jetzt nicht mehr vom Waldheim die Rede, aber was war jetzt wieder mit dieser Bautagung? Er merkte, dass er seine Zigarette bis zum Filter runtergeraucht hatte. Sie streckte die Hand aus und nahm sie ihm vorsichtig ab. Sie legten es beide darauf an, dass ihre Fingerspitzen sich berührten.

«Gibt es da irgendwelche Teilnehmerlisten oder so von solchen Tagungen?», fragte er.

«Tagungen von vor fünfzehn Jahren? Hm. Vielleicht bei der Schulbehörde. Wobei, kann sogar sein, dass wir noch was irgendwo haben. Aber ganz ehrlich, das ist nichts Spannendes. Da wird nur gequatscht, dann gibt's Sekt und Häppchen, und wer will, versucht noch was abzuschleppen.» Sie wandte die Handflächen nach außen und hob die Schultern und sah tatsächlich plötzlich ein wenig italienisch aus. «Können Sie sich ja vorstellen. Frustrierte Erwachsene nach einem langen Abend mit Gerede und Alkohol.»

Danowski stellte den Briefbeschwerer zurück. «Schauen Sie mal nach der Liste, ja?»

Sie sah ihn an. «Jetzt habe ich schon zwei Gründe, Sie anzurufen», sagte sie. «Gefällt mir.»

«Gefällt mir auch», sagte er.

Sie stand auf. «Ganz ehrlich. Ich meine, ich möchte da nicht meine Zeit verschwenden. Die Zeit fliegt, und so weiter. Wissen Sie ja. Kennen Sie aus Ihrem Beruf. Also, wenn ich Sie jetzt irgendwann abends anrufe und eine Liste für Sie habe oder mir noch was eingefallen ist zum Thema Mobbing, ist es das dann, danke und auf Wiederhören, oder würden Sie sich mal treffen mit mir?» Sie machte eine genau richtig lange oder kurze Pause. «Privat.»

Danowski stand ebenfalls auf. Er hatte einen bitteren Geschmack im Mund von der Zigarette und fühlte sich wie ein schimmliger Lappen.

«Ich glaube nicht», sagte er.

Sie nickte. «Gut, dass ich gefragt habe.» Und im Rausgehen meinte er zu sehen, wie sie seine Karte stirnrunzelnd betrachtete.

38. Kapitel

Meta Jurkschat war überrascht, wie einfach es war, sich krankzumelden, obwohl man gesund war. Man rief einfach an und sagte, man wäre krank. Die Kollegin von der Mordbereitschaft sagte gute Besserung, und dann war man frei. Kein Wunder, dass Leute das unwiderstehlich fanden.

Einen Moment überlegte sie, jetzt zum Arzt zu geben und sich ein Attest zu holen. Um das irgendwie echter zu machen. Aber sie schreckte davor zurück, jemandem ins Gesicht zu lügen. Telefon, das ging gerade noch.

Andererseits. Sie müsste nur sagen, was war: Sie litt unter der Vergangenheit, sodass sie nicht schlafen konnte. Sie litt unter der Gegenwart, sodass sie nicht mehr klar denken konnte. Sie war also eingeschränkt. Im weitesten Sinne war sie krank. Und dennoch.

Adams Wohnung sah aus, als wäre jemand sehr Altes nicht ganz ausgezogen und jemand nicht ganz Neues nie vollständig angekommen. Und nichts in freundlichen Farben. Es roch manchmal nach Adam und manchmal nach alter Frau. Oder das war das alte Schulschaubild aus dem Keller mit dem Neunauge, das Adam vor die Schrankwand gehängt hatte.

Als sie an den Fensterscheiben sah, dass auf der Straße der Regen fiel, wusste sie, was sie zu tun hatte. Als Kind auf dem Land war sie überzeugt gewesen, dass es in der Stadt einen anderen Regen als bei ihnen gab. Sie fand, sie hatte recht behalten damit. Der Regen in der Stadt war so sehnsuchtsvoll und groß, dass er im Gegensatz zum Landregen keinen eigenen Namen hatte, er war einfach der Regen an sich. Sie war da ein bisschen verkitscht. Das Bild von James Dean hatte sie immer noch im Kopf, er im Regen auf dem Broadway, den Mantelkragen hochgeschlagen. Sie hatte sich vorgestellt, wie sie im Taxi durch New York fahren würde oder London und wie die neue, große Stadt in den Regentropfen am Autofenster in Licht und Bewegung zerfloss, sodass man seinen Platz darin finden konnte. Und als sie das erste Mal so richtig nach Hamburg gekommen war, mit elf oder zwölf, da war es auch so ein heißer Juli gewesen, und als sie aus dem Auto ihres Vaters gestiegen war, hatte der Regen aufgehört und sie hatte die Feuchtigkeit auf den Gehwegplatten im Portugiesenviertel gerochen. Sie fand noch immer, dass in diesem Geruch ein Versprechen lag.

Sie griff ihre Jacke und lief die vier Treppen hinunter auf die Straße. Die Unterlagen von Finzis Heckenmann hatte sie fotografiert. *King Horse*, das wusste sie sofort. Das passte in ihre Gegenwart wie ein Puzzleteil von früher.

Vor sieben oder acht Jahren. Als sie als relativ junge Polizistin in die Mordbereitschaft gekommen war. Quotenfrau, hieß es damals, obwohl es keine Quote gab. Aber es hieß, die Chefin würde Frauen bevorzugen. Vor allem junge Frauen: zu viele alte Männer beim LKA, vor allem bei den Mordbereitschaften. Weshalb die meisten von denen sie dann erst mal hatten spüren lassen, dass sie den Job nur bekommen hatte, weil sie jung war und Brüste hatte. Das war die Formulierung, an die sie sich erinnerte, einer von den Kollegen aus Adams Team hatte das damals gesagt zum anderen, Kalutza zu Molkenbuhr oder umgekehrt: «Die hat die Stelle gekriegt, weil sie Brüste hat und die Gnade der späten Geburt.»

Sie hatte in der Tür gestanden, auf der Suche nach Adam Danowski und Andreas Finzel, die sie damals kaum kannte, weil die beiden weniger in Tötungsdelikten ermittelten und mehr bei Unklarheiten über natürliche oder unnatürliche Todesursachen. Worum es ging, wusste sie gar nicht mehr. Aber an das Gefühl konnte sie sich noch gut erinnern. Sie war kaum Mitte dreißig und hatte bisher immer nur gehört, wie gut und wie richtig sie alles gemacht hatte. Und plötzlich sollten es einfach ihre Brüste gewesen sein. Der Kollege hatte sich entschuldigt. Aber eher dafür, dass sie es gehört hatte, nicht dafür, dass er es gesagt hatte.

Das war dann ihre *King-Horse*-Phase geworden. Die Kneipe kannte sie von ihrer Zeit auf der Wache in der Mörkenstraße. Das *King Horse* lag am westlichen Rand vom Kiez; wenn man rauskam, stand man mit einem Bein schon fast in Altona-Altstadt. Der Laden war ein bisschen zu abgelegen für alle, die ihr den Kiez unerträglich machten: die Zuhälter, die Junggesellinnen und Junggesellen, die Partypeople von der Freiheit und vom Hamburger Berg. Stattdessen: ein paar Nachbarn von den Mietshäusern Richtung Holstenstraße, ein paar Touris, die erschöpft von den Kiez-Klischees waren, und Männer und Frauen um die dreißig, die in der Neustadt, am Vorsetzen oder im Portugiesenviertel arbeiteten. Von der Signal-Iduna, von Gruner + Jahr oder eben von der Polizei. Das erste Mal war sie mit ein paar Kolleginnen nach der Schicht ins *King Horse* gegangen, und ihr hatte der Geruch gefallen: altes braunes Ledersofa, Amaretto, Ernte 23.

Nach einer Weile hatte sie gemerkt, dass das *King Horse* bei einigen den Ruf als Aufreißerschuppen hatte. Es hatte sie nicht gestört. Sie mochte die Blicke, manchmal auch die Sprüche. Sie mochte den Moment, wenn man seine Jacke nahm und jemand anders nahm seine auch, und man trat zusammen auf die Straße, und die Luft roch nach Zuckerwatte, Kotze und Benzin. Und meistens mochte sie auch die Nächte. Sie war allein, und im Job lief es schlecht damals. Im *King Horse* lief es meistens gut für sie.

Zum Beispiel hatte sie dort Thorsten getroffen.

Sie zog die Schultern hoch unter der Erinnerung, aber dann spürte sie den warmen Regen und sah, wie der Himmel ein bisschen heller und ein bisschen dunkler zugleich wurde, Wolken, Sonne, Regen und Dämmerung in eins gerollt. Meta Jurkschat war selten bedrückt. So fühlte sich das also an. Man vergaß es ja fast.

In der S-Bahn wurde es besser, weil sie da deutlicher merkte, dass sie ein Ziel hatte. Es reichte, erst mal nur bis dahin zu denken, wo man hinwollte.

Der Chef. Als Finzi vom Heckenmann und aus dem Krankenhaus erzählte, und wie der Bettnachbar gesagt hatte, der zusammengeschlagene Typ hätte sich «Chef» nennen lassen, hatte sie ein Gefühl hinter der Stirn bekommen, als wenn man ins Auto steigt und merkt, dass irgendwas gerade schlecht zu riechen anfängt, ein Apfelgriebsch im Türfach oder ein Stück Stulle in der Rückbankritze, und man weiß, es könnte zwar auch einfach nur nichts sein, aber man ahnt: Doch, da ist was, und es wird immer schlimmer werden.

Dann hatte sie die Liste gesehen und den Eintrag «King Horse – KH», und das hatte sie an Thorsten erinnert. Und

Thorsten hatte einen Freund, der Scheffler hieß, und den nannten sie Scheff.

Auf der Rückfahrt aus Schleswig-Holstein hatte sie sich Scheff von Finzi beschreiben lassen, ohne sich was anmerken zu lassen. Ja, das war er. Und sie würde ihn finden. Das *King Horse*, das *Sabaschinsky*, das *Wreck-It* und *Evie's Bar*. Irgendjemand in einem der vier Läden auf der Liste würde wissen, wo Scheff sein könnte, und dann würde sie ihn finden, und dann hätte sie jemanden vor sich, der ein paar Antworten geben würde. Warum Thorsten tot war. Was er mit Frank Jablonski zu tun gehabt hatte, was im Waldheim losgewesen war. Eckhart Lorenz, das war der dritte Name, den Namen hatte Adam ihr geschickt. Aber der sagte ihr nichts.

Und sie würde endlich herausfinden, warum sie die ganzen Jahre über mit Thorsten so was wie Angst gehabt hatte.

Sie mochte, wie in der S-Bahn die Jeansjacken-Ärmel auf ihr trockneten. Sie fasste sich in die nassen Haare und stellte fest, dass sie offen waren. Seitdem der Jäger im Wald sich neben ihnen erschossen hatte und sie in Plön auf der Wache geduscht hatte, hatte sie sich keinen Pferdeschwanz mehr gebunden. Sie stieg Königstraße aus, weil sie lieber durchs Altonaer Ende zum Kiez lief als von der Haltestelle Reeperbahn quer durch Sankt Pauli. Zu viele alte Kolleginnen und Kollegen auf Streife und in Zivil. Außerdem mochte sie die orangefarbenen Kacheln vom S-Bahnhof Königstraße und die leicht runtergekommene, leicht abschüssige Königstraße selbst, unfreiwilliges Bindeglied zwischen den Altonaer Ambitionen und den Kiez-Klischees. An der Hafenschule vorbei, am Turnverein, dem jüdischen Friedhof und der Tankstelle.

Am Gitarrenladen überquerte sie den Pepermölenbek und dann nach links die Reeperbahn, und mit jedem Schritt hatte sie das Gefühl, weiter zurückzugehen in ihre Vergangenheit. Sie ging an der Holstenstraße entlang ein Stück Richtung Norden, bevor sie sich auf Höhe der Louise-Schroeder-Straße nach rechts von Sankt Pauli verschlucken ließ. Der Regen hatte aufgehört, die Gehwege waren wieder trocken.

Im *King Horse* sah es aus wie immer. Es roch, wie sie es in Erinnerung hatte. Und es war nichts los. Rechts am Tresen zwei Trinker, die sie als solche an den rundgehockten Rücken und den selbstgemachten Haarschnitten erkannte. Sie nahmen keine Notiz von ihr. Links drei junge Werber, die sie enttäuscht anschauten und sich dann wieder ihren Smartphones und Whiskey Sours zuwandten. Die warteten entweder auf ihren Koks-Dealer oder auf Frauen, die attraktiver waren, als sie Meta Jurkschat fanden. Der junge Mann, der hinter dem Tresen an einem Kühlschrank mit Glastür lehnte, hatte die hängenden Arme mit schwarzen Flächen tätowiert, das sah eigentlich ganz gut aus, aber auch, als hätte er die eine oder andere Fehlentscheidung übermalen lassen. Seine gepiercte Augenbraue hatte sich entzündet.

Meta stellte sich an den Tresen, ihr Fuß fand das Metallrohr in zehn, zwanzig Zentimetern Höhe, und sie hörte sich sagen: «Amaretto mit Whiskey.» Seit sie mit Finzi zusammenwohnte, trank sie praktisch keinen Alkohol mehr. Sie ahnte, dass es ihm egal gewesen wäre und dass ihn ihr offensichtlicher Verzicht vielleicht sogar mehr störte, als hin und wieder ein Glas Weißwein oder ein Jever light es getan hätten. Aber sie konnte nicht anders. Und sie brauchte normalerweise keinen Alkohol, um sich locker und leicht zu fühlen. Meta Jurkschat fand, dass sie auch ohne Alkohol immer recht locker war. Aber sie ahnte, dass das nicht alle so sahen.

Im *King Horse* kriegte man Durst. Hier musste man was Braunes bestellen. Über dem Tresen hing der übliche Müll, alte Sankt-Pauli-Mannschaftsbilder aus der *Mopo*, schwer vergilbt, Autokennzeichen aus den USA, «Florida – The Sunshine State», alte Stiche von Fischen, Postkarten von Stammgästen aus dem Urlaub, viel Italien, Spanien, Griechenland und Türkei, ein Känguru-Verkehrszeichen. Vor Jahren war sie mit einer amerikanischen Ausrüstungsvertreterin, die sich anschließend als illegal operierende US-Agentin entpuppt hatte, nach der Arbeit in der Innenstadt einen trinken gegangen. Meta hatte Ärger im Job. Mit Adam. Das fand die Amerikanerin interessant. Später verstand Meta auch, warum. Die Amerikanerin hatte Whiskey bestellt und gesagt, als sie die braunen Gläser vor ihre Gesichter hoben: «Stuff it down with brown.» Davon hatte sie Adam nie erzählt, obwohl sie beide später richtige Probleme mit der Amerikanerin bekommen hatten. Ihr einziger Schusswaffeneinsatz in neunzehn Dienstjahren.

Der Mann, der nicht kompetent genug wirkte, um ihn Barkeeper zu nennen, drehte sich unschlüssig zum Regal mit den harten Sachen um. «Was Bestimmtes?»

«Jim Beam.»

«Ganz was Feines.»

Sie nickte. Das Leben war weniger kompliziert, wenn man die Ironie von anderen ignorierte. Dann musste man nicht überlegen, ob es überhaupt welche war und was man Geistreiches darauf hätte antworten können. Da war sie bei Adam durch die harte Schule gegangen.

«Du bist aber noch nicht lange hier», sagte sie und war ein bisschen überrascht über ihren forschen Ton. Das mochte sie an Kneipen: Man wurde jemand anders, wenn man am Tresen stand. Finzi behauptete, man wurde mehr man selbst. Aber vielleicht bedeutete das das Gleiche.

«Kann sein.»

«Und wie heißt du?»

Er zögerte. Sie war vielleicht nicht doppelt so alt wie er, aber sie war dem vierzigsten näher als er dem fünfundzwanzigsten. Nächste Woche war es so weit.

«Leon.»

Sie nickte. Adam würde jetzt sagen: Da hätte man auch von allein drauf kommen können. Aber nee. Eben nicht.

«Warum?»

«Kein besonderer Grund», sagte sie und steckte ihre Zunge in das Glas, das er ihr hingestellt hatte. Eine Angewohnheit seit ihrer Kindheit. Finzi amüsierte sich darüber, Thorsten hatte es wahnsinnig gemacht. Spielen, dass man ein Kätzchen ist. Für einen Moment. Schadete doch niemandem.

«Kommt Scheff heute noch?», fragte sie. Daran hatte sie den ganzen Fußweg lang gefeilt.

Leon war kein guter Schauspieler. Er hob alarmiert die Augenbrauen, was offensichtlich weh tat, denn er verzog sofort das Gesicht, nahm sie wieder runter und sagte erst mal gar nichts.

«Wer?», fragte er dann.

«Ein alter Freund von mir», sagte Meta. «Scheffler, den sie Scheff nennen.»

Leon fing an, sich unter der Theke nach einem Lappen oder etwas anderem umzusehen.

«Nie gehört», sagte er.

«Na ja, kann schon ein paar Jahre her sein. Früher war er hier Stammgast.»

«Nee, so lange bin ich noch nicht hier.»

«Und kennst du Thorsten noch?» Es half, dass sie erst einen großen Schluck genommen hatte, bevor sie den Namen aussprach.

«Ich kenn ganz viele Thorstens», sagte Leon. Es klang fast stolz. Sie nickte langsam. Meta Jurkschat hatte eine Angewohnheit, von der sie nie jemandem erzählt hatte, erst recht nicht Adam oder Finzi: Sie fragte sich bei jedem neuen Menschen, den sie traf, was sein Verbrechen war. Es war ein Tick, den sie nicht abschütteln konnte. In der zweiten, dritten Klasse hatte sie eine Phase gehabt, in der sie zwanghaft die Buchstaben aller längeren Wörter gezählt hatte, im Kopf und an den Fingern unterm Tisch, immer in der Hoffnung, ein Wort mit zehn Buchstaben zu finden.

Schwimmbad.

Eierkuchen.

Turnbeutel.

Schokolade.

Wasserball.

Handarbeit.

Jetzt suchte sie nach Menschen, die sie sich nicht als Verbrecher vorstellen konnte. Es gab weniger davon als schöne Wörter mit zehn Buchstaben. Verstoß gegen das Betäubungsmittelgesetz bei den Werbern links, die Trinker rechts kamen von der Körperverletzung und waren jetzt bei kleineren Eigentumsdelikten, nichts, was zu viel Mühe machte. Leon gefiel ihr gar nicht. Dummheit, ein gewisses Unterlegenheitsgefühl, vager Stolz schon darüber, viele Thorstens zu kennen: Sie siedelte ihn an Richtung sexuelle Nötigung. Und war genervt von sich selbst, wie damals, wenn ihre Finger unter dem Tisch Wörter nach ihrer Buchstabenzahl abgetastet hatten.

Sie nahm noch einen Schluck. Adam. An dem scheiterte sie irgendwie. Seit sie den kannte, fiel ihr für Adam kein Verbrechen ein, das sie ihm zutraute. Allerhand Fahrlässigkeiten, gut. Aber nichts mit niederen Beweggründen. Und sie fragte sich, ob sie ihn gerade deshalb eigentlich mochte, oder ob er ihr deshalb immer fremd bleiben würde.

«Thorsten Stahmer», sagte sie, nachdem sie das Glas geleert hatte. Zu viel trinken, ein taktischer Fehler.

Leon deutete auf das Glas und fragte: «Noch einen?»

Jetzt musste sie überlegen, dadurch unterbrach sie den Rhythmus, den sie bis eben selbst bestimmt hatte.

«Klar.» Sie konnte ihn ja stehenlassen. Meta studierte die speckige Thekenoberfläche. Irgendwo in oder auf dieser Schicht war noch die DNA von Thorsten und von ihr. Jeder hinterließ irgendwo alles mögliche, die ganze Welt bestand nur aus alten Spuren.

Ein Schatten fiel auf den Tresen. Meta blickte auf. Eine Frau Anfang dreißig, Blümchenkleid und Doc Martens, so ein Frühe-neunziger-Jahre-Look, und den dunklen Pferdeschwanz zusammengebunden mit einem Haarband, an dem zwei glänzend dunkelrote Plastikkirschen baumelten, die gleichzeitig einen Teil vom Verschlussmechanismus bildeten. Beleidigung, Sachbeschädigung. Die Frau hatte Leon leicht beiseitegeschoben und stützte sich auf, sodass sie Meta leicht von unten ansah.

«Leon, du bist zum Scheißen zu dämlich», sagte sie.

«Was denn.»

«Polizei.»

«Wie.»

«Die Kollegin hier ist von der Polizei, hat sich nicht ausgewiesen und stellt dir trotzdem Fragen. Das geht zwar nicht, aber na gut. Richtig scheiße ist aber, wenn man das nicht merkt und die Fragen auch noch beantwortet. Das ist saudumm. So wie du.» Die Werber guckten Meta an, dann einander, rutschten hin und her, nahmen ihre Drinks und suchten sich einen Tisch nah am Ausgang.

«Kannst du mal aufhören, mich immer zu dissen, Lore.»

«Ist ja nicht dissen. Das sind nur Feststellungen. Ich beschreibe nur, was ich hier direkt vor mir sehe. Eine ganz bisschen geschickte Polizistin und einen absolut unterirdisch minderbemittelten Typen.»

Na ja, dachte Meta Jurkschat. Du bist auch nicht so ganz richtig helle. Vielen Dank jedenfalls, dass ich die kleine Szene miterleben darf. Irgendwas nimmt man dann doch immer mit. Abgebrochene Studentin, vermutete sie. Sozial- oder Geisteswissenschaften.

«So», sagte Lore, «deine Scheißgetränke gehen aufs Haus, und dann Abflug.»

«Sie reagieren empfindlich, wenn man nach alten Stammkunden fragt», stellte Meta fest.

«Deine Scheißjeansjacke, diese bequemen Schuhe, da macht ihr ja offenbar immer 'ne Sammelbestellung, Fingernägel praktisch kurz, und immer auf so 'ne bestimmte Art sitzen, als hättet ihr 'n Holster am Gürtel, auch wenn ihr nicht im Dienst seid. Fehlt nur noch der Pferdeschwanz, echt. Hältst du mich für so bescheuert wie Leon hier?»

«Sie haben das genau richtig erkannt: Ich bin nicht im Dienst.»

«Ja. Okay. Super. Nicht im Dienst, aber auch nicht viel länger in meiner Kneipe.»

«Gehört Ihnen der Laden? Was ist denn aus …» Meta ärgerte sich. Sie kam nicht mehr auf den Namen. Aber sie erinnerte sich, dass er zehn Buchstaben gehabt hatte. «Na, dem das früher hier …» Sie brach ab und guckte angestrengt, weil sie hoffte, dass der Name aus Leon herausplatzen würde. Herr Lehrer, ich weiß was!

«Süß», sagte Lore.

Meta Jurkschat stand auf. Irgendwann würde sie Leon allein erwischen. Vielleicht nach Schichtende. Oder an einem anderen Tag. Dieser Leon wusste, wer Scheffler war, und vielleicht auch, wo er war. Aber sie hatte nicht mehr viel Zeit.

«Danke für die Drinks», sagte sie. Dann stutzte sie. Sie beugte sich über den Tresen, bis Lore drohend die Hand ausstreckte. *No pasaran*, und so weiter. Meta zeigte auf einen der alten Fisch-Stiche. «Lamprey» stand darüber, was Auf-alt-Gemachtes aus England. Sie erkannte den Fisch: ein Neunauge. Acht Buchstaben. Ein Neunauge inmitten von Aalen, Hechten, Karpfen, Dorschen und Heringen. Wie auf diesem hässlichen Schaubild, das Adam aus der Schule mitgebracht und gleich im Wohnzimmer aufgehängt hatte.

«Wer hat das da aufgehängt?», fragte sie.

«Spinnst du?» Lore wurde laut, das holte die mühelos aus dem zierlichen Körper. «Immer noch Fragen, echt?

Du, wenn ich mit der Polizei reden will, geh ich auf die Davidwache und sage, im Geizhaus gibt's Handentspannung umsonst für Staatsbürger in Uniform, weiß doch jeder, wie das läuft …»

Sie kannte die Strategie. Möglichst laut möglichst viel Unsinn reden, um den anderen abzulenken.

Meta Jurkschat nahm ihr Telefon aus der Jacke, machte ein Foto des reproduzierten Neunauge-Stichs und sagte: «Ich komm morgen wieder mit einer richterlichen Anordnung, dann hängt das noch da, denn das nehm ich dann mit. Und eine ganze Menge vom Rest.»

Lore sah sie an, als müsste sie noch überlegen, mit welcher Hand und aus welcher Richtung sie Meta gleich eine reinschlagen würde. Dann streckte Meta den Arm aus, weil sie eine Postkarte von der kroatischen Küste wiedererkannt hatte, eine Felsformation, die Thorsten und sie vor einigen Jahren geklettert waren. Damals hatten sie noch Postkarten verschickt.

«Und die nehm ich jetzt schon mal mit», sagte sie und zog die Karte von der Wand, die dort weniger durch Tesa- und mehr durch einen Nikotin-Film gehaftet hatte. «Die gehört nämlich mir.»

«Spinnst du?»

Leon wich zurück und versuchte, in der gleichen Bewegung bedrohlich auszusehen, was ihm nach Meta Jurkschats Einschätzung gründlich misslang. Lore hingegen kam vor und fiel ihr in den Arm.

Meta Jurkschat hatte das Gefühl, dass sie sich auf einer abschüssigen Bahn befand, was ihre Karriere und ihre Polizeiarbeit anging. Aber sie war immer besonders gut in den technischen Dingen gewesen. Sie war die Beste im Schießen, besser als Finzi, Adam, Behling, Kienbaum, besser als der ganze Laden. Und, wenn man von ihrer Gewichtsklasse ausging, die Beste in Kampftechniken.

Sie griff mühelos und schnell in Lores Arm. Mit dem Tresen zwischen ihnen bekam sie die andere nicht in den klassischen Polizeigriff, aber es gelang ihr, sie in einer einzigen Bewegung so auf den Tresen zu drehen, dass Meta mit der linken Hand in Ruhe die Postkarte studieren konnte, während sie mit der rechten Lores Arm nach hinten bog und sich mit dem Ellenbogen auf den Kopf der anderen stützte, sodass Lores Gesicht auf dem klebrigen Tresen lag.

«Das ist so was von Misshandlung und Amtsmissbrauch und so», zischte Lore in ihre Achselhöhle. Meta Jurkschat hörte, wie die Werber durch die ächzende Tür abhauten und wie die Trinker langsam die Köpfe hoben und sich die Haare hinter die Ohren strichen. Lore hatte ja recht. Aber dafür hatte Meta jetzt keinen Sinn. Sie hatte erwartet, Thorstens Schrift zu sehen, aber das Gefühl überraschte sie dann doch. Was Scharfes, Helles in ihr, ein unangenehm türkisfarbenes Pfefferminzgefühl.

Hey Jungs, las sie.

Ganz schön hier, aber auf die Dauer bisschen langweilig. Kann's nicht erwarten, wieder auf Hasenjagd zu gehen. Wochenende auf meiner Hütte steht. Aber ohne Scheff!!! Wir sprechen, wenn ich zurück aus Kassel bin. Bleibt sauber,

Thorsten

Auf der Straße wieder der Regen, aber sie ignorierte ihn wie einen alten Freund, der einen im Stich gelassen hatte. Ein Schritt nach dem anderen. Kassel war jetzt wichtiger als die anderen alten Kneipen. Sie nahm ein Taxi zum Hauptbahnhof und kaufte eine Fahrkarte, ICE am gleichen Abend. Sie wusste von keiner Hütte. Sie konnte sich erinnern, dass Thorsten nach ihrer Kroatien-Reise zu seinen Eltern hatte fahren wollen, aber von einer Hütte hatte sie nie gehört. Seine Eltern würden wissen, um welche Hütte es ging.

Sie wählte die Nummer in Kassel, bei der sich neulich jemand mit Jürgen Stahmer gemeldet hatte. Diesmal legte sie nicht auf. Sie sagte: «Ich komme nach Kassel. Ich habe eine ganze Reihe von Fragen. Ich nehme den nächsten Zug.»

Und wenn sie die Hütte gefunden hatte, würde sie schauen, ob Scheff in dieser Hütte war.

Aber zuallererst würde sie schlafen in Kassel, noch bevor sie morgen seine Eltern suchen würde. Schlafen, in irgendeinem Kettenhotel möglichst nah am Bahnhof, in einem absolut verwechselbaren Bett, einen traumlosen Schlaf, umgeben von Gerüchen, nach denen sie sich jetzt schon sehnte: industriell gestärkte Bettwäsche, hart und sauber, Chlor und synthetische Meersalzgerüche aus dem Wellnessbereich, aufgebackene Frühstücksbrötchen.

Und dann erst, nach all dem, ganz am Ende, würde sie anfangen, sich mit dem Thema Hasenjagd zu befassen.

39. Kapitel

Nachdem er aufgelegt hatte, betrachtete Jürgen Stahmer eine Weile das Telefon auf der Station.

Ich habe eine Reihe von Fragen.

Was bildete die sich ein. Wieso hatte die Fragen? Wer hatte denn die letzten Jahre mit Thorsten verbracht? Die oder er?

Jürgen Stahmer merkte, wie sich seine Ahnung in ihm zur Gewissheit verdichtete. Man musste es ganz logisch betrachten.

Thorsten war mit Meta Jurkschat zusammen gewesen, danach war er verschwunden. Also, getötet worden. Abgelegt in irgendeinem Kellerloch wie ein Sack mit Altkleidern. Der eigene Sohn.

Thorsten hatte sich kaum noch gemeldet, seit er mit Meta Jurkschat zusammengekommen war.

Und diese Meta war Polizistin. Wer wusste denn, wo Thorsten da mit reingeraten war oder wo sie ihn reingezogen hatte.

Also, warum hatte die plötzlich eine Reihe von Fragen?

Wenn hier einer eine Reihe von Fragen hatte, dann er, Jürgen Stahmer.

Er spürte Ärger in sich aufsteigen wie eine sexuelle Erregung, der Ärger fühlte sich nach Leben an und nach Taten, danach, nicht immer alles nur schlucken und ertragen zu müssen. Patagonien. Und keiner hatte einem geholfen. Die Polizei in Kassel hatte gesagt, das machen die

Kollegen in Hamburg, und die Polizei in Hamburg hatte gesagt, wir warten auf den Bericht aus Santiago, und die Polizei in Santiago, dass sie auf die internationale Vermisstenmeldung aus Hamburg warteten.

Währenddessen hatte Thorsten vielleicht noch seinen Todeskampf gekämpft. Oder die Ratten hatten an ihm genagt. Und dann rief die an und sagte: Ich habe eine Reihe von Fragen.

Was für eine unverschämte kleine Nutte. Daran, dass ein scharfer Wind an seinen Zähnen vorbeizischte, spürte er, dass er das Wort aussprach.

Ich nehme den nächsten Zug.

Jürgen Stahmer sah auf die Uhr. Wenn sie sich beeilte, kriegte sie den ICE um Viertel nach. Zweieinhalb Stunden Zugfahrt von Hamburg, dann mit der Straßenbahn oder dem Taxi von Wilhelmshöhe hier in die Nordstadt an den Rand vom Industriegebiet. Sie konnte also frühestens in drei Stunden hier sein. Wahrscheinlich würden es vier werden. Frauen mussten ja immer noch irgendwas vorbereiten oder packen oder sich was anderes anziehen. Aber besser, er ging mal von drei Stunden aus.

Mit einer Geschwindigkeit, die fast der eines Beingesunden entsprach, sammelte er seine Brieftasche, seine Popelinejacke und die Autoschlüssel in der Wohnung zusammen, nahm den Hackenporsche aus der Besenkammer, zog die Tür hinter sich ins Schloss und fuhr mit dem Fahrstuhl nach unten. Sein Mercedes parkte direkt vor der Tür auf dem Behindertenparkplatz, um den er lange gekämpft hatte.

Er fuhr am verwaisten Straßenstrich vorbei, am Künstlerhotel mit den verrotteten Wohnwagen auf dem Hof und am einsamen Biosupermarkt mit dem Wandgemälde an der Brandmauer, einen knappen Kilometer, bis er zum Baumarkt kam und sich ärgerte, dass hier beide Behindertenstellplätze besetzt waren.

Verdammte Krüppel.

Er ging nur bis zum Informationsschalter, wo er einen Jungen fand, der sich die Achselhöhle unter dem orangefarbenen Baumarktpolohemd kratzte.

«Ich hab eine kleine Renovierung vor», sagte Jürgen Stahmer und strich seinen Zettel auf dem Infotresen glatt, positiv überrascht vom Ausmaß seiner eigenen Hände. «Ich bin leider nicht so gut zu Fuß. Könnten Sie mir da was zusammenstellen?»

Die Augen des Jungen weiteten sich, und Jürgen Stahmer spürte Zorn in der Erwartung, abgewimmelt zu werden. Aber da kam von nebenan eine blonde Kollegin, die ihr Polohemd ganz gut ausfüllte, nahm den Zettel und sagte, mit einem eiskalten Seitenblick auf den Jungen: «Natürlich, ist gar kein Problem, das machen wir gern. So, Tyler, hol dir mal 'n Wagen, ja, nee, muss keiner von den offenen sein, genau, der reicht, und dann dreh mal 'ne kleine Runde.»

Jürgen Stahmer lächelte erleichtert. Noch zwei Stunden und fünfundvierzig Minuten.

«So», sagte die Blonde, «gehen wir noch mal kurz durch. Abdeckfolie, vierzig Quadratmeter, die dicke. Die kommt aber teurer. Gang sieben, Tyler, ja. Kreppband, das ist auch da. Und was meinen Sie mit … ah, Sie meinen so Panzerband, nennen wir das, dieses superfeste, breite silberne, ja genau. Drei Meter Kunstfaser-Tau, acht Millimeter, musst du zuschneiden, Tyler, Gang fünf, mit dem

Heißtrenner. Vorschlaghammer und Spitzhammer Gang sechs. Nagelpistole ist vorne bei Elektro, klar. Ladung haben Sie noch? Nein. Packst du dazu, Tyler. Teppichmesser haben wir gleich hier vorne in der Schütte. Gut. Und jetzt flinke Füße, der Kunde hat nicht ewig Zeit.» Sie zwinkerte ihm sogar zu. Jürgen Stahmer lächelte ein bisschen, aber es fühlte sich fremd an im Gesicht.

«Tyler!» Die Blonde winkte ihn noch mal zurück, aber weit war der Junge sowieso nicht gekommen. An Jürgen Stahmer gewandt, sagte sie: «Was haben Sie denn überhaupt vor? Brauchen Sie noch was für die alten Tapeten, haben Sie noch Rollen und so? Malerweiß? Raufaser ist im Angebot. Oder reißen Sie erst mal nur ein oder so.»

Jürgen Stahmer brach der Schweiß aus. Zwei Stunden und vierzig Minuten. Die scheiß Hilfsbereitschaft, immer nur dann, wenn man sie nicht brauchte.

«Ja», sagte er. «Packen Sie mal dazu.»

«Wie», sagte die Blonde. «Was jetzt genau.»

«Na ja. Zum Ablösen von den Tapeten. Und Raufaser. Und klar, Farbe auch.»

«Alpinaweiß. Und drei Rollen? Stange haben Sie?»

«Stange auch, ja gut.»

«Teleskop? Ist im Angebot.»

«Ja. Teleskop ist gut.»

«Alu oder Plastik?»

«Also …»

«Alu ist haltbarer. Kommt aber zu 14,99.»

«Ja, gut.»

«Und wie groß?»

Jürgen Stahmer zögerte. «Ich hab keine Ahnung. Eins siebzig, eins fünfundsiebzig?»

Die blonde Dralle sah ihn an und lachte. Tyler verdrehte die Augen. «Nein, ich mein nicht, wer Ihnen hilft oder so, sondern wie groß der Raum ist. Grundfläche und Deckenhöhe.»

Jürgen Stahmer stöhnte ein wenig. «Zwanzig Quadratmeter.»

Die Beine. Die Zeit. Das Geld.

«Deckenhöhe zwei sechzig.»

Sicher war es besser, das hier alles noch obendrauf packen zu lassen, damit sein Einkauf unverfänglich blieb. Aber schade wegen der Verschwendung war es schon. Denn er wusste, dass er für Meta Jurkschats Besuch nichts anderes brauchen würde als Folie, Klebeband, Seil, Nagelpistole, Teppichmesser und Hammer.

40. Kapitel

In Finkenwerder war der Phlox explodiert, und Danowski brach erschöpft zusammen. Wozu hatte man sonst ein Zuhause. Außerdem war da Ferienstimmung, vier Tage zu früh. Leichenfrei.

«Boah, Papa, danke!», rief Martha und warf sich in ihrer vollen elfjährigen Länge zu ihm oder auf ihn aufs Sofa. Danowski stöhnte.

«Gern geschehen. Aber du weißt schon, dass ich die da nicht persönlich versteckt habe, damit du früher Ferien kriegst, oder?» Er merkte, dass er das Wort Leichen vermieden hatte.

«Hast du jedenfalls gut gemacht», sagte Martha und war schon wieder am Tisch, lang ausgestreckt, um sich am anderen Ende irgendwas zu angeln, von dort, wo man auch hätte hingehen können. Warum wurden die Kinder so groß, obwohl Leslie und er so klein waren? Stella rief nicht mal mehr Hallo nach unten, wenn er nach Hause kam, sie saß seit drei Jahren unter ihren Kopfhörern und hörte nichts, was nicht da rauskam.

«Und was glaubst du, wie viele kommen noch?», fragte Martha.

«Wie, wie viele kommen noch?»

«Na ja, wir haben gewettet», sagte Martha, jetzt wieder bei ihm, immer in Bewegung. Sie grinste, nicht ganz schuldbewusst. «Weil doch auch in der Zeitung stand: Ist das erst der Anfang Fragezeichen.»

Danowski drehte sich auf den Rücken, sodass er in den Garten gucken konnte. «Und, was glaubst du?»

«Vierundzwanzig.»

«Du hast vierundzwanzig gewettet? Respekt.»

«Na ja, war nicht mehr viel frei. Mefdüne und ich waren draußen und haben die Jungs aus der Siebten geärgert, als die anderen die Liste gemacht haben.»

«Jungs geärgert, so so.»

«Oah, du hörst dich an wie Opa. Jungs geärgert, so so.»

«Worum habt ihr denn gewettet?»

«Die Ehre.»

«Also, nichts gegen deine Ehre, Marti, aber ich glaube, vierundzwanzig ist zu hochgegriffen. Hast du mal von der Dreier-Gesetzmäßigkeit gehört?»

«Dreier-Einmaleins kann ich.»

«Die Drei gilt in allen Kulturkreisen als vollkommene Zahl.»

«Verstehe ich nicht. Vierundzwanzig finde ich besser. Zum Beispiel jetzt bei Geld.»

«Also, eins, das ist das Ich, zwei, das bist du, und die Drei, das holt sozusagen das dritte Element rein, das ganze Universum. Wie bei der Dreifaltigkeit.»

«Häh.»

«Jedenfalls glauben wir, dass hier ein Täter auf etwas aufmerksam machen will, etwas, das ihm in der Vergangenheit widerfahren ist …»

«Oder ihr.»

«Bitte?»

«Voll sexistisch, ey. Das kann doch auch 'ne Täterin sein.»

«Ja. Das stimmt. Aber.»

«Aber was.»

«Die meisten Serienmörder sind Männer. Überhaupt werden die meisten Verbrechen von Männern begangen. Ist nun mal leider so.»

«Warum.» Marta hatte sich so auf seinen Bauch gesetzt, dass es anfangs ganz lustig gewesen war, aber jetzt konnte er kaum noch sprechen. Was ihm nicht ganz unrecht war.

Leslie kam rein, rastlos, das Telefon immer in der Hand. So viel zu regeln. Eltern, die jetzt auf die Schnelle vorab Zeugniskopien wollten, weil die Übergabe in der Schule ausfallen musste. Wusste der Teufel, was die damit wollten. Den Großeltern vorlegen, um den Erbanspruch aufrechtzuerhalten? Andere beschwerten sich, dass Leslie ihnen vor drei Monaten untersagt hatte, die Kinder zwei Tage früher aus der Schule zu nehmen, und jetzt durften sie es plötzlich doch, und zwar vier Tage, und wer zahlte ihnen jetzt die Differenz zu den teureren Flügen, die sie hatten buchen müssen, und alles war nur Leslies Schuld.

Er streckte die Arme aus, um seine Frau zu trösten.

«Du weißt, dass ich das nicht mag», sagte sie.

«Wenn ich dich umarmen will.»

«Wenn du Martha zu detailliert von der Arbeit erzählst.»

«Na ja», sagte Danowski pedantisch, «das war eher nicht zu detailliert, sondern eher zu allgemein.»

«Und Papa hat meine Frage nicht beantwortet», sagte Martha. Leslie seufzte, dann klingelte ihr Telefon.

Danowski schloss die Augen, und in seiner Phantasie klingelten plötzlich ganz viele Telefone, und er fragte sich, was Meta wohl machte, und die Schulleiterin von heute

Mittag. Er verzog das Gesicht und schlug die Augen auf, denn:

«Gehst du mal bitte an dein Telefon, Adam?», sagte Leslie. «Das nervt.»

Er wälzte sich auf die Ellbogen und angelte unter dem Sofa. Eine Nummer, die er nicht kannte. Er drehte sich mit dem Rücken zu seiner Familie. Vielleicht wirklich Patricia Baltasano.

«Adam?» Danowski stöhnte. Das Münchner Idiom. Selbst seinem archaischen Namen drückte Gaitner so einen seltsamen Glamour auf, letzte Runde im Schumanns, mit dem Surfbrett in den Flaucher.

«Am Apparat.»

«Ja, wo bist jetzt du?»

«Zu Hause.»

«Heim gegangen? Adam.»

«Ich hab eigentlich dienstfrei.» Und seit Ewigkeiten nicht geschlafen.

«Mia sind mitten in einer ganz frischen G'schichte, Adam.»

«Kleine Pause, Martin.» Zwei Stunden auf dem Sofa, dann füttere ich euch mit meiner Version der Geschichte von Meta, Finzi und mir, versprochen. «Ich warte noch auf die Beantwortung einer Anfrage in Plön.» Lüge. «Möglicherweise ist das sogar ermittlungsrelevant, über die fallanalytische Einschätzung hinaus.» Wahrheit. Hin und her. Einfach mach ich's mir nicht, dachte Danowski.

«Ich würd gern zwischendurch über dein Profil reden, Adam. Das ist so ein bisserl … na, hingehudelt.» Wenn das geschludert hieß, dann kein Wunder, lieber Martin: Das hab ich vorhin in einer halben Stunde fertiggeschrieben, während mir alle drei, vier Zeilen die Augen zugefallen sind.

«Jetzt?»

«Freilich. Ich steh sowieso g'rad schon vor der Tür. Schön habt ihr's hier in Finkelnwerder.»

Danowski, immer noch übermüdet, rollte sich in einer einzigen fließenden Bewegung vom Sofa auf den Teppich, warf das Telefon von sich und wedelte mit den Armen, bis er Marthas Aufmerksamkeit hatte und Leslies auch, ob sie wollte oder nicht.

«Runter», zischte er. «Auf den Boden.»

Martha warf sich auf ihn, dass seine Kiefer knackten, und rollte dann geschmeidig neben ihn, ebenso flach. Leslie stand einfach mitten im Raum, Telefon in der einen Hand und die fragend offene Handfläche in der anderen, die Augenbrauen frisch gezupft, Zeit hatte sie ja gehabt heute Vormittag, jeder einzelne ihrer hundertsechsundfünfzig Zentimeter ein einziges Was-soll-der Scheiß.

«Spinnt ihr?»

«Runter, Leslie. Runter auf den Boden.»

«Adam.»

«Gefahr im Verzug.»

Sie legte ihr Telefon auf den Tisch, ging auf die Knie und legte sich ihnen sorgfältig gegenüber.

«Ist Stella in Gefahr», fragte sie über den niedrigflorigen Teppich.

«Was», sagte Danowski.

«Ich hoffe für dich, dass da draußen ein Irrer mit einer Waffe steht oder so was und dass ich deshalb auf dem Boden liege, und dann frage ich mich natürlich: Was ist mit dem Mädchen unterm Kopfhörer im ersten Stock?»

Es klingelte an der Tür. Martha kicherte aufgeregt. Danowski legte den Arm um seine knochige Tochter. Leslie straffte sich flach auf dem Boden.

«Es ist viel schlimmer», sagte Danowski und kämpfte mühsam gegen sein eigenes Kichern. «Vor der Tür steht ... das Arschloch aus München!» Dann konnte er nicht mehr. Er brach aus niedriger Höhe zusammen in den Teppich und lachte wie blöd, also durchaus zutreffend.

«Idiot», sagte Leslie und stand auf.

«Auf den Boden!», schrie Danowski. «Wir müssen uns tot stellen!» Selige Droge Schlafentzug, Antwort auf alles. Bis Martin Gaitner vor einem stand und man auf Augenhöhe seine rahmengenähten Budapester bewundern konnte, weil die Frau die Tür aufgemacht hatte.

«Tut mir leid, dass ich so reing'schneit komme», sagte Martin Gaitner von ganz weit über ihm.

«Ist okay», sagte Danowski. «Wenn du halt gerade in der Nähe warst.»

«Mei, nicht so ganz. Aber ich dachte, es wär ganz gescheit, wenn ich vorbeikomm, damit wir uns mal unterhalten können. Ich merk doch, dass wir noch nicht so gut harmonieren. Also, besser könnt's sein.»

Danowski seufzte und drehte sich auf den Rücken. Gaitner hatte Nasenhaare, die man durchaus mit wenig Aufwand hätte bezähmen können. Martha neben ihm stellte sich weiter tot, und Danowski liebte sie dafür aktuell noch etwas mehr als sonst.

Langsam und methodisch stand er auf, ein Bein nach dem anderen. Zwischendurch hielt er inne, um auf ein Knie gestützt so ein bisschen Helmut-Schmidt-mäßig in den Garten zu schauen, der Lotse noch an Bord und so weiter. «In Finkenwerder verbringt man seine Freizeit traditionell auf dem Fußboden», dozierte er. Gott, er war so müde.

«Ist schön hier, wie gesagt. Ich wollt schon längst mal vorbeig'schaut haben.»

«Ja? Wir kennen uns doch erst eine gute Woche.»

«Na ja, wenn man so ein enges kollegiales Verhältnis ...»

«Martin, ist gut. Erzähl deinen Scheiß, und dann ...»

«Was zu trinken?», rief Leslie aus der Küche, leicht alarmiert. Danowski musste fast wieder kichern. Seine arme Frau. Hatte der Alte ausgerechnet heute seinen endgültigen Nervenzusammenbruch, wo sie einmal im Leben leichenfrei hatte?

Nein, Leslie. Ich bin nur müde. So unendlich müde.

«Papa hat Scheiße gesagt!», schrie Martha, plötzlich wieder lebendig. «Ich krieg zwanzig Euro!»

«Davon war nie die Rede», sagte Danowski beschwichtigend in Richtung Gaitner, als müsste der das bezahlen. Dessen distanzloses Power Play ging gerade in Flammen auf wie eine von Eigengasen überhitzte Biomülltonne. Von wegen, den widerspenstigen Kollegen überraschen, indem man eine weitere Grenze verletzte, nach dem Persönlichkeitsprofil und nach dem Beckenaufrichten und dem ganzen anderen übergriffigen Scheiß: Schön mal schauen, wie der Adam Danowski zu Hause so vor sich hinlebte.

«Ich wollt eigentlich ... also, streng g'nommen bin ich ja nur hier, um über das Mobbing zu reden.» Mopping sagte der, als wenn das ein Vorort seiner Heimatstadt wäre und nicht das Ende vom Lebensglück oder zumindest der Zufriedenheit von ganz vielen.

Scheiß auf Lebensglück, dachte Danowski, plötzlich

hellsichtig. Zufriedenheit rules, okay. «Ja, wie in meinem Profil ja schon beschrieben», sagte er. «Ich sperr mich nicht gegen die Mobbingthese. Und ich bin guten Mutes, dass da aus Plön, also, wo ich die Anfrage gestellt habe, ich glaub, da kommt noch was, aber das ...» Er gähnte und machte eine weitausladende Handbewegung, die alles Mögliche mit einschloss.

«Adam», sagte Gaitner, «Mobbing ist nicht nur ein Wort, das man nach Belieben über so einen Bericht streuen kann wie Hagelzucker auf ein Wecken, des ist ...»

«Ich hab das schon verstanden», sagte Danowski, «glaub mir, mit Mobbing kenn ich mich aus.»

«Was zu trinken?», wiederholte Leslie ihre Frage, eine unüberhörbare Schärfe in der Stimme.

«Ich weiß noch nicht», sagte Danwoski. «Ich kann mich nicht entscheiden. Ich bin so mitteldurstig.»

«Ja, sehr gern», sagte Gaitner und warf Leslie ein völlig falsch kalkuliertes Lächeln zu, irgendwo ganz verhängnisvoll auf dem Spektrum zwischen Monaco Franze und Peter Alexander. Danowski sah, dass seine Frau sich daraufhin wünschte, sie wäre doch auf dem Boden liegen geblieben und hätte sich tot gestellt.

«Redet ihr über mich?»

Stella Danowski hatte im Nu das, was sie sicher am allerwenigsten wollte auf der Welt: alle Augen auf sich. Genauer gesagt: die ihrer kleinen Schwester, ihrer Mutter und zweier Männer mittleren Alters. Sie stand auf der Treppe in den Hotpants, die Leslie ihr zwar verboten hatte, aber zu Hause war es ja anscheinend egal. Danowski nahm Gaitner am Arm, um ihm den Ausgang zu zeigen. Aber wenn der erst mal stand. Danowskis Gefühl, seine große Tochter beschützen zu wollen, war plötzlich stärker als alles andere, selbst als seine Müdigkeit.

«Nein, wie kommst du darauf», sagte Leslie.

«Ich hör doch, dass ihr die ganze Zeit über Mobbing redet», schrie Stella, in der sich offenbar schon seit einigen Minuten was aufgebaut hatte. «Müsst ihr deshalb extra jemand holen? Können wir nicht erst mal darüber reden? Oder am liebsten gar nicht? Uach!» Sie hielt sich theatralisch am Treppengeländer fest, aber Danowski sah, dass es ihr bitterernst war.

«Häh», sagte Martha in der mittleren Lautstärke der kleinen Schwester, der was aufgefallen war, «was denn jetzt, drüber reden oder am liebsten doch nicht?»

«Lass mal, Martha», sagte Leslie und schaffte es tatsächlich, Gaitner ein Glas mit irgendeiner Flüssigkeit hinzuhalten. Seine Frau war echt ein Profi, fand Danowski. Er wusste nur immer noch nicht genau, worin.

«Ich werd nicht gemobbt!», schrie Stella, die offenbar den Eindruck hatte, die Aufmerksamkeit ihres Publikums zu verlieren. Dann ließ sie das Geländer los, schlug sich die Hände vors Gesicht, riss sie wieder ab und rief: «Lasst mich doch in Ruhe! Alle!»

«Vielleicht ...», sagte Danowski zu Gaitner, aber in dem Moment klingelte irgendwo unter dem Esstisch sein weggeschmissenes Telefon. «Kleinen Moment.» Er bückte sich, fand es nicht, dann kroch er. Keine Ahnung, wer das nun wieder war. Hoffentlich nicht die Schulleiterin von heute Mittag, ihm wurde das langsam alles zu viel hier.

«Hauptkommissar Danowski?»

«Ich bin es selbst.» Wer meldete sich so. Er gehörte wirklich ins Bett.

«Busche hier. Wir haben vor ein paar Tagen …»

«Ja. Natürlich.» Die andere Schulleiterin. Von der Gesamtschule Pulvermühle. Die Meta und er im Treppenviertel befragt hatten.

«Also, mir ist der Name des Schülers eingefallen, von dem ich Ihnen erzählt habe. Der damals so viele Schwierigkeiten hatte.»

In diesem Moment klingelte ein anderes Telefon im Zimmer. Danowski kam unter dem Tisch wieder vor und stieß sich dabei den Kopf. Der Münchner Kollege fummelte in der engen Jeans nach seinem Telefon.

«Sehr gut», sagte Danowski in seins.

«Darf ich Ihnen die Informationen einfach als Textnachricht schicken?»

«Natürlich», sagte Danowski. Gaitner drehte sich weg und signalisierte irgendwas Wichtiges mit seinem Rücken. «Wenn ich noch Fragen habe, melde ich mich bei Ihnen», sagte er zu Dr. Karin Busche.

Von oben knallte Stella zum zweiten Mal ihre Tür, für den Fall, jemand könnte das erste Mal überhört haben.

«Das war der Behling», sagte Gaitner. «Die Gerichtsmedizin sagt, jemand hat versucht, die Leiche vom Eckhart Lorenz zu bewegen. Vor kurzer Zeit. So, als hätte jemand versucht zu verhindern, dass wir sie im Rahmen unserer Suche finden. Und die Leiche hat keine Bissspuren von einem Neunauge.» Er klang enttäuscht.

«Möchtest du jetzt was trinken, Adam?», fragte Leslie.

«Du hast gesagt, ich krieg zwanzig Euro, wenn du Scheiße sagst», sagte Martha.

Danowski nickte Gaitner zu. «Ich muss los. Es geht noch mal um Mopping. Da hat sich was ergeben bei der

Gesamtschule Pulvermühle. Ich meld mich dann.» Er nahm seine Jacke aus der Diele und kam noch mal zwei Schritte zurück. «Und nächstes Mal machen wir das lieber am Telefon, ja.»

41. Kapitel

Als Finzi vor dem Schulkomplex in Niendorf abstieg und sein Fahrrad auf den Lehrerparkplatz schob, fiel ihm auf, dass sein Kaffeebecher von voriger Woche noch immer auf dem Mäuerchen stand. Das war komisch. Den Hausmeister hatte er für sorgfältiger gehalten.

Er klappte den Fahrradständer nach unten und kümmerte sich nicht ums Schloss. Das war Niendorf hier. Wenn sein Rad am Ende noch im Gebüsch auf der Elbbrücke gelegen hatte, dann würden sie es ihm hier erst recht nicht klauen.

Sein Plan war relativ einfach. Er wollte den Hausmeister Berisha fragen, ob dem irgendwas aufgefallen war an dem Tag, als Finzi den Verletzten hier im Gebüsch gefunden hatte. An jenem Morgen hatten die Kollegen niemanden an der Schule so richtig befragt, weil sich ihre Ermittlungen auf den Kiosk konzentriert hatten, den Finzi aus dem *King Horse* herausgehört hatte. Und weil, wenn man ehrlich war, ein zusammengeschlagener Halbpenner jetzt auch nicht gerade eine Neuigkeit war, die die Welt in Brand setzte. Etwas war an dem Typen gewesen, was einem auf den ersten Blick klargemacht hatte, dass das nicht irgendein Familienvater war. Sondern einer, der es gewöhnt war, auf die Fresse zu kriegen und verletzt in der Ecke zu liegen.

Die Hausmeisterloge war leer, kein Wunder, schließlich waren Leichenferien.

Bin in Kassel. Nachher zu Thorstens Eltern. Mal sehen.

Mehr war nicht gekommen von Meta. Auch deshalb war er hier. Um was zu tun, um ihr Schweigen zu verdrängen.

Die Eingänge der Schule waren verschlossen, über dem ganzen Gelände lag eine Atmosphäre wie über einer Fernsehserie nach dem Abspann. Toter als tot: eine Art von Stillstand der Materie und von Leere, die Finzi unheimlich war.

Er nahm allen Ernstes seinen Becher vom Mäuerchen und sah sich den Kaffee darin an. Vielleicht sogar noch trinkbar, bis auf die ertrunkenen chinesischen Marienkäfer, die die Kinder Marinis nannten. Er seufzte. Scheißsommer. Er fühlte sich wie früher als Kind, wenn alle anderen in Urlaub gefahren waren, Sankt Peter-Ording oder so was, und nur er und seine Mutter waren in der Wohlwillstraße hockengeblieben.

«Suchst du wen?»

Vor ihm beziehungsweise seinen Knien stand ein winziger Junge, der mit großem Ernst ein Skateboard unter dem Arm trug.

«Und du?», fragte Finzi.

Der Junge hob die Schultern. «Ich skate hier in den Ferien auf'm Schulhof. Der Herr Berisha hat nichts dagegen. Der sagt, besser, als wenn mich ein Auto auf die Hörner nimmt.»

Finzi nickte. «Hat er recht, der Herr Berisha. Den suche ich gerade auch. Weißt du, wo der sein könnte?» Mit Kindern musste man genauso klar und vorsichtig reden wie mit Junkies, sonst kriegte man gar nichts aus denen raus. Das war Finzi schon früher aufgefallen.

«Der hat ja auch mal Urlaub», sagte der Junge defensiv.

«Wie heißt du denn?»

«Theodor.»

«Also, der Herr Berisha …»

«Und du?»

«Andreas. Also, Finzi. Finzel. Andreas Finzel.»

«Was?»

«Ist ja auch egal jetzt. Also, der Hausmeister Berisha hat Urlaub?»

«Ich hab nur gesehen, dass er weg ist, also, ich hab ihn nicht gesehen, meine ich, Herr Andreas», sagte Theodor. «Kann ich jetzt skaten?»

«Meinetwegen», sagte Finzi. «Aber schön vorsichtig.»

«Hat der was gemacht, der Herr Berisha?»

«Nee», sagte Finzi. «Aber der hätte mir vielleicht helfen können.»

«Der kommt bestimmt bald wieder.»

«Wann denn?»

«Na, wenn die Ferien vorbei sind. In sechs Monaten oder so.»

«In welche Klasse gehst du denn, Theodor?»

«In die erste. Oder in die zweite. Ist ja gerade so dazwischen.»

«Wie gesagt. Schön vorsichtig.»

Theodor verschwand mit schepperndem Brett Richtung Betonschulhof, und Finzi dachte an Metas Nachricht. Was machte er hier eigentlich. Selbst die Hausmeister waren schlau und verließen die Stadt.

Er sah auf die Uhr, dann holte er sein Telefon aus dem engen Höschen und checkte seine Bahn-App.

Bin auf dem Weg nach Kassel. Mach keinen Scheiß. Und wenn, dann warte damit auf mich. Finzi

Aus alter Gewohnheit wartete er eine Weile, bis das graue Häkchen sich verdoppelte und dann blau wurde. Meta hatte ihr Telefon eigentlich immer griffbereit.

Als er oben in der Anzeige die Information «Meta schreibt …» las, sah er sie vor sich und vermisste sie.

Nach einer Weile kam:

Lass mal. Ich komm alleine klar.

Enttäuscht betrachtete er sein Display. Dann eben nicht, dachte er.

42. Kapitel

Er parkte vor dem Haus hinter der Sievekingsallee, dessen Adresse Dr. Karin Busche ihm gegeben hatte, erschöpft vom Staustehen im Gegenlicht. Das war wieder genau so ein Punkt. Immer, wenn er dachte, warum habe ich das angefangen mit dieser Wohnung da am Präsidium, ist doch so schön zu Hause, brauchte er eine Stunde von Finkenwerder nach Hamm oder Horn, je nachdem, was das hier war.

Hamm und Horn schuf Gott im Zorn. Sagte Finzi, gewohnheitsmäßig. Es war niemand zu Hause, und er war auch nicht sicher, ob die Adresse richtig war. Er hatte keinen eindeutigen Treffer auf seine Abfrage im Melderegister bekommen, aber der Nachname stand am Klingelschild, Olenroth. Nur keine Spur von einem Luis.

Danowski war dankbar für die Zwangspause. Er rief in der Mordbereitschaft an, erwischte Kienbaum und erklärte ihm, was er von Patricia Baltasano und von den Kollegen aus Plön erfahren hatte: Die drei Mordopfer kannten sich seit ihrer Kindheit, sie hatten gemeinsam Zeit im Waldheim in Ostholstein verbracht, das für Betreuungsmängel und Mobbing berüchtigt war. Dann schickte er Kienbaum die Liste. «Große Sache, Adam», sagte der. «Nicht schlecht.» Und dass sie jetzt anfangen würden, die anderen Namen auf den Schülerlisten ausfindig zu machen und zu befragen.

Danowski mochte, wie das Sonnenlicht durch die Seitenstraße fiel, ein Bräunungsstudio, ein Weinladen und ein Kettenbäcker noch in dieser flachen Nachkriegsbebauung, möglichst schnell die Bombenlücken gefüllt. Hier hatten sie noch nicht alles mit Eigentumswohnungen aufgefüllt. Danowski klappte seinen Sitz so weit zurück, dass er im Notfall noch schnell losfahren konnte, und schloss ein bisschen die Augen.

Nichts entspannte einen mehr, dachte er mit feindosierter Selbstironie, als wenn man sich als Eigenheimbesitzer vom Stadtrand über die innerstädtische Wohnraumnachverdichtung und die damit einhergehende Gentrifizierung besorgte. Dann schlief er ein.

Stunden später wurde er durch ein leichtes Klopfen geweckt. Er merkte an der Sonne, dass in Wahrheit nur Minuten vergangen waren. Unwillkürlich wischte er sich durchs Gesicht und erwischte einen Spuckefaden. Vor seinem Fenster stand Dr. Karin Busche und sah ihn unverwandt an. Danowski ließ das Fenster runter. Sie hatte die Sonne im Rücken, sodass er nur ihre Konturen erkennen konnte. Eine große Umhängetasche aus Leder, weich und glänzend wie Karamellpudding. Hunger hatte er auch.

«Störe ich?», fragte sie.

«Noch nicht.»

«Ich fühle mich ein bisschen verantwortlich, müssen Sie verstehen.»

«Für mich?» Danowski richtete sich in seinem Sitz auf.

«Nein. Natürlich nicht. Für meinen ehemaligen Schüler Luis Olenroth.»

Okay. Falsche Schulleiterin. Flirtmodus wieder aus. Er war noch nicht richtig wach. «Der ist jetzt aber kein Kind mehr. Und bei einer polizeilichen Befragung können Sie unmöglich dabei sein, Frau Dr. Busche, insbesondere, wenn …»

«Glauben Sie nicht, dass es besser wäre? Ich könnte der Geschichte von früher vielleicht noch etwas mehr, ich weiß nicht, Perspektive verleihen oder so. Ein bisschen Hintergrund.»

«Hm.» Danowski schälte sich aus seinem dann doch zu weit nach hinten gestellten Sitz und stieg aus.

«Haben Sie schon geklingelt?», fragte sie.

«Ja. Und danach habe ich mich im Auto schlafen gelegt.»

«Das heißt, es hat niemand aufgemacht?»

«Doch. Ich bin weggerannt. Klingelstreich, verstehen Sie.»

«Sie wissen, dass Sarkasmus bei Pubertierenden die gängigste Form der Kommunikationsverweigerung ist?»

«Man ist eben immer so jung, wie man sich fühlt», sagte Danowski.

«Oder aufführt», sagte Karin Busche.

Er riss sich zusammen und ertappte sich im nächsten Moment dabei, dass er ihr leicht die Hand auf den grobmaschig verhüllten Rücken legte, um ihr den Weg zu weisen. Sie hatte etwas an sich, das einen einlud, sich zu benehmen wie ein Nebendarsteller in einem Fünfziger-Jahre-Film, der es gut meinte mit der Hauptdarstellerin.

«Sie können mich ja bis zur Tür begleiten», sagte Danowski und nahm seine Hand wieder weg, weil sie sich darunter verhärtet hatte.

«Woher der Sinneswandel?», fragte sie.

«Ich nehme an, das ist die Meldeadresse der Eltern hier.

Vielleicht ganz gut, wenn die ein vertrautes Gesicht sehen. Können Sie sich an die Eltern erinnern?»

«Ehrlich gesagt nicht. Aber vermutlich, wenn ich sie sehe.»

«Gut. Probieren wir's. Möglicherweise habe ich verschlafen, dass jemand nach Hause gekommen ist.»

«Viel zu tun?»

«Die Nacht durchgearbeitet.» Er nickte ihr zu, sie klingelte.

«Aber Sie machen nur die Vorstellung», sagte er. Wiederaufbau-Klingelbrett, kaum überklebte oder ausgetauschte Schilder, wenig Fluktuation, keine WGs, kaum Doppelnamen.

«Ich glaub nicht, dass überhaupt jemand ...»

Er war verblüfft, als der Summer doch noch ging. Dr. Karin Busche nickte mit Genugtuung, als hätte er das ihr zu verdanken.

Das Treppenhaus hatte einen hübschen, matt gelaufenen Terrazzo-Boden und Lichtschalter mit fingerabdruckgrauen Koronen um die durchsichtigen Plastikschmutzblenden. Gewissenhaft gegossene Grünpflanzen auf den Fensterbänken der Treppenabsätze. Keine Kinderschuhe vor den Wohnungstüren, aber an zweien hingen Trockenblumenkränze. Hauptsache nichts mit Salzteig, dachte Danowski. Er hatte Karin Busche den Vortritt gelassen und wunderte sich nun ein bisschen, wie es ihr gelang, ihre Stoffturnschuhe so weiß zu halten.

Im Türrahmen der Wohnung links im dritten Stock stand eine Frau Mitte, Ende dreißig, hellbraunes Haar, schulterlang, die Arme vor der Brust verschränkt, auf den Unterarmen die Fortsetzung der Sommersprossen vom Gesicht, barfuß in abgeschnittenen Jeans. Ihr Blick unter der gerunzelten Stirn war leicht alarmiert, was sich zu verändern schien, als sie Karin Busche sah, aber Danowski war zwei Stufen zu weit dahinter, um sich ganz sicher zu sein.

«Guten Tag.» Angenehme, dunkle Stimme.

Danowski wartete, ob Karin Busche die Sache übernahm, aber von der kam erst mal nichts. «Ich bin Hauptkommissar Adam Danowski vom Landeskriminalamt Hamburg. Dies ist Frau Dr. Karin Busche.»

«Lassen Sie doch den Doktor weg», Bühnenflüstern.

«Wir sind auf der Suche nach Luis Olenroth. Also, nichts Ernstes ...»

«Luis Olenroth», sagte die Frau in der Tür, als kostete sie den Namen wie eine altmodische Medizin. Dann lachte sie ein bisschen. «Was hat er denn angestellt, der Luis Olenroth?»

«Nichts», sagte Danowski. «Frau Dr. Busche ist seine ehemalige Schulleiterin ...»

«Ich weiß. Ich kenn die Pulvermühle. Tag, Frau Dr. Busche.»

Die alte Schulleiterin nickte und kniff die Augen zusammen in einer Pantomime von: Ja, natürlich, Moment ...

«Ich arbeite für die sogenannte Operative Fallanalyse, das heißt, ich unterstütze die ermittelnden Kolleginnen und Kollegen mit meinen Einschätzungen.»

«Gut. Das klingt ja ganz interessant. Aber was hat das mit Luis Olenroth zu tun, und worüber wollen Sie mit ihm sprechen?»

«Ist er denn zu Hause?»

Die Frau im Türrahmen zog eine Augenbraue hoch.

«Darf ich fragen, wer Sie sind?», sagte Danowski, der sich über seinen vorsichtigen Ton wunderte. Die Frau brachte ihn in Verlegenheit.

«Ich heiße Linda Olenroth.»

«Ach, sind Sie die Schwester von Luis?», fragte Karin Busche erleichtert. «Ich glaube, jetzt erinnere ich mich. Aber dann ist das hier gar nicht die Wohnung von Luis, sondern von Ihren Eltern, nicht wahr? Ich erinnere mich, dass Sie damals umgezogen sind nach Hamm, nachdem Luis die Schule verlassen musste.»

«Verlassen musste?», sagte Linda Olenroth. «Ich würde eher von weggemobbt sprechen.»

«Ich wünschte, wir hätten mehr getan damals», sagte Karin Busche. Danowski merkte, dass es ihr schwerfiel. Er bekam einen furchtbaren Verdacht. Es war noch nicht lange her, dass er in einem Fall von jugendlichem Freitod ermittelt hatte.

«Sie haben zugehört», sagte Linda Olenroth. «Was hätten Sie sonst tun können.»

«Zuhören reicht manchmal nicht», sagte Karin Busche.

«Darf ich fragen, ob es Ihrem Bruder gutgeht?», fragte Danowski. Er spürte eine gewisse Resignation in sich: Luis Olenroth war vermutlich tot, keine Geschichten mehr, die er ihnen hätte erzählen können. Gegen die Gefahr in der Vergangenheit waren sie machtlos. Sie waren zwanzig Jahre zu spät.

Linda Olenroth seufzte, erschöpft wie jemand, der eine Geschichte, die er lieber für sich behalten hätte, schon zu oft hatte erzählen müssen.

«Vielleicht kommen Sie lieber mal rein», sagte sie.

Karin Busche warf Danowski einen Blick zu: Sollte sie

mitkommen? Er zuckte die Achseln und nickte gleichzeitig, das war das Konstruktivste, was er derzeit auf Lager hatte: Warum nicht. Von einer polizeilichen Befragung konnte im engeren Sinne vermutlich keine Rede mehr sein, wenn sein Zeuge tot war.

Die Wohnung war klein und sehr penibel aufgeräumt. Danowski konnte sich an keinen Moment in seinem Leben erinnern, in dem er jemand Unangekündigtem seine Wohnung so hätte präsentieren können.

Linda Olenroth wies ihnen Plätze auf einer dunklen Ledercouchgarnitur zu, die Danowski angenehm kühl fand. Sie selbst setzte sich auf den Klavierschemel, näher am Instrument als bei ihnen. Durch die Baulücke von gegenüber fiel die Nachmittagssonne. Karin Busche roch nach einem Parfüm, das ihn an früher erinnerte, an die erste gemeinsame Wohnung mit Leslie.

«Sie fragen nach meinem Bruder», sagte Linda Olenroth. «Ich habe keinen Bruder.»

Danowski nickte verständnisvoll. Verleugnung von engen Familienangehörigen, sich abschneiden von der Verbindung mit den Toten: Vielleicht war hier traumatechnisch doch noch was zu holen, woraus man was über die Vergangenheit an der Gesamtschule Pulvermühle erfahren konnte. Karin Busche schien es ähnlich zu gehen. Sie wurde weicher neben ihm.

«Luis», sagte sie leise.

«Linda», widersprach Linda Olenroth, sanft, aber bestimmt.

43. Kapitel

Sie fand sein Vorgehen amateurhaft, aber effektiv, das musste sie im Nachhinein zugeben.

Als Meta Jurkschat den ersten Schlag auf den Hinterkopf bekam, hatte sie noch die kalten Mittagsaromen aus dem Treppenhaus in der Nase. Ihr Erstaunen, wie dunkel die Flure in diesen Neubauwohnungen waren, keine Fenster, gefangenes Bad, die Zimmertüren zu. Ihre Enttäuschung, dass der Vater von Thorsten sie nicht wenigstens in der Tür erwartete. Aber dann die Erinnerung: Was mit den Beinen, darüber hatte Thorsten mit seinem Vater am Telefon gesprochen, er hatte immer irgendwelche Tipps gehabt für den Alten, Bewegung gegen Schmerzen und so weiter.

Amateurhaft. Genau. So amateurhaft wie zum Beispiel sie. Plastikfolie im Flur, und alles, was ihr einfiel, von der Türschwelle aus, weil sie wusste, dass diese Folien empfindlich waren, und weil sie die Renovierung nicht stören wollte, das war ihr sowieso schon alles unangenehm genug: «Soll ich die Schuhe ausziehen?» Ein Radio in der Küche, Verkehrsnachrichten auf HR3, darum vielleicht keine Antwort. Sie streifte ihre schwarzen Laufschuhe ab und betrat das Plastik.

«Herr Stahmer?»

Sie erinnerte sich nur an den einen Schlag, schwer und wirksam, aber ohne Platzwunde, ohne ein Splittern oder Brechen. Vorschlaghammer mit Gummiummantelung, vermutete sie. Sie war zu Boden gegangen, und dann hatte er seinen Nachteil für sich arbeiten lassen: schwer, schlecht zu Fuß. Er hatte sich auf sie gekniet, und sie hatte das Bewusstsein verloren.

Als sie wieder aufwachte, hatte er sie in der Plastikfolie aus dem Flur gerollt und diese dann so eng verklebt, dass sie sich kaum bewegen konnte, die Arme links und rechts unter der Folie am Körper. Sie spürte an den Handflächen, wie nassgeschwitzt sie war. Ihr erster Gedanke, absurd, aber sie konnte nichts dagegen tun: Gut, dass ich in Wilhelmshöhe am Bahnhof noch mal auf dem Klo war, auch wenn das siebzig Cent gekostet hat.

An einer ganz leichten Temperaturabweichung merkte sie, dass die Plastikfolie um ihr Gesicht freigeschnitten war, damit sie nicht erstickte. Über den Augen und dem Mund hatte sie ein breites Klebeband. Ihr zweiter Gedanke: Gut, dass ich keinen Heuschnupfen habe. Ihre Nase war frei genug, um ohne Panik Luft zu bekommen. Mit der Zunge prüfte sie die Beschaffenheit des Klebebandes. Nichts Glattes, Dünnes, eher ein dickes Textilband, Panzerband.

Amateurhaft, aber effektiv, dachte sie. Und sie spürte, dass sie keinerlei Angst hatte. Effektiv bin ich selber, dachte sie. Und ich bin nicht Ende siebzig und lahm und verrückt, also bin ich klar im Vorteil.

Dann setzte sich ihre Welt in Bewegung. Sie spürte, wie die Folie von ihren Füßen aus straffgezogen wurde. Offenbar hatte er sie dort unten mit einem Seil verschnürt, an dem er sie nun vom Flur in eins der hinteren Zimmer zog. Sie spürte die Schwelle unter ihrer Hüfte und an ihrer Seite, sie roch Weichspüler und Ehebett. Dann ging es leicht um die Ecke, und sie stieß mit dem Kopf gegen eine Schrank- oder Regalecke. Sie hatte Durst.

Wenn das hier vorbei ist, dachte Meta Jurkschat, dann nehme ich meinen Sanifair-Wertbon und kaufe mir davon am Bahnhof einen schönen großen Cappuccino.

Sie spürte, wie jemand sich über sie beugte. Ihr Mund riss auf, aber das Übermaß an Luft entschädigte sie für den Schmerz, den ihr das Abziehen des Klebebands verursachte.

«Sie machen einen großen Fehler», sagte sie, obwohl sie sich geschworen hatte, das nicht zu tun: zu konfrontativ, zu negativ, besser, von Anfang an die gemeinsamen Interessen zu betonen. Besser, dem anderen zu suggerieren, man könnte nun gemeinsam ganz in Ruhe nach einem Ausweg aus der Situation suchen, an der sie genauso viel Schuld trug, klar, und am Ende war alles nur ein etwas heftiger ausgeprägtes Missverständnis. Aber sie konnte nicht anders. Wenn es eine Tatsache gab, sah Meta Jurkschat selten einen Grund, sie nicht auszusprechen. Sie fand, sie war fast wieder ganz die Alte.

«Ist mir ziemlich egal», sagte der Mann, der ihre Augen weiter zugeklebt ließ, weshalb sie nicht wusste, wie er aussah. Seiner Stimme nach leicht übergewichtig, alt sowieso, mehrfach enttäuscht und aus irgendeinem Grund der Meinung, sie könnte zu einem Teil etwas für diese Enttäuschung. Ein Mann, der groß genug war, um sie bewusstlos zu schlagen und in Plastik zu wickeln.

Sie nickte. «Das verstehe ich. Aber es gibt bestimmt eine Möglichkeit, das hier zu einem guten Ende zu bringen.»

Sie hörte, dass er sich aufs Bett setzte. Das leichte Knarren kam von schräg über ihr. Sie lag auf dem Rücken und hatte keine andere Möglichkeit, sich zur Wehr zu setzen, als die Mundöffnung, die er ihr gelassen hatte.

«Das hoffe ich», sagte er. «Das hängt aber davon ab, ob Sie mir offen und ehrlich sagen, was mit Thorsten passiert ist. Ehrlichkeit ist wichtig, verstehen Sie.»

Sie nickte. «Das verstehe ich. Mir ist Ehrlichkeit auch wichtig. Sie sind der Vater von Thorsten, nicht wahr? Jürgen Stahmer?»

«Allerdings glaube ich, dass wir unterschiedliche Vorstellungen davon haben, was ein gutes Ende bedeutet.»

«Ich kann Ihnen sagen, was ich darunter verstehe», sagte Meta Jurkschat. «Wir unterhalten uns über Thorsten, und damit wir das besser tun können, von Angesicht zu Angesicht, entfernen Sie ein paar von den Sicherheitsmaßnahmen. Ich verstehe ja, dass Sie vorsichtig sein wollen und dass Sie Angst hatten, ich würde vielleicht gleich wieder gehen oder so. Aber wenn Sie mich …»

«Jetzt sage ich Ihnen mal, was ich darunter verstehe», sagte Jürgen Stahmer. «Ich verstehe darunter, dass Sie mir sagen, was mit Thorsten passiert ist. Freilassen kann ich Sie danach leider nicht. Ich werde nicht dafür ins Gefängnis gehen, dass mein Sohn gestorben ist und dass ich dazu Fragen habe. Sie haben keine Kinder, vielleicht können Sie das nicht verstehen.»

Er darf nicht vergessen, dass ich ein Mensch bin, dachte Meta. Ich darf nicht zulassen, dass er mich als ein verschnürtes Paket mit eingebauter Antwortfunktion sieht. Er darf mich nicht depersonalisieren.

«Sie wollen mich nicht töten», sagte sie, denn manchmal schreckten Straftäter vor der Ausführung ihres Planes zurück, wenn man ihn in einfachen Worten formulierte.

Tränen schossen ihr in die Augen, als er das Klebeband von ihren Augen zog. Wimpern, Lider, Augenbrauen. Das Gute war, dass ihre Augen sich nicht ans Licht gewöhnen mussten. Das Schlafzimmer war schummerig, die Rollläden so gestellt, dass nur schmale Lichtbahnen hindurchdrangen. Sie sah, dass er aus ihrem Gesichtsfeld verschwunden war. Sie atmete ruhig und wartete. Er würde ihr jetzt noch nichts tun, denn er hatte ihr noch keine einzige Frage gestellt.

Dann tauchte sein großer Schädel über ihr auf. Wenig Haare, hängende Wangen, aber vor allem um die Augen und die Nase unverkennbar Thorsten. Er schnaufte.

«Hier», sagte er und zeigte ihr ein Werkzeug, das sie nach einem Wimpernschlag als Nagelpistole identifizierte. «Und hier.» Ein Teppichmesser. Sie sah aus dem Augenwinkel, dass er den Fußboden des Schlafzimmers auch mit Folie ausgelegt und die Möbel abgedeckt hatte.

Langsam ließ sie die Luft aus ihrem Mund entweichen. Ihr Herzschlag hatte sich beschleunigt, und mit einer Art Euphorie stellte sie fest, dass es nicht vor Angst war. Sie dachte an Thorsten und daran, wie er sie angesprochen hatte, daran, wie er ihr von Anfang an das Gefühl gegeben hatte, nicht gut genug oder irgendwie falsch zu sein, sie dachte an die Kollegen, die gesagt hatten, sie verdanke ihren Job ihren Brüsten, sie dachte an Finzi und Adam und daran, wie die beiden sich vermutlich immer noch für die besseren Polizisten hielten, obwohl sie ausgebrannte Säcke waren, und sie spürte eine Wut, die ihr durch den ganzen Körper lief. Es reichte ihr. Sie würde sich nicht von einem dahergelaufenen Amateur umbringen lassen, und misshandeln auch nicht mehr lange.

«Das sieht Ihnen ähnlich, jetzt zu grinsen», sagte Jürgen Stahmer mit einem ganz seltsamen, pelzigen Tonfall. «Aber Ihnen wird das noch vergehen. Das hier …», er hob das Teppichmesser, «… ist für wenn Ihnen keine Antworten einfallen. Und das hier …», die Nagelpistole, «… ist für wenn Sie sich wehren. Und für zum Schluss. Es sei denn, mir gefällt, was Sie mir erzählen, aber das glaube ich nicht.»

Meta Jurkschat hob so weit die Achseln, wie es möglich war in ihrer Plastikhülle. «Stellen Sie Ihre Fragen», sagte sie, denn die Zeit arbeitete für sie. Zumindest musste sie das hoffen.

44. Kapitel

«Und seit wann?», fragte Karin Busche.

«Sie meinen, seit wann ich wusste, dass ich ein Mädchen bin? Oder wann ich mit den geschlechtsangleichenden Maßnahmen begonnen habe?» Linda Olenroth ließ deutlich durchblicken, wie geduldig sie sich das alles anhörte und beantwortete.

«Beides, nehme ich an», sagte Karin Busche.

Danowski räusperte sich. «Sie müssen uns das natürlich nicht erzählen.»

Sie sah ihn an. «Warum nicht? Meinen Sie, das ist mir irgendwie peinlich? Finden Sie, das ist eine unangenehme Geschichte, die man lieber für sich behalten sollte?»

«Nein», sagte Danowski, «so meine ich das natürlich nicht. Aber …» Er brach ab. Er wusste nicht, was er gemeint hatte. Oder er hatte all das gemeint, was Linda Olenroth gesagt hatte.

«Ich habe gewusst, dass ich ein Mädchen bin, seit ich begriffen hatte, dass es überhaupt einen Unterschied gibt», sagte sie. «Also vielleicht, seit ich vier oder fünf war. Das ist schon ganz wichtig, das dazuzusagen, denn … Also, ich wusste immer, wer ich sein will oder wer ich bin. Darum hat mich dieses … Rumgehacke in der Schule auch nicht so grundsätzlich erschüttert. Ich wusste, eines Tages bin ich da weg, und dann …» Sie lächelte. «Ich dachte immer, ich geh nach Amerika. Nach San Francisco oder nach New York. Ich hab irgendwann mit acht oder neun mal in einem *Geo* oder *Stern* oder was weiß ich so Bilder von Transvestiten beim Christopher Street Day gesehen. Das ist natürlich wieder was anderes», an Danowski gewandt, «aber damals wusste ich das nicht. Ich wusste einfach: Es gibt Orte auf der Welt, an denen Männer sich in Frauen verwandeln können, warum also nicht Jungs in Mädchen.»

«Und das hat dir Kraft gegeben», sagte Karin Busche in einem Ton, als streichele sie Linda Olenroth die Hand.

Linda Olenroth zog die Augenbrauen zusammen und schüttelte den Kopf. «Sie müssen mich nicht bemitleiden, Frau Dr. Busche. Vor allem nicht im Nachhinein. Mir geht's gut.»

«Aber das war doch sicherlich wahnsinnig schwer … Ich meine, deine Eltern, haben die dich denn unterstützt … Und dann immer dieser Terror auf dem Schulhof …» Karin Busche seufzte und lehnte sich zurück. Danowski runzelte die Stirn.

«Meine Eltern haben lange gebraucht, um das zu verstehen», sagte Linda Olenroth. «Mein Vater hat mir unsinnige Tipps gegeben, ich soll mir einen rauspicken von denen, die mich immer Schwuchtel nennen, und den soll ich fertigmachen, und selbst wenn ich verliere, hätte ich dann deren Respekt oder so was. Aber er hat nie gesagt, ich soll doch vielleicht keine Batik-T-Shirts und keine rosa Sneakers in die Schule anziehen. Meine Mutter auch nicht. Die Familie hat zusammengehalten. Das wurde mir beigebracht. Und dass es ein Wert an sich ist, zu wissen, wer man sein will. Dass das etwas bedeutet, das wichtig ist, weil, viele wissen es nämlich ihr Leben lang nicht.»

Danowski fragte sich, ob ihm die Situation unangenehm war, weil es ihn in Verlegenheit brachte, dass er Linda Olenroth nicht in Verlegenheit bringen wollte, oder ob hier noch etwas anderes in der Luft lag, das er noch nicht ganz verstand. Oder weil der letzte Satz länger in ihm arbeitete, als ihm lieb war. Wusste er, wer er sein wollte? Er wollte etwas sagen, aber Linda Olenroth kam ihm zuvor.

«Und ich durfte mit achtzehn anfangen, die Hormone zu nehmen», sagte sie. «Daran sehen Sie, wie klar das für mich war. Dass ich auch die am UKE hier davon überzeugen konnte. Klarheit gibt einem Sicherheit.»

Es klang wie der Werbespruch einer mittelgroßen, nicht besonders guten Versicherung, aber Danowski merkte, dass er nickte. Manchmal war es genau diese Klarheit, die ihm fehlte. Worauf wollte er eigentlich hinaus? Strenggenommen war er hier ein Abgesandter des Arschlochs aus München, um das bestellte Mopping-Gutachten zu überarbeiten.

«Und deshalb sind Sie hier?», fragte Linda Olenroth. «Um sich das anzuhören?»

Danowski schüttelte den Kopf. «Sind Sie damals auch von irgendwelchen anderen Jugendlichen oder jungen Männern drangsaliert worden, die nicht mit Ihnen an der Schule Pulvermühle waren?», fragte er gestelzt.

«Nicht regelmäßig, nein. Nähe schafft Vertrauen.» Weiter mit den Lebensversicherer-Slogans. «Also, die Kinder aus der Nachbarschaft kannten das so lange, wie ich war, denen war das egal. Die haben mich Luise gerufen, aber gar nicht böswillig.»

«Warum sind Sie nicht bei Luise geblieben?», fragte Karin Busche.

«Luise? Wirklich?»

«Kennen Sie einen dieser drei Männer?», fragte Danowski und legte die gut durchgewärmten Fotoausdrucke der drei Todesopfer vor sich auf den Couchtisch, als würde er rauskommen bei einem verhängnisvollen Rommé-Spiel. «Eckhart Lorenz, Frank Jablonski, Thorsten Stahmer.»

Linda Olenroth musste sich weit nach vorne lehnen auf ihrem Klavierschemel. Ihre Hände lagen auf ihren Knien, und weil er Frauen mit großen Händen mochte, starrte er sie etwas zu lange an.

«Nur aus der Zeitung. Das sind die drei Toten, die Sie in den Schulkellern gefunden haben.»

«Ja. Und von früher? Hier ist ein Foto von Ecki Lorenz aus der Zeit, als Sie noch auf der Pulvermühle waren.» Konnte er das jetzt anlegen, oder wie waren die Regeln im Todes-Rommé?

«Nein, natürlich nicht. Was hätte ich mit so einem BWL-Typen Ende zwanzig, Anfang dreißig anfangen sollen? Ich war vierzehn oder so was.»

Es stimmte. Die drei Toten hatten früher alle recht poppermäßig ausgesehen, das war ihm auch schon eingefallen. Ihm fiel ein Graffito vom Klo seiner eigenen alten Schule in Süd-Berlin ein, 1984: *Poppermord als Breitensport*.

«Sie haben vorhin nicht widersprochen, als Frau Busche von Terror auf dem Schulhof gesprochen hat», sagte Danowski. «Wie sah dieser Terror aus? Was haben die anderen mit Ihnen gemacht?» Das fiel ihm leicht. Diesen Polizeiton zu treffen. Wo hat der Mann dich angefasst. Mit welcher Hand hat er Ihnen ins Gesicht geschlagen.

«Schwuchtel, wie gesagt. Alle möglichen anderen Wörter, die Sie dafür kennen. Hab ich alle gehört auf der Pulvermühle. Meine Schuhe geklaut und mit Hundescheiße vollgeschmiert. Mich beim Sportunterricht aus der Jungs-Umkleide gezerrt und bei den Mädchen reingeschubst. Also, ich war ja froh, wenn man so will. Ich hätte mich lieber bei den Mädchen umgezogen. Aber die Mädchen haben mich dann auch pervers genannt, das war dann mit das Schlimmste, denn eigentlich wollte ich ja gern bei denen sein. Sie haben mich in den Keller gesperrt, weil sie wussten, dass ich Angst im Dunkeln habe. Wie ein Mädchen, haben sie gesagt. Und mich zu viert oder fünft auf dem Schulklo festgehalten und ausgezogen, damit ich sehe, dass ich einen Schwanz habe. Daraufhin hat Frau Dr. Busche dann ein halbes Jahr lang die Toiletten abschließen lassen, und niemand durfte rein, ohne dass ein Lehrer vor der Tür stand.»

«Das war natürlich nur eine kosmetische Maßnahme», sagte Karin Busche. «Das ist mir jetzt auch klar.»

«Nein. Es hat was bedeutet. Und mein Leben etwas einfacher gemacht.» Sie lachte. «Ich hatte eine ziemlich beschissene Schulzeit, aber ich bin klargekommen.»

«Leider ist genau das meine Aufgabe gewesen», sagte Karin Busche, und Danowski spürte ihren heißen Körper neben sich. Die Ledercouch war eingesunken, sodass sie ein bisschen näher zueinandergerutscht waren. «Dafür zu sorgen, dass Kinder und Jugendliche keine beschissene Schulzeit haben. Ich hatte nur einen Job, und dass …»

Linda Olenroth schüttelte etwas ungehalten den Kopf, und Danowski verstand, was ihr nicht behagte: Wie Karin Busche sie erst als Opfer behandelte, um dann in Richtung Selbstmitleid abzudriften. «Von mir werden Sie keine Absolution bekommen, Frau Dr. Busche.»

«Das habe ich auch gar nicht gesagt ...»

«Es ist komisch, wie ihr es doch immer wieder schafft, dass es am Ende um euch geht. Meine ...», sie gestikulierte mit den Armen, aber das Wort, das sie fand, schien ihr nicht ganz zu behagen, «... Menschwerdung ist nur eine Fußnote, bestenfalls ein kleines, seltsames und ein bisschen trauriges Kapitel in Ihrer Geschichte als engagierte Schulleiterin. Wenn das das ist, was Sie hier mitnehmen ...»

«Um Gottes willen, nein, Luis ... Linda, ich wollte Sie nicht kränken ...»

«Ihn verstehe ich», sagte Linda Olenroth und zeigte leicht unverschämt auf Danowski. «Er interessiert sich dafür, wer früher an der Pulvermühle hart gemobbt wurde, weil das vielleicht ein Mordmotiv wäre oder so was. Was ich nicht verstehe, ist, warum ich Ihnen dann zuerst einfalle, Frau Dr. Busche. Ist das alles, was Sie und die anderen Lehrer von mir in Erinnerung haben von den Jahren in der Pulvermühle? Dass ich rosa Schuhe und Blümchenhemden anhatte und dass ein paar aus der Elften mir im Klo die Hose runtergezogen haben? Woran können Sie sich sonst noch erinnern aus meiner Schulzeit? In welchen Fächern war ich gut? War ich bei der Schülerzeitung? Hab ich ein Instrument gespielt? Hab ich Sport gemacht? Rhythmische Sportgymnastik oder so was?»

«Linda, bitte seien Sie doch nicht so aggressiv, ich kann Sie ja verstehen ...»

Linda Olenroth lachte. «Aggressiv. Sie werden nicht glauben, wie oft ich das Wort schon gehört habe. Fast so oft wie früher Schwuchtel.»

Danowskis Instinkt sagte ihm, dass sich hier gerade etwas vor ihm aufblätterte, und er brauchte nur hinzusehen.

«Sie haben meine Frage nicht beantwortet», sagte Linda Olenroth.

«Linda, ich … Sie waren im Orchester, Sie haben …»

«Quatsch. Ich hab Keyboard gespielt in der Rock-'n'-Ska-Band.»

«Ja. Richtig.»

«Soll ich mal sagen, woran ich mich noch alles erinnere, Frau Dr. Busche? Viele haben gesagt, dass Sie lesbisch sind. Weil Sie keinen Mann hatten. Und sich für Werken und Naturkunde und so interessiert haben. Ihr Traum wäre gewesen, eine Amazonas-Expedition zu machen, das haben Sie mal im Vertretungsunterricht erzählt. Ihr Lieblingsschriftsteller war Theodor Fontane, *Wanderungen durch die Mark Brandenburg*, das ist mir später wieder eingefallen, als ich das in einem Antiquariat gesehen habe, so was Langweiliges. Sie haben das im Fragebogen der Schülerzeitung gesagt. Der Hausmeister war wahnsinnig verknallt in Sie, der hatte ja auch keine Frau, eigentlich wären Sie ein schönes Paar gewesen, aber halt: lesbisch. Was natürlich Quatsch war. Der hat ihnen ab und zu ihr Cabrio gewachst, einfach nur so, und Ihnen die Tür aufgehalten, wenn Sie eingestiegen sind.»

«Ich denke», sagte Karin Busche, «das reicht. Ich verstehe, worauf Sie hinauswollen. Aber Sie dürfen nicht vergessen: Sie hatten eine Schulleiterin und vielleicht ein, zwei Dutzend Lehrer. Ich hatte Tausende Schüler.»

«Ja. Aber in dem Moment, wo ich Ihnen aufgefallen bin, so sehr, dass Sie sich noch Jahre später daran erinnern, in dem Moment war alles, was Sie an mir wahrgenommen haben und woran Sie sich erinnern: Opfer.»

Vielleicht halten Sie jetzt einfach mal die Klappe, Frau Dr. Busche, dachte Danowski. Die ehemalige Schulleiterin, zu deren Fähigkeiten offenbar auch das Gedankenlesen gehörte, sagte nichts.

«Ich denke, das war's dann, oder», sagte Linda Olenroth und stand auf.

Als sie wieder unten waren, sagte Karin Busche: «Das war ja nicht so ergiebig, nicht wahr?»

Danowski ging um sein Auto herum. Seine Übermüdung ließ im schrägen Licht alles klarer hervortreten: die Konturen der materiellen Dinge, aber auch seine Gedanken. Er spürte die Nähe eines Plans. Eine gewisse Klarheit. Auf drei Säulen. Mit Sicherheit. Etwas, worauf er vertrauen konnte. Er lächelte vor sich hin und öffnete die Fahrertür. Bevor er einstieg, hielt er kurz inne.

«Ach, das würde ich jetzt nicht so sagen.»

45. Kapitel

«Wolltest du nicht nach Kassel, Finzi?»

«Na ja, von wollen kann keine Rede sein, Adam. Warst du mal da?»

«Nee. Bin nie eingeladen worden mit meiner Performance Art.»

«Ah, du meinst mit deiner Installation Eierschaukel in Zeitlupe? Oder deine One-Man-Show Bulle, der sich am Sack kratzt? Dein Bilderzyklus Lethargie in Öl?»

«Wenn du wüsstest. Ich hab einen Plan, Finzi. Aber warum bist du nicht in Kassel?»

«Ich wär hingefahren, wenn ich gedacht hätte, Meta könnte mich da irgendwie gebrauchen. Aber offenbar nicht. Meta braucht mich nicht. Jedenfalls … Ah, du kriegst das Bitte-keine-Beziehungsgespräche-Gesicht, Adam.»

«Hat sie irgendwas gesagt? Wie's war bei den Stahmers? Willst du sie mal anrufen?»

Danowski fuhrwerkte mit Messer und Gabel auf seiner Pizza Napoli herum, weil er nicht gern mit den Fingern aß. Mit Pizza Napoli hatte er irgendwann angefangen, weil seine Brüder und sein Vater Anchovis hassten und er dann nichts abgeben musste. Finzi hatte seinen Thunfischsalat aufgegeben und eine Lasagne nachbestellt.

«Nee, lieber nicht», sagte Finzi. «Du weißt doch, wie sie ist.»

«Ehrlich gesagt nicht.»

«Die hat gesagt, sie will alleine sein, also will sie alleine sein. Die wird sich schon melden, wenn sie was hat. Viel mehr interessiert mich, was du hast.»

«Haben die Kollegen aus Lütjenburg das Phantombild geschickt von dem Mann, der dich überfallen und in den Kofferraum gesteckt hat?»

«Noch nicht. Liegt vielleicht auf dem Kommissariat. Die wollten mich eigentlich anrufen, ist wahrscheinlich im Schichtwechsel untergegangen. Ich fahr nachher noch mal vorbei. Aber du lenkst ab, Adam.»

«Also pass auf. Und verbrenn dir nicht die Schnute. Die brodelt ja noch.»

«Jupp. Heiß wie 'n frischgebumster Affenarsch.»

«Guten Appetit.»

«Hab ich, danke.»

«Also», sagte Danowski. «Gaitner empfiehlt Behling und seinem Team, weiter in Richtung Mobbing zu ermitteln. Die Information, dass alle drei Mordopfer als Schüler im Waldheim waren, hat Kienbaum und Behling noch total darin bestärkt. Ich hab mich da bisher nicht gerade reingehängt, weil ich das für nicht schlüssig halte, aber Gaitner ist scharf darauf, weil er ein Buch darüber geschrieben hat, das demnächst erscheint.»

«Pragmatisch. Sympathisch.»

«Genau. Aber jetzt werde ich ihm eine Gutachtenvorlage schreiben, die sich gewaschen hat. Alles auf Mobbing. Einfach, um ihn mir vom Hals zu schaffen. Und Behling auch. Damit wir in Ruhe zwei andere Ermittlungswege gehen können, für die sich keiner von denen interessiert.»

«Iff höhe.»

«Trink was.»

«Hm.»

«In Ruhe ist natürlich übertrieben. Wir haben dafür vielleicht noch zwei Tage oder so. Jedenfalls. Beide Schulleiterinnen, mit denen ich gesprochen habe, hatten in ihrem Büro einen Briefbeschwerer von einer Schulbaukonferenz an der Grundschule Koopstraße im Mai 2002. Neben sehr vielem anderen Plunder. Und Frank Jablonski und Eckhart Lorenz kamen beide im weiteren Sinne aus der Baubranche. Darum kümmere ich mich. Die zweite Sache ist, dass heute Nachmittag eine Zeugin, die früher an einer der Schulen gemobbt wurde, nebenbei erzählt hat, der Hausmeister sei in die Schulleiterin verknallt gewesen. Mein erster Gedanke war ja vorige Woche: Wer kennt sich so in Schulgebäuden aus, dass er ausgerechnet an den Orten, die versteckt und zugleich gut belüftet sind, Leichen verstecken kann, ohne dass sie durch Geruchsbildung verraten werden, weil sie mumifizieren?»

«Gerade die so leise schleichen, stinken wie verfaulte Leichen.»

«Hausmeister, Finzi.»

«Du hast erzählt, dass an den drei Schulen zur Mord- oder Leichenversteckzeit drei verschiedene Hausmeister gearbeitet haben und dass es keinerlei Verbindung zwischen diesen Hausmeistern untereinander oder mit den Mordopfern gab. Glaubst du, es gibt eine Verschwörung mordlustiger Hausmeister im Hamburger Schulwesen, Adam?»

«Trotzdem. Kannst du vom Kommissariat aus noch mal rumtelefonieren und gucken, ob es nicht doch eine Überschneidung gibt?»

«Also, wo die früher gearbeitet haben. Vielleicht kennen sie sich alle von der Hausmeisterakademie oder so was.»

«Ja, genau.»

«Oder alle Hausmeister wachsen gemeinsam in einem Hausmeisterhaus auf, das sie erst meistern müssen, bevor sie zum nächsten Level …»

«Wenn ich ganz freundlich drum bitte?»

«Das möchte ich sehen. Oh nein. Das sieht ja gruselig aus, wenn du so guckst. Ich mach's auch so.»

«Danke, Finzi.»

Sie aßen ein paar Bissen schweigend. Dann fragte Finzi: «Und glaubst du, Meta findet was in Kassel bei den Stahmer-Eltern?»

Danowski kaute auf einem Pizzalappen, der ihm etwas zu groß geraten war, weshalb er keine Gelegenheit zur Sofortantwort, aber zum Nachdenken hatte. Er musste feststellen, dass er kaum an Meta Jurkschat gedacht hatte in den letzten Stunden. Aus den Augen, aus dem Sinn. Schlimm war das mit ihm, fand er selbst.

«Ehrlich gesagt, nein», sagte er. «Ich fürchte, das ist eher so eine persönliche Geschichte für sie, die Sache mit Thorsten Stahmer und ihrer Beziehung. Aber da muss sie irgendwie durch, oder?»

46. Kapitel

Er hatte sich eine ganze Weile Gedanken darüber gemacht, welche Tötungsart die angemessene war. Wobei er sich gar nicht sicher war, dass Tötung das richtige Wort war: Mittlerweile hatte er mehr das Gefühl, dass es eigentlich darum ging, so etwas wie einen Fleck auf der Welt zu entfernen, um einen Anschein von Sauberkeit oder Richtigkeit wiederherzustellen.

Wenn Neunauge die anderen drei getötet hatte, dann konnte die Welt nur wieder ins Gleichgewicht gebracht werden, wenn Neunauge ebenfalls starb.

Ecki war gar kein Schock mehr gewesen. Dass sie den auch noch gefunden hatten. Tot und verrottet. Noch eine Mumie. So was las man dann am Kiosk im Stehen in der *Mopo*.

Scheffler, den sie Scheff genannt hatten, als sie noch am Leben gewesen waren, begriff endlich, woher die ganze Zeit diese Aufbruchsstimmung gekommen war vorige Woche. Da hatte er gedacht, es wäre gewesen, weil er nun bald mit Neunauge zusammen denjenigen finden würde, der Thorsten und Frank ermordet hatte. Aber seit sie Ecki gefunden hatten, war er sich sicher, dass es seine Aufgabe war, Neunauge selbst zu richten. Außer ihm war ja praktisch keiner mehr übrig, die anderen hatten sich zerstreut und verkrümelt oder hatten sowieso nie so richtig dazugehört, noch weniger als er.

Scheff stieg am Hauptbahnhof aus dem Regionalexpress

von Malente, drängelte sich die Treppen hoch, wobei er einfach aus alter Gewohnheit und – wenn man so wollte – der Vergangenheit zu Ehren zwei Häschen an den Hintern griff und dann, schwups!, auch schon wieder im Gewühl verschwand, den Schildern zur U2 folgend.

Er schwitzte unter der Regenjacke, die Neunauge ihm im Wald in der Nähe des Betonfundaments dagelassen hatte. Wenigstens sein Rucksack war leicht, viel Platz für Zubehör, das er noch besorgen musste.

Wie würde er es also tun. Wie immer, wenn es spannend wurde, packte Scheff eine Aufbruchsstimmung, die ihm Angst machte, weil er manchmal anfing, aufgeregt mit seinen Händen vor der Brust zu wedeln wie früher als Kind, wenn er vor den Weihnachtsgeschenken gestanden hatte. Ihm wurde viel zu leicht zumute, er fing dann an zu stolpern. Dann lieber an den Gedanken festhalten, an den Plänen, die einen beschwerten.

Vielleicht was Passendes, Auge um Auge, die ganze biblische Nummer. Er hatte in der Zeitung gelesen, Thorsten und Frank und Ecki seien an den Folgen stumpfer Gewalteinwirkung gestorben, irgend so eine Standardformulierung, die genug Raum ließ, um falsche Geständnisse aussieben zu können. Aber dadurch wusste er genug: Das hieß also, Neunauge erschlagen. Machte man ja auch mit Fischen so, man haute ihnen auf den Kopf, wenn sie auf dem Steg zappelten.

Scheff dachte an einen Neunauge, der vor ihm zappelte, und er haute ihm wieder und wieder auf den Kopf, in seiner Vorstellung mit einem Marmorhammer, aber wo gab es so was, Holzgriff, schön geölt, und dann so was ganz Archaisches aus edlem Stein vornedran, vielleicht auch

Granit. Wieder und wieder, bis der aufhörte zu zappeln. Er merkte, dass er in seiner dünnen Hose hart wurde, und zog die olivgrüne Regenjacke vor seinem Bauch zusammen.

Auf den Kiez fahren und sich dort eine Schusswaffe besorgen, vielleicht übers *King Horse* – das Geld hätte er gehabt, aber er traute es sich nicht mehr zu. Er war zu aufgeregt, um das anzubahnen, für so was braucht man einen kühlen Kopf und eine ganz ruhige Hand.

Erwürgen, dachte er, wäre natürlich auch gut. Neunauge hatte erzählt, wie er mal ein Häschen gewürgt hatte, weil der Orgasmus irgendwie besser wurde bei Sauerstoffmangel, und dann würde das Häschen immer wiederkommen, süchtig, sozusagen. Oder war das diese Geschichte gewesen, wo Neunauge mal geschrieben hatte, dass er das Häschen mit in die Wanne genommen hatte, und dann kurz vorm Kommen hatte er das Häschen so untergeduckert, und dann bekamen die Häschen Todesangst und krampften sich so zusammen, dass es für Neunauge noch besser geworden war? Vielleicht also dem so richtig die Luft abdrücken, wenn der das so mochte.

Aber womit? Scheff drehte die zweite Runde durch die Bahnhofshalle und deren Seitengänge, weil er fürchtete, wenn er erst in Niendorf zu suchen anfinge, könnte ihm was dazwischenkommen. Dass Neunauge in Niendorf an der Schule zu tun hatte, wo das Gymnasium und die Grundschule sich ein Gelände teilten, wusste Scheff, seit er Neunauge nach ihrer ersten Begegnung gefolgt war. Damals, vor zwei Jahren, hatte er noch gedacht, Neunauge könnte ihm helfen bei der Suche nach Ecki, Thorsten und Frank. Der hatte immer alles gewusst. Scheff hatte sich nicht trennen wollen von dem. Aber auf so ein Schulgelände hatte er dann doch nicht raufgewollt, damals, da kamen ja Kinder raus.

Neunauge war eine Lichtgestalt gewesen für sie, aber er hatte nicht zu ihrer Gruppe gehört, sie hatten ihn ja gar nicht persönlich gekannt, nur sein Profil und alles, was er im Forum schrieb. Neunauge hatte sich reingedrängt. Er war nicht mit ihnen im Waldheim gewesen, er war erst später aufgetaucht, aus den Tiefen des Internets, wie Ecki das gern formuliert hatte. Sie hatten Neunauge behandelt wie den Messias, aber in Wahrheit war Neunauge von außen gekommen, ein Außenseiter. Obwohl, das würde der Messias ja auch: von außen kommen.

Scheff lief durch die Wandelhalle, vorbei am *Gosch*-Stand und an den Studenten und den Rentnern, die darauf warteten, sich um irgendwelche Flüchtlinge kümmern zu können oder so was. Im Grunde suchte doch jeder nur sein Ding, um über die Zeit zu kommen. Manche fanden ihrs, andere nicht. Scheff war sich immer noch nicht sicher, zu welcher Gruppe er eigentlich gehörte.

Ein Außenseiter, ganz genau. Das war Neunauge, und es wurde Zeit, dass es mal einer aussprach. Auch wenn ihn keiner von denen, für die es bestimmt gewesen wäre, noch hören konnte. Weil sie tot waren. Neunauge war ein Außenseiter, und damit hatte Scheff sich auch die Frage beantwortet, wie Neunauge sterben würde. Denn mit Außenseitern kannte er sich aus.

47. Kapitel

Meta Jurkschat wartete darauf, dass Vater Stahmer damit anfing, das Teppichmesser zu benutzen. Weil er ihr dann so nahe würde kommen müssen, dass sie ihren wenigen Bewegungsspielraum ausnützen könnte. Er war ein alter, kranker Mann, und sie war eine vergleichsweise junge, durchtrainierte Frau, die im Gegensatz zu vielen ihrer Kollegen nie gestöhnt hatte, wenn es ums Auffrischen und Vertiefen der Kampftechniken gegangen war.

«Warum musste Thorsten sterben?»

Sie hätte ihm gleich sagen können, dass seine Frage viel zu global gestellt war. Gut, wenn man jemanden verhörte, konnte man mit so was ganz Grundsätzlichem einsteigen, weil man damit sozusagen erst mal das Spielfeld absteckte und weil es immer aufschlussreich war, zu sehen, wie jemand auf eine ganz elementare Frage reagierte. Aber besser war es, mit Detailfragen anzufangen, mit Detailfragen weiterzumachen und mit Detailfragen aufzuhören. Weil der Verhörte sich am ehesten in Details verlor und verriet.

So hatte sie einfach gar nichts sagen müssen, und beim zweiten oder dritten Mal nur: «Ich weiß es nicht.» Und: «Deshalb bin ich selbst hier. Wir sind auf der gleichen Seite.»

Stumm probierte sie einen Satz im Mund aus, den sie sich noch für später aufheben wollte: Wir haben Thorsten beide geliebt. Aber der Geschmack des Satzes behagte ihr nicht. Sie war sich nicht sicher, ob sie ihn im Mund würde formen können.

Sie wusste, dass die Zeit für sie arbeitete. Der Alte würde irgendwann das Zimmer verlassen müssen, er würde müde werden, während sie, weil sie im Zug geschlafen hatte und weil sie voller Adrenalin war, noch ewig würde wachbleiben können. Zwei Dinge machten ihr Sorgen. Erstens, dass das Band und die Folie nicht nachgaben. Das hatte er gut gemacht, sie konnte ihre Arme und Beine keinen Zentimeter bewegen. Und das Zweite war, dass sie wusste, Amateure machten Fehler. Seine Vorstellung davon, ihr zu drohen, war, dass er mit dem Teppichmesser herumfuchelte. Oder dass er die Nagelpistole auf sie anlegte. Sie war sich so gut wie sicher, dass er sie nicht absichtlich verletzen oder gar töten würde, egal, was er sagte. Aber sie merkte, dass ihn der Mut verlassen hatte und dass er darüber noch wütender geworden war. Sie hatte Angst vor einem Unfall.

Vor der geschlossenen Schlafzimmertür hörte sie eine Katze miauen. Die Katze hatte Hunger. Die Katze würde bald fressen müssen. Leute, die andere mit Teppichmessern malträtieren wollten, waren ihrer Erfahrung nach gleichzeitig oft bemerkenswert tierlieb.

«Was hast du mit ihm gemacht, du miese kleine Schlampe?»

Gab es nicht eigentlich mehr Wörter? Warum fiel denen, die sie im Dienst oder außerhalb beleidigen wollten, immer nur Schlampe, Fotze, Kuh ein, und wenn sie jünger waren und in der Gruppe und was beweisen wollten, vielleicht noch Bitch? Sie fing an, die Geduld zu verlieren. Sie war nicht nach Kassel gekommen, um sich verschnüren und stümperhaft befragen zu lassen, sondern um selber Antworten zu bekommen.

«Wo ist die Hütte, in der Thorsten ab und zu Urlaub gemacht hat? Irgendeine Hütte, die Sie in Schleswig-Holstein haben? Jagdausflüge?»

«Was geht dich das an, du kleines Stück Dreck.» Richtig, das hatte sie vergessen. Miststück, Stück Dreck.

«Warum haben Sie sich nicht was in der Nähe hier gesucht, ist doch schön hier, Bad Wildungen und so.»

Er schüttelte den Kopf. Sie hörte, wie er wieder die Nagelpistole vom kleinen Schreibtisch nahm, der in eine Ecke des Schlafzimmers gequetscht war und der ihm als Ablage seines improvisierten Waffenarsenals diente. Sie wusste, dass Thorstens Mutter aus Schleswig-Holstein kam. Darum liebe ich das Meer, hatte Thorsten immer gesagt.

«Wegen Thorstens Mutter?», fragte sie. Sie hörte das trockene, metallische Schlagen, mit der die Nagelpistole ihren Mechanismus auslöste und einen Nagel losließ, der eigentlich dafür gedacht war, Bretter von mehreren Zentimetern Dicke zu befestigen. Ich hab's doch gewusst, dachte sie.

In der gleichen Sekunde spürte sie im rechten Oberschenkel einen heftigen Schmerz, der absolut falsch war: nicht stechend oder reißend, wie wenn man sich zerrte beim Sport. Es war ein Schmerz, der ihr signalisierte: fremdes Objekt im Körper, höchste Alarmstufe, alle Systeme hoch- oder runterfahren oder was denn jetzt eigentlich, um Gottes willen.

Meta Jurkschat spürte, wie erst eine Hitze und unmittelbar danach eine Kälte durch ihren Körper lief. Jetzt keinen Schock bekommen, dachte sie und atmete flach. Ganz klar bleiben. Es ist alles gut. Das ist meine Chance. Das war das Beste, was mir passieren konnte.

Sie schrie, um die Spannung aus ihrem Körper zu lassen. Er glitt von seinem Schreibtischstuhl und presste ihr das Knie auf die Brust, während er mit dem Panzerband kämpfte, um ihr den Mund zu verkleben.

«Sind Sie wahnsinnig», schnaubte sie.

«Da ist noch viel mehr, wo das hergekommen ist», sagte er und drückte ihr die Nagelpistole mit dem Griff gegen die Schläfe. Als er lockerließ, holte sie alles, was sie nach fünfundzwanzig Jahren Crunches auf Lager hatte, aus ihrem Nacken, und versuchte, ihn mit einer Kopfnuss zu treffen. Er wich ihr aus und schlug ihr mit der Nagelpistole ins Gesicht. Der Schmerz in der Nase lenkte sie augenblicklich von ihrem Thema im Oberschenkelbereich ab.

Dieser Plan hat nicht funktioniert, dachte Meta Jurkschat. Kein Problem, dann versuch ich es anders.

«Jetzt redest du, du Miststück. Und mit dem Schreien ist Schluss.»

«Sie können mir doch nicht in den Oberschenkel schießen», zischte sie. «Ich werde verbluten. Sie haben die Vene getroffen. Sie müssen das abbinden.»

Sie war sich fast sicher, dass der Nagel in ihrem Fleisch steckte, aber sie merkte, dass Vater Stahmer zögerte.

«Glaub ich nicht. Bei den fetten Oberschenkeln.»

Sie schloss die Augen und ließ den Kopf ein wenig zur Seite rollen. Sie fand sich wahnsinnig schlecht im Schauspielern, aber bei Amateuren durfte man auch nicht zu gut sein. Jürgen Stahmer ging vorsichtig um sie herum und beugte sich über ihren Oberschenkel, das Klebeband in der Hand.

«Das Klebeband ist zu breit zum Abbinden», sagte sie. «Sie brauchen eine Schnur oder so was. Das muss richtig einschneiden. Wenn ich verblute, kann ich Ihnen gar nichts sagen.»

Am Rande ihres Gesichtsfeldes sah sie, dass er zögerte. Dann legte er das Klebeband aufs Bett und beugte sich über ihre Beine, um das Seil zu lösen, mit dem er sie durch die Wohnung gezogen hatte. Sie spannte die Beine an, um ihn mit dem Knie in sein dickes, dummes Gesicht zu stoßen und ihm dabei, wenn es sich nicht vermeiden ließ, also: wenn es ihr gelang, die Nase zu brechen.

Er hielt inne. «Für wie dumm hältst du mich, du kleine Fotze.»

Stöhnend richtete er sich am Bett auf, außerhalb der Reichweite ihrer Beine. Er verklebte ihren Mund und band sie dann mit dem Seil an einem Bettpfosten fest, damit sie ihre Position im Raum nicht verlassen konnte. Er öffnete die Zimmertür, offenbar, um aus einem anderen Zimmer ein weiteres Stück Seil oder was anderes zum Abbinden zu holen.

Dieser Plan hatte also auch nicht funktioniert.

Kein Problem.

Kein Problem?

Nun.

Der Schmerz in ihrem Bein hatte sich in einen dumpfen, großflächigen Druck verwandelt, auf den sie sich gern einen Moment konzentrierte, denn wenn sie ganz ehrlich war, dann musste Meta Jurkschat vor sich selbst zugeben, dass sie im Augenblick keine weitere Idee hatte. Sie versuchte, durch die Nase zu seufzen, aber es gelang ihr kaum. Ihre Nase war dabei, zuzuschwellen, und während Jürgen Stahmer in der Wohnung nach etwas suchte, um sie länger am Leben zu halten, spürte sie, wie ihr die Luft ausging.

48. Kapitel

«Und, du hättest nicht gedacht, dass ich dich finde? Oder? Hm? Den guten alten Scheff unterschätzt? Mal wieder. Ist ja nichts Neues, ne, business as usual, ne?»

Scheff merkte, wie seine Stimme im Kellergang verhallte und dabei über ein Schluchzen hinwegholperte, das aus ihm kam und das er nicht hatte verhindern können. Scheißegal. Auch mal Gefühle zeigen! Außerdem war das absolut eine Stresssituation hier, da konnte man nicht immer gegen seine Hormone gewinnen, da konnte einem auch mal die Stimme zittern, und am Ende, das hatte er doch von Neunauge selbst gelernt, am Ende, da fanden die Häschen das sogar authentisch und fuhren ab darauf.

Neunauge hörte sowieso nichts. Da konnte Scheff auch ruhig schluchzen. Aber, verdammte Scheiße, man hatte doch auch so was wie Selbstachtung. Es fühlte sich mies an, hier so rumzustehen zwischen den Aktenschränken mit den alten Zeugnissen aus den achtziger Jahren, mit den ausrangierten Matrizendruckern und dem ganzen anderen Kram, und wenn man was sagte, stand man mitten in seiner eigenen Stimme und seinem Scheißschluchzen.

«Aber war ganz einfach. Als du mich abgeholt hast, um mich mit zu der Hütte zu nehmen, die wir dann nicht gefunden haben, hast du getankt, weißt du noch, und ich musste nur kurz ans Navi und gucken, was du als Home eingestellt hast und wo du oft warst. Mann. Wie dumm kann man sein. Ich hab dich hier neulich schon mal gesucht, nachdem du mich zusammengeschlagen hast. Da hab ich vorm *King Horse* gewartet und bin dir dann gefolgt, aber ich hab's nicht ganz geschafft. Nur bis ins Gebüsch. War ich ja schon fast da.»

Er trat Neunauge gegen den Schuh und erschrak, wie sich das anfühlte. Komisch, plötzlich doch mit so was Organischem zu tun zu haben. Wie wenn man am Strand auf eine Qualle oder einen Krebs trat. Neunauge zuckte und stöhnte.

«Alter», sagte Scheff, «ich hab nicht gewusst, dass du so empfindlich reagierst auf den Strom. Was meinst du, was die anderen immer mit mir gemacht haben. Echt. Da muss man schon was abkönnen. Das war so 'ne Mutprobe, weißt du. Das fing da an mit dem Kuhdraht, wer sich traut dagegenzupinkeln. Kein Problem, ganz ehrlich.»

Nur, dass die anderen weggerannt waren, nachdem sie ihn als Ersten vorgeschickt hatten, nee, mach mal, Scheff, dann machen wir das auch, aber du traust dich ja nicht, hast du Angst, dein Ding rauszuholen, zu klein oder was, komm, zeig mal her. Sie waren weggerannt, während er sich gekrümmt hatte, weil ihm der Stromschlag so reingefahren war, er konnte das gar nicht beschreiben, auch nicht, wie sie gelacht hatten. Doch mehr so über ihn als mit ihm. Bist du bescheuert? Wieso sollen wir so was Behindertes machen, du Spast? War's denn wenigstens geil, Scheff?

«Ich meine, und dann kriegt man da halt so ein bisschen einen gewichst, wie so 'ne Art Trafo.»

Damit hatten die anderen es dann wieder gutmachen wollen. Hatten sie ihm abends auf der Stube gezeigt. Sie hatten den Trafo von der völlig geschrotteten Eisenbahn im Aufenthaltsraum zwo mitgebracht und zwei Drähte, und ihm dann gezeigt, dass sie sich auch trauten, sich das ranzuhalten. Erst mit ganz wenig, dann mit immer mehr. Hier, guck mal, Ecki macht zuerst. Komm, Ecki, sei kein Frosch. Stufe eins. Stufe zwei. Bis Stufe acht waren sie hochgegangen. Oder besser gesagt Scheff, zitternd, schwitzend, mehr Angst davor, sich die Schmerzen anmerken zu lassen, als vor den Schmerzen selbst. Irgendwann waren sie zusammengebrochen vor Lachen und hatten ihm gezeigt, dass sie nur bei ihm den Stecker überhaupt drinnen hatten. Frank hatte immer rausgezogen, wenn einer von ihnen dran war, und Ecki hatte so eine richtige Show gemacht, während er dann für Thorsten den Trafo hochdrehte, sodass Scheff ganz abgelenkt war. Scheff war voll drauf reingefallen! Aber danach hatten sie gesagt, jetzt bist du einer von uns, und sie hatten das mit Anerkennung gesagt, nicht einfach nur so.

«Dass du mich so beschissen hast», sagte Scheff. «Ich meine, hat Ecki dir die Häschen weggenommen? Weil Ecki irgendwie besser war? Und dann bist du plötzlich aufgetaucht, nachdem Ecki weg war, und hast so getan, als hilfst du uns suchen? Und dann war Frank weg und dann Thorsten, und du immer so, ja ja, ich bin dran, ich kümmer mich, aber du musst die Fresse halten, Scheff, sonst schlag ich dich zusammen? Dabei warst du das mit Ecki, du hast den totgemacht, und dann hast du das mit Frank und Thorsten gemacht, weil die dir irgendwie auf die Schliche gekommen waren? Die haben ja immer so geheimnisvoll getan, weißt du.»

Seine Stimme war viel fester geworden. Sein Bauch tat viel weniger weh. Er atmete, als wären seine Rippen wieder heil.

Er ging um Neunauge herum, wo dessen Haar so schön glänzte, der alte Latin Lover. Der hatte bestimmt so viele Häschen gehabt. Die besten. Alles nur ab Stufe neun, darum ja auch sein Name bei ihnen im Forum und auf seiner Seite. Neunauge, weil er immer nur ein Auge auf HB9 hatte, auf die Hot Babes Stufe 9. Zehner sind mir zu krass, auf Achter kann ich nur im Notfall, Neuner sind perfekt. Das war Neunauge. Und dann hatte ihm Ecki vielleicht welche weggenommen, und dann … Den Rest konnte Scheff sich nicht so richtig vorstellen, aber eins spürte er ganz deutlich: dass er langsam wieder Oberwasser hatte, dass er back on top war, weil jetzt wieder Gerechtigkeit in die Welt kam.

Eine andere Sache, die sie mit ihm gemacht hatten, so als Aufnahmeritus oder wie sie das genannt hatten, war ja das mit dem Pinkeln gewesen. Erst wenn wir alle auf dich raufgepinkelt haben, bist du echt einer von uns. Weißt du, dann haben wir dich markiert, sozusagen. Dann gehörst du zu uns. Du darfst dann natürlich auch, wenn wir fertig sind. Ehrensache. Aber erst wir.

Aber dann dachte er, das wäre schlecht, das jetzt mit Neunauge zu machen. Ziemlich gut, dass ihm das noch rechtzeitig eingefallen war. Aber Neunauge war ja hier im Kellergang noch am Strom angeschlossen, an dem Kabel, das Scheff vom alten Matrizendrucker abgeschnitten und dann gesplittet hatte, negativ und positiv und so weiter. Erst hatte er Neunauge ordentlich einen übergezogen, dann hatte er angefangen, ihn mit den abisolierten Kabelenden zu bearbeiten.

Jetzt war er froh, dass er die Sache mit dem Pinkeln nicht bei dem gemacht hatte. Das wäre ja wie auf Kuhdraht gewesen, aber mit zweihundertzwanzig Volt. Er packte sein Ding wieder ein. Er sah, dass Neunauge kaum noch atmete, und dass sein Blick ganz starr an die Decke ging.

«Ja, Scheiße, Neunauge», sagte Scheffler, den sie Scheff nannten, «ich hatte halt den Trafo hier nicht für die Nummer.»

49. Kapitel

Meta Jurkschat stieß das bisschen Luft, das sie noch hatte, durch die Nase. Gleichzeitig leckte sie von innen am Klebeband, aber ihre Zunge blieb stecken, und ihre Nase schien nur noch dichter zu werden.

So geht das also, dachte sie.

Die ganzen Leute. Alle, die ich schon gesehen habe, die tot waren. Man zählt ja doch nicht mit. So ist das also.

Vielleicht kommt er gleich wieder.

Vielleicht ist das nur wie fast ertrinken, und ich kann auch ohne Sauerstoff zwei, drei Minuten überleben.

Dann hörten die Gedanken auf.

Sie spürte etwas an ihrem Gesicht.

Kleine, raue Zunge.

Der Plan traf sie unvermittelt, vielleicht war er ihr letztes Lebenszeichen. Sie wartete drei, vier Herzschläge, bis die Katze sich von ihrem Gesicht gelöst hatte und neugierig anfing, die Plastikfolie zu erkunden, in die Meta Jurkschat geklebt war.

Meta Katzenmagnet.

Mit der letzten Bewegung, die ihr noch möglich war, wälzte sie sich auf die Katze. Das Tier schrie wie ein Mensch, und Meta Jurkschat schossen die Tränen in die Augen. Sie merkte an den Erschütterungen unter ihrem Kopf, wie Jürgen Stahmer mit seiner höchsten Geschwindigkeit zurück zu ihr und der Katze ins Schlafzimmer kam, und das war nicht schnell. Die Katze kämpfte unter ihrem

Bauch, während Meta Jurkschat erstickte. Sie spürte ihre Krallen und ihre Zähne, aber auch, dass sie den Katzenkopf unterhalb ihrer Rippen so fest auf den Teppichboden gedrückt hatte, dass das Tier nicht entweichen konnte.

Siehst du, Finzi, dachte Meta Jurkschat. Teppich ist doch besser. Bei Parkett wär sie längst rausgeflutscht und weg. Dann wurde ihr schwarz vor Augen.

An der kämpfenden Katze unter sich merkte sie, dass höchstens zwei, drei Sekunden vergangen waren, als das Klebeband von ihrem Mund riss und sie die Luft in sich zerrte und riss, und ihre Lungen waren viel zu klein.

«Ich bring das Tier um», ächzte sie. Sie sah an seinen dicken, unentschlossenen Füßen, dass er keine Ahnung hatte, was er tun sollte.

«Wenn Sie mich umbringen», schnaufte sie, «erdrücke ich die Katze mit meinem Gewicht. So schnell schaffen Sie das gar nicht, mich von ihr runterzuziehen. Wenn Sie mich anrühren, breche ich ihr das Genick, ich muss nur mein Gewicht auf die Rippen verlagern.»

Meta Katzenmagnet, dachte sie noch mal. Hoffentlich entscheidet er sich schnell.

«Du Nutte! Lass die Muschi!», schrie er. Richig, Nutte hatte sie auch noch vergessen. Obwohl sie mit ihrem letzten Atem darauf gesetzt hatte, erstaunte es sie, dass ihm die Katze womöglich wichtiger war als der aus seiner Sicht erfolgreiche Abschluss seines stümperhaft geplanten Verbrechens.

Mit Tränen in den Augen rutschte sie ein Stück nach oben, um die Sache mit den Rippen und dem Genick einzuleiten. Die Katze wurde ruhiger.

«Was willst du.»

«Ich will meine Wunde untersuchen. Dafür brauche ich eine freie Hand. Und Sie müssen mich aufrichten, hier am Bett. Damit ich mich vorbeugen kann. Und beeilen Sie sich. Wegen Muschi.»

«Nur die Linke.»

«Das ist mir völlig egal.»

Er beugte sich über sie und wollte sie aufrichten. «Natürlich erst die Hand», sagte Meta Jurkschat. Mühsam ging er neben ihr in die Knie und fing an, mit dem Teppichmesser die linke Seite der Plastikfolie so weit zu öffnen, dass er an ihre Hand kam. Sie spürte eine Luftveränderung an ihrer linken Seite wie das reine Leben, und sie wusste, dass alles gut werden würde. Vielleicht sogar für die Katze.

«Schön vorsichtig», sagte sie. «Und schneller. Viel schneller.» So setzte man alte Männer unter Stress. Indem man ihr Liebstes bedrohte und sie dann anwies, sowohl vorsichtig als auch schnell zu machen. An einem leichten Druck spürte sie, dass er angefangen hatte, das Klebeband aufzuschneiden, mit dem ihr linker Arm an ihrer Taille fixiert war. Offenbar hatte er das Band um sie herumgewickelt, also würde sie nach einer Weile auch die rechte befreien können, sobald er die linke gelöst hatte.

Aber das musste sie gar nicht. Sobald ihre linke Hand frei war, packte sie ihn mit aller Kraft an seiner rechten und drehte sie ihm zum Körper, bis er sich selbst mit dem Teppichmesser schnitt. Den Impuls seines Zurückweichens nutzte sie, um sich an ihm festzuhalten und sich von ihm weit genug hochziehen zu lassen, dass sie ihren Kopf mit aller Kraft in seinen Unterleib schlagen konnte. Es widerte sie an, seine Ältmännerbundfaltenhose und alles, was dahinterlag, an ihrer wunderbaren Stirn und an ihrem aufgelösten Haar zu spüren, aber es half ja nichts, es war die effektivste Methode. Er ging in die Knie und kippte dann mit einem tiefen, kehligen Schrei nach hinten.

Die Katze war unter ihr verschwunden, als hätte sie sich entmaterialisiert. Im Flur der Wohnung hörte Meta Jurkschat ihre Schritte auf der Abdeckfolie, begleitet von einem empörten Fauchen.

Ist ja noch mal gutgegangen für uns beide, Muschi, dachte Meta Jurkschat. Sie brauchte keine drei Atemzüge, sich mit dem Teppichmesser die Bewegungsfreiheit zu verschaffen, die sie benötigte, um aufzustehen und sich über den bleichen verzerrten Jürgen Stahmer zu beugen. Ihr war schwindlig, und ihr genageltes Bein war taub, aber sie konnte es belasten, und die Abdeckfolie und durchgeschnittenes Klebeband hingen an ihr herab wie der Umhang einer völlig neuen Art von Superheldin, Trash Woman oder so was, Finzi oder Adam wäre sicher was Besseres eingefallen, die waren immer so witzig oder hielten sich dafür.

Mehr wegen der Show fuhr sie die Klinge des Teppichmessers drei Ticken weiter aus und näherte sich damit der Kehle von Jürgen Stahmer.

«So», sagte sie. «Was ist in der Hütte, wo ist die Hütte, und dann bitte alles, was Thorsten hier noch an Unterlagen oder Computerkram oder so hat. In der Reihenfolge.»

Eine Viertelstunde später hatte sie Thorstens ziemlich ramponierten Laptop unterm Arm, ein Ziehen im Bein, die Adresse der Hütte im Telefon und dort auch drei Dutzend

Fotos von der für Folter und Mord präparierten Wohnung, außerdem ein Geständnis von Jürgen Stahmer im Stimmrecorder. Sie rief bei der Kripo Kassel an, gab sich als Kollegin zu erkennen und sagte, in der Wolfhager Straße 53b wolle ein Jürgen Stahmer ein Geständnis abgeben, Freiheitsberaubung, schwere Körperverletzung, möglicherweise versuchter Mord und mehr. Sie werde sich in der Angelegenheit zeitnah zurückmelden, um eine Aussage abzugeben und ihre Verletzungen zu dokumentieren. Sie legte auf, ohne eine Antwort abzuwarten, und bestellte ein Taxi. Dann ging sie im Flur in die Knie und machte das Geräusch, mit dem sie als Kind ihre Katze angelockt hatte.

Muschi kam aus der Küche und sah sie mit einem unmissverständlichen Katzenblick an: Arschloch.

«Tut mir leid», sagte Meta. «Aber du hast mir das Leben gerettet.» Dann fiel ihr ein Scherz ein, und weil sie fast nie einen machte, jetzt aber was zu feiern hatte, sagte sie: «Darum bist du jetzt für mich verantwortlich. Ist leider nicht zu ändern.» Und weil die Katze wie alle Katzen, die Meta Jurkschat kannte, Dinge tat, die schwer nachzuvollziehen und unmöglich vorausberechenbar waren, kam die Katze zu ihr und rieb ihren Kopf an Meta Jurkschats ausgestreckter Hand.

Als das Taxi im Kasseler Abendlicht aufgetaucht war, sagte sie: «Zur Notaufnahme, und dann zum Bahnhof.»

«Das heißt», sagte der Taxifahrer mit einer unüberhörbar nordhessischen Melancholie in der Stimme, «ich soll vor der Notaufnahme warten und Sie danach noch zum Bahnhof fahren?»

«Nur, wenn's Ihnen keine Umstände macht», sagte Meta Jurkschat und schnallte sich auf dem Beifahrersitz an, weil sie es arrogant fand, im Taxi hinten zu sitzen. «Sonst krieg ich das auch anders geregelt.»

Der Taxifahrer fuhr auf die leere Straße und nickte in Richtung ihres Schoßes. «Tiere sind eigentlich bei mir nicht erlaubt im Wagen», sagte er, «aber Sie sehen aus, als könnten Sie eine Ausnahme gebrauchen.»

50. Kapitel

«Adam, hast du das im Stehen geschrieben?»

Danowski wartete ungeduldig darauf, Gaitners provisorisches Büro im Besprechungszimmer der OFA verlassen zu können, während der Kollege aus München sein Täterprofil studierte und sich dabei hin und wieder die Lippen leckte, als hätte er ein köstliches Essen vor sich oder ein juckendes Ekzem im Mundbereich.

«Mag sein», fabulierte Danowski, der keine Ahnung hatte, worauf Gaitner hinauswollte.

«Das fasziniert mich ja seit einigen Jahren, wir haben da sogar ein kleines Forschungsprojekt mit dem Professor Froböse von der Uni Köln am Laufen, du musst halt immer auch gucken, mit wem du dich irgendwann wegen Drittmitteln zusammentust, gell.»

«Seh ich genauso», sagte Danowski, damit das aufhörte. Er wollte dringend mit Linda Olenroth noch mal in Ruhe über Dr. Karin Busche sprechen und diese dann noch mal in die Zange nehmen, während die anderen irgendwelche Schlüsse aus dem neuen Täterprofil zogen. Und dafür brauchte er keine Drittmittel, nur Finzi.

«Also, der Froböse hat ja diesen ganzen Bewegungsmangel erforscht und die Auswirkung auf den Stoffwechsel, was halt noch fehlt, ist die Auswirkung auf die intellektuellen Fähigkeiten, darum sag ich ja, Sitzen ist das neue Rauchen, und dumm macht es auch, darum hab ich voriges Quartal ja im Rundschreiben an alle OFAs die Empfehlung ausgegeben, auf Stehpulte umzusteigen, wenn man so will, weil, man denkt halt klarer, und gesünder ist es eh, wennst du stehst beim Arbeiten.» Gaitner schwenkte Danowskis Profilausdruck ein bisschen. «Merkt man ja.»

«Ganz klare Sache», sagte Danowski, in der tiefen Hoffnung, dass Gaitner jetzt langsam auf die Zielgerade seiner Ausführungen einbog. «Ich steh auf Stehen! Und dazu steh ich.»

Gaitner lachte froh. «Du kannst ja richtig witzig sein!»

«Aber nicht im Sitzen», sagte Danowski ernst.

Gaitner nickte und tippte auf das Papier in seiner Hand. «Ganz ehrlich, Adam, und ich sag's dir nicht gern, aber: Dein erstes Profil und so weiter, das war alles im Sitzen geschrieben, das hat man richtig gemerkt. Das hier, das hat diese Energie, diese Klarheit, das kannst gescheit nur im Stehen. Die ganze Sache mit dem Mobbing, dass das diese Gruppenbildung ist, die immer auf Kosten des Einzelnen geht, und dass darum hier ein Einzelner sich an der Gruppe rächt, indem er die Toten versteckt am ganz ursprünglichen Ort der Gruppenbildung, also da, wo wir's lernen, uns als Gruppe zu konstituieren, das, also ...» Gaitner nickte. «Das ist rund. Auch diese ganze Zahlensymbolik, ja, der Wahnsinn, was da alles drinsteckt in der Neun. Also, wollen wir nicht hoffen, dass da noch sechs Leichen folgen, gell! Und die Empfehlung, den Täter im Alter der Opfer zu suchen, männlich, sozial aufstiegsbewusst, wegen der Chronologie der Schulen, und so weiter, das passt alles mega zusammen mit den Sachen, die du da aus Plön geholt hast, von dem Waldheim, und mit unserer Empfehlung haben die Kollegen hier noch mal richtig Verstärkung angefordert, um alle Namen auf diesen Waldheim-Listen richtig abzuklären. Sind ja über hundert, aber das hat absolut Prio eins jetzt. Während die Schutzpolizei weiter alle Schulen durchsucht.»

«Also», sagte Danowski, dem das, im Sitzen oder im Stehen, jetzt doch unangenehm war, alle Anerkennung für ihre windige Plön-Aktion zu bekommen, «die Initiative für die Ermittlung in Plön und die Waldheim-Verbindung der Toten kam ja von der Kollegin Jurkschat, also direkt aus der Ermittlungsgruppe ...»

«Ja, aber weißt, Adam, wir dürfen als Fallanalytiker unser Licht auch nicht unter den Scheffel stellen, und, na ja, die Kollegin, hör ich, hat sich krankgemeldet, also, wenn die im falschen Moment ihre Tage kriegt, dann kriegst du halt die Lorbeeren, verstehst ...»

«Uhm», machte Danowski wie beim Zahnarzt. «Also, mit der Regel der Kollegin hat das nichts zu tun, das finde ich ...»

«Na», sagte OFA-Leiter Ahrens, während er seinen Kopf in den Raum steckte, «über welche Regel redet ihr? Ockhams Rasiermesser?»

Danowski nutzte die Gelegenheit, sein Sakko zusammenzuraffen und Aufbruch zu signalisieren.

«Nein, wir reden gerad davon, dass die Kolleginnen sich krankmelden, wenn sie ihre Schmollwoche haben. Ferrari in der Tiefgarage», sagte Gaitner.

Danowski stöhnte gequält. Ahrens blickte alarmiert. «Läuft alles?», fragte er.

Danowski sagte: «Es steht, es sitzt, es geht – alles, was du willst.» Dann drängelte er sich aus dem Raum.

Auf seinem Telefon sah er zwei verpasste Anrufe von

Finzi, dann eine Textnachricht: *Hab das Phantombild. Ich weiß, wer unser Mann ist.*

Und das verpass ich, weil das Arschloch aus München ein Vollidiot ist, dachte Danowski düster. Finzis Telefon sprang sofort auf Mailbox, offenbar telefonierte er. Danowski blieb im Gang stehen, schwitzte und wählte schließlich die Nummer von Linda Olenroth, damit ihm der Schädel nicht platzte.

«Muss das sein?»

«Es geht schnell», sagte Danowski.

«Ich hab nicht viel Zeit.»

«Ich auch nicht.»

«Dafür reden wir schon ganz schön lange.»

«Sie haben gestern etwas erzählt über Frau Dr. Busche und den Hausmeister.»

«Um Gottes willen. Das war Klatsch. Ich wollte der Frau nur klarmachen, dass es durchaus nicht selbstverständlich ist, mit Scheuklappen durch die Welt ...»

«Ich hab das schon verstanden», sagte Danowski, fingerte sich mit der einen Hand den Kragen vom Hals und gab mit der anderen Ahrens ein Daumen-hoch-Zeichen, als der an ihm vorbeiging, «aber ...», er drehte sich ein bisschen mehr zum Fenster und entschied sich für Offenheit, weil das schneller ging und er ungeduldig war, mit Finzi zu sprechen, «... mir geht das Thema Hausmeister seit einiger Zeit nicht aus dem Kopf. Einfach, weil ich denke, ein Hausmeister könnte uns vielleicht ganz gut erklären, wie der Täter auf die Leichenverstecke hätte kommen können. Man muss ja schon ein bisschen die baulichen Verhältnisse kennen.»

«Bauliche Verhältnisse.»

In seiner Leitung wurde angeklopft. «Ja. Wissen Sie noch, wie der Hausmeister hieß damals?»

«Der ist schon längst nicht mehr an der Schule. Aber er hieß was mit N oder ... nein, ein kroatischer Name oder serbisch oder so was. Kovac. Oder tschechisch. Mrotzek. Berisha. So. Herr Berisha. Aber das war einer von den Guten. Der hat mir mehr als einmal im letzten Moment ... Aber das wollen Sie gar nicht mehr hören, oder?»

«Ähm.»

«Umso besser. Ich mag's auch nicht mehr erzählen.»

Danowski murmelte einen Dank und einen Abschied, dann nahm er das andere Gespräch an.

«Adam», sagte Finzi mit Triumph in der Stimme. «Ich hab das Phantombild bekommen. Und der Typ kam mir bekannt vor. Kommt. Ich kenn den. Der hat mir neulich einen Kaffee ausgegeben, an der Schule, wo dieser zusammengeschlagene Typ aus dem Gebüsch gekrochen ist ...»

«Das heißt, du rufst wegen dem Hausmeister Berisha an?», fragte Danowski.

«Du bist so ein – ach, ich weiß nicht», sagte Finzi.

51. Kapitel

Meta Jurkschat erinnerte sich an die Gegend, Eindrücke wie ein überbelichtetes Traumbild. Ihr nächtlicher Ausflug mit Adam, die Rückfahrt mit Finzi, und vor allem ihre Erleichterung, dass es Finzi am Ende doch gutging, dass er doch nicht getrunken hatte. Warum hatte sich das wie ein Abschied angefühlt? Weil Finzi ihr dann erzählt hatte, dass ihr Name auf der Liste von Thorstens altem Kneipenfreund Scheffler stand.

Die Hütte lag keine zwölf Kilometer Luftlinie vom Waldheim entfernt. Der Landstrich, aus dem Thorstens Mutter gekommen war. Von dieser Hütte aus war Thorstens Vater mit ihm angeln gegangen am Dannauer See, die Familie war an die Ostsee gefahren, all die harmlosen Sommerkindheitsdinge zwischen Mischwäldern und Pappelalleen, den abgeblühten Rapsfeldern, den Maislabyrinthen, den Erdbeerfeldern und den in der Spätjulisonne zischelnden und knisternden Knicks an den Rändern der Wege. Als sie das Fenster des Mietwagens runtermachte, roch es nach Gülle und Gras.

Hinter Kaköhl hörten die Straßennamen auf, Scheunen standen leer, und dann blieb ihr noch ein Forstweg, der ein zwischen den Getreidefeldern stehen gebliebenes Waldstück durchschnitt, dahinter eine mehrere hundert Meter breite Heuwiese, und auf einer leichten Anhöhe die Hütte, verwittertes Holz, das früher hell gewesen war, ein Fertigteilbausatz aus dem Baumarkt. Sie überlegte einen

Moment, ob sie den Wagen im Wald verstecken sollte, aber ihr frisch desinfiziertes und bandagiertes Bein tat weh, und sie wollte hier schnell wieder wegkommen, sobald sie etwas gefunden hatte. Mit knirschenden Reifen fuhr sie über einen Weg, den der meiste Kies vor langer Zeit verlassen hatte, bis direkt an die Hütte. Sie musste lächeln, als sie den Blick von der Hütte über die Wiese zum Waldrand sah. Das Gefühl, wie schön das war, war stärker als ihre Müdigkeit, stärker als ihre Anspannung wegen der Gefahr in der Vergangenheit.

Sie nahm ihre Tasche und den Katzenkorb von der Rückbank. Instinktiv griff sie an die Stelle auf ihrer Hüfte, wo sie im Dienst das Waffenholster trug, während ihr einfiel, dass sie krankgemeldet war. Das würde alles noch einen riesigen Ärger geben, vor allem mit der Kassel-Geschichte noch obendrauf. Es tat ihr weh, dass sie dort eine derartige Unordnung hinterlassen hatte.

Auf dem verwitterten Holzdeck vor dem Eingang der Hütte öffnete sie den Katzenkorb.

«Und, kennst du das hier?»

Muschi verschwand im Gras zwischen der Hütte und dem alten Zaun zur Heuwiese.

«Du heißt ab jetzt übrigens Friederike», rief sie ihr hinterher. Friedensreich, das war ein Zustand, nach dem Meta Jurkschat sich sehnte. Und der Name erinnerte sie an Friederikenburg, wo sie vor zweieinhalb Jahren mit Finzi das letzte Mal so richtig glücklich gewesen war. Weil sie zusammen was gemacht hatten, und nicht nebeneinander jeder was für sich oder wie zuletzt voreinander verborgen.

Er hätte mir das sagen müssen, dachte sie. Das mit

meinem Namen auf der Liste. Und er hätte trotzdem nach Kassel kommen müssen. Oder?

Sie holte Jürgen Stahmers Schlüssel aus der Tasche, was ihr schwerfiel, weil sie schon Gummihandschuhe trug. In der Hütte war nichts als ein offenes Regal mit zusammengewürfelten, staubigen Küchenutensilien, eine rostige Spüle, ein offener Kühlschrank, an der Wand ein Boiler, links davon über Eck zwei Etagenbetten mit abgezogenen, stockfleckigen Matratzen. Ein Holztisch, drei Klappstühle, in der Rückwand eine Tür zu einem Verschlag, in dem sie im Halbdunkel eine Toilette sah. Daneben eine zweite primitive Tür ohne Klinke, dahinter Geräte und Kram. Ein Ofen. Spinnweben, Mäusedreck und die scheinbar schwerelosen leeren Puppen und Panzer geschlüpfter und gestorbener Insekten.

Sie probierte den Wasserhahn über der Spüle. Abgestellt. Auch die Steckdosen waren tot. Sie zog das Netzteil wieder ab und warf es in ihre Tasche. Egal. Sie hatte den Laptop auf der Rückfahrt im Zug aufgeladen. Aber nicht gewagt, die endlose Textdatei zu studieren, die sie in «Neuer Ordner 2» gefunden hatte. Sie war es nicht gewöhnt, vor so einfachen Dingen wie Textdateien in die Knie zu gehen. Ein zweites Mal würde ihr das nicht passieren. Auch deshalb war sie hier. Weil sie sich hier besser würde konzentrieren können. Im Zug weg von Kassel hatte sie sich noch wie auf der Flucht gefühlt. Dorthin, wo Thorsten sich mit den anderen zurückgezogen hatte. Vielleicht gab es hier einen Hinweis darauf, was Thorsten und die anderen wirklich miteinander verbunden hatte, was sie getrieben hatten. Und was das alles mit ihr zu tun hatte.

Sie setzte sich auf einen wackligen Stuhl und klappte den Rechner auf. Durch die von altem Regenstaub fast stumpfe Fensterscheibe sah sie, wie der Kopf von Friederike im halbmeterhohen Gras auftauchte, verschwand, und dann einen Atemzug später vier, fünf Meter entfernt wieder auftauchte. Schmetterlingsjagd.

Das Textdokument war schon rein optisch ein übles Gestöpsel unerschiedlicher Schriftgrößen und Schriftarten. Meta Jurkschat kniff unwillig die Augen zusammen. Sie mochte es, wenn Dokumente sauber formatiert waren, und wie viel Zeit und Mühe kostete das bitte, den Dingen eine sinnvolle Form zu geben? Offenbar war das alles hier von einer Internetseite in eine Word-Datei kopiert, dabei entstand diese Art von Typographie-Salat, wenn man nicht aufpasste. Meta Jurkschat fiel es nicht schwer, bei so was aufzupassen.

Nach einer Weile erkannte sie eine umgekehrte Chronologie von Internet-Postings, und in der unregelmäßig verlaufenden linken Spalte jeweils den Nutzernamen. Die Einträge waren zum großen Teil Jahre alt.

Zwei HB, eine HB6, eine HB8, genau die richtigen Fragen gestellt und dann geblockt, aber am Ende die HB8 verloren und nach zwei Stunden von der HB6 geblitzt. Scheiße was mach ich falsch

Das von einem Nutzer namens «sch@ff79», dem andere, wie sie fand, recht kurz oder recht hämisch antworteten.

Hast du wieder Das Hemd angehabt??

Besorg dir'n neues Gesicht.

Obwohl, hier nahm ihn jemand ernster:

Du musst echt ganz in Ruhe das Material durcharbeiten, du hast das noch nicht verinnerlicht, dadurch kannst du die innere Ruhe nicht erlangen die du brauchst. Diese Unruhe ist das letzte was du auf der Jagd gebrauchen kannst. Die Unruhe überträgt sich auf die Häschen. Du kannst auch nicht in den Wald gehen und Rehe jagen die ganze Zeit schon BÄMM BÄMM schreien, bevor du überhaupt abgedrückt hast ;-)

Worauf wieder ein anderer geantwortet hatte:

Doch, scheff schon.

Okay, dachte sie. Scheff. Das war also der Typ, den Finzi im Krankenhaus gesucht hatte, nach dem sie im *King Horse* gefragt hatte und auf dessen Liste ihr Name stand. Scheff, an dessen Namen sie sich ganz flüchtig von früher erinnerte.

Einen Moment überlegte sie, ob sie das ganze Dokument selbst neu formatieren sollte, um es besser lesen zu können. Dieses ganze Kauderwelsch. Aber damit hätte sie womöglich ein Beweismittel manipuliert.

Und ich glaube, ich weiß auch so, worum es hier geht, dachte sie. Jedenfalls so ungefähr. Bevor sie das für sich vertiefen konnte, sprang sie was an aus dem Buchstabensalat in der Spalte mit den Nutzernamen, die sie nur mühsam den jeweiligen Postings daneben zuordnen konnte. Der lange, recht geduldige, aber im Ton auch überhebliche Post stammte von einem Nutzer, der sich *9aug3* nannte.

Neunauge.

Sie biss sich auf die Unterlippe und griff zum Telefon, um Adam oder Finzi anzurufen. Weil sie keinen Empfang hatte, bekam sie einen Moment zum Überlegen. Wenn es eine Figur namens Neunauge gab, die hier anderen Ratschläge erteilte, zum Beispiel Scheffler, der ihren Namen kannte und der sie gesucht hatte – dann musste sie hier natürlich auch Beiträge von Thorsten finden. Ihre Augen überflogen die Nutzernamen, aber ihr fiel nichts auf. Schließlich öffnete sie die Suchfunktion, zögerte einen Moment und überlegte. Dann tippte sie das Datum vom Tag nach ihrem Kennenlernen ein. Die gelbe Markierung sprang im Dokument an die entsprechende Stelle. Zwei, drei Dutzend Einträge. Ihr fliegendes Auge blieb an einem längeren hängen, der die Überschrift

Guter Abschuss!!

hatte und von einem

cLimbermAn

stammte. Klettermann in sinnloser Orthographie.

Guter Abschuss in Hamburg. Ort: KH. HB8, mit bisschen Arbeit vielleicht sogar HB9 (halt dich da raus, 9aug3!!! ;-). Schön immer weggeguckt am Tresen, alle Moves gemacht. Ich hatte sogar das Buch dabei!! Coelho. Erstmal net reagiert, als sie geguckt hat. Dann so, als würde ich ihr den Gefallen tun. Erklärt, dass sie ja ganz schön fertig aussieht. So müde. Aber dass man da ja was machen kann. Ob sie eine Erfrischung möchte, bisschen was zum Wachwerden. Keck, die Kleine: hat erstmal gesagt, dass ich müde ausseh, weiß ich alleine, dafür muss ich mich nicht in der Bar anquatschen lassen.

Sie spürte nur an der Temperaturveränderung auf ihrer Zunge, dass sie atmete. Sie nahm den Blick vom Bildschirm und blickte auf die Wiese. Von Friederike war nichts zu sehen.

Ja, genau das hatte sie zu ihm gesagt. Aber er hatte so was um die Augen gehabt, etwas, als ob er's nicht ganz ernst meinte, und als er ihr ein paar Minuten später wortlos einen braunen Drink vor die Nase gestellt hatte, hatte sie sich trotz seiner Unverschämtheit gefreut.

«Tut mir leid wegen eben», sagte er und lächelte.

Sie war vorsichtig, wegen K.-o.-Tropfen. Aber als sie den Drink an die Nase führte und die vertraute Mischung aus Mandel und Whiskey roch, konnte sie nicht widerstehen und nahm einen Schluck.

«Woher wusstest du?», fragte sie, gegen ihren Willen mit einer leichten Note der Anerkennung in der Stimme.

«Hier kann doch keiner ein Geheimnis haben», sagte er und nickte Richtung Barkeeper.

Sie trank noch einen Schluck.

«Das tut gut, oder?», fragte er.

Sie nickte.

«Man sieht, wie das anschlägt bei dir. Du siehst in Wahrheit phantastisch aus. Sind das Kontaktlinsen oder sind deine Augen wirklich so umwerfend dunkelbraun? Wie Schokobrunnen. Ich liebe Schokobrunnen.»

Und sie hatte gedacht, dass sie eigentlich keine Schokobrunnen mochte, aber plötzlich hatte ihr der Gedanke an Schokolade gefallen, und überhaupt, dass einer sich hier nach ihrem Drink erkundigte und sich Mühe gab.

Dann die Drinknummer. Nach dem Negging kleine Belohnung, dass sie fantastisch aussieht. Nur leicht übertrieben!! Gefragt, ob sie Künstlerin ist. Ich dachte, sie wär Sozialarbeiterin oder sowas. Das beste Häschen: Das nicht weiß, wie schön es ist. Aber dann stellt euch vor: das HB sagt, sie ist Polizei!

Meta Jurkschat lehnte sich zurück und schürzte die Lippen. Sie meinte, ein Geräusch aus dem Wald gehört zu haben, vielleicht ein Auto, aber der Wald war viel zu weit weg, und wenn sie ehrlich war, rauschten ihr die Ohren.

Er hatte sie erlegt wie ein Wild, zielgerichtet, planvoll, nach einer Taktik, über die er sich mit anderen Männern ausgetauscht hatte. Und das war der Anfang ihrer Liebe zu Thorsten Stahmer gewesen.

52. Kapitel

Manchmal, dachte Scheff, war am Ende doch alles ganz einfach. Um auf die Dauer oben zu sein, brauchte man einfach mal eine Glückssträhne, das war das eine, und das andere war: Man musste einfach mal eine Weile alles richtig machen. Also, harte Arbeit und Glück. Dann lief das.

Der Wagen gefiel ihm besonders gut. War natürlich die Frage, ob Neunauge sich den wirklich vom Hausmeistergehalt geleistet hatte. Oder ob da nicht ganz viel von dem Geld drinsteckte, das er, Scheff, selbst im Laufe der Jahre in all die Häschenprogramme investiert hatte, die ganzen «Mit der geheimen Frage kriegst du sie rum»-, «Diese eine Bewegung macht jede Frau scharf»-Links, auf die er geklickt hatte. Und diese Online-Seminare. Die waren teuer gewesen. Wenn also Neunauge am Ende hinter dem ganzen Scheiß steckte, dann gehörte das Auto hier sowieso zum guten Teil Scheff, und dann hatte er sich jetzt einfach zurückgeholt, was seins war. Und das betraf auch die Klamotten aus dem Schrank von Neunauge, das Luftgewehr mit der Spezialmunition, das er im Hausmeisterspind gefunden hatte, und natürlich nicht zuletzt die Hütte von Thorsten. Jetzt, im Tageslicht, würde er den Weg auch finden, er war den anderen einmal heimlich gefolgt. Heimlich folgen, das konnte er ganz gut. Nur bei den Häschen musste man aufpassen damit, wenn die das merkten, hieß das heute Stalking. Alles war inzwischen verboten, was einem half bei der Jagd.

Aber jetzt: Bämm, Kassensturz, Payday für Scheff. Das Auto, die Hütte, für zwei Wochen Geld aus Neunauges Brieftasche und Büroschublade, das war doch perfekt, zehn von zehn Punkten, damit konnte er arbeiten, länger konnte man eh nicht planen, es wusste doch kein einziger Mensch auf der ganzen Welt, was in zwei Wochen sein würde, insofern ging es ihm genauso gut wie den Leuten auf der Welt, den's am besten ging, oder besser! Das war logisch. Man musste nur immer logisch bleiben. Vielleicht hatte er ein Talent für Logik. Der Gedanke gefiel ihm.

Das Auto und diese Landschaft und die Sonne und das Licht gaben ihm recht, das Radio sowieso, *Eternal Flame* und so weiter, und die Landstraßen, die immer kleiner wurden und schmaler und sich zwischen den beigefarbenen Weizenfeldern und dem meterhoch stehenden Mais hindurchwanden, und dann sah Scheff den Forstweg zur Hütte. Er ging vom Gas, bis er eigentlich nur noch kroch, das gefiel ihm, im Grunde war er ja immer noch auf der Pirsch, sein Leben lang gewesen.

Dann trat er ganz in die Eisen, das gab selbst bei nur noch fünzehn, zwanzig Sachen einen ganz schönen Ruck, und er hörte, wie Neunauge im Kofferraum gegen die Rückbank rollte.

Die Katze, die den Weg gekreuzt hatte, verschwand im Wald. Das hätte was gegeben. Er war nicht abergläubisch, aber ... die totfahren wär auch wieder nicht gut gewesen, die hatte ihm ja nun wirklich nichts getan.

Scheff fuhr wieder an, und nach einer Weile tauchte die Hütte in etwa drei- oder vierhundert Metern in einer Schneise auf, sie stand noch immer am gleichen Wiesenrand in der gleichen Entfernung vom Wald. Scheff hielt wieder an, um den Blick durch die Windschutzscheibe zu genießen. Das war sein neues Heim. Früher hatten sie ihn hier weggeschickt, jetzt war es ganz seins. Welcome home, Scheff.

Seine Hand berührte den Zündschlüssel, da sah er, dass sich hinter den Fenstern der Holzhütte, Baumarktbausatz, keine zwanzig Quadratmeter, ein Schatten bewegte oder mehrere. Und hinter der Hütte ragte ein Auto hervor, typischer Mietwagen.

Für einen Moment blieb ihm das Herz stehen.

Was für ein Wahnsinn. Die anderen. Auch back in town.

Er atmete aus. Natürlich nicht. Das waren nicht Ecki, Frank und Thorsten. Weil: Die waren ja tot. Das war wer anders. Also war das ein Problem.

Scheffler, den sie Scheff nannten, überlegte einen Moment, dann setzte er den Wagen zurück bis zu einer kleinen Öffnung im Wald auf der rechten Seite, der Hütte abgewandt. Langsam rangierte er den Ford zurück, bis er und Neunauge und das Auto ganz im Wald verschwunden waren. Dann stieg er aus, ging zum Kofferraum, blickte in Neunauges fahles Gesicht, empfand gar nichts dabei außer einer leichten Genugtuung, aber keinen Zorn mehr, man hatte sich ja sozusagen geeinigt, und dann zog er das Luftgewehr heraus, auf das Neunauge beim Abbremsen gerollt war. Er steckte das Fernglas und die Munition in seinen Rucksack, die war vorn zugespitzt, erlaubt war das nicht, aber dafür tat es richtig weh.

Behutsam schloss er den Kofferraumdeckel, und dann lief er im Schutze des Waldes Richtung Hütte, um in Besitz zu nehmen, was ihm gehörte.

53. Kapitel

Behling hatte schlechte Laune, und Danowski dachte: Wahnsinn, wo nimmt der Alte die Energie her? Woher kommt diese Kraft, mich und alles, was ich tue, scheiße zu finden? Wie kann Behling sich so angegriffen fühlen davon, dass es mich gibt, während ich, den das viel mehr betrifft, das doch auch einfach über mich ergehen lassen kann?

Sie standen im Schatten des Waschbetonschulgebäudes des Gymnasiums in Niendorf, dahinter die etwas flacheren, grau-braunen Gebäude der Grundschule, die mit dem Gymnasium eine Turnhalle, den Parkplatz und die Anschrift teilte. Danowski atmete die heiße Asphaltluft, Spätblüher, leere Laubengänge, staubige Gebüsche und alten Sand.

«Schöne Trümmertruppe hier», sagte Behling halblaut, gerade so, dass der Schulleiter es nicht hören konnte und die Hundeführerin auch nicht, die beiden standen abseits und unterhielten sich über ihre Urlaubspläne. Zwei Fremde, die nur eins gemeinsam hatten: dass sie heute Abend noch loswollten, wenn die Hitze sich in die Dunkelheit verzog und die Straßen leerer wurden. Es erstaunte ihn, wie leicht manche Leute in Verbindung kamen. Es bedeutete ihm meist eine unfassbare Anstrengung.

«Musst du nicht noch 'n paar Fahrradpässe ausstellen, Finzi?» Behling war jetzt drauf und dran, sich als Nächstes in Finzi zu verbeißen, sein Gesicht war schon so leicht verzerrt.

Danowski atmete tief ein und tauchte durch eine Welle von Niedergeschlagenheit, die über ihn hinwegrollte.

«Ich seh dich ja mehr als so 'n E-Bike-Rentner, Knud», sagte Finzi zu Behling, ungerührt, «passt zu dir, so vom Temperament her: alles wegsprengen, was dir in'n Weg kommt, ohne dich dabei zu sehr anzustrengen. Sag Bescheid, wenn du dann noch mal 'ne Auffrischung brauchst wegen Verkehrssicherheit und so. Ich würde dir so 'n Abstandhalter empfehlen, weißt du noch, diese orangefarbenen Dinger zum Ausklappen wie Anfang der Achtziger. Wär dann mein Abschiedsgeschenk für dich.»

«Finzi ist gewissermaßen als Zeuge hier», sagte Danowski, bevor Behling wieder was zurückgeben konnte. Er hörte seine eigene Stimme, als hätte er Wasser im Ohr. «Er hat als Letzter mit Hausmeister Berisha gesprochen, danach hat den keiner mehr gesehen. Und Finzi hat die Verbindung von Berisha zu deinen Kellermumien herausgefunden, Knud: Er war an allen betroffenen Schulen Hausmeister. Er war von 2002 bis 2014 Hausmeister an der Grundschule Koopstraße, wo wir den Leichnam von Eckhart Lorenz gefunden haben. Von 98 bis 2000 war er Hausmeister an der Gesamtschule Pulvermühle, Fundort von Frank Jablonski, und danach zwei Jahre am Gymnasium Klein-Flottbek, Fundort von Thorsten Stahmer.»

Metas Exfreund, hätte er beinahe gesagt.

Behling zeigte mit theatralischer Aggressivität in die Runde, die zugegeben überschaubar war. «Und weißt du, Adam, warum wir hier so wenig Leute sind? Ist zwar alles sehr interessant, aber die Daten passen alle überhaupt nicht mit den Todeszeitpunkten zusammen. Versteh dich nicht. Du hast doch selbst dem Gaitner so 'n Hokus-

Pokus-Profil geschrieben, und ihr habt die Unterlagen da aus dem Waldheim bekommen. Wissen wir doch, dass das aller Wahrscheinlichkeit nach 'n traumatisierter Gemobbter war, der da irgendwo auf der Waldheim-Liste steht. Und ich steh hier mit dem letzten Aufgebot, weil alle anderen ausgeschwärmt sind, um die ganzen Namen auf der Waldheim-Schülerliste abzuarbeiten. Können wir jetzt mal anfangen?» Das Letzte scharf an die Hundeführerin, deren offenbar zartbesaiteter Rottweiler vor Behling zurückwich. Sie warf dem sehr viel älteren Polizisten einen fragenden Blick zu und gab dem Hund was aus der hohlen Hand.

«Bist du dann eigentlich Teil vom letzten Aufgebot, Knud, oder siehst du dich eher so als der väterliche Sturmbannführer?», fragte Finzi.

Behling schüttelte ungeduldig den Kopf. «Versteh nur leider überhaupt nicht, was der Schiet hier soll.»

«Na ja», sagte Danowski, «wenn einer, der an drei Schulen war, an denen Leichen gefunden wurden, selbst von der vierten Schule, an der er arbeitet, verschwindet, dann …»

«Ja, ja», sagte Behling. «Bis vier zählen kann ich auch.»

«Also», sagte der Schulleiter, gut ausgebildet darin, Konfliktsituationen zu entschärfen, «ich bin Ihnen gern behilflich, aber ganz ehrlich: Ich bin sicher, dass der Herr Berisha das alles ganz einfach aufklären kann.»

«Leider wissen wir nicht, wo er ist», sagte Danowski.

«Der Mann hat Urlaub. Und keinerlei Verpflichtung, ans Telefon zu gehen. Sein Auto ist weg, also ist er wahrscheinlich längst über die Grenze, seine Familie besuchen. In Kroatien, glaube ich. An der Küste.»

«Soll ja sehr schön sein da», sagte Danowski, um irgendein Geräusch zu machen. War Thorsten Stahmer da nicht gern geklettert?

«Aber Schlüssel von den Schulen, an denen man früher als Hausmeister war, könnte man theoretisch schon behalten, oder?», fügte er hinzu.

Der Schulleiter wiegte den Kopf. «Die sind eigentlich ganz gut abgezählt und werden in Listen geführt, das gibt jedes Mal ein Riesentheater, wenn einer verschwindet.»

Danowski warf Finzi einen Blick zu. Wenn man wollte, bekam man jeden Schlüssel nachgemacht.

«Molly wär dann so weit», sagte die Hundeführerin, weil die Rottweilerin ungeduldig an der Leine zog.

«Okay», sagte Danowski. Und zum Schulleiter: «Sie zeigen uns bitte die Keller. Und dann interessieren wir uns für andere mögliche Leichenverstecke. Das gemeinsame Merkmal aller bisherigen war, dass sie gut belüftet waren. Um die Mumifizierung der Leichen zu gewährleisten.»

Der Schulleiter war Anfang sechzig, hatte nicht allzu viele, aber, wie Danowski fand, irgendwie schöne Haare, ein hellgraues Leinensakko und ein offenes Hemd. Jemand, der sein Leben im Griff zu haben schien. Er betrachtete Danowski mit einem leicht nachdenklichen Zug um die Augen, der nahelegte, dass dieser Eindruck nicht unbedingt auf Gegenseitigkeit beruhte.

«Das klingt ja furchtbar, wie Sie das so leidenschaftslos beschreiben», sagte er. «Wenn ich das so sagen darf. Ich will Ihnen da natürlich nicht reinreden, wie Sie Ihren Beruf mit Leben füllen.»

«Na ja», sagte Danowski, «ehrlich gesagt ist unsere Molly hier, die Sie ja schon kennengelernt haben, ein Leichenspürhund.»

«Kommt aber sehr darauf an, wie alt die Mumie ist», sagte die Hundeführerin.

«Ich rechne mit was Frischem», sagte Danowski. Der Schulleiter schüttelte den Kopf, als hülfe das gegen düstere Erwartungen und unangemessene Formulierungen. Er zeigte auf zwei viereckige, immergrün umwachsene Betonkästen mit Schlitzen an der Seite und verwitterter Holzabdeckung, die etwa einen Meter hoch an zwei Seiten des von ihnen aus einsehbaren Hofes aus dem Boden ragten. «Das sind die Ausgänge unserer Lüftungsschächte. Dann fangen Sie doch am besten da mal an.»

In Stahlschränken alte Ordner mit Abi-Zeugnissen seit 1977, dunkelgrüne Brandschutztüren, von denen die Buchstaben hingen, zu müde, um abzufallen, aus der Wand ragende Lüftungsrohrenden, vergittert und verschraubt. Unter schrägen Treppen, am Ende ihres spitzwinkligen Dreiecks, wo in Flottbek Thorsten Stahmer gelegen hatte, Papp-Abfälle, zusammengeschobene Kartons, übriggebliebene Trockenbauelemente. Ein Skikeller mit dem charakteristischen Geruch nach etwas zu großen Stiefeln, etwas zu langen Skiern und nach unten weiter werdenden Skihosen und Socken vergangener Generationen, der Danowski ins Mark ging. Ein «Merkblatt Skistiefelanprobe» an der Wand daneben. Ein Türschild «Hausanschlüsse», dahinter außer genau denen eine Art Privatrumpelkammer des Hausmeisters mit halb reparierten Fahrrädern, Böcken, Tritten und Winterreifen.

«Das geht eigentlich nicht, von wegen Brandschutz und so», sagte der Schulleiter.

«Die Profile sind auch so gut wie runter», sagte Finzi, kritisch über die Reifen gebeugt.

Und hinter jeder Ecke, hinter jeder Tür, das Gespenst des möglichen nächsten Toten. Nach einer Weile merkte Danowski, dass er sich einen Toten jedoch allein deshalb zu wünschen begann, damit Behling unrecht hatte und damit er sich darüber würde aufregen können, dass Behling nicht von vornherein die Kriminaltechnik mit ins Boot geholt hatte.

Molly fing an, sich zu langweilen. Danowski leuchtete in die Lüftungsschächte und merkte, dass die Stimmung des Hundes ansteckend war. Trotzdem überredete er die Hundeführerin, Molly hochzuheben und ihr die Schächte zu zeigen. Sobald sie auf dem Arm war, leckte die Hündin ihrer Chefin das Gesicht.

«Da ist nichts», sagte die Hundeführerin. «Und da war nichts.»

Behling bekam einen Anruf und verschwand wieder über der Erde. Danowski merkte, wie seine eigene Aufmerksamkeit nachließ. In einem Gang mit unverputzten Wänden und Umzugskartons lag ein aus der Steckdose gerissenes Kabel mit abisolierten Enden auf dem Boden. Die Hundeführerin zog Molly zurück.

«Wir hängen hier ein bisschen hinterher mit Renovierungen und so», sagte der Schulleiter entschuldigend. «Wir bekommen einen Aula-Neubau, das bündelt natürlich viele Energien.»

Finzi ging in die Knie, um sich das Kabel aus der Nähe anzusehen.

«Wir wissen nicht, ob da Strom drauf ist», sagte die Hundeführerin und zog Molly weg, die ziemlich angestrengt versuchte, auf dem Boden zu schnüffeln. Sie bellte, und der überraschende Lärm aus dem Zentnerhund im Kellergang ging Danowski durch und durch.

«Auf mich wirkt das, als hätte Molly da was, das sie interessiert», sagte Danowski.

«Na ja», sagte die Hundeführerin, «dafür müsste ich sie loslassen, und das geht nicht, wenn hier offener Strom im Spiel ist. Außerdem ist das nicht das Leichenmarkierungsbellen.»

«Um das Kabel wird der Herr Berisha sich gleich als Erstes kümmern müssen, wenn er wieder da ist», sagte der Schulleiter.

Auf der Treppe nach oben bekam Danowski eine Nachricht von Meta Jurkschat, mit einer Google-Maps-Stecknadel.

Leider fast kein Netz, aber ich bin hier. Das ist die Hütte von Thorsten. Ich hab seinen Laptop. Ich glaube, ich hab ein neues Motiv. Oder eine Idee. Willst du kommen?

Er zeigte Finzi das Display, und der runzelte die Stirn. Danowski merkte, dass von Finzi in der Nachricht keine Rede war.

«Eigentlich keinen Bock auf Landpartie», sagte Finzi und fummelte sein eigenes Telefon raus. An seinem Gesichtsausdruck sah Danowski, dass sein alter Partner keine Nachricht von Meta Jurkschat bekommen hatte.

Dann nahm Behling sie draußen wieder in Empfang, und Danowski war dankbar, dass die Hundeführerin mit Molly schon bei ihrem Einsatzfahrzeug war.

«So», sagte Behling. «Das war Kienbaum. Der ist in Plön und schaut sich mit den Kollegen die alten Akten vom Waldheim an, nächster Halt Kiel, da gehen die der ganzen Sache auf den Grund. Ganz interessant, was der Kollege dabei so alles erzählt bekommen hat.»

Danowski betrachtete Behling und dessen immer noch recht frisches Polohemd. Bügelte dem das eigentlich die Frau, oder stand Behling morgens selbst am Brett, zog die Bundfalten an seiner Hose nach und schärfte den Kragen seines Polohemds? Irgendwie konnte Danowski sich das Zweite besser vorstellen, er sah Behlings konzentriertes Gesicht beim Bügeln vor sich und hätte plötzlich am liebsten den Arm ausgestreckt, um ihm zärtlich die Hand auf die gutgebügelte Schulter zu legen. Was sie alle für vergeblich vor sich hinkämpfende Kreaturen waren. Warum konnten sie nicht zusammenhalten.

«Na ja», sagte Finzi alarmiert, «Kienbaum erzählt auch viel, wenn der Tag lang ist.»

«Nee, Finzi», sagte Behling. «Der hat sich ganz knapp gefasst. Aber was die Kollegen da in Plön in ihren Ermittlungsakten im Todesfall eines Stollmann, Heiner, haben, spricht für sich. Adam und Meta, ihr habt da rumgepfuscht und dann den Kollegen da vor Ort vorgeschwindelt, ihr wärt in einem offiziellen Einsatz gewesen.»

«Rumpfuschen ist ein hartes Wort», sagte Danowski. «Ohne uns wüsstet ihr gar nicht, wo und wie ihr euch jetzt wieder wichtigtun könntet …»

«Nee, Adam», sagte Behling, «jetzt ist ultimo. Ich hab dir gesagt, du sollst die Lütte nicht reinziehen in deine Scheiße. Die ist eh raus. Und ich sorg dafür, dass du auch weg vom Fenster bist. Bis ich das alles verschriftlicht hab, gehst du schön in die OFA und spitzt da die Bleistifte an.»

«Übrigens hasst es Meta», sagte Finzi, «wenn du sie die Lütte nennst, Knud.»

«Ach ja», sagte Behling. «Und die Kollegen in Plön lachen immer noch darüber, dass du in derselben Nacht halbnackt aus einem Kofferraum gekrochen bist, Finzi. Hat Kienbaum mir eben auch noch erzählt. Ich mach ungern Papierkram, klar, aber ganz ehrlich, das sind zwei Vermerke, auf die freu ich mich jetzt schon.» Behling drehte sich um und ließ sie stehen, indem er Richtung Grundschulgelände stürmte. Er hatte gern das letzte Wort.

«Da kommt er nicht raus», sagte der Schulleiter mit leichtem Mitgefühl in der Stimme. Nach zwei, drei Atemzügen tauchte Behling von links wieder im Bild auf und nickte ihnen zu, als hätte er einen Plan.

54. Kapitel

Nach wenigen Minuten fragte Behling sich, ob in Wahrheit nicht Stunden vergangen waren. Er sah verstohlen auf seine Uhr, während er weiter nach einem Ausgang vom Schulgelände suchte. Nein, das war alles noch ganz normal. Er lief halt einfach noch ein bisschen hier herum und versuchte, sich einen Überblick zu verschaffen. Über die Gesamtsituation. Also insbesondere die Lage der Schule. Deren Gebäuderiegel sich auf eine Art und Weise um ihn geschoben hatten, die er nur noch als persönlichen Angriff verstehen konnte. Vorhin waren sie definitiv von hier gekommen, da waren die Büsche rechts gewesen und die Baustelle von der Aula auf der linken Seite, aber warum waren da jetzt Bauzäune, obwohl niemand auf der Baustelle arbeitete, der sie hätte aufstellen können?

Er blieb mitten auf dem Schulhof stehen und sah sich um, als ließe er ganz kriminalistisch noch einmal alles auf sich wirken. Wenn er jetzt wieder den halben Weg zurückging, musste er noch mal an Danowski und Finzi vorbei, dann würden die endgültig denken, er wäre verwirrt. Andererseits war das der einzige sichere Weg zur Straße.

Behling kratzte sich am Kopf und beschloss, ein paar Minuten verstreichen zu lassen, bis die anderen weg waren, um dann doch umzukehren und den richtigen Weg zu nehmen. Er setzte sich auf eine Bank und wunderte sich über den Mitteilungsdrang der Schüler. Narrenhände beschmieren Tisch und Wände, das hatten ihm seine Eltern und Lehrer früher noch gesagt, aber wenn er ehrlich war, hatte er schon damals den Drang verstehen können, seinen Namen oder eine Zeichnung irgendwo zu hinterlassen, wo es eigentlich nicht erlaubt war. Nur, dass die Mitteilungen heute gar nicht mehr zu verstehen waren, das waren alles sinnlose Zeichen, die nur derjenige verstand, der sie hinterlassen hatte, die ganze Welt redete nur noch mit sich selbst.

Er schloss die Augen gegen die Sonne. Knud Behling hatte Durst.

Sein Telefon klingelte. Er schluckte trocken. Schon wieder Kienbaum.

«Ja.»

«Es wird leider immer schlimmer.»

«Was denn jetzt noch.»

«Wir haben einen ganz komischen Anruf von der Kripo in Kassel bekommen. Die sind selber erst dabei, das alles zusammenzufriemeln, aber ...» Kienbaum schnalzte oder schmatzte oder machte irgendwas anderes mit dem Mund, was sich durch Behlings Telefon unangenehm anhörte.

«Was denn nun.»

«Die Kollegin Jurkschat war in Kassel und hat offenbar mit dem Vater von Thorsten Stahmer geredet.»

«Warum das denn. Das haben doch die Kollegen in Kassel längst ... außerdem ist die Lütte krankgeschrieben.»

Knud Behling spürte einen Stich, wie immer, wenn er sich von Meta verraten oder missachtet fühlte. Ging doch immer um Frauenrechte und so weiter, und wenn man sich dann mal für eine von denen einsetzte und sich kümmerte um die, dann war es auch wieder nicht recht. Er hatte Meta von Anfang an helfen wollen, und eine Zeitlang hatte die das auch angenommen, aber irgendwie war sie übergelaufen. Ins Lager von Adam Danowski und Finzi. Und was für ein Saustall das war, dieses Lager.

«Na ja», sagte Kienbaum, der wollte ihn offenbar schonen. «Sieht so aus, als wäre Thorsten Stahmer der Exfreund von Meta Jurkschat.»

Behling öffnete die Augen und sah den Plan des Schulhofes plötzlich mit großer Klarheit vor sich. Er wusste genau, wie er jetzt gehen musste.

«Das kann nicht sein», sagte er. «Das hätte die Lütte uns doch längst gesagt.»

Kienbaum schwieg taktvoll.

Da hinten, auf der anderen Seite der Baustelle, zwischen der benachbarten Grundschule und dem äußeren Gebäudetrakt des Gymnasiums. Dann musste er nicht noch mal an Finzi und Danowski vorbei, falls die immer noch hier rumstanden.

«Das kann nicht sein», wiederholte er. Doppelt hielt besser.

«Aussage von Thorsten Stahmers Vater», sagte Kienbaum. «Der keinen Grund zum Lügen hat. Im Gegenteil. Er belastet sich selbst damit. Aber das ist eine lange Geschichte.»

«Und was sagt die Lütte?»

«Die ist nicht zu Hause und geht nicht ans Telefon.»

Behling nickte.

«Knud?»

«Ja.»

«Okay. Ich wollte nur … Also, du hast ja die Einsatzleitung, und …»

«Gib mal 'ne Fahndung raus», sagte Behling. «Für die

Kollegin Jurkschat. Wegen Verdacht auf Strafvereitelung im Amt.»

«Ist das nicht ein bisschen …»

«Nee», sagte Behling. «Das ist kein bisschen übertrieben.»

«Okay», sagte Kienbaum, und Behling hörte, wie er nebenher mit jemand anders sprach, ein Handrascheln auf der Muschel.

«Außerdem versucht dich hier die ganze Zeit jemand zu erreichen», sagte Kienbaum. «Eine Italienerin oder so. Sie möchte nur mit der Einsatzleitung sprechen. Es ist wegen der … irgendwas mit einer der Schulen.»

«Ich hab jetzt keine Zeit, mit irgendwelchen Muttis zu reden», sagte Behling wütend und spürte, wie mit der Wut die alte Kraft zurückkehrte. «Für so was haben wir 'ne Hotline geschaltet.»

55. Kapitel

«Wann genau wolltest du mir das eigentlich sagen? Dass Meta in deiner Wohnung ist, Adam?»

«Jetzt, Finzi. Außerdem war sie ja nur kurz da. Dann ist sie nach Kassel gefahren. Und jetzt ist sie in Schleswig-Holstein.»

«Trotzdem.»

«Wieso trotzdem.»

«Du hättest mir das auch gleich sagen können. Als sie dich gefragt hat.»

Danowski fuhr über die A7 Richtung Norden, als würde das seine gesamte Aufmerksamkeit erfordern.

«Hallo, Adam?» Er spürte, wie Finzi ihn von der Seite betrachtete.

«Ruf sie doch an», sagte Danowski. «Und besprich das mit ihr.»

«Mailbox.»

«Dann betrachte diese ausweichende Antwort bitte einfach als meinen Versuch, mich da rauszuhalten.»

«Versuch gescheitert.»

Danowski spürte, wie ihm etwas auf die Brust drückte. Im Grunde hatten sie ganz andere Probleme. Um sich davon abzulenken, sagte er: «Es sind hundertsechs Kilometer bis Kaköhl, wir haben einen vollen Tank, keine Zigaretten, es ist hell, und ich hab meine Sonnenbrille im Büro vergessen.»

«Der Tank ist fast leer», sagte Finzi.

«Blues Brothers», sagte Danowski vorwurfsvoll. Sonst kam Finzi doch immer selbst mit solchem Kram, er dachte, der freut sich. «So kenn ich dich gar nicht.»

«Bist du zwölf, Adam.»

«Leider nicht.»

«Wir verlieren alle unsere Jobs.»

«Hm.»

Finzi sah aus dem Seitenfenster, wo der sechste Kilometer einer Zehnkilometerbaustelle mit Tempo fünfzig an ihnen vorbeizog. Sie waren unbewaffnet, weil außer Dienst, zum Ferienbeginn auf der Ferienautobahn, aber ohne Hoffnung auf Erholung.

«Hoffentlich hat Meta irgendwas gefunden, was uns alle rettet», sagte Finzi.

Hoffma, dachte Danowski.

Vielleicht war er auch einfach nur unterzuckert. Aber der Kühlregalkäsekuchen, den sie sich an der Tankstelle holten, half Danowski gar nicht weiter, im Gegenteil, er verlieh seiner Niedergeschlagenheit eine existenzielle Schwere, die der Tankstellenkaffee auch nicht besser machte.

«Du siehst vielleicht scheiße aus», sagte Finzi, schon wieder ein bisschen versöhnlicher. Bei dem half der Käsekuchen noch. «Die Landluft wird dir guttun.»

Als er die Hütte hinterm Wald auftauchen sah, wurde Danowski die völlige Abwesenheit eines Plans bewusst. Es ging gegen Abend, und was würden sie machen, wenn Schlafenszeit war? Das zog an ihm wie was Schönes, Heimeliges von früher. Bei der Vorstellung, die Strecke im Auto zurückzufahren, überkam ihn eine noch größere Müdigkeit als nach ihrer letzten durchwachten Nacht, und zugleich war die Hütte von außen zu klein für drei. Egal. Die Stunde, die Sorge. Er hielt zwanzig Meter vor der Hütte. Als sie ausstiegen, sog er gierig die Wiesenluft in sich ein, wie ein Elixir, von dem er sich was versprach. Finzi kämpfte sich vom Beifahrersitz, die Tür schon halb auf, und gerade, als Danowski sagen wollte, die Scheißluft funktioniert nicht bei mir, gab es einen seltsamen metallischen Schlag aus Finzis Richtung, eingeleitet von einem etwas albernen Zischen in der Luft. Für den Bruchteil einer Sekunde dachte Danowski, Finzi wäre mit seiner Uhr gegen das Autoblech gestoßen oder so was und würde jetzt deshalb fluchen, aber dann war da wieder dieses Zischen, zweimal, und das Glas der Beifahrertür wurde milchweiß vor lauter Rissen, und dann ließ Finzi sich neben dem Auto zu Boden fallen und fluchte, wirr, aber laut, allerhand mit verfickt und verwichst und dann, weil's ihm offenbar schlechtging, nur noch verdammt und verflucht, was war los mit Finzi.

Danowski ging auf der anderen Autoseite in Deckung; er vermutete, dass die Schüsse vom Waldrand gekommen waren. Kleinkaliber, nicht stark genug, jemanden mit einem Schuss zu töten, außer, man hatte sehr großes Pech, oder Glück, ganz wie man wollte, aber in jedem Falle gefährlich und schmerzhaft.

Wieder das Zischen. Finzi schrie jetzt nur noch Töne.

«Wo bist du getroffen?»

«Unterschenkel, Schienbein. Fuß. Zweimal. Ich hab hier nicht genug Deckung hinter der Tür.»

Noch mal der metallische Schlag, doppelt, offenbar ein Abpraller von der Wagentür. Danowski hatte eine vage Vorstellung davon, dass man mit einem Luftgewehr bei hohen Außentemperaturen weniger Schuss abgeben konnte, bevor der Druck nachließ, aber er vermutete, dass die Spanne irgendwo zwischen zwanzig und sechzig lag, zu viel, um jetzt mit dem Zählen anzufangen und zu warten, bis ihr Angreifer die Gaspatrone wechseln musste.

Er hörte, wie hinter ihnen die Tür der Hütte aufging und Meta rief: «Spinnt ihr? Was ist …» Dann splitterte das Hüttentürfensterglas, er hörte sich «Deckung» rufen und war mit vier, fünf geduckten Schritten ums Auto herum, wo Finzi dabei war, sich hochzukämpfen. Danowski sah wenig Blut, das war erst mal gut. Dann packte er ihn von hinten unter den Achseln und schleifte ihn, während Finzi sich mit den Füßen abstieß, zur Hütte. Meta kam ihnen entgegen, und er sah, dass sie Glassplitter in den Haaren hatte.

«Auto vorfahren als Deckung wäre auch gut gewesen», sagte sie, als sie ihn erreicht hatte und anfing, mit an Finzi zu ziehen. Der machte sich frei von ihnen, obwohl Danowski ihm ansah, dass er große Schmerzen im Bein und im Fuß hatte. Finzi wollte sich nicht helfen lassen.

Danowski schnaufte wütend, weil Jurkschat wieder alles besser wusste. «Manipulierte Spitzmantel-Diabolo», fuhr sie fort, «und die Waffe ist definitiv auch über siebeneinhalb Joule frisiert.»

Um sie pfiff es trotzdem noch recht lächerlich, und Danowski bildete sich ein, die Minifallschirme getroffenen Löwenzahns fliegen zu sehen, aber vielleicht hatten sie die auf ihrer kurzen Flucht auch einfach abgepflügt. Hinter der Hüttentür ließ Finzi sich auf den Boden fallen, Danowski duckte sich an die Wand, und Jurkschat blieb so an der Tür stehen, dass sie die Wiese bis zum Waldrand überblicken konnte.

«Hat jemand eine Waffe dabei?», fragte sie.

«Ich hab vorhin sogar eine getragen», sagte Danowski, «weil wir mit Behling bei einem Einsatz waren. Aber der ist so gut wie dabei, Suspendierungsverfahren gegen uns einzuleiten, darum hab ich die tatsächlich noch im Präsidium eingeschlossen, bevor wir …»

«Ein einfaches Nein hätte auch gereicht», sagte Jurkschat. Dann hantierte sie mit ihrem Telefon. «Habt ihr Netz?»

«Mein Telefon hängt im Auto», sagte Danowski.

«Interessiert sich keiner dafür, wie's mir geht?», fragte Finzi.

«Müssen wir was abbinden?», fragte Jurkschat.

«Absolut lächerlich», sagte Finzi, fast entschuldigend. «Steckschuss im Unterschenkel, fühlt sich an wie bis auf den Knochen. Und auf der anderen Seite in der Ferse. Tut scheiße weh. Aber nein, danke, keine Venen getroffen oder so was. Und bei dir?» Er nickte in Richtung von Jurkschats Oberschenkelverband, den man gut sehen konnte, weil sie Shorts trug, was Danowski auf völlig unangemessene Weise unangemessen fand. Ihre Nase sah aus, als täte sie weh.

«Geht wieder», sagte sie.

«Mein Gott», sagte Finzi. «Warum erzählst du denn nichts? Was ist passiert?»

«Warum kommst du denn nicht? Du wusstest doch, dass ich in Kassel bin.»

«Du hast doch geschrieben, ich soll nicht kommen.»

«Wäre jedenfalls besser gewesen, wenn du gekommen wärst.»

«Kann ich Gedanken lesen?»

«Ich hatte Ärger mit Thorstens Vater.»

«Thorstens Vater hat dich verletzt?»

«Er hat mir gesagt, wo diese Hütte ist, und er hat mir Thorstens Laptop gegeben. Das auch.»

Danowski lehnte mit dem Rücken an der Hüttenwand und spürte hin und wieder die leichten Einschläge manipulierter Luftgewehrmunition in Baumarktholz. Wie ein zwar sanftes, aber unnachgiebiges, hartnäckiges Klopfen.

«Ist das unser Hausmeister?», fragte Finzi.

«Welcher Hausmeister», sagte Meta Jurkschat. «Das ist ein Typ, mit dem Thorsten jahrelang Frauen ausgenutzt und mies behandelt hat. Scheffler, genannt Scheff. Der, den du aus dem Gebüsch gezogen hast. Bei dem mein Name auf der Liste stand. Was du mir nicht gesagt hast.»

«Ich wollte das in Ordnung bringen», sagte Finzi.

«So?»

Finzi zuckte die Achseln. Danowski wollte weggucken, aber dafür war irgendwie nicht genug Platz in der Hütte.

«Woher weißt du das?», fragte er, um das Beziehungsgespräch der beiden zu beenden.

Jurkschat wandte ihm den Blick zu. «Er hat wie ein Idiot den Kopf aus dem Gras gesteckt und gebrüllt, er holt sich jetzt, was ihm gehört.»

Finzi stöhnte.

«Ich hab rumgefuchtelt, als hätte ich eine Waffe in der Hand, und gerufen, dass ich von der Polizei bin. Aber ich glaube, er hat gemerkt, dass ich unbewaffnet bin. Jedenfalls hat er sich entschieden, trotzdem anzugreifen.»

«Warum stehst du auf dieser Liste?», fragte Finzi.

«Na ja», sagte Jurkschat. «Offenbar haben die sich ausgetauscht über ihre …» Sie verzog das Gesicht. «… Eroberungen. Und ich war eine davon. Scheffler hat mitbekommen, dass Thorsten und ich irgendwann ein Paar wurden, und offenbar hatte er eine Liste von Leuten, mit denen er nach und nach über das Verschwinden von Thorsten und den anderen reden wollte.»

Finzi wollte was sagen, aber Danowski hob die Hand. Das Klopfen der Schüsse hatte aufgehört. Zeit für einen Gaspatronentausch im Luftgewehr. Oder ihr Angreifer hatte womöglich nur eine Gaspatrone dabei, dann war dieser Scheffler ab jetzt nicht nur in der Unterzahl, sondern wehrlos.

«Reden wir gleich drüber», sagte er. «Meta, ist hier irgendwas in der Nähe, hast du dir das angeschaut, können wir irgendwoher Hilfe kriegen?»

«Ja. Nein. Wir sind einen knappen Kilometer vom Ortsrand, dazwischen ist gar nichts. Und diese Schüsschen hört auch keiner.»

«Schüsschen, mein Arsch», sagte Finzi und zog sich vorsichtig aufs Bett, um unterhalb der Fensterlinie zu bleiben.

«Na gut», sagte Danowski. Ihm fiel auf, dass er nur noch in Krisensituationen Klarheit verspürte. Das half zwar gerade, aber grundsätzlich machte es ihm Sorgen. «Können wir hinten aus der Hütte raus?»

«Nein. Nur hier nach vorne, Richtung Wiese und Wald.»

«Dann ist unsere beste Möglichkeit, dass einer es zum Auto schafft und Hilfe holt.»

«Und du bleibst mit Finzi hier», sagte Meta.

«Ich dachte eher, du.»

«Nee, ich kenn mich besser aus in der Gegend.»

«Es geht doch nur darum, vor bis zur Landstraße zu kommen, wo das Netz wieder besser …»

«Alter, streitet euch bloß nicht zu heftig darum, wer bei mir bleiben muss», sagte Finzi vom Bett aus.

56. Kapitel

Leslie Danowski stand in der Küche und fragte sich, ob ihr Mann heute Abend zum Essen nach Hause kommen oder ob er nach der Arbeit in die kleine Wohnung nördlich vom Stadtpark fahren würde. Sie hatten das zwar besprochen, aber auf seltsame Weise etwas zu ausführlich, so dass es gegen Ende dann doch wieder vage geworden war.

Wenn sie ihn anrief, sprang seine Mailbox an, auf beiden Telefonen. Auf der Dienststelle wollte sie nicht anrufen, da reagierten sie immer so ausweichend, wenn sie nach ihm fragte. Ob es an ihm oder an der Dienststelle lag, wusste sie nicht, und sie hatte keine Absicht, es jemals endgültig herauszufinden.

Wie war es eigentlich passiert, dass sie den größten Vorteil der Ehe, nämlich eine gewisse Verbindlichkeit, gegen etwas so Unverbindliches wie ihr gegenwärtiges Arrangement ausgetauscht hatten? War Adam das gewesen oder doch eher sie, oder war es nach all den Jahren einfach die einzige Art, wie sie es auf Dauer miteinander aushalten konnten?

Ihr Telefon klingelte in ihrer Hand, und Leslie wunderte sich ein bisschen. Eine Schulleiterin, mit der sie früher ganz gut bekannt gewesen war, die sie aber seit Jahren nicht gesprochen hatte. Es sind doch Ferien, dachte sie irritiert. Dann fiel ihr ein: Es war leichenfrei. Da gab es immer was zu besprechen.

«Leslie? Hier ist Patricia.»

«Hey.» Neutral. Sie grub kurz in ihrem Gedächtnis. Dann wusste sie wieder. Leslie kannte vielleicht ein Viertel der Leiterinnen und Leiter von Hamburger Grundschulen persönlich, und vor ein paar Jahren hatte sie sich als Stellvertreterin bei der Kollegin beworben. «Wie geht's dir?»

«Ach.» Patricia Baltasano lachte. «Du meinst, abgesehen davon, dass dein Mann vor ein paar Tagen an meiner Schule einen Toten gefunden hat?»

«Abgesehen davon, ja», sagte Leslie. So genau hatte Adam das mal wieder gar nicht erzählt.

«Dadurch hab ich also deinen Adam kennengelernt», sagte Patricia Baltasano, mit einem leicht unverschämten Ton in der Stimme, den Leslie charmant fand. «Ich fürchte, ich hab die Verbindung im Kopf ein bisschen spät hergestellt, im Grunde erst, als ich mir seine Karte angeschaut und sie weggeschmissen hab. Ich meine, ich hab ganz schön mit ihm geflirtet.»

Leslie musste lachen. «Ich kann dich leider nicht an ihn weiterreichen, er ist nicht zu Hause. Und auch grundsätzlich nicht. Ich brauch ihn noch.» Hm. Stimmte das?

«Nein, nein, deshalb ruf ich nicht an. Also, nicht direkt.»

«Okay. Geht's dir denn gut?»

«Ja ja, wir fliegen morgen weg. Dann kann die Polizei bei mir an der Schule machen, was sie will. Aber mich hat eine alte Kollegin angerufen, eine Lehrerin, die vor fünfzehn Jahren hier an der Koopstraße war. Tuğba Schelzig, kennst du die zufällig?»

«Nein.»

«Gute Klassenlehrerin. Ist vor ein paar Jahren in die Schule am Rathenaupark gewechselt.»

«Raus ins Grüne.»

«Jedenfalls hat sie mich angerufen. Vor fünfzehn Jahren war bei uns an der Schule eine Schulbaukonferenz. Sechzig, siebzig Leute, Schulleitungen, Schulbehörde, Architekten, Bauträger, zum Ideensammeln und so weiter, Kontakte herstellen. Tuğba hatte damals Elternabend, und danach hat sie im Schulgebäude was gesehen. Oder sie glaubt, was gesehen zu haben.»

«Okay. Und was? Oder kannst du mir das nicht erzählen, weil das nur was für Adam ...»

«Nein, sie will es mir nicht sagen. Sie ist sich, glaube ich, selbst nicht ganz sicher. Aber es ist ja nun genau die Zeit, in der der erste Tote versteckt worden ist, und ausgerechnet bei uns an der Schule. Wo die Konferenz war. Ich wollte dich einfach fragen, ob du glaubst, dass das was für deinen Mann ... Also, ich habe ihr nicht gesagt, dass ich mich an die Polizei wende, wenn jetzt auch nur indirekt. Sie wollte einfach nur meinen Rat, und ich hab ihr gesagt, klar, sie muss was sagen, aber ich glaub, sie ist schon wieder halb dabei, das zu verdrängen.»

«Hast du ihre Nummer?»

«Ja.»

«Dann geb ich die Adam, und er soll sie anrufen.»

«Sie wird sauer auf mich sein, aber ... Das Problem ist, sie hat Angst, möglicherweise jemanden zu Unrecht zu belasten.»

«Kannst du sagen, wen?»

«Die Kollegin von der Gesamtschule Pulvermühle, die ist aber inzwischen pensioniert. Karin Busche.»

Leslie schüttelte den Kopf. «Sagt mir nichts.» Dann notierte sie die Nummer der Kollegin mit dem türkischen Vornamen.

«Wir gehen mal einen trinken, ja?», sagte Patricia. «Nach den Ferien. Und wenn das alles hier vorbei ist. Ich bin echt gespannt, wie sich das auf die Anmeldungszahlen auswirkt.»

«Auf jeden Fall», sagte Leslie. «Dann bring ich Adam mit.»

«Ach, lass mal. Lieber nicht.»

57. Kapitel

«Wir könnten uns aufteilen.»

«Und ihn hier alleine liegen lassen?» Danowski deutete mit dem Kinn auf das unbezogene Bett, auf dem Finzi sein Schienbein untersuchte.

«Schon recht schmerzhaft», sagte Finzi. «Aber nichts im Vergleich dazu, wie wenn andere in der dritten Person über einen reden.»

«Sollen wir hier warten, bis es dunkel wird?», fragte Jurkschat. Danowski musste zugeben, dass ihm der Gedanke auch nicht gefiel.

«Wir könnten uns besser wegschleichen, zum Auto», sagte er. «Oder einer von uns.»

«Oder du erzählst uns erst mal, was du in Kassel gemacht hast und was du hier gefunden hast», sagte Finzi vom Bett. Danowski merkte, wie Jurkschat seinem Blick auswich. Oder überhaupt allen Blicken.

«Woher wissen wir, dass das nur einer ist?», fragte Finzi, weil Jurkschat ihm nicht antwortete.

«Manipulierte Luftgewehre und überhaupt Kleinkaliberwaffen werden von psychisch instabilen Einzeltätern bevorzugt, die keinen Zugang zu anderen Waffen haben», sagte Danowski. «Oder anders gesagt: Die Vorstellung, dass da draußen im Wald zwei Trottel sich ein Luftgewehr teilen, ist einfach zu abwegig.»

«Wir rennen zur gleichen Zeit aus der Hütte, du nach rechts, ich nach links», sagte Jurkschat. «Die ungemähte

Wiese hilft uns. Noch schwerer, ein bewegliches Ziel zu treffen, wenn wir uns niedrig halten.»

«Kannst du rennen?», fragte Danowski mit Blick auf ihr Bein.

«Er muss sich entscheiden, und mit ein bisschen Glück sind wir beide aus der Schussbahn, bevor er einen von uns getroffen hat. Und dann kreisen wir ihn ein. Die Flugbahn der Projektile zeigt, dass er sich im östlichen Drittel des Waldrandes aufhält.»

«Und wenn er trotzdem einen von uns trifft, läufst du weiter und machst ihn fertig», sagte Danowski. Ihm gefiel nicht, dass Jurkschat fast dankbar wirkte darüber, nicht über sich reden zu müssen.

«Los, Kinder», sagte Finzi vom Bett, hörbar in Rückenlage, «ich halte hier die Stellung.»

Danowski warf Jurkschat einen Blick zu und nickte in Richtung Tür. Sie erinnerte ihn an Leslie am Ende eines Kindergeburtstags im Park, verschwitzt, zerzaust, mit einem fast manischen Flirren in den Augen.

«Auf drei», sagte sie. Finzi rollte sich stöhnend wieder vom Bett, um besser in Deckung zu gehen. Dann war Jurkschat bei drei.

Danowski war immer ein guter Sprinter gewesen, unter idealen Bedingungen. Und er fand, dass ein Sommerabend auf dem Land, mit immer noch fast dreißig Grad Lufttemperatur, alten Jeans und Ich-such-im-Keller-nach-Leichen-Turnschuhen durch ungemähtes Gras verdammt ideal zum Sprinten war, vor allem, wenn man dabei unterstützend mit spitzgefeilter Diabolo-Munition beschossen wurde. Das Fauchen der Sommerwiesen, dachte er und warf sich hinter einem schon knallvollen Pflaumenbaum auf den Boden, um seine Route zum Waldrand zu planen. Am Rand der Heuwiese sah er einen schmalen Schatten, der parallel zum nächsten Feldrand verlief und dann zum Waldrand. Ein Entwässerungsgraben, der um diese Jahreszeit hoffentlich sehr trocken war. Jurkschat war aus seinem Gesichtsfeld verschwunden. Deren Adrenalin musste noch stärker sein als seins, und vor allem stärker als ihre offensichtliche Oberschenkelverletzung. Plötzlich packte ihn der Ehrgeiz. Er machte die nächsten drei, vier großen Sätze, bis er auf Betriebsgeschwindigkeit war und nicht mehr unterscheiden konnte, ob das Hummeln waren um ihn oder Projektile. Weil der Boden tiefer wurde, zog er die Knie hoch bis fast ans Kinn, dann machte er einen Satz in den Graben. Leider doch nicht so trocken. Aber etwa anderthalb Meter tief. Da er selbst den Waldrand von hier aus nicht mehr erkennen konnte, wusste er, dass er sicher war. So aufrecht, wie er es wagte, kämpfte er sich durch den zähen Schlamm, an dessen Oberfläche Staubschichten zerbarsten. Nach etwa hundert Metern, die ihm in den Oberschenkeln brannten wie hundertmal Laurentia früher auf dem Kindergeburtstag, senkte das Gelände sich ab, der Graben wurde flacher, und Danowski sah wieder den Waldrand. Er duckte sich und blickte zurück, um die Entfernung zur Hütte abzuschätzen. Ungefähr den halben Weg hatte er geschafft. Das Zischen und Fauchen hatte aufgehört. Er hörte seinen eigenen Atem.

Und dann einen Schrei von Jurkschat, näher, als er gedacht hatte, dunkel, kehlig, aber wortlos. Er richtete sich auf und blickte in die Richtung, aus der ihr wütender Warnschrei gekommen war.

Sie war nicht viel weiter gekommen als er, auf der anderen Seite der Heuwiese, etwa hundert, hundertfünfzig Meter entfernt. Sie schleuderte einen Arm zurück Richtung Hütte.

Sie hatten sich austricksen lassen. Zwischen ihnen, aber schon nah an der Hütte, teilte ein Mann mit großen Schritten das Sommergras, der genau in die entgegengesetzte Richtung lief, mitten durch ihre nun wirkungslose Zange. Das Gewehr hielt er nah an den Körper gedrückt, als könnte er dadurch einen Schmerz lindern.

Wenigstens war jetzt alles klar. Danowski befreite sich aus dem Graben und rannte los, die heiße Sommerluft wieder an seinen nassen Knien, wie neulich nachts mit Jurkschat im Wald, als die Welt vergleichsweise in Ordnung gewesen war. Das waren noch Zeiten gewesen. Rechts in seinem Augenwinkel sah er, dass Jurkschat ihn in etwa fünfzig Meter Entfernung einholte. Er legte noch mal einen Zahn zu, aber sie war schneller.

Warum hatten sie Finzi allein in der Hütte gelassen. Mit einem Satz nahm der Mann mit dem Luftgewehr die Holzveranda vor der Hütte ein und verschwand durch die Tür.

Stimmt, dachte Danowski undeutlich, die Arme, man muss mit den Armen arbeiten beim Sprinten, so, wie Jurkschat das jetzt macht. Dann war sie auch auf der Veranda und warf sich neben der Tür flach gegen die Wand, um durchs Fenster die Lage in der Hütte zu checken. Sie machte Danowski, der noch etwa fünf Schritte entfernt war, ein Zeichen, und er wurde langsamer, als hätte er sowieso zurückbleiben wollen.

«Kommen Sie raus, oder wir schießen», rief Jurkschat.

«Wenn ihr schießen könntet, hättet ihr längst geschossen», rief der Mann mit recht heller Stimme aus der Hütte zurück. Danowski musste zugeben, dass er nicht ganz unrecht hatte.

«Verstärkung ist auf dem Weg, egal, was Sie vorhaben, es hat keinen Zweck.»

«Also, ich hab hier kein Netz», rief es aus der Hütte, «und wenn ich kein Netz hab, dann ihr sowieso nicht.» Das war zwar kindisch, aber ebenfalls nicht von der Hand zu weisen. Danowski duckte sich und lief aus dem Blickfeld der Hütte hinaus nach links.

«Was ist Ihr Plan?», rief Jurkschat. «Reden Sie mit uns. Was sollen wir tun?»

Aus der Hütte drang nur ein Lachen.

«Unsere Autos stehen hier», rief Jurkschat. «Die Schlüssel für den Mondeo liegen auf dem Tisch. Wir haben keine Waffen. Wir werden Sie nicht aufhalten.»

Diesmal kam nicht sofort eine Antwort. Danowski hatte die Hütte erreicht. An ihrer Seite fand er für jede Hand einen faustgroßen Stein. Er presste sich an die Wand und schob sich dann langsam vor, um einen Blick durchs Fenster zu erheischen. Sein Plan war, mit dem ersten Stein das Fenster zu durchschlagen, und mit dem zweiten ihren Angreifer auszuschalten. Dieser Plan hatte den einzigen Nachteil, dass Danowski zwar ein guter Sprinter, aber ein erbärmlicher Werfer war. Andererseits, auf kurze Distanz, und warum sollte er nicht auch mal Glück haben.

Aber als er in die Hütte blickte, sah er, dass er wieder zu kompliziert gedacht hatte. Mit einem Knall flog die Holztür eines Verschlags an der hinteren Hüttenwand auf, und Finzi stand wie eine Erscheinung mitten im Raum, nur eine Armlänge vom Angreifer entfernt. Zu nah für den, um sein dämliches Luftgewehr sinnvoll in Anschlag zu bringen. Finzi hingegen hatte eine Bratpfanne in der Hand, die ursprünglichste aller Waffen, wie Danowski in diesem Augenblick fand. Er sah, wie Finzis Bein die Kraft verließ oder wie der Schmerz zu groß wurde und wie sein alter Partner halb nach vorne knickte, aber nicht, ohne dem anderen mit der gusseisernen Pfanne schräg seitlich ordentlich über den Schädel zu schlagen. Der Waldrand spielte ein sanftes Echo zurück.

Sie setzten Scheffler, der ihnen nicht anbot, ihn Scheff zu nennen, auf einen Klappstuhl. Danowski begutachtete Finzis Schusswunden.

«Lass stecken», sagte Finzi. «Ich will hören, was der Mann zu sagen hat. Danach könnt ihr mich nach Lütjenburg ins Rettungszentrum fahren.»

«Bisschen was zum Desinfizieren?», fragte Danowski und wühlte im Verbandskasten. Meta legte Schmerztabletten auf den Tisch, die sie aus ihrem Rucksack geholt hatte. «Das reicht mir», sagte Finzi. Ächzend setzte er sich mit an den Tisch, dann kam Jurkschat dazugehumpelt, die seit ihrem adrenalingetriebenen Sprint offenbar gar nicht mehr laufen konnte. Zu dritt saßen sie da wie ein Versehrtenstammtisch. Weil es nur drei Stühle gab, blieb Danowski an die Wand gelehnt stehen. Finzi hatte ein auf A4-Größe zusammengefaltetes schweres Papier in der Hand, das er zusammen mit der Bratpfanne aus dem Verschlag geholt hatte, als er sich dort vor Scheffler versteckt hatte. Hinter der Hütte fing die Sonne an unterzugehen, sie warf ein für Danowskis Begriffe übertrieben idyllisches Licht auf den Waldrand, sein Dunkelgrün leuchtete mit einer orangefarbenen Aura. Rehe probierten die Wiese.

«Vor allem», sagte Finzi, «interessiert mich erst mal, was das hier ist.» Er legte das Papier vor sich, Jurkschat und Scheffler auf den Tisch und faltete es auseinander. Auf der Vorderseite klebten Fotos von Frauen, Danowski zählte acht Reihen mit jeweils sechs Bildern, darunter standen Zahlen. Einige der Fotos sahen aus wie Bewerbungsbilder, andere schienen von Internetprofilen zu stammen, manche waren Schnappschüsse. In der Mitte der untersten Reihe war ein Foto von Meta Jurkschat, das sie an eine Bar gelehnt zeigte, die Personen neben ihr abgeschnitten.

58. Kapitel

Scheffler, den keiner mehr Scheff nannte, hatte Kopfschmerzen, was er teilweise auf die Pfanne schob und teilweise darauf, dass er seine Wörter hasste, weil sie ihn im Stich ließen, sobald sie aus seinem Mund kamen. Er rieb sich die Schläfen und versuchte es wieder und wieder, aber die Wörter zerfielen zu Müll, sobald sie im Freien waren, und er litt an ihnen wie früher, als er versucht hatte, aus diesen Wörtern die Fallen für die Häschen zu bauen.

Er sah, dass die Frau zu beschäftigt mit ihrer eigenen Verletzung war, um den Sinn des ganzen Systems zu verstehen. Im Grunde war es wie immer: Eine Frau konnte nicht anders, als ihre eigene Emotion in den Mittelpunkt zu stellen, weshalb man eben auch immer genau bei dieser Emotion ansetzen musste, wenn man die Frau von etwas überzeugen wollte.

Er sah, dass der Polizist am Tisch, den er ins Bein geschossen hatte mit dem Luftgewehr von Neunauge, im Prinzip zwar begriff, worum es ging, aber der Polizist hatte etwas Primitives an sich, das Scheffler und die anderen jahrelang versucht hatten, in sich abzutöten, sie waren das Gegenteil von primitiv geworden, sie waren raffiniert. Aber der Polizist am Tisch brach alles immer runter auf ganz einfache Sätze, die noch weiter an der Wahrheit vorbeigingen als das, was aus Schefflers Mund kam.

Und er sah, wenn auch nur aus dem Augenwinkel, dass

der Polizist, der schräg neben ihm an der Wand lehnte, ihn scheinbar regungslos, aber mit immer tiefer werdender Verachtung musterte. Wahrscheinlich ein Typ, der sein Leben lang mit ein und derselben Frau zusammen war und der einfach nicht wusste, wie es draußen auf der freien Wildbahn zuging.

Scheff hörte, wie die Polizistin sagte: «Thorsten Stahmer hat sich seit Anfang der zweitausender Jahre im Internet mit anderen Männern darüber ausgetauscht, wie man nach einer angeblich wissenschaftlichen Methode Frauen kennenlernt beziehungsweise aufreißt? Und in dieser Gruppe gab es eine Art Guru oder einen Super-Experten, der sich Neunauge genannt hat, weil in dieser Gruppe die Attraktivität von Frauen auf einer Skala von eins bis zehn beurteilt wurde, und er hatte immer Frauen der Stufe neun im Auge?» Das traf es, aber eben auch wieder nicht, es war wie ein zu grausames, zu scharf gestelltes Bild der Wirklichkeit. Und Scheffler verstand, dass die Polizistin es nur so sehen konnte, so negativ und fast klinisch. Weil sie es zu sich selbst auf Distanz halten musste. Weil Thorsten Stahmer sie selbst auf genau diese Weise, nach der von ihnen entwickelten und von Neunauge perfektionierten Methode im *King Horse* kennengelernt, ins Bett bekommen und zu seiner Freundin gemacht hatte.

Er hörte, wie der Polizist am Tisch sagte: «Ich versteh das nicht. Ihr habt Frauen manipuliert, um mit euch ins Bett zu gehen. Das ist die älteste Geschichte der Welt. Wieso hast du dafür Geld bezahlt?» Scheffler mochte es nicht, geduzt zu werden, es machte ihn wütend, dass er selbst hier noch um Respekt kämpfen musste.

Er hörte, wie der Polizist an der Wand nach einer Weile ungeduldig sagte: «Okay, ich fass das mal zusammen. Sie haben irgendwann auf eine von diesen Banneranzeigen im Internet geklickt, auf irgendeiner Pornoseite, wo dann so was steht wie: Mit diesem Spruch kriegst du jede Frau rum, so was in der Art. Und dadurch sind Sie in diese Aufreißer-Szene gekommen.»

«Das ist nicht das richtige Wort», sagte Scheff.

«Lassen Sie uns später über Wörter reden.»

«Ich … das waren meine Freunde.» Freunde? Ja. Doch. «Ich kenne die seit meiner Kindheit.»

«Aus dem Waldheim.»

«Die haben dann später angefangen, sich dafür zu interessieren. Wie man das … also, wie man das mit Frauen ein bisschen wissenschaftlicher angehen kann, nicht so emotional.»

Der Polizist ließ eine Pause entstehen, als könnte er das nicht so ganz verstehen. «Und ein paar von denen waren ganz erfolgreich, aber Sie nicht so», sagte er dann, ohne Häme, aber auch ohne Mitgefühl, «darum haben Sie immer wieder Geld für irgendwelche Tipps oder Online-Schulungen bezahlt, und im Laufe der Zeit haben Neunauge und diese anderen Männer, also genauer gesagt Eckhart Lorenz, Frank Jablonski und Thorsten Stahmer, Ihr ganzes Konto leergeräumt, und deshalb haben Sie sich an denen gerächt? Im Laufe von fünfzehn Jahren? Bitte noch mal von vorne.»

Und Scheffler versuchte, dieses «von vorne» als eine Art Rettungsring zu nehmen, an dem er sich festhalten konnte, indem er ganz in Ruhe einen neuen Versuch machte, aber der Polizist am Tisch sagte: «Von vorne, von hinten, damit kennt ihr euch ja aus. Obwohl. Vielleicht nur die anderen, du wirkst ehrlich gesagt auf mich nicht so, als wärst du da oft zum Abschluss gekommen in eurer Aufreißerszene.» Und das brachte ihn aus dem Konzept. Scheffler hatte Schmerzen, und insgesamt fühlte sich alles gerade an wie das Gegenteil von Oberwasser, das Gegenteil von back on top, Unterwasser, bottom line.

«Wir sind keine Aufreißer», sagte er. «Wir sind … wir sind Künstler. Pick-up-Artists, nennt man das.»

«Man?», fragte der Polizist an der Wand und lehnte sich leicht nach vorne, sodass seine Stimme unangenehm scharf wurde in Schefflers Ohr. «Man nennt das gestört. Aber klar, jeder Idiot kann seinen Verein nennen, wie er will.»

Scheffler hatte das Gefühl, hier könnte er vielleicht einhaken. «Das ist nicht gestört», sagte er, «das ist das Gegenteil davon. Das ist … im Grunde ist das das Natürlichste von der Welt. Das ist in der Evolution so angelegt. In der ganzen Natur. Männlein werben um die Aufmerksamkeit von Weiblein. Weiblein wehren sich.»

Die Polizistin schnaubte. Aber, doch, er war auf dem richtigen Weg, er durfte sich von ihr nicht beirren lassen, er musste ihren Widerstand überwinden.

«Dafür haben Löwen ihre Mähne und Pfauen ihr Gefieder, das kann man endlos fortsetzen, die Beispiele. Und wir Menschen haben unsere Sprache. Und unsere Handlungen. Aber letztendlich geht es immer darum, eine Paarung anzubahnen, also … wie man das Häschen …»

«Hasenjagd», sagte die Polizistin.

«Ja, also, daher diese … diese Vergleiche aus der Tierwelt sind vom Prinzip her eigentlich wissenschaftlich», sagte Scheffler, und er merkte, dass er sich an den Wörtern «Tierwelt» und «wissenschaftlich» weiterhangeln konnte. «Daher sagen wir auch Rehe und so. Weil, also mit den Häschen, das ist so kulturell bedingt, man sagt ja auch Bunnys. Das kommt eben ursprünglich aus Amerika. Darum sagen wir auch Hot Babes, also HB. Es ist wie eine Fachsprache, aber es ist respektvoll, also, wir respektieren die Natur des Menschen, von daher, dass die Frau sich also immer entzieht, das Weibchen, also letztendlich hat die Frau ja immer die Auswahl, und als Männchen muss man auf die Jagd gehen, man muss sich durchsetzen gegen Konkurrenten, und dann ...» Er merkte, dass er sich wieder verhedderte und dass er weiter davon entfernt war denn je, seine Zuhörer zu überzeugen.

«Männchen ist richtig», sagte der Polizist an der Wand.

«Was ist das hier», sagte der am Tisch und tippte mit einem dicken Zeigefinger auf die Eichskala von Thorsten Stahmer, die Scheffler auch zum ersten Mal sah, aber er kannte sich natürlich aus damit. Und womit er sich vor allem auskannte, war, was es bedeutete, dass er sie noch nie zuvor gesehen hatte: weil er noch nie hatte mitkommen dürfen in die Hütte, weil sie immer ohne ihn von hier aus ausgeschwärmt waren in die umliegenden Kleinstädte, wo sich so viel leichter Beute machen ließ als in der Großstadt. Mühsam schluckte er seinen Ärger und seine eigene Verletzung hinunter. Die Polizistin betrachtete ihn fast ausdrucklos aus ihren harten, glatten Augen, wie Kiesel waren die, unheimlich fast. Aber weil er ein geübter, im Grunde ja sogar ausgebildeter Leser von Körpersprache war, fiel ihm auch das leichte Zucken um ihren Mundwinkel auf. Das konnte ein Zeichen von Erregung sein und von Paarungsbereitschaft, aber das hielt er in diesem Fall für unwahrscheinlich.

«Das ist eine Art Justierungsskala, also, wie wenn man so ein System eicht», sagte Scheffler, dankbar, sich an etwas Konkretem festhalten zu können. «Man kommt zusammen, mit anderen PUAs ...»

«Bitte was», sagte der Polizist an der Wand.

«Pick-up-Artists», erklärte Scheffler geduldig.

«Um Gottes willen. Ja, ja.»

«Also man kommt zusammen, und weil man die Strategie je nach den Attraktivitätsstufen anpassen muss, und darüber tauscht man sich ja immer aus im Forum, online, und da muss man sich schon einig sein, wer jetzt eine Sechs oder eine Sieben ist, oder eine Fünf oder eine Acht. Also nimmt man eine Reihe von Fotos von echten Frauen, wir nennen das einen Roster ...»

«Wir sparen uns einfach die Pseudo-Fachbegriffe, ja», wieder der ungeduldige Polizist an der Wand.

«Und anhand ... also, mit diesem Roster ... damit eicht man das dann sozusagen, indem man abgleicht, wer welches Häs... also die Frauen, wie die eingeschätzt werden.»

Die Polizisten beugten sich vor und studierten die Zahlen unter den Bildern. Für Scheffler war das nichts Neues, aber er konnte ihre Faszination durchaus nachvollziehen.

«Warum steht hier nichts?», fragte der Polizist am Tisch und tippte unter das Foto von der Polizistin auf dem Roster.

«Na ja, da hat ... Also, Thorsten Stahmer hatte da offenbar keine Gelegenheit, noch mal ein Treffen anzuberaumen oder so, oder er hat vielleicht das Interesse verloren. Weil er dann ja, glaube ich, in was Festes gekommen ist.»

Scheffler traute sich nicht, der Polizistin einen Blick zuzuwerfen, dabei hätte er ihr gern sein Mitgefühl ausgedrückt. Im Grunde hatten sie ja beide jemanden verloren.

Der Polizist am Tisch atmete langsam aus. «Erklär mir das mal. Du hast von dieser Taktik gesprochen. Wie läuft das ab?»

Scheffler lehnte sich zurück. Hier fühlte er sich auf sicherem Terrain, und als er anfing, merkte er, wie gut ihm der Rollenwechsel gefiel: Jahrelang hatte er sich immer erklären lassen, wie das lief und wie man das am besten machte, und jetzt hörte ihm endlich mal jemand zu, wenn er das erklärte. Wie man erst mal mit was Negativem eröffnete, fein darauf abgestimmt, wie attraktiv das Reh war, und wie man es dann langsam mit Komplimenten wieder aufbaute, aber nie zu sehr, sodass es immer hungrig nach mehr blieb. Und wie man dann in Phase zwei die Wahlmöglichkeiten des Rehs immer weiter einschränkte, *option management* nannte man das. Man fragte eben gerade nicht, zu mir oder zu dir, sondern man sagte: Lass uns gehen. Man fragte nicht, willst du einen Kaffee. Man brachte einen Wein und hatte selber schon einen und sagte Prost. Man traf alle Entscheidungen, sodass am Ende, wenn es darum ging, die Sache abzuschließen, das Reh gar nicht mehr wusste, wie man Nein sagt.

Als er an diesen Punkt gekommen war, hob Scheffler den Blick, weil er sich vergewissern wollte, dass er alles richtig wiedergegeben hatte, und hier am Tisch saß ja eine Expertin. Also eine Frau, die all das genauso gut kannte wie er, nur eben von der anderen Seite. Seine Kronzeugin, gewissermaßen, die für die anderen beiden Polizisten bestätigen konnte, was er gerade erzählt hatte. Ihre Blicke trafen sich auch, aber er sah es nur an der Richtung, in die ihre Augen zielten, es gab nichts, woran er sich hätte festhalten können, er konnte nicht mal sagen, ihr Blick wäre durch ihn hindurchgegangen, sondern es war, als schaute er durch ihre Augen in die absolute Kälte des Weltalls, in eine eisige Leere.

«Was ist, wenn die, äh, neue Bekanntschaft trotzdem Nein sagt?», fragte der Polizist am Tisch.

Scheffler riss sich los vom unheimlichen Blick der Polizistin. «Wenn es so weit gekommen ist, dann muss man sich schon darüber im Klaren sein, dass sie zwar Nein sagt, aber nicht Nein meint. Das ist bewiesen.»

«Haben Sie das selbst mal erlebt?», fragte der Polizist an der Wand.

«Klar», sagte Scheffler, der sich in dieser Hinsicht selbst nicht so ganz sicher war.

«Gut zu wissen», sagte der Polizist an der Wand. «Vergewaltigung ist ein Offizialdelikt, das heißt, wir ermitteln auch dann, wenn wir von keinem konkreten Fall und keiner konkret geschädigten Person wissen, uns reicht ein noch so vages Geständnis. Das käme dann also zum dreifachen Mord hinzu.»

Scheffler merkte, dass er wieder ganz am Anfang war, keiner hatte ihn verstanden.

«Wieso dreifacher Mord?», sagte er.

«Na ja», sagte der Polizist an der Wand, «Sie sagen, dass Sie seit über fünfzehn Jahren in dieser Szene aktiv sind. So, wie sich das anhört, sind Sie von Anfang an von Ihren Freunden verarscht und ausgenommen worden. Sie waren mit den drei Mordopfern als Schüler hier ein paar

Kilometer entfernt im Waldheim, daher kannten Sie die, und daher wussten die drei, dass Sie leichte Beute sind, jemand, den man gut an der Nase herumführen kann, einer, der immer zahlt, aber nie so richtig mitspielen darf. Und darum haben Sie sich im Laufe der Jahre an einem nach dem anderen gerächt. Zuletzt an Berisha.»

Scheffler schüttelte den Kopf, obwohl der Mittelteil stimmte, wie eine Klinge stach er heraus aus dem Monolog des Polizisten. «Neunauge ist nicht tot», sagte er.

«Berisha ist Neunauge? Der Chef eurer ganzen Vergewaltigerbande?»

«Ja. Er ist hinten in meinem Auto, im Kofferraum. Auf dem Forstweg, im Wald. Ich wollte ihn befragen. Warum er das alles getan hat. Warum er mich daran hindern wollte, herauszufinden, wer Frank und Thorsten getötet hat. Zuerst dachte ich, er ist auf meiner Seite, aber dann ... Ich glaube, er hat es selbst getan. Weil er das alles für sich wollte.» Beim letzten Satz zeigte Scheffler auf das Eichblatt von Thorsten Stahmer, als könnte es symbolisieren, was «das alles» bedeutete, aber er spürte, dass seine Zuhörer es niemals würden ermessen können.

«Das alles müssen wir uns anhören, und Sie haben die ganze Zeit jemanden im Kofferraum?», fragte die Polizistin am Tisch. «Sie ballern hier mit einem albernen Luftgewehr herum, um uns aus der Hütte zu vertreiben und Thorstens Sachen an sich bringen zu können, und die ganze Zeit über erstickt jemand in Ihrem Auto?»

Er spürte eine große Feindseligkeit in ihren Worten, die ihm nicht gefiel, auch wenn er sie inhaltlich vielleicht sogar nachvollziehen konnte. Obwohl Neunauge ja bewusstlos war, und wenn man bewusstlos war, brauchte man nicht so viel Luft, weil man nicht tief atmete. Es gefiel ihm nicht, wie sehr die Polizistin gegen ihn war. Er räusperte sich und nahm all seinen Mut zusammen, weil er nett zu ihr sein wollte, damit sie nett zu ihm war.

Scheffler zeigte auf das Eichblatt, auf das Foto der Polizistin, und sagte: «Also, ich hätte Ihnen damals eine Acht gegeben. Vielleicht sogar eine Neun.»

59. Kapitel

Kossendeys Gesicht flackerte blau im Licht der Mannschafts- und Rettungswagen, die den Waldweg in einem komplizierten Muster verparkt hatten.

«Gut», sagte er, «ich fass noch mal zusammen. Den Verdächtigen Scheffler, Mirko, fahren wir so schnell es geht die A7 runter, wo uns die Kollegen aus Hamburg entgegenkommen. Erst- beziehungsweise Nachbetreuung der Kollegen Jurkschat und Finzel im Rettungszentrum Lütjenburg, meine Leute aus Plön kümmern sich darum, dass das Auto der Kollegin mitkommt, während sie im Rettungswagen fährt. Für den Geschädigten Berisha hab ich den Heli angefordert, damit er so schnell wie möglich ins Klinikum nach Kiel kann. Die Sanis sagen, der ist vielleicht noch zu retten.»

«Also, wenn das alles kein Problem ist», sagte Danowski.

«Nee, Quatsch. Wieso sollte das ein Problem sein. Bei dir alles in Ordnung?»

«Bisschen müde», sagte Danowski. «Noch von neulich.»

«Ja, ja», sagte Kossendey. «Dauert lange in unserem Alter, bis man 'ne einzige durchwachte Nacht aus dem System kriegt. Ach so, hier ist dein Telefon, war im Auto und hat geklingelt.»

Danowski nahm das Telefon. Hinter Leslies Namen bei verpasste Anrufe eine Zahl im hohen einstelligen Bereich. Er wusste gar nicht, wo er anfangen sollte. Also drückte er auf Behling, der es nur dreimal versucht hatte. Das war ungerecht, aber einfacher. Während der Anruf aufgebaut wurde, wollte Danowski sich noch mal zu Kossendey umdrehen und ihm danke sagen, aber der drückte ihm einen Kaffee in die freie Hand und machte ein Wegwerf-Zeichen, weil er selbst gerade mit der Leitstelle in Kiel sprach.

«Adam.»

«Knud.»

«Ich weiß nicht, wo ich anfangen soll, Adam.»

«Vielleicht, indem du mich beschimpfst?»

«Klar. Warum nicht.»

«Lass uns so verbleiben», sagte Danowski und trank den köstlichen Filterkaffee aus der riesigen Pumpkanne der Plöner Kollegen, während die Mücken ihn stachen, «alles, was am Ende hieran gut war, hat Meta richtig gemacht, und alles, was scheiße war …»

«… kommt von dir», sagte Behling. «Nee, is klar.»

«Du weißt …»

«Ich kenn die ganze Situation mit Meta, ja. Die Kasseler haben sich bei Kienbaum gemeldet.»

«Und kannst du sie da raushalten?»

Behling schnaufte, aber, fand Danowski, schon wieder mehr so in Richtung: Mann, Mann, Mann, und jetzt muss Vati wieder ran, hinter den Kindern aufräumen.

«Kann's vielleicht versuchen», sagte Behling. «Also, dass das nicht im Mittelpunkt steht. Beförderung kann sie vergessen, aber … Mal sehen. Hängt aber davon ab, wie ihr das ganze Chaos in'n Griff kriegt.»

«Na ja», sagte Danowski, «den Hauptverdächtigen kriegt ihr ja in einer Dreiviertelstunde Höhe Kaltenkirchen überreicht. Der Mann ist ein bisschen wirr, aber du kriegst das schon hin, Knud. Ich glaube, ihr ergänzt euch da ganz gut.»

«Nee», sagte Behling. «Du verpiescherst dich jetzt nicht, Adam. Ich hab hier irgend so eine Türkin oder Italienerin, die nur mit dir reden will. Also, ich hab die Nummer von der.»

«Verstehe ich nicht.»

«Patricia Baltasano von der Grundschule Koopstraße.»

Danowski wunderte sich. «Okay.»

«Und sie will, dass du mit einer ehemaligen Kollegin sprichst, die was gesehen haben will. Ist ja eine Lieblingsformulierung von mir. Was gesehen haben wollen.»

Danowski notierte sich die Nummern.

«Tue es gleich, Adam», sagte Behling im nachdrücklichen Sound eines erbaulichen Stickschriftbildes.

Und so kam es, dass Adam Danowski gegen Ende eines langen Arbeitstages am Waldrand stand und sich von einer Hamburger Grundschullehrerin namens Schelzig erzählen ließ, was sie schon seit fünfzehn Jahren bedrückte. Wie sie am Abend einer großen Schulbaukonferenz an ihrer Grundschule nach Ende der Veranstaltung die Schulleiterin einer anderen Schule und einen Mann, den sie nicht kannte, auf der Treppe Richtung Keller hatte tanzen sehen, während sie schnell durch den Gang lief und gleich um die Ecke bog, die beiden nur im Augenwinkel. Nach solchen Veranstaltungen passierten immer Albernheiten, damit wollte sie nichts zu tun haben, wenn sie nicht Teil davon war. Aber schon einen Schritt hinter der nächsten Ecke war ihr das Bild von den zwei leicht betrunken auf der Treppe ohne Musik Tanzenden falsch vorgekommen. Als sie im Auto gesessen hatte, war es immer schlimmer geworden, also ging sie zurück. Denn hatte der Mann nicht die Hand in den Haaren der Frau gehabt, und hatte es nicht selbst aus dem Augenwinkel zu fest ausgesehen? Und hatte die Frau gelacht oder gejapst? Und sie erzählte, wie sie zurückkam, und da stand die Frau schon allein auf der Treppe und richtete sich das Haar, und der Hausmeister Berisha stand neben ihr und hatte den Arm um sie gelegt, um ihren Rücken mehr als um ihre Schulter, fürsorglich, vertraut. Sie war stehen geblieben, die Szene schien undramatisch, sie erinnerte sich noch, wie erleichtert sie gewesen war. Aber nie hatte sie aufhören können, daran zu denken, wie der Hausmeister der Schule und die fremde Schulleiterin gemeinsam die Treppe hinuntergeschaut hatten wie in einen Abgrund, und dass der andere Mann zwar nicht zu sehen gewesen war, aber je länger es her war, desto mehr wusste sie: In diesem Abgrund am Treppenende hatte der andere Mann gelegen.

Als Meta Jurkschat und Finzi in Lütjenburg anderthalb Stunden später frisch versorgt aus dem Rettungszentrum kamen, erwartete Danowski sie mit dem Auto. Es war nach zehn Uhr abends.

«Könnt ihr noch?», fragte er. «Wir haben noch ordentlich zu tun.»

Jurkschat nickte, blöde Frage. Finzi blickte aus tiefen Augenringen durch Danowski hindurch.

Am Telefon sagte Leslie, resigniert und vielleicht eine Spur eifersüchtig, weil sie leichenfrei hatte und bei ihm richtig was los war: «Iss wenigstens was. Du kannst dich nicht eine ganze Woche lang von eingeschweißtem Käsekuchen ernähren.»

Oh doch, dachte Danowski. Sonst wäre ich längst tot. Aber an der Tankstelle holte er sich einen Apfel, dessen Außenseite nach synthetischem Motoröl schmeckte.

Im Präsidium holte Jurkschat die Unterlagen der Kellerleichen-Ermittlung in die OFA, und Danowski und sie breiteten sich und die Akten aus in seinem Büro. Finzi überdehnte die Lehne des Besucherstuhls und schlief.

«Alles in Ordnung bei euch?», fragte Danowski.

«Willst du jetzt plötzlich über Gefühle reden?», sagte Jurkschat.

«Ihr wirkt distanziert. Das ist eine Beobachtung.»

«Lass uns weitermachen.»

Gegen zwei Uhr morgens weckten sie Finzi, und Danowski sagte: «Und das ist unser aller Irgendwie-kommen-wir-hier-doch-heil-raus-Ticket», während er auf das Whiteboard mit ihren Notizen zeigte.

60. Kapitel

Dr. Karin Busche neigte nicht zur Melodramatik, auch wenn sie ihr ganzes Leben im Nachhinein durchaus melodramatisch fand. Was aber nicht durch ihr Dazutun entstanden war, eher durch ihr Unterlassen. Was genau konnte sie also dafür? Was konnte sie dafür, dass sie, während ihr Mann in verschwitzter Tenniskluft durchs Haus lief und ein ums andere Mal erklärte, warum er nicht im Club geduscht hatte – was also konnte sie dafür, dass sie sich währenddessen nach einem anderen Mann sehnte, der ihr wenigstens geholfen hatte, und zwar mehr als einmal?

Eine gute Pädagogin zeichnete sich nicht durch die Antworten aus, die sie hatte, sondern durch die Fragen, die sie stellte. Das wusste sie. Wobei strenggenommen ja schon dieses Wissen eine Antwort war und keine Frage, daher also widersprüchlich, ein Paradox.

Hätte sie diesen Eckhart Lorenz, wie sie später in der Zeitung las und den Namen angemessen nichtssagend fand, hätte sie ihn nicht genauso über sich ergehen lassen können, wie sie zuvor den anderen, den Frank Jablonski über sich hatte ergehen lassen, nachdem er sie auf so plumpe Weise angemacht hatte?

Hätte sie nicht einfach sagen können: Ja, gut, aber lass uns hier verschwinden, nicht hier in dieser Schule, bei dir zu Hause, und hätte sie dann nicht draußen auf der Straße einfach abhauen können, in ihr eigenes Auto steigen und die Tür zuschlagen und wegfahren? Hatte sie Angst gehabt, unhöflich zu sein, einem hartnäckigen Mann gegenüber unhilfsbereit, ihn von seinem Druck und seinem Siegeswillen zu erlösen? Oder hatte sie den Streit in Wahrheit heraufbeschworen, die Auseinandersetzung, die kleine Rangelei, he, komm, stell dich nicht so an, das kannst du doch jetzt nicht machen, wir hatten doch so eine lustige Zeit vorhin in der Arbeitsgruppe? Weil sie sich in Wahrheit nach dem Moment der Erleichterung gesehnt hatte und nach dem winzigen Gefühl von Freude und Freiheit, als sie ihn mit dieser ihr durch den Impuls erst zuwachsenden Kraft die Treppe hinuntergestoßen hatte?

War ehrlicherweise die einzige Art von körperlicher Erregung, die sie im Zusammenhang mit Eckhart Lorenz verspürt hatte, jene gewesen, die sie empfunden hatte, als sein Kopf mit diesem absolut finalen Geräusch auf die Granitkante des Treppenabsatzes geschlagen war? Und war das nicht besser gewesen als gar keine Erregung?

Und war das zynisch, so zu denken, sich das so zu fragen, oder eben doch nur wieder: melodramatisch?

Warum hatte sie nicht die Kraft gehabt, Josip Berisha zu heiraten, warum hatte sie sich stattdessen zu diesem wohlhabenden, aber um keinen Preis im Club duschen wollenden Hauke gerettet? Aus Angst, dass sie und Josip Berisha zusammen nach dem Tod von Eckhart Lorenz zu viel Aufmerksamkeit erregt hätten? Oder aus Angst, doch noch glücklich werden zu können, Angst, weil sie das nicht verdient hatte?

Woher hatte sie die Stärke genommen, fünfzehn Jahre lang über immer zahlreicher werdenden Mumien zu leben, einfach weiterzuleben, jeden Tag aufs Neue, wie hatte sie es geschafft, jeden Morgen aufzustehen? Oder war jeder ihrer Tage ein von ihr selbst im letzten Moment vereitelter Selbstmordversuch gewesen?

«Willst du jetzt ins Bad?», rief Hauke aus dem Treppenhaus. «Ich dusch sonst jetzt unten. Ich wollte nicht im Club duschen.»

«Nein», schrie sie. Warum fragte er überhaupt, wo sie doch zwei Bäder hatten. Warum hätte sie duschen sollen, jetzt. Hatte sie jeden Tag mit dem Gefühl geduscht, notdürftig etwas von sich abzuwaschen, wovon sie sich in Wirklichkeit niemals reinigen konnte? Oder empfand sie in Wahrheit so gut wie keine Schuld, und wenn, dann nur dafür, wie viel Arbeit sie Josip gemacht hatte?

Melodramatisch war gewesen, die Toten mit dem ausgestopften Neunauge zu beißen. Josip hatte sofort eingewilligt, sein Pragmatismus eher berührend als rührend, weil er hoffte, so eine falsche Fährte zu legen, eine Verbindung zwischen den Opfern, die ins Nichts deutete statt auf sie und ihn. Aber ihr war die Idee gekommen, weil das Neunauge Zähne in Spiralform hatte und weil es sich vom Blut seiner Opfer ernährte. Und weil sie einmal nicht diejenige sein wollte, aus der das Blut gesaugt wurde, sondern die, die saugt.

Es klingelte unten an der Tür.

«Ich bin im Bad», rief Hauke. «Kannst du bitte an die Tür gehen?»

Sie nickte, den ganzen Weg die Treppe hinunter.

Unten vor der Tür stand ein weiterer alter Mann, schräg hinter ihm die Polizistin von voriger Woche, Juschka oder so ähnlich.

«Behling, Landeskriminalamt», sagte der Alte, der wahnsinnig undeutlich artikulierte, an dem hätte sie ja ihre Freude gehabt früher in der Schule: Behing, Lansminahmt. «Das ist meine Kollegin Hauptkommissarin Jurkschat.»

Richtig. Eingedeutschter slawischer Name, vermutlich aus Ostpreußen oder Schlesien. Vetriebenenkind.

«Dr. Karin Busche?»

Darauf hatte sie immer die gleiche Antwort. «Lassen Sie doch den Doktor einfach weg», sagte sie und streckte eher erwartungsvoll als resigniert die Handgelenke eng nebeneinander aus.

61. Kapitel

Manchmal wachte Josip Berisha mitten in der Nacht auf, dann dachte er an alles, was noch zu tun war in den Gebäuden, und an alles, woran er gescheitert war. Die Neonröhren, die nicht passten, die Türen, die nicht schlossen, die Glaser, die erst übernächste Woche Zeit hatten. Es hielt ihn wach, aber es lenkte ihn auch ab.

Jetzt wachte er auf, fand, dass er am Leben war, spürte, wie das Nachtlicht des Krankenzimmers sanft auf ihm und seiner Decke lag, sah den Justizwachtmeister auf dem Besucherstuhl und hörte ihn schnarchen, und dann dachte er an alles, woran er gescheitert war.

An der Liebe, klar.

Aber warum hatte er nie begriffen, dass er sich nicht einfach ausgeben konnte als ein Toter, weil die anderen den Toten kannten? Es war scheinbar so leicht gewesen damals, 2002, als Karin den Mann, den er jetzt den Ersten nannte, Eckhart Lorenz, die Treppe hinuntergestoßen hatte, und der war tot, aber in seiner Brieftasche war unter allem anderen Kram ein gelber Notizzettel mit einer Internetadresse und Zugangsdaten. Das war ja noch die Steinzeit des Internets gewesen damals, vor den sozialen Medien. Und Josip Berisha konnte sich noch genau an die Leichtigkeit erinnern, mit der ihn der Gedanke erfüllt hatte: Wenn er sich im Internet als der Tote ausgab, würden viele gar nicht merken, dass der weg war. Die hohlen und bösen Phrasen über die Frauen und was man mit ihnen tun konnte, waren ihm zugeflogen, er glaubte sie nicht, darum konnte er sie umso leichter ins Leere schreiben. Und immer mit dem Gedanken, Karin Busche und sich dadurch Zeit zu kaufen.

Seinen Körper konnte er nicht bewegen, und er fragte sich, ob es an ihm selbst lag oder daran, dass sie ihn fixiert oder sediert hatten. Er spürte, wie mit leichter Verspätung ein Schmerz aufwachte, ganz, als wären der Schmerz und er Geschwister, die im gleichen Bett schliefen, und wenn der eine wach wurde, brauchte der andere auch nicht mehr lange. Josip Berisha beschloss, seinen Körper und seinen Schmerz zu ignorieren, solange es noch ging.

Als er begriffen hatte, dass er mit seiner besten List seinen größten Fehler gemacht hatte, war es zu spät gewesen. Eine Sache, die seinem Vater, dem Schachmeister, gefallen hätte, oder sie hätte ihn geärgert. Das hatte sein Vater ihm so oft erklärt: dass man umso mehr aufpassen musste, je genialer einem der eigene Schachzug erschien. Als er begriffen hatte, dass er, indem er Neunauge im Internet am Leben hielt, dessen Freunde Frank und später Thorsten überhaupt erst auf sich aufmerksam gemacht hatte, war das Endspiel für ihn in vollem Gange gewesen.

Alles, woran er gescheitert war. Tölpel, das war ein altmodisches Wort, das er mochte. Seine Eltern hatten die Sprache noch aus Schulbüchern gelernt, in denen solche Worte vorkamen. Die Leute in der Kneipe *King Horse*, die er dafür bezahlt hatte, dass sie diesen Scheffler von ihm ablenkten, und dafür, dass sie ihm sagten, wenn jemand spionierte und Fragen stellte: Diese Leute waren Tölpel, sie hatten ihm nicht helfen können, das Endspiel endlos in die Länge zu ziehen.

Nein. Es half nichts, anderen die Schuld zu geben. Er war gescheitert. An den kleinsten Dingen, den Neonröhren, Türdichtungen, Glasereiterminen. Es war sein Fehler gewesen, dass er gedacht hatte, er könnte Scheffler mit einer einfachen Abreibung im *King Horse* einschüchtern und loswerden. Es war sein Fehler gewesen, dass er nicht gemerkt hatte: Der Mann, der dann anfing, Scheffler zu suchen, war nicht noch einer von diesen Aufreißertypen, sondern ein Polizist, der sich verantwortlich fühlte. So was gab es also auch noch. Das hätte er wissen müssen. Das lag ihm schließlich selbst. Sich verantwortlich fühlen. Polizisten warf man nicht in den Kofferraum, um sie zusammen mit diesem Scheffler auszuhorchen, einzuschüchtern, abzubringen davon, immer mehr Fragen zu stellen. Sein Pech, sein Fehler.

Und dann der letzte: den Scheffler in der Schule zu treffen, noch einmal mit ihm reden zu wollen, und sich dann von ihm übertölpeln zu lassen. Da war es wieder, das Wort, das er mochte.

Er hätte Karin nie erzählen dürfen, dass es weitergegangen war. Nach dem Ersten. Aber sie zu beunruhigen, war für ihn leichter gewesen, als gar nicht mehr mit ihr zu sprechen. Wie schwach er gewesen war. Und nie hätte er ihr erlauben dürfen, dem zweiten und dem dritten Toten diesen Stempel zu geben. So nannte sie es, wenn sie den präparierten Fisch nahm und dessen Gebiss den Toten an den Körper setzte, um sie zu zeichnen. Weil er ihr erzählt hatte davon, dass Eckhart Lorenz sich Neunauge genannt hatte, und sie das Bedürfnis hatte, ihren Handlungen etwas Ritualhaftes zu geben. Sie nannte den Biss einen Schlusspunkt, beide Male. Eckhart Lorenz war Neunauge gewesen, ein Frauenräuber, der sie gedemütigt hatte, sie hatte ihn die Treppe hinuntergestoßen, um sich zu befreien, töten wollte sie ihn nicht, das hatte Josip Berisha sofort gesehen. Und dass die anderen beiden den Biss des Neunauges bekamen, bedeutete für sie, dass im Grunde Neunauge schuld an ihrem Tod war. Aber es hätte sowieso keinen Zweck gehabt, ihr etwas verbieten zu wollen.

Und im Grunde hatte ihn nie die Ahnung verlassen, dass die Neunaugenbisse in Wahrheit etwas anderes bedeuteten: Ja, das hängt alles zusammen, bitte versteht das und findet uns, damit es aufhört, damit wir nicht länger so weitermachen müssen. Scheffler wäre der Nächste gewesen. Auch er hätte den Biss bekommen.

Josip ließ die Augen zwei kleine Schlitze offen, weil ihm das Nachtlicht gefiel und die dunkle Silhouette des Justizwachtmeisters. Eigentlich war es schön, nach all den Jahren nicht allein im Zimmer zu sein. Er atmete flach und ruhig, weil er hoffte, den Moment so lang wie möglich ausdehnen zu können, in dem der Gedanke an all seine Fehler fast die Erinnerung überdeckte, zwei Menschen getötet zu haben.

62. Kapitel

Danowski ließ den Telefonhörer so langsam es ging aufs Gerät zurücksinken. Telefonate waren nicht seine Leidenschaft, Telefonate mit mehr als einem Teilnehmer waren eine Herausforderung, und Telefonate mit mehr als einem Angehörigen von Opfern waren eine ganz spezielle Art von Grauen. Diese Mischung aus Dazwischenquatschen, falschen Pausen und tiefer Traurigkeit. Und in diesem Fall: offenen Fragen.

Er wusste, dass die Zwillingskinder von Eckhart Lorenz Anfang dreißig waren, aber trotz ihrer erwachsenen Stimmen am Telefon stellte er sie sich viel jünger und in aufeinander abgestimmter Kleidung vor. Franziska Lorenz, die immer wieder fragte: «Aber warum denn, ich versteh das nicht, was hat denn unser Vater gemacht?» Und ihr Bruder Philipp, hörbar bemüht um mehr Distanz, aber erfolglos: «Warum hatte er dieses zweite Leben im Internet, Neunauge, was soll das überhaupt bedeuten, und was haben die da gemacht, wie haben wir uns das vorzustellen?» Und im Grunde war die Frage immer: War unser Vater ein böser Mann?

Danowski wusste nicht, ob die Staatsanwaltschaft mit Franziska und Philipp Lorenz würde reden wollen. Er wusste nicht, ob Behling und Jurkschat sich wirklich noch einmal bei ihnen melden würden, um die eine oder andere offene Frage zu klären, die sie selber hatten. Er wusste nur: Er wollte niemandem die Frage beantworten, ob irgendjemand ein böser Mensch war. Nicht mal sich selbst.

Er nickte dem Telefon zu: Wenn alles gutgeht, fass ich dich jetzt eine ganze Weile nicht mehr an, Sommerferien.

Das Arschloch aus München stand vorm Whiteboard im OFA-Besprechungsraum und nickte mit einer Mischung aus Abscheu und Anerkennung.

«Weißt», sagte er, «das ist nicht so richtig das, wofür die Ressourcen der OFA gedacht sind, aber, lass mal, ich krieg das schon …» Er nickte und studierte die Tafel, aber Danowski sah von der Seite, dass Gaitners Augen ihren Fokus verloren. Das war zu viel für den.

«Also», sagte Danowski, «vor fünfzehn Jahren war an der Grundschule Koopstraße eine Schulbaukonferenz. Daran hat unser erstes Mordopfer Eckhart Lorenz teilgenommen, der war aus der Baubranche. Es gibt keine Teilnehmerlisten oder so was, aber wir haben das durch Zeugen bestätigen lassen. Eckhart Lorenz war wichtiger Teil einer sogenannten Pick-up-Artist-Gruppe, also einer semiprofessionellen Aufreißergruppe, die aus dem, wenn man so will, Herumkriegen von Frauen eine Art Wissenschaft gemacht hat. Das gibt es seit Ende der Neunziger in den USA, nicht ganz so lange auch bei uns. Und die haben das unter anderem auch im Internet finanziell ausgeschlachtet, indem sie Männern für Geld relativ sinnlose und in jedem Fall frauenfeindliche oder ich sag mal menschenfeindliche Tipps gegeben haben, wie man Frauen aufreißt. Eckhart Lorenz hatte sich von seinem Freund und Aufreißerkollegen Frank Jablonski den Tipp geben lassen, dass auf dieser Konferenz eine Schulleiterin sein würde, bei der Frank Jablonski mit der Aufreißermasche schon mal Erfolg gehabt hatte: Dr. Karin Busche. Karin Busche fühlte sich am Ende der Konferenz von Eckhart Lorenz jedoch nicht positiv überzeugt, oder sagen wir, verführt, sondern bedrängt. Er folgte ihr bis auf eine der Toiletten im Kellergeschoss. Als sie sich gegen ihn wehrte, stürzte er die Treppe hinunter und brach sich den Schädel. Daher das Schädelhirntrauma, er wird relativ schnell gestorben sein. Dr. Karin Busche war früher an der Grundschule Koopstraße gewesen, daher kannte sie den dort tätigen Hausmeister Berisha.»

Danowski räusperte sich ein bisschen. Wenn er ehrlich war, liebte er so Wortgestecke wie «den dort tätigen». Das war vertraut und gab einem Sicherheit, ein bisschen wie Nachhausekommen.

«Berisha», sagte Gaitner. «War das nicht mal so ein Schachgroßmeister? Die Zagrebiner Eröffnung?»

Danowski nickte, damit das hier weiterging. «Der Hausmeister Berisha half Karin Busche, die Situation und die Tötung zu vertuschen, indem er die Leiche von Eckhart Lorenz im Kriechkeller der Schule so versteckte, dass sie im Laufe der Zeit mumifizierte. Dann übernahm er im Internetforum der Pick-up-Artists Eckhart Lorenzens Nutzernamen, Neunauge, und fing an, unter diesem Namen Tipps zu geben, damit das Verschwinden von Lorenz zumindest unter den Aufreißern erst mal nicht auffiel. Den Rucksack von Lorenz warf er bei den Landungsbrücken in die Elbe, damit es aussah, als wäre Lorenz nach der Feier noch ausgegangen und dann dort ertrunken. Es wunderten sich aber zwei von den Aufreißern, warum Neunauge weiter Tipps im Internet gab und sich an Diskussionen beteiligte, obwohl doch Eckhart Lorenz dieser Neunauge gewesen war, und der war in der Elbe ertrunken. Berisha wusste nicht, dass die anderen Eckhart Lorenz persönlich kannten. Erst ist Frank Jablonski dem Hausmeister Berisha auf die Spur gekommen, 2010, und 2015 dann Thorsten Stahmer, der sich besonders auch über das Verschwinden von Jablonski gewundert hat, denn die beiden kannten sich aus gemeinsamen Schulferien im Waldheim.»

«Und wie?», fragte Gaitner.

«Wir vermuten, dass Frank Jablonski rekonstruiert hat, wo sein Aufreißerfreund Eckhart Lorenz definitiv zuletzt gesehen worden ist: an der Grundschule Koopstraße, bei dieser Baukonferenz. Niemand sonst hat an der Version mit der Elbe gezweifelt, weil niemand wusste, dass der alte Neunaugen-Account, der eigentlich Eckhart Lorenz gehörte, wieder aktiv war. Die Aufreißer haben sich gegenseitig ziemlich genau über ihre Aktivitäten auf dem Laufenden gehalten, daher wusste Frank Jablonski, dass Lorenz die Schulleiterin Busche verfolgte, die an diesem Abend auch auf der Baukonferenz war. Der Hausmeister muss sich verdächtig verhalten haben, vermutlich hat Frank Jablonski ihn später damit konfrontiert, dass er in der Grundschule Koopstraße und allen Schulen, an denen der Hausmeister vorher war, nach der Leiche von Eckhart Lorenz würde suchen wollen.»

«Warum ist Frank Jablonski nicht zu Ihren Kollegen hier von der Mordbereitschaft gegangen?», fragte Gaitner.

«Restscham wegen der Aufreißer-Aktivitäten?» Danowski sah zur Tür. Hoffentlich hörte seine Tochter nicht schon zu.

«Jedenfalls hat der Hausmeister Berisha Frank Jablonski und Thorsten Stahmer mit einem Eisenrohr erschlagen. Und beide dann in Schulen, in denen er sich auskannte, weil er früher an ihnen gearbeitet hat, an gutbelüfteten Kellerorten versteckt.»

Gaitner nickte ein bisschen planlos, Danowski konnte nicht genau erkennen, ob das jetzt ein ermunterndes oder ein ungeduldiges Nicken war. Es war ihm egal.

«Diese Aufreißkünstler sind ein ganz interessantes Phänomen», sagte er. «Die Kollegin Meta Jurkschat hat sich da inzwischen ein bisschen mehr eingearbeitet. Das ist eine internationale Szene, mit Verbindungen bis in die USA, da kommt das ursprünglich her. Vor ein paar Jahren musste eine Versammlung von so einem amerikanischen Aufreißer-Guru hier in Hamburg abgesagt werden, weil es zu viele Proteste gab. Die sind zum Beispiel der Meinung, dass der Vergewaltigungsbegriff auf privatem Grund anders definiert werden sollte. Weil es das Recht des Mannes ist, in seiner eigenen Wohnung ...» Danowski brach ab. Wie redete er eigentlich. Ein ganz interessantes Phänomen. Kollegin Jurkschat, bisschen eingearbeitet. Wie so oft hatte er das Gefühl, den Worten jenseits der gängigsten Formulierungen nicht trauen zu können. Er dachte an Meta Jurkschats Gesichtsausdruck in der Hütte, an diese Überblendung von Wut und Scham.

«Und das Mobbing ...» Gaitner, ungeduldig. Richtig, der musste ja ein Buch verkaufen.

Danowski lächelte. Milde, wie er fand. Aber wenn es ein bisschen sarkastisch aussah, dann konnte er dafür auch wieder nichts, es lag dann einfach an seinem Gesicht.

«Na ja, unser Irrläufer namens Scheffler ist von den

anderen beiden, von Jablonski und Stahmer, damals im Waldheim schon gemobbt worden. Was bei ihm aber nur den Wunsch verstärkt hat, zur Gruppe zu gehören. Er hat sich, nachdem immer mehr seiner Aufreißerkollegen und alten – wie er es sah – Freunde und Mitstreiter verschwanden, zu einer Art Racheengel aufgeschwungen. Er hat Berisha, wie von dem beabsichtigt, tatsächlich für Neunauge gehalten, der seine alten Kumpane aus Geltungsdrang oder Eifersucht umgebracht hat. Den genauen Grund wollte er in der Hütte in der Nähe von Kaköhl aus ihm herausbekommen, aber da ist die Kollegin Jurkschat ihm zuvorgekommen.»

«Und die Kollegin Jurkschat …», sagte Gaitner.

«Genau», unterbrach ihn Danowski, «letztendlich …» Jetzt musste er improvisieren. «Also, wenn wir hier OFA-seitig unseren Abschlussbericht schreiben, und ich hoffe, das deckt sich mit deiner Einschätzung, dann muss man schon sagen, dass unsere Analysen in Richtung Mobbing die Kollegin Jurkschat überhaupt erst auf die richtige Spur gebracht haben.»

Gaitner nickte, als hätte er genau darauf hinausgewollt, aber Danowski sah, dass der Kollege aus München noch nicht ganz gesättigt war. «Ohne die von dir forcierten Mobbingeinschätzungen hätte die Kollegin unter Behlings Leitung niemals die Verbindung zwischen Scheffler, Jablonski und Stahmer hergestellt», sagte Danowski tapfer, «und ohne diese Verbindung wären wir nie auf den Hausmeister gekommen, also auch nicht auf die Schulleiterin, somit also nicht auf die Täter.»

Gaitner legte Danowski die Hand auf die Schulter und quetschte ihm mit der anderen ein bisschen den Oberarm.

«Siehst du, Adam. Was du für Fortschritte gemacht hast. In nicht mal vierzehn Tagen. Einfach, weil du dich mal eingelassen hast.»

Danowski schwieg ratlos und versuchte, positiv zu gucken.

«Magst dann noch mal lesen, wie ich das im Buch einbau?», fragte Gaitner. «Wir haben die Veröffentlichung verschoben. Du wirst fei auch drin vorkommen.»

Danowski versuchte zu nicken, aber sein Kopf stemmte sich mit aller Kraft mit einem Schüttelimpuls dagegen, sodass er am Ende nur weiter starr vor sich hinglotzte.

Zum Glück steckte Ahrens in diesem Moment den Kopf rein.

«Läuft's?», fragte er. «Ihr kommt klar?»

«Mega», sagte Gaitner und zeigte wie zum Beweis stolz auf die Tafel.

«Deine Tochter ist hier, Adam», sagte Ahrens. «Mensch, ist die groß geworden. Ich hätt die kaum erkannt.»

«Ich hab zwei», sagte Danowski. «Die andere ist viel kleiner. Oder meinst du die Whiteboard-Skizze?»

Ahrens runzelte die Stirn, und Gaitner sagte: «Adam. Magst mitkommen heut Abend? Du hast dich nie gemeldet wegen der Karten, da hab ich selbst was besorgt für uns beide. Heute Abend. Blick auf den Dirigenten, wie du gesagt hast. Wegen der Mimik.»

Danowski schüttelte den Kopf und machte eine Drehung der Handflächen, von der er hoffte, dass sie «Pläne mit der Tochter, tut mir leid» bedeutete. Das Letzte, was er von Martin Gaitner sah, war ein leicht enttäuschter Gesichtsausdruck. Als Arschloch gefiel der ihm besser.

Überm Stadtpark fiel ein leichter Regen, der sie beide nicht störte. Sie setzten sich unter eine Kastanie, rochen das feuchte Gras, und Stella drückte ihre Sandalenfüße gegen seine schwarzen Anzugschuhe. Sie waren gleich lang.

«Ich freu mich, dass wir das machen», sagte Danowski. «Mit dem Planetarium. Hätten wir längst machen sollen. Ich wusste nur nicht, dass dich das interessiert.»

Stella zuckte die Achseln. «Geht so.»

«Okay. Stella Danowski, wie sehr interessieren Sie sich für die Geheimnisse des Kosmos? – Geht so.»

Stella lächelte, ihm zuliebe. «Ich wollte mal ...»

Danowski wartete. Er mochte das Muster, das das Gras und die Steinchen und überhaupt die ganze unmittelbare Parkoberfläche an seinen Handflächen machten.

«Mama sagt, du fährst nicht mit uns in die Ferien», sagte Stella im zweiten Anlauf.

«Ja, nee, doch, ich glaub, ich schaff das sogar. Das sah letzte Woche so aus, wegen dem Fall. Aber der Hauptverdächtige hat im Krankenhaus signalisiert, dass er ein Geständnis ablegen wird. Das heißt, ich werde nicht mehr gebraucht.»

«Dieser Hausmeister.»

«Genau.» Er war erstaunt, aber für einen Moment konnte er nicht verhindern, dass ihm ein Schreck in die Glieder fuhr. Dieser Hausmeister. Der hatte nicht verstanden, warum Finzi sich für den verletzten Scheffler interessiert hatte, und um der Sache auf den Grund zu gehen, wollte er erst Scheffler und dann Finzi in die Hütte bringen und sie dort einschüchtern. Von der Hütte hatte Scheffler ihm vorgeschwärmt, weil er nie dabei sein durfte, wenn die

Aufreißer sich da trafen. Finzi hatte das verhindert, indem er sich aus dem Kofferraum befreit hatte. Und Scheffler, indem er aus dem Wald beim Landschulheim abgehauen war, als der Jäger Stollmann sich dort erschossen hatte. Danowski fragte sich, wie nahe Finzi diesmal wieder einer tödlichen Bedrohung gekommen war. Und ob er, Danowski, was dafür konnte. Nein, eher nicht. Aber bei dem musste er sich auch dringend melden.

«Also, dann kommst du mit an die Ostsee?»

«Hm. Ostsee. Na ja.»

«Ich glaub nicht, dass Mama das noch mal umbucht.»

«Ostsee ist schön.»

Sie schwiegen.

«Ist alles okay?», fragte Danowski.

«Das ist so eine richtige Scheißfrage», sagte Stella.

«Ist was in der Schule?»

«Hast du nicht irgendwie Befragungstechniken oder so gelernt? Kann man so was gelernt haben und dann trotzdem so unfassbar schlechte Fragen stellen?»

«Meine Tochter», sagte Danowski stolz.

Stella musste lachen. Danach schien es ihr leichtzufallen, noch ernster zu werden als vorher. «Ich find's irgendwie doof, dass du nicht mehr zu Hause wohnst.»

«Ich wohn doch noch zu Hause. Ich hab nur die kleine Wohnung, weil es manchmal abends so weit ist nach …»

«Ich meine, ihr könnt gern alle sonst wohin ziehen und das machen, wie ihr wollt, aber bitte erst, wenn ich nicht mehr zu Hause wohne. Und Martha auch. Und zu Hause heißt, in Finkenwerder. Ist nun mal so. Es ist mir doch egal, wie lange du irgendwo im Stau stehst.»

Danowski nickte. Er ertappte sich bei der Frage, ob

Leslie das so ähnlich sah, oder wie insgesamt eigentlich der Zustand seiner Ehe war. Vielleicht nicht die richtige Belastungszeugin dafür hier. Stella, als finge sie gerade an mit Gedankenlesen: «Mich interessiert auch irgendwie nicht, was mit Mama und dir ist und ob da überhaupt was ist. Wenn ja, dann sagt es auch offen. Aber wenn nicht, dann … Ich will irgendwie, dass ich weiß, du bist da, wenn ich nachts aufwache. Also, außer du bist weg. Aber nicht wegen so einer Scheißwohnung am anderen Ende der Stadt, wegen Verkehr und so.»

Danowski nickte und drückte gegen ihren Fuß. Die mehrfache Verwendung von Scheiß ließ er ihr jetzt mal durchgehen. Sie drückte zurück. Sie blickten beide nach unten, aber er spürte, dass sie beide ein Lächeln unterdrückten.

«Ich hab mich mit Anouk verkracht», sagte Stella. «Das war kein Mobbing oder so. Sie hat mich einfach gedisst.»

Danowski machte nicht den Fehler, verständnisvoll zu nicken. Er hatte keine Ahnung, wer Anouk war. Aber er würde seinen ganzen Sachverstand einsetzen, um es herauszubekommen und dann nicht zu viel Schwachsinn von sich zu geben. In seiner Hosentasche verfielen die Eintrittskarten fürs Planetarium, aber es fiel ihm nicht schwer zuzugeben, dass ihn das hier insgesamt doch mehr interessierte als die meisten Geheimnisse des Kosmos in 3D.

Früher wär das was fürs Glückstagebuch gewesen, dachte er. Wenn ich's nicht weggeschmissen hätte.

63. Kapitel

Finzi stand in der Tür, den Beutel mit seiner frisch gewaschenen Fahrradkluft in der Hand, unschlüssig. Er musste nicht zum Dienst. Es war einfach Zeit zu gehen.

«Ich meine», sagte er, «ich kann auch einfach.»

«Nee», sagte Meta und musste sich beherrschen, um nicht anzufangen, sich zu winden. «Es ist deine Wohnung. Hier. Also ursprünglich.»

«Ich versteh das nicht so ganz», sagte er. «Aber ich muss jetzt zum Arzt und dann die Sachen abgeben. Ist vielleicht nicht der richtige Zeitpunkt.»

«Ist ja meine Schuld», sagte sie und rieb ihren nackten Fuß an ihrem Unterschenkel, um irgendwas anderes zu spüren als die Ratlosigkeit, die sich ausgebreitet hatte in ihr. «Wenn ich damit erst so spät komme.»

Sie stellte sich vor, wie er im Geiste durchspielte, ob sich daraus ein Kalauer stricken ließ, irgendwas in die Richtung, dass sie ja immer zu spät kam, oder jedenfalls später als er, aber wahrscheinlich störte ihn das Wort «damit» in ihrem Satz, so ließ sich das nicht schlüssig umwidmen, darum verzichtete er darauf. Oder vielleicht war es jetzt auch einfach alles ein wenig zu traurig für Kalauer.

«Na ja», sagte er. «Ist nicht so, als hätte ich nichts geahnt.»

Sie nickte.

«Meta», sagte er.

Sie schüttelte den Kopf.

«Sehe ich dich denn nachher noch, also wenn ich …» Er schlenkerte ratlos mit seinem Kleiderbeutel.

«Nein», sagte sie. «Erst mal nicht.»

«Was heißt erst mal», fragte er.

«Ich weiß es nicht.»

«Und … wohin, also, wo schläfst du?»

«Jetzt vielleicht doch mal bei meinen Eltern. Im Ernst.»

«Du solltest – also, wenn du's ernst meinst, solltest du Adam seine Butze da abschnacken hinterm Präsidium, das tut ihm doch auch nicht gut auf Dauer, der ist doch Familienmensch am Ende.»

Sie schnaufte, weil sie keine Tränen in die Augen kriegen wollte. Konnte er nicht mal an sich denken?

«Ist vielleicht eine gute Idee», sagte sie. Auch, weil sie die selber schon gehabt hatte.

«Ich werd dann mal», sagte Finzi und wandte sich zur Treppe.

In der Wohnung packte sie ihre Reisetasche. Am Ende hatte sie ein schlechtes Gewissen, weil trotzdem so viel von ihr blieb. Sie hatte es nicht gemerkt, aber offenbar war sie im Laufe der Jahre zu einer Frau geworden, die eine Bugwelle von Dekoartikeln und schönem Geschirr und Blumenvasen und ganz geschmackvollen Bildern vor sich herschob. Daran konnte sie im Nachhinein nichts mehr ändern, aber in Zukunft vielleicht schon.

Friederike versteckte sich unter dem Sofa, dann unter dem Bett. Die Mitteilung war deutlich: Gut, die Sache in Kassel war das eine. Aber jetzt schon wieder umziehen? Also, irgendwann reicht es. Meta Jurkschat verstand das. Aber sie musste aufhören, sich Katzengedanken vorzustellen. Vielleicht war die Katze bei Finzi am Ende einfach besser aufgehoben.

Zum Schluss ging sie ins Bad und setzte sich aufs Klo. Sie wusste nicht, ob es etwas Biologisches war, eine Art von kommunizierenden Röhren im Körper oder die Tränendrüsen, die die Blase um ihre Entleerung beneideten, oder vielleicht war es doch einfach nur der scheißverdammte Badezimmerläufer, den sie beim Pinkeln zum letzten Mal mit den Füßen an genau die Stelle schob, die ihr die richtige schien.

64. Kapitel

«Habibi?»

Niklas mochte es, wenn Jannis ihn so nannte. Habibi, das hieß schließlich Freund. Oder, um noch genauer zu sein, und Niklas mochte Genauigkeit: mein Süßer. Das hatte er nachgeschlagen. In einem richtigen amtlichen Buch.

«Was denn.» Sie lagen einandergegenüber auf dem Bett, der Länge nach, die Beine so aneinander gelegt, als hätten sie einfach nicht anders Platz gefunden, Jungsbeine, aber keine Sommerbeine mehr wie früher, eher Zukunftsbeine. Die Arme jeder für sich irgendwie unterm Kopf, sodass man die eigenen Muskeln spürte und alles, was noch kommen würde. Sein Kissen hatte Niklas mit Jannis geteilt.

«Hast du die Leiche dann eigentlich gesehen da neulich?»

«Nee. Aber Brook und Linus, die haben die sich reingezogen. Also, unfreiwillig.»

«Geschieht denen recht.»

«Danach haben sie mich in Ruhe gelassen.»

«Was wollten die eigentlich von dir?»

«Mein Telefon.»

Sie schwiegen ein bisschen, weil sie beide wussten, was das bedeutete. Es verband sie, ohne dass sie darüber sprachen. Auf Niklas' Plattenspieler lief eine alte Platte aus der Sammlung seiner Eltern, eine Frau sang, wie sie mit der Fähre nach Staten Island fuhr, um sich eine Mandoline zu kaufen, und dass die Kondensstreifen am Himmel wie die Saiten ihrer Gitarre waren, es ging alles ein bisschen durcheinander für Niklas, aber er mochte die Stimmung. Das Laub rauschte vorm Fenster, und Jannis sagte was von «Du und deine Hippiescheiße», seine größte Form von Anerkennung.

«Gut jedenfalls, dass sie das nicht gekriegt haben. Dein Telefon.»

«Die hätten das überall rumgeschickt.»

«Unsere Fotos.»

Niklas spürte, wie er rot wurde. Aber eher aus so einer Begeisterung, die plötzlich an die Oberfläche wollte. Behutsam drückte er sein Bein ein bisschen fester gegen das von Jannis. Der hatte «unsere» gesagt.

«Wir können ja noch mal welche machen», sagte Jannis. «Bisschen posen und so. Paar Filter ausprobieren. Licht ist gerade so schön.»

Niklas nickte und schloss die Augen. Als sie zu waren, schien das Licht noch schöner zu werden, und er sagte: «Klar. Machen wir noch.» Was für ein Gefühl, dachte er. Wenn die Sommerferien gerade erst angefangen hatten.

Nachbemerkung

Mit 47 Jahren hatte ich zum ersten Mal die Gelegenheit, als eine Art Lehrer vor einer Schulklasse zu stehen. Und zu erleben, wie es ist, wenn man mit nichts als seiner Stimme und primitiven Hilfsmitteln um die Aufmerksamkeit einer Gruppe kämpft. Gut, das kenne ich von Lesungen, aber der Unterschied ist, dass das Publikum freiwillig kommt (von mitgeschleppten Ehepartnern abgesehen). Das Hamburger Literaturhaus hatte mich beauftragt, mit den Schülern der 8h der Gyula-Trebitsch-Schule in Hamburg einen Roman zu schreiben: Also, die Schülerinnen und Schüler sollten den Roman zusammen schreiben, ich sollte erklären, wie. Sie waren toll, sie hatten Ideen, sie waren witzig, sie zeigten mir die besten YouTube-Videos. Achtmal zwei Stunden kämpfte ich mit dem Smartboard wie meine Lehrer früher mit dem Overhead-Projektor, verwechselte Namen, verlor Fäden, wurde heiser und saß auf dem Rückweg erschöpft im Bus, als hätte ich zum ersten Mal wirklich gearbeitet. Mein Respekt vor Lehrerinnen und Lehrern ist ins kaum noch Ermessliche gestiegen. Der Klasse und ihrer Lehrerin Mefdüne Yürekli danke ich sehr, es tut mir leid, dass mir im Gegenzug eingefallen ist, einen Krimi über in Schulkellern mumifizierende Leichen zu schreiben.

Wenig später lud mich meine erste und liebste Lehrerin Doris Hundertmarck ein, bei ihr und ihrem Mann Alexander zu Hause in Berlin vorzulesen. Es waren Lehrerinnen von der Schweizerhof-Grundschule da, die ich seit 35 Jahren nicht gesehen hatte. Ich gebe mir beim Lesen und Signieren immer Mühe, aber nie mehr als an diesem Abend. Als Dankeschön bekam ich die Super-8-Filme von unserer Klassenfahrt 1979 auf DVD. In einer Sequenz feiern wir Viertklässler ein Fest und spielen ein Spiel, bei dem man mit einem zwischen den Beinen baumelnden Korken versuchen musste, auf dem Fußboden stehende Kerzen zu löschen. Das wird heute, glaube ich, gar nicht mehr gemacht. Vielen Dank, Frau Hundertmarck.

Die Schulleiter Frank Behrens und Detlef Erdmann haben mir Fragen beantwortet und mir ihre Schulen gezeigt, bis in die Aktenlager, Lüftungsschächte und Kriechkeller. Für ihre Aufgeschlossenheit und Geduld bedanke ich mich sehr. Die Fehler und Erfindungen sind meine. Das betrifft auch alles, wozu mich die Gespräche mit befreundeten Lehrerinnen und Lehrern angeregt haben. Hier danke ich vor allem Patrick Kuster.

Das Buch, in dem Karin Busche über Mumifikation liest, ist von Ingo Wirth und Andreas Schmeling: «Rechtsmedizin – Grundwissen für die Ermittlungspraxis» (Heidelberg u.a. 2012, S. 23 f.).

Danke, Katharina Rottenbacher, für die kritischen und lustigen Kommentare; Grusche Juncker und ihren Kolleginnen und Kollegen bei Rowohlt sowie allen bei der Literarischen Agentur Michael Gaeb. Stephan Bartels für Hinweise in letzter Minute. Meiner Frau dafür, dass sie mir zuliebe einmal im Jahr einen Kriminalroman liest. Den Kindern dafür, dass sie noch so viel von der Schule erzählen.

Weitere Titel von Till Raether

Adam Danowski

Treibland

Blutapfel

Fallwind

Neunauge

MIX
Papier aus verantwortungsvollen Quellen
FSC® C083411

Das für dieses Buch verwendete Papier ist FSC®-zertifiziert.